二刻拍案惊奇

〔明〕凌濛初◎著　东篱子◎注解

全鉴

国家一级出版社　　中国纺织出版社　　全国百佳图书出版单位

内 容 提 要

　　《二刻拍案惊奇》是明代晚期文学家凌濛初继《初刻拍案惊奇》后的又一部拟话本小说集，与《初刻拍案惊奇》合称"二拍"。书中的故事描绘了晚明时期的商人事迹、婚姻爱情、神鬼奇谈、官场是非等社会百态，具有浓厚的晚明时代气息，语言通俗易懂，情节跌宕起伏。本书选取了经典篇目十七卷汇编成册，在尊重原著作品的基础上，参考对比各个版本，对晦涩字词进行了注音和解释，并加入题解，以便读者轻松阅读。

图书在版编目（CIP）数据

二刻拍案惊奇全鉴 /（明）凌濛初著；东篱子注解
. --北京：中国纺织出版社，2019.7
　　ISBN 978-7-5180-5153-3

Ⅰ.①二… Ⅱ.①凌… ②东… Ⅲ.①话本小说—小说集—中国—明代②《二刻拍案惊奇》—注释 Ⅳ.①I242.3

中国版本图书馆CIP数据核字（2018）第130394号

策划编辑：段子君　　　特约编辑：张彦彬
责任校对：寇晨晨　　　责任印刷：储志伟

中国纺织出版社出版发行
地址：北京市朝阳区百子湾东里 A407 号楼　邮政编码：100124
销售电话：010—67004422　传真：010—87155801
http：//www.c-textilep.com
E-mail：faxing@c-textilep.com
中国纺织出版社天猫旗舰店
官方微博 http://weibo.com/2119887771
北京佳诚信缘彩印有限公司印刷　各地新华书店经销
2019 年 7 月第 1 版第 1 次印刷
开本：710×1000　1/16　印张：20
字数：230 千字　定价：48.00 元

前言

　　《二刻拍案惊奇》是明朝末年文学家凌濛初编著的拟话本小说集，与《初刻拍案惊奇》合称"二拍"。故事多源自前人流传下来的奇闻逸事，经过凌濛初二次创作而成。内容大多描写商人事迹、婚姻爱情、神鬼奇人、社会百态等，具有浓厚的晚明时代气息，在中国文学史上占有十分重要的位置。所谓的"二刻"是延续之前的"初刻"，而冠以这样的前缀，相当于《拍案惊奇》书系列的第二部，"刻"相当于"部""集"的意思。

　　由于篇幅有限，我们从原版中选取了经典篇目十七卷汇编成册。这些篇目或充满现实警示意义，或情节生动不俗，或彰显人物个性，或展现时代风格。如劝诫世人爱惜字纸，一部通灵佛经福报惜纸人；如讽刺人性贪婪无度，一面招财宝镜鉴出善恶心；如描出一个五岁面圣，元宵夜智捕拐子的天才神童；如绘出一位赢遍天下，又赢了一世姻缘的棋盘圣手。故事精彩纷呈，阅读价值高，有些甚至被拍成影视作品，广为人所熟知。

　　我们参考对比各个版本进行校对，以确保内容的准确性。在此基础上，在每一章卷的卷首加入"导读"模块，并对文中生僻字词做了相应注解，以帮助读者实现无障碍阅读，激发大家阅读古典文学的兴趣。经典奇趣的故事内容加上精美的插图，让大家在拍案惊奇的同时彻悟人生百味。

注解者

2019 年 5 月

序

尝记《博物志》云："汉刘褒画《云汉图》，见者觉热；又画《北风图》，见者觉寒。"窃疑画本非真，何缘至是？然犹曰人之见为之也。甚而僧繇（张僧繇，南朝梁画家。繇，yáo）点睛，雷电破壁；吴道玄画殿内五龙，大雨辄生烟雾。是将执画为真，则既不可，若云赝也，不已胜于真者乎？然则操觚（写作。觚，gū）之家，亦若是焉则已矣。

今小说之行世者，无虑百种，然而失真之病，起于好奇。知奇之为奇，而不知无奇之所以为奇。舍目前可纪之事，而驰骛（奔走趋赴）于不论不议之乡，如画家之不图犬马而图鬼魅者，曰："吾以骇听而止耳。"夫刘越石清啸吹笳，尚能使群胡流涕，解围而去，今举物态人情，恣其点染，而不能使人欲歌欲泣于其间。此其奇与非奇，固不待智者而后知之也。

则为之解曰："文自《南华》《冲虚》，已多寓言；下至非有先生、凭虚公子（假设的人或事），安所得其真者而寻之？"不知此以文胜，非以事胜也。至演义一家，幻易而真难，固不可相衡而论矣。即如《西游》一记，怪诞不经，读者皆知其谬，然据其所载，师弟四人，各一性情，各一动止，试摘取其一言一事，遂使暗中摸索，亦知其出自何人，则正以幻中有真，乃为传神阿堵。而已有不如《水浒》之讥。岂非真不真之关，固奇不奇之大较也哉？

即空观主人者，其人奇，其文奇，其遇亦奇。因取其抑塞磊落之才，出绪余以为传奇，又降而为演义，此《拍案惊奇》之所以两刻也。其所捃摭（jùn zhí，搜集），大都真切可据。即间及神天鬼怪，故如史迁纪事，摹写逼真，而龙之踞腹，蛇之当道，鬼神之理，远而非无，不妨点缀域外之观，以破俗儒之隔见耳。若夫妖艳风流一种，集中亦所必存。唯污蔑世界之谈，则戋戋乎其务去。鹿门子常怪宋广平之为人，意其铁心石肠，而为《梅花赋》，则清便艳发，得南朝徐庾体。由此观之，凡托于椎陋（朴实而简陋）以眩世，殆有不足信者夫。主人之言固曰："使世有能得吾说者，以为忠臣孝子无难；而不能者，不至为宣淫而已矣。"此则作者之苦心，又出于平平奇奇之外者也。

时剞劂（jī jué，刻印）告成，而主人薄游未返，肆中急欲行世，征言于余。余未知搦管（执笔。搦，nuò），毋乃"刻画无盐，唐突西子"哉！亦曰"簸之扬之，糠秕在前"云尔。

壬申冬日　睡乡居士题并书

小引

丁卯之秋事，附肤落毛，失诸正鹄，迟回白门。偶戏取古今所闻一二奇局可纪者，演而成说，聊舒胸中磊块。非曰行之可远，姑以游戏为快意耳。同侪过从者索阅一篇竟，必拍案曰："奇哉所闻乎！"为书贾所侦，因以梓传请。遂为钞撮成编，得四十种。支言俚说，不足供酱瓿；而翼飞胫走，较捻髭呕血、笔冢研穿者，售不售反霄壤隔也。嗟乎，文诎有定价乎？

贾人一试之而效，谋再试之。余笑谓："一之已甚。"顾逸事新语可佐谈资者，乃先是所罗而未及付之于墨，其为柏梁余材、武昌剩竹，颇亦不少。意不能恝（jiá），聊复缀为四十则。其间说鬼说梦，亦真亦诞，然意存劝戒，不为风雅罪人，后先一指也。

竺乾氏以此等亦为绮语障，作如是观，虽现稗官身为说法，恐维摩居士知贡举，又不免驳放耳。

崇祯壬申冬日　　即空观主人题于玉光斋中

目录

1

进香客莽看金刚经
出狱僧巧完法会分

文章通篇讲述爱惜字纸之事，纸张在古时是贵重的东西，都是手工制作，且带字的纸张大多是手写而成，印刷也是寥寥之数，远不及现代批量生产，所以古代文人认为字纸是有灵之物，并不奇怪。

沂国公王曾之父因爱惜字纸，积下不小阴德，使孔子学生曾参托生王家，便是王曾来历，后来连中三元，人不知王家得此贤能子孙皆因惜字爱纸。以此事为引，又牵出一段因字纸而引发的佛门因缘。太湖中一家寺院因收藏供奉着白居易真迹《金刚经》而闻名于当世，此卷几经辗转飘零，可谓波折不断。寺僧因饥荒典当给了相国府，相国夫人行善奉还了寺僧，谁料半路行船被风刮走了首页，后来经卷被贪心的柳太守惦记，骗取过来，因为缺了首页而被退回，寺院由此避得一祸，归寺途中迷路遇见一老汉，却是老汉拾得了首页，终合为完整一卷。

爱惜字纸的善举可以延伸到惜物爱物上，能否换得大福大禄不得而知，但可修养心性品格却是实实在在的！

诗曰：

世间字纸藏经同，见者须当付火中。

或置长流清净处，自然福禄永无穷。

话说上古苍颉制字，有鬼夜哭，盖因造化秘密，从此发泄尽了。只这一哭，有好些个来因。假如孔子作《春秋》，把二百四十二年间乱臣贼子心事阐发，凛如斧钺，遂为万古纲常之鉴，那些奸邪的鬼岂能不哭？又如子产铸刑书，只是禁人犯法，流到后来，奸胥（官府中巧于舞弊的小吏、衙役）舞文，酷吏锻罪，只这笔尖上边几个字断送了多多少少人？那些屈陷的鬼岂能不哭？至于后世以诗文取士，凭着暗中朱衣神，不论好歹，只看点头。他肯点点头的，便差池些，也会发高科，做高官；不肯点头的，遮莫（任凭）你怎样高才，没处叫撞天的屈。那些呕心抽肠的鬼，更不知哭到几时，才是住手。可见这字的关系，非同小可。况且圣贤传经讲道，齐家治国平天下，多用着它不消说；即是道家青牛骑出去，佛家白马驮将来，也只是靠这几个字，致得三教流传，同于三光。那字是何等之物，岂可不贵重它！每见世间人不以字纸为意，见有那残书废叶，便将来包长包短，以致因而揩台抹桌，弃掷在地，扫置灰尘污秽中，如此作践，真是罪业深重。假如偶然见了，便轻轻拾将起来，付之水火，有何重难的事，人不肯做？这不是人不肯做，一来只为人不晓得关着祸福，二来不在心上的事，匆匆忽略过了。只要能存心的人，但见字纸，便加爱惜，遇有遗弃，即行收拾，那个阴德可也不少哩！

宋时，王沂公之父爱惜字纸，见地上有遗弃的，就拾起来焚烧，便是落在粪秽中的，他毕竟设法取将起来，用水洗净，或投之长流水中，或候烘晒干了，用火焚过。如此行之多年，不知收拾净了万万千千的字纸。一日，妻有娠将产，忽梦孔圣人来吩咐道："汝家爱惜字纸，阴功甚大。我已奏过上帝，遣弟子曾参来生汝家，使汝家富贵非常。"梦后果生一儿，因感梦中之语，就取名为王曾。后来连中三元，官封沂国公。宋朝一代中三元的，只得三人，是宋庠（xiáng）、冯京与这王曾，可不是最稀罕的科名了！谁知内中这一个，不过是惜字纸积来的福，岂非人人做得的事？如今世上人见了享受科名的，那个不称羡道是难得？及至爱惜字纸这样容易事，却错过了不做，不知为何，且听小子说几句：苍颉制字，爰有妙理。三教圣人，无不用此。眼观秽弃，颡（sǎng，额）当有泚（冒汗）。三元科名，惜字而已。一唾手事，何不拾取？

小子因为奉劝世人惜字纸，偶然记起一件事来。一个只因惜字纸拾得一张故纸，合成一大段佛门中因缘，有好些的灵异在里头。有诗为证：

翰墨因缘法宝流，山门珍秘永传留。

从来神物多呵护，堪笑愚人欲强谋！

却说唐朝侍郎白乐天，号香山居士，他是个佛门中再来人，专一精心内典，勤修上乘。虽然顶冠束带，是个宰官身，却自念佛看经，

做成居士相。当时因母病，发愿手写《金刚般若经》百卷，以祈冥佑，散施在各处寺宇中。后来五代、宋、元兵戈扰乱，数百年间，古今名迹海内亡失已尽，何况白香山一家遗墨，不知多怎地消灭了。唯有吴中太湖内洞庭山一个寺中，流传得一卷，直至国朝嘉靖年间依然完好，首尾不缺。凡吴中贤士大夫、骚人墨客曾经赏鉴过者，皆有题跋在上，不消说得；就是四方名公游客，也多曾有赞叹顶礼、请求拜观、留题姓名日月的，不计其数。算是千年来稀奇古迹，极为难得的物事。山僧相传至宝收藏，不在话下。

　　且说嘉靖四十三年，吴中大水，田禾淹尽，寸草不生。米价踊贵（物价上涨），各处禁粜闭籴（禁止买卖粮食。粜，tiào，卖粮食。籴，dí，买进粮食），官府严示平价，越发米不入境了。原来大凡年荒米贵，官府只合静听民情，不去生事。少不得有一伙有本钱趋利的商人，贪那贵价，从外方贱处贩将米来；有一伙有家当囤米的财主，贪那贵价，从家里廒（áo，收藏粮食的仓房）中发出米去。米既渐渐辐辏（fú còu，人或物聚集像车辐集中于车毂一样），价自渐渐平减，这个道理也是极容易明白的。最是那不识时务执拗的腐儒做了官府，专一遇荒就行禁粜、闭籴、平价等事。他认道是不使外方籴了本地米去，不知一行禁止，就有棍徒诈害，遇见本地交易，便自声扬犯禁，拿到公庭，立受枷责。那有身家的怕惹事端，家中有米，只索闭仓高坐，又且官有定价，不许贵卖，无大利息，何苦出粜？那些贩米的客人，见官价不高，也无想头。就是小民私下愿增价暗籴，惧怕败露受责受罚。有本钱的人，不肯担这样干系，干这样没要紧的事。所以越弄得市上无米，米价转高，愚民不知，上官不谙，只埋怨道："如此禁闭，米只不多；如此抑价，米只不贱。"没得解说，只囫囵说一句"救荒无奇策"罢了。谁知多是要行荒政，反致越荒的。

　　闲话且不说。只因是年米贵，那寺中僧侣颇多，坐食烦难。平日檀越

（施主）也为年荒米少，不来布施。又兼民穷财尽，饿殍（piǎo）盈途，盗贼充斥，募化无路。那洞庭山位在太湖中间，非舟楫不能往来。寺僧平时吃着十方，此际料没得有凌波出险、载米上门的了。真个是：香积厨中无宿食，净明钵里少余粮。寺僧无计奈何。内中有一僧，法名辨悟，开言对大众道："寺中僧徒不少，非得四五十石米不能度此荒年。如今料无此大施主，难道抄了手坐看饿死不成？我想白侍郎《金刚经》真迹，是累朝相传至宝，何不将此件到城中寻个识古董人家，当他些米粮且度一岁？到来年有收，再图取赎，未为迟也。"住持道："相传此经值价不少，徒然守着它，救不得饥饿，真是戤（gài，倚靠）米囤饿杀了。把它去当米，诚是算计。但如此年时，哪里撞得个人肯出这样闲钱，当这样冷货？只怕空费着说话罢了。"辨悟道："此时要遇个识宝太师，委是不能够。想起来只有山塘上王相国府当内严都管，他是本山人，乃是本房檀越，就中与我独厚。这卷白侍郎的经，他虽未必识得，却也多曾听得。凭着我一半面皮，挨当他几十挑米，敢是有的。"众僧齐声道："既然如此，事不宜迟，只索（只能）就过湖去走走。"

住持走去房中，厢内捧出经来，外边是宋锦包袱包着，揭开里头看时，却是册页一般装的，多年不经裱褙，糯气已无，周围镶纸多泛浮了。住持道："此是传名的古物，如此零落了，知它有甚好处？今将去与人家藏放得好些，不要失脱了些便好。"众人道："且未知当得来当不来，不必先自担忧。"辨悟道："依着我说，当便或者当得来。只是救一时之急，赎取时这项钱粮还不知出在哪里。"众人道："且到赎时再做计较，眼下只是米要紧，不必多疑了。"当下雇了船只，辨悟叫个道人随了，带了经包，一面过湖到山塘上来。

行至相府门前，远远望去，只见严都管正在当中坐地。辨悟上前稽首，相见已毕，严都管便问道："师父何事下顾？"辨悟道："有一件事特来与都管商量，务要都管玉成（促成）则个。"都管道："且说看何事。可以从命，无不应承。"辨悟道："敝寺人众缺欠斋粮，目今年荒米贵，无计可施。寺中祖传《金刚经》，是唐朝白侍郎真笔，相传价值千金，想都管平日也晓得这话的。意欲将此卷当在府上铺中，得应付米百来石，度过荒年，救取合寺人众生命，实是无量功德。"严都管道："是甚稀罕东西，金银宝贝做的，值此价钱？我虽曾听见老爷与宾客们常说，真是千闻不如一见。师父且与我看看再商量。"辨悟在道人手里接过包来，打开看时，多是零零落落的旧纸。严都管道："我只说是怎么样金碧辉煌的，原来是这等悔气色脸，到不如外边这包还花碌碌（形容五颜六色）好看，如何说得值多少东西？"都管强不知以为知的，逐叶翻翻，一直翻到后面去，看见本府有许多大乡宦名字及图书在上面，连主人也有题跋手书印章，方喜动颜色道："这等看起来，大略也值些东西，我家老爷才肯写名字在上面。除非为我家老爷这名字多值了百来两银子，也不见得。我与师父相处中，又是救济好事，虽是百石不能够，我与师父五十石去罢。"辨悟道："多当多赎，少当少赎。就是五十石也罢，省得担子重了，他日回赎难措处。"当下严都管将经包袱得好了，捧了进去。终久是相府门中手段，做事不小，当真出来写了一张当票，当米五十石，付与辨悟道："人情当的，不要看容易了。"说罢，便叫开仓斛（hú，旧量器名）发。辨悟同道人雇了脚夫，将米一斛一斛地盘明下船，谢别了都管，千欢万喜，载回寺中不提。

且说这相国夫人，平时极是好善，尊重的是佛家弟子，敬奉的是佛家经卷。那年冬底，都管当中送进一年簿籍到夫人处查算，一向因过岁新正，忙忙未及简勘（审核）。此时已值二月中旬，偶然闲手揭开一叶看去，内一行写着"姜字五十九号，当洞庭山某寺《金刚经》一卷，本米五十石"。夫人道："奇怪！是何经卷当了许多米去？"猛然想道："常见相公说道洞庭山寺内有卷《金刚经》，是山门之宝，莫非即是此件？"随叫养娘们传出去，取进来看。不逾时取到。夫人盥手净了，解开包揭起看时，是古老纸色，虽不甚晓得好处与来历出处，也知是旧人经卷，便念声佛道："此必是寺中祖传之经，只为年荒将来当米吃了。这些穷寺里如何赎得去？留在此处亵渎，心中也不安稳。譬如我斋了这寺中僧人一年，把此经还了他罢，省得佛天面上取利不好看。"吩咐当中都管说："把此项五十石作做夫人斋僧之费，速唤寺中僧人，还他原经供养去。"

都管领了夫人的命，正要寻便捎信与那辨悟，教他来领此经，恰值十九日是观世音生日，辨悟过湖来观音山上进香，事毕到当中来拜都管。都管见了道："来得正好！我正在寻山上烧香的人捎信与你。"辨悟道："都管有何吩咐？"都管道："我无别事，便为你旧年所当之经，我家夫人知道了，就发心布施这五十石本米与你寺中，不要你取赎了，白还你原经，去替夫人供养着。故此要寻你来还你。"辨悟见说，喜之不胜，合掌道："阿弥陀佛！难得有此善心的施主，使此经重还本寺，真是佛缘广大，不但你夫人千载流传，连老都管也种福不浅了。"都管道："好说，好说！"随去禀知夫人，请了此经出来，奉还辨悟。夫人又吩咐都管："可留来僧一斋。"都管遵依，设斋请了辨悟。

辨悟笑嘻嘻捧着经包，千恩万谢而行。到得下船埠头，正值山上烧香多人，坐满船上，却待开了。辨悟叫住，也搭将上去，坐好了开船。船中人你说张家长，我说李家短，不一时，行至湖中央。辨悟对众人道："列位说来说去，总不如小僧今日所遇施主，真是个善心喜舍、量大福大的了。"众人道："是哪一家？"辨悟道："是王相国夫人。"众人内中有的道："这是久闻好善的，今日却如何布施与师父？"辨悟指着经包道："即此便是大布施。"众人道："想是你募缘簿上开写得多了。"辨悟道："若是有心施舍，多些也不为奇。专为是出于意外的，所以难得。"众人道："怎生出于意外？"辨悟就把去年如何当米，今日如何白还的事说了一遍，道："一个荒年，合寺僧众多是这夫人救了的。况且寺中传世之宝正苦没本利赎取，今得奉回，实出侥幸。"众人见说一本经当了五十石米，好生不信，有的道："出家人惯说天话，哪有这事？"有的道："他又不化我们东西，何故掉谎？敢是真的。"又有的道："既是值钱的佛经，我们也该看看，一缘一会，也是难得见的。"要与辨悟取出来看。辨悟见一伙多是些乡村父老，便道："此是唐朝白侍郎真笔，列位未必识认，亵亵渎渎，看他则甚？"内中有一个教乡学假斯文的，姓黄号丹山，混名黄撮空，听得辨悟说话，便接口道："师父出言太欺人！甚么白侍郎黑侍郎，便道我们不认得？那个白侍郎，名字叫得白乐天，《千家诗》上多有他的诗，怎欺负我不晓得？我们今日难得同船过湖，也是个缘分，便大家请出来看看古迹。"众人听得，尽拍手道："黄先生说得有理。"一齐就去辨悟身边，讨取来看。辨悟四不拗六，抵当众人不住，只得解开包袱，摊在舱板上。揭开经来，那经叶叶不粘连的了，正揭到头一板，怎当得湖中风大，忽然一阵旋

风，搅到经边一掀，急得辨悟忙将两手撳(qìn，用手按)住，早把一叶吹到船头上。那时，辨悟只好按着，不能脱手去取，忙叫众人快快收着。众人也大家忙了手脚，你挨我挤，吆吆喝喝，磕磕撞撞，哪里捞得着？说时迟，那时快，被风一卷，早卷起在空中。原来一年之中，唯有正二月的风是从地下起的，所以小儿们放纸鸢风筝，只在此时。那时是二月天气，正好随风上去，哪有下来的风恰恰吹来还你船中？况且太湖中间潣(wǎng，水深而宽广的样子)潣漾漾的所在，没弄手脚处，只好共睁着眼，望空仰看。但见：天际飞冲，似炊烟一道直上；云中荡漾，如游丝几个翻身。纸鸢到处好为邻，俊鹘(hú)飞来疑是伴。底下叫的叫，跳的跳，只在湖中一叶舟；上边往一往，来一来，直通海外三千国。不生得补青天的大手抓将住，没处借系白日的长绳缚转来。

辨悟手按着经卷，仰望着天际，无法施展，直看到望不见才住。眼见得这一纸在爪哇国里去了，只叫得苦。众人也多呆了，互相埋怨。一个道："才在我手边，差一些儿不拿得住。"一个道："在我身边飞过，只道你来拿，我住了手。"大家唧哝。一个老成的道："师父再看看，敢是吹了没字的素纸还好。"辨悟道："哪里是素纸！刚是揭开头一张，看得明明白白的。"众人疑惑，辨悟放开双手看时，果然失了头一板。辨悟道："千年古物，谁知今日却弄得不完全了！"忙把来叠好，将包包了，紫涨了面皮，只是怨怅。众人也多懊悔，不敢则声。黄撮空没做道理处，文诌诌强通句把不中款解劝的话。看见辨悟不喜欢，也再没人敢讨看了。船到山边，众人各自上岸散讫。辨悟自到寺里来，说了相府白还经卷缘故，合寺无不欢喜赞叹，却把湖中失去一叶的话，瞒住不说。寺僧多是不在行的，也没人翻来看看，交与住持收拾过罢了。

话分两头。却说河南卫辉府，有一个姓柳的官人，补了常州府太守，择日上任。家中亲眷设酒送行，内中有一个人，乃是个博学好古的山人，曾到苏、杭四处游玩访友过来，席间对柳太守说道："常州府与苏州府接壤，那苏州府所属太湖洞庭山某寺中，有一件稀奇的物事，乃是白香山手书《金刚经》。这个古迹价值千金，今老亲丈就在邻邦，若是有个便处，不可不设法看一看。"那个人是柳太守平时极尊信的。他虽不好古董，却是个极贪的性子，见说了值千金，便也动了火，牢牢记在心上。到任之后，也曾问起常州乡士大夫，多有晓得的，只是苏、松隔属，无因得看。他也不是本心要看，只因千金之说上心，希图频对人讲，或有奉承他的解意了，购求来送他未可知。谁知这些听说的人道是隔府的东西，他不过无心问及，不以为意。以后在任年余，渐渐放手长了。有几个富翁为事打通关节，他传出密示，要苏州这卷《金刚经》。讵（怎）知富翁要银子反易，要这经却难，虽曾打发人寻着寺僧求买，寺僧道是家传之物，并无卖意。及至问价，说了千金。买的多不在行，伸伸舌，摇摇头，恐怕做错了生意，折了重本，看不上眼，不是算了，宁可苦着百来两银子送进衙去，回说"《金刚经》乃本寺镇库之物，不肯卖的，情愿纳价"罢了。太守见了白物（银子），收了顽涎（强烈的贪欲），也不问起了。如此不止一次。这《金刚经》到是那太守发科分、起发人的丹头了，因此明知这经好些难取，一发上心。

有一日，江阴县中解到一起劫盗，内中有一行脚头陀僧。太守暗喜道："取《金刚经》之计，只在此僧身上了。"一面把盗犯下在死囚牢里，一面叫个禁子（狱卒）到衙来，悄悄吩咐他道："你到监中，可与我密密叮嘱这行脚僧，我当堂再审时，叫他口里扳着苏州洞庭山某寺，是他窝赃之所，我便不加刑罚了。你却不可泄漏讨死吃！"禁子道："太爷吩咐，小的性命怎地不值钱？多在小的身上罢了。"禁子自去依言行事。果然次日升堂，研问（盘问）这起盗犯，用了刑具，这些强盗各自招出赃仗窝家。独有这个行脚僧不上刑具，就一口招道：赃在洞庭山某寺窝着，寺中住持叫甚名字。原来行脚僧人做歹事的，一应荒庙野寺投斋投宿，无处不到，打听做眼，这寺中住持姓名，恰好他晓得，正投太守心上机会。太守大喜，取了供状，叠成文卷，一面行文到苏州府捕盗厅来，要提这寺中住持。差人赍（jī）文坐守，捕厅佥（qiān，签）了牌，另差了两个应捕，驾了快船，一直望太湖中洞庭山来。真个：人似饥鹰，船同蜚虎。鹰在空中思攫（jué，抓取）食，虎逢到处立吞生。静悄村墟，魆地（忽然。魆，xū）神号鬼哭；安闲舍宇，登时犬走鸡飞。即此便是活无常，阴间不数真罗刹。

　　应捕到了寺门前，雄纠纠地走将入来，问道："哪一个是住持？"住持上前稽首道："小僧就是。"应捕取出麻绳来便套，住持慌了手脚道："有何事犯，便值得如此？"应捕道："盗情事发，还问甚事犯！"众僧见住持被缚，大家走将拢来，说道："上下不必粗鲁！本寺是山塘王相府门徒，等闲也不受人欺侮！况且寺中并无歹人，又不曾招接甚么游客住宿，有何盗情干涉？"应捕见说是相府门徒，又略略软了些，说道："官差吏差，来人不差。我们捕厅因常州府盗情事，扳出与你寺干连，行关守提。有干无干，当官折辩（争辩），不关我等心上，只要打发我等起身！"一个应捕假做好人道："且宽了缚，等他去周置，这里不怕他走了去。"住持脱了身，讨牌票看了，不知头由。一面商量收拾盘缠，去常州分辩，一面将差使钱送与应捕。应捕嫌多嫌少，诈得满足了才住手。应捕带了住持下船，辨悟叫个道人跟着，一同随了住持，缓急救应。到了捕厅，点了名，办了文书，解将过去。免不得书房与来差多有了使费。住持与辨悟、道人，共是三人，雇了一个船，一路盘缠了来差，到常州来。

　　说话的，你差了。隔府关提，尽好使吾支吾，如何去得这样容易？看官有所不知，这是盗情事，不比别样闲讼，须得出身辨白，不然怎得许多使用？所以只得来了。未见官时，辨悟先去府中细细打听劫盗与行脚僧名字、来踪去迹，与本寺没一毫影响，也没个仇人在内，正不知祸根是哪里起的，真摸头路不着。说话间，太守升堂。来差投批，带住持到。太守不开言问甚事由，即写监票发下监中去。住持不曾分说得一句话，竟自黑碌碌（不明不白）地吃监了。太守监罢了住持，唤原差到案前来，低问道："这和尚可有人同来么？"原差道："有一个徒弟，一个道人。"太守道："那徒弟可是了事的？"原差道："也晓得事体的。"太守道："你悄地对那徒弟说：可速回寺中去取那本《金刚经》来，救你师父，便得无事；若稍迟几日，就讨绝单（非法杀害犯人）了。"原差道："小的去说。"

太守退了堂。原差跌跌脚道："我只道真是盗情，原来又是甚么《金刚经》！"盖只为先前借此为题诈过了好几家，衙门人多是晓得的了，走去一十一五对辨悟说了。辨悟道："这是我上世之物。怪道日前有好几起常州人来寺中求买，说是府里要，我们不卖与他。直到今日，却生下这个计较，陷我师父，强来索取。如今怎么处？"原差道："方才明明吩咐稍迟几日就讨绝单。我老爷只为要此经，我这里好几家受了累。何况是你本寺有的，不送得他，他怎肯住手，却不枉送了性命？快去与你住持师父商量去！"辨悟就央原差领了到监里，把这些话一一说了。住持道："既是如此，快去取来送他，救我出去罢了。终不成为了大家门面的东西，断送了我一个人性命罢？"辨悟道："不必二三，取了来就是。"对原差道："有烦上下代禀一声，略求宽容几日，以便往回。师父在监，再求看觑。"原差道："既去取了，这个不难，多在我身上，放心前去。"

辨悟留下盘缠与道人送饭，自己单身，不辞辛苦，星夜赶到寺中，取了经卷，复到常州。不上五日，来会原差道："经已取来了，如何送进去？"原差道："此是经卷，又不是甚么财物。待我在转桶边击梆，禀一声，递进去不妨。"果然原差递了进去。太守在私衙，见说取得《金刚经》到，道是宝物到了，合衙人眷多来争看。打开包时，太守是个粗人，本不在行，只道千金之物，必是怎地庄严。看见零零落落，纸色晦黑，先不像意（称意）。揭开细看字迹，见无个起首，没头没脑。看了一会，认有细字号数，仔细再看，却原来是第二叶起的。太守大笑道："凡事不可虚慕名，虽是古迹，也须得完全才好。今是不全之书，头一板就无了，成得甚用？说甚么千金百金，多被这些酸子传闻误了，空费了许多心机，难为这个和尚坐了这几日监，岂不冤枉！"内眷们见这经卷既没甚么好看，又听得说和尚坐监，一齐撺掇，叫还了经卷，放了和尚。太守也想道没甚紧要，仍旧发与原差，给还本主。衙中传出去说："少了头一张，用不着，故此发了出来。"辨悟只认还要补头张，怀着鬼胎道："这却是死了！"正在心慌，只见连监的住持多放了出来。原差来讨赏，道："已此没事了。"住持不知缘故。原差道："老爷起心要你这经，故生这风波。今见经不完全，没有甚么头一张，不中他意，有些懊悔了。他原无怪你之心，经也还了，事也罢了。恭喜！恭喜！"

住持谢了原差，回到下处，与辨悟道："哪里说起，遭此一场横祸！今幸得无事，还算好了。只是适才听见说经上没了头张，不完全，故此肯还。我想此经怎的不完全？"辨悟才把前日太湖中众人索看，风卷去头张之事，说了一遍，住持道："此天意也！若是风不吹去首张，此经今日必然被留，非复我山

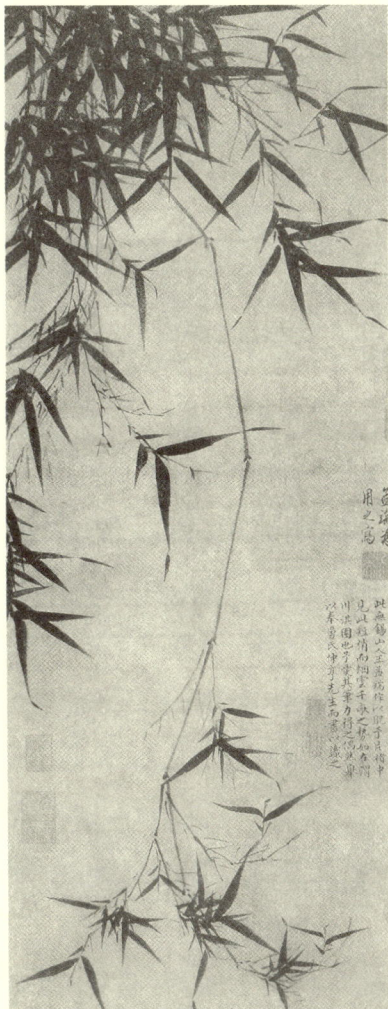

门所有了。如今虽是缺了一张，后边名迹还在，仍旧归吾寺宝藏，此皆佛天之力。"喜喜欢欢，算还了房钱饭钱，师徒与道人三众雇了一个船，同回苏州来。

过了浒墅关数里，将到枫桥，天已昏黑，忽然风雨大作，不辨路径。远远望去，一道火光烛天，叫船家对着亮处只管摇去。其时风雨也息了，看看至近，却是草舍内一盏灯火明亮，听得有木鱼声。船到岸边，叫船家缆好了。辨悟踱上去，叩门讨火。门还未关，推将进去，却是一个老者靠着桌子诵经。见是个僧家，忙起身叙了礼。辨悟求点灯，老者打个纸捻儿，蘸蘸油点着了，递与辨悟。辨悟接了纸捻，照得满屋明亮，偶然抬头带眼见壁间一幅字纸粘着，无心一看，吃了一惊，大叫道："怪哉！怪哉！"老者问道："师父见此纸，为何大惊小怪？"辨悟道："此话甚长！小舟中还有师父在内，待小僧拿火去照了，然后再来奉告，还有话讲。"老者道："老汉是奉佛弟子，何不连尊师接了起来？"老者就叫小厮祖寿出来，同了辨悟到舟中，来接那一位师父。

辨悟未到船上，先叫住持道："师父快起来！不但投着主人，且有奇事了！"住持道："有何奇事？"辨悟道："师父且到里面见了主人，请看一件物事。"住持同了辨悟走进门来，与主人相见了。辨悟拿了灯，拽了住持的手，走到壁间，指着那一幅字纸道："师父可认认看。"住持抬眼一看，只见首一行是"金刚般若波罗密经"，第二行是"法会因由分第一"，正是白香山所书，乃经中之首叶在湖中飘失的。拍手道："好像是吾家经上的，何缘得在此处？"老者道："贤师徒惊怪此纸，必有缘故。"辨悟道："老丈肯把得此纸的根由一说，愚师徒也剖心相告。"老者摆着椅子道："请坐了献茶，容老汉慢讲。"

师徒领命，分次坐了。奉茶已毕，老者道："老汉姓姚，是此间渔人。幼年不曾读书，从不识字，只靠着鱼虾为生。后来中年，家事尽可度日了，听得长老们说因果，自悔作业太多，有心修行。只为不识一字，难以念经，因此自恨。凡见字纸，必加爱惜，不敢作践，如此多年。前年某月某日晚间，忽然风飘甚么物件下来，到于门首。老汉望去，只看见一道火光落地，拾将起来，却是一张字纸。老汉惊异，料道多年宝惜字纸，今日见此光怪，必有奇处，不敢亵渎，将来粘在壁间，时常顶礼。后来有个道人到此见了，对老汉道：'此《金刚经》首叶，若是要念全经，我当教汝。'遂手出一卷，教老汉念诵一遍。老汉随口念过，心中豁然，就把经中字一一认得。以后日渐增加，今颇能遍历诸经了。记得道人临别时，指着此纸道：'善守此幅，必有后果。'老汉一发不敢怠慢，每念诵时，必先顶礼。今两位一见，共相惊异，必是晓得此纸的来历了。"住持与辨悟同声道："适间迷路，忽见火光冲天，随亮到此，却只是灯火微明，正在怪异。方才见老丈见教，得此纸时，也见火光，乃知是此纸显灵，数当会合。老丈若肯见还，功德更大了。"老者道："非师等之物，何云见还？"辨悟道："好教老丈得知：此纸非凡笔，乃唐朝侍郎白香山手迹也，全经一卷，在吾寺中，海内知名。吾师为此近日被一个狠官人拿去，强逼要献，几丧性命，没奈何只得献出。还亏得前年某月某日湖中遇风，飘去首叶，那官人嫌它不全，方得重还。今日正奉归寺中供养，岂知却遇着所失首叶在老丈处，重得瞻礼。前日若非此纸失去，此经已落他人之手；今日若非此纸重逢，此经遂成不全之文。一失一得，不先不后，两番火光，岂非韦驮尊天有灵，显此护法手段出来么？"

老者似信不信的答应。辨悟走到船内，急取经包上来，解与老者看，乃是第二叶起的，将来对着壁间字法纸色，果然一样无差。老者叹异，念佛不已，将手去壁间揭下来，合在上面，长短阔狭无不相同。一卷经完完全全了，三人尽皆欢喜。老者吩咐治斋相款，就留师徒两人同榻过夜。住持私对辨悟道："起初我们恨柳太守，如今想起来，也是天意。你失去首叶，寺中无一人知道，珍藏到今，若非此一番跋涉，也无从遇着原纸来完全了。"辨悟道："上天晓得柳太守起了不良之心，怕夺了全卷去，故先吹掉了一纸。今全卷重归，仍旧还了此一纸，实是天公之巧，此卷之灵！想此老亦是会中人，所云道人，安知不是白侍郎托化来的！"住持道："有理，有理！"是夜，姚老者梦见韦驮尊天来对他道："汝幼年作业深重，亏得中年回首，爱惜字纸。已命香山居士启汝天聪，又加守护经文，完全成卷，阴功更大，罪业尽消。来生在文字中受报，福禄非凡，今生且赐延寿一纪，正果而终。"老者醒来，明明记得。次日，对师徒二人道："老汉爱护此纸经年，今见全经，无量欢喜。虽将此纸奉还，老汉不能忘情。愿随师父同行，出钱请个裱匠，到寺中重新装好，使老汉展诵几遍，方为称怀。"师徒二人道："难得檀越如此信心，实是美事，便请下船同往敝寺随喜（游览寺院）一番。"

老者吩咐了家里，带了盘缠，唤小厮祖寿跟着，又在城里接了一个高手的裱匠，买了作料，一同到寺里来。盘桓了几日，等裱匠完工，果然裱得焕然一新。便出衬钱请了数众，展念《金刚经》一昼夜，与师徒珍重而别。后来，每年逢诞日或佛生日，便到寺中瞻礼白香山手迹一遍，即行持念一日，岁以为常。年过八十，到寺中沐浴坐化而终。寺中宝藏此卷，闻说至今犹存。有诗为证：

一纸飞空大有缘，反因失去得周全。

拾来宝惜生多福，故纸何当浪弃捐！

小子不敢明说寺名，只怕有第二个像柳太守的寻踪问迹，又生出事头来。再有一诗笑那太守道：

伧父（粗俗、鄙贱之人）何知风雅缘？贪看古迹只因钱。

若教一卷都将去，宁不冤他白乐天！

小道人一着饶天下
女棋童两局注终身

　　自古才子佳人，因技艺雅事共通结下姻缘、夫唱妇随的千古佳话，至今还为人称道。如书家姻缘王羲之和郗璿，丹青姻缘赵孟頫和管夫人，琴弦姻缘司马相如和卓文君，此篇说的则是一对因围棋而结下良缘的夫妇，简单来说，就是一个棋手，在棋盘上赢下了一个老婆。

　　周国能从小便拥有奇高的围棋天赋，因而养了一身傲气，不甘娶小门农家女，便四处游历，一边找高手下棋，一边寻心仪女子。当时辽国有个棋艺第一的女子妙观，周国能一见钟情，与妙观两次对棋，诈输讨不得，赌棋又不得，最终得辽国众亲王保媒，才和妙观喜结良缘。

　　技艺相当，才情匹配，此等志同道合的夫妇又怎么不恩爱永久呢？这种爱情和婚姻，比起那自由恋爱又高出一些层次来，却是可遇而不可求的。

词云：

百年伉俪是前缘，天意巧周全。试看人世，禽鱼草木，各有蝉联。

从来材艺称奇绝，必自种姻婕（婚姻。婕，lián）。文君琴思，仲姬画手，匹美双传。

——词寄《眼儿媚》

自古道：物各有偶。才子佳人，天生匹配，最是人世上的佳话。看官且听小子说：山东兖州府巨野县有个秾（nóng）芳亭，乃是地方居民秋收之时，祭赛田祖先农、公举社会（旧时于春秋社日迎赛土神的集会）聚饮的去处。向来亭上有一扁额，大书三字在上，相传是唐颜鲁公之笔，失去已久，众人无敢再写。一日正值社会之期，乡里父老相商道："此亭徒有其名，不存其扁。只因向是木扁，所以损坏。今若立一通石碑在亭中，别请当今名笔写此三字在内，可垂永久。"此时只有一个秀才，姓王名维翰，是晋时王羲之一派子孙，惯写颜字，书名大盛。父老具礼相求，道其本意。维翰欣然相从，约定社会之日，就来赴会，即当举笔。父老砻（lóng，磨）石端正（准备）。

到于是日，合乡村男妇儿童，无不毕赴，同观社火。你道如何叫得社火？凡一应吹箫打鼓、踢球放弹、构栏傀儡、五花爨弄（演剧。爨，cuàn）诸般戏具，尽皆施呈，却像献来与神道观玩的意思，其实只是人扶人兴，大家笑耍取乐而已。所以王孙公子，尽有携酒挟伎特来观看的。直待诸戏尽完，赛神礼毕，大众齐散，只留下主会几个父老，亭中同分神福，享其祭余，尽醉方休。此是历年故事。此日只为邀请王维翰秀才书石，特接着上厅行首（名妓）谢天香在会上相陪饮酒。不想王秀才别被朋友留住，一时未至。父老虽是设着酒席，未敢自饮，呆呆等待。谢天香便问道："礼事已毕，为何迟留不饮？"众父老道："专等王秀才来。"谢天香道："哪个王秀才？"父老道："便是有名会写字的王维翰秀才。"谢天香道："我也久闻其名，可惜不曾会面。今日社酒却等他做甚？"父老道："他许下在石碑上写秾芳亭三字，今已磨墨停当在此，只等他来动笔罢然后饮酒。"谢天香道："既是他还未来，等我学写个儿耍耍何如？"父老道："大姐又能写染（书法）？"谢天香道："不敢说能，粗学涂抹而已。请过大笔一用，取一回笑话，等王秀才来时，抹去了再写不妨。"父老道："俺们哪里有大笔？凭着王秀才带来用的。"谢天香看见瓦盆里墨浓，不觉动了挥洒之兴，却恨没有大笔应手。心生一计，伸手在袖中摸出一条软纱汗巾来，将角儿团簇得如法，拿到瓦盆边蘸了浓墨，向石上一挥，早写就了"秾芳"二字，正待写"亭"字起，听得鸾铃响，一人指道："兀的不是王秀才来也！"

谢天香就住手不写，抬眼看时，果然王秀才骑了高头骏马，瞬息来到亭前，从容下马到亭中来。众父老迎着，以次相见。谢天香末后（最后）见礼，王秀才看了谢天香容貌，谢天香看了王秀才仪表，两相企羡（仰慕），自不必说。王秀才看见碑上已有"秾芳"二大字，墨尚未干，称赞道："此二字笔势非凡，有恁样高手在此，何待小生操笔？却为何不写完了？"父老道："久等秀才不到，此间谢大

姐先试写一番看看。刚写到两字，恰好秀才来了，所以住手。"谢天香道："妾身不揣（不自量），闲在此间作耍取笑，有污秀才尊目。"王秀才道："此书颜骨柳筋，无一笔不合法，不可再易，就请写完罢了。"父老不肯道："专仰秀才大名，是必要烦妙笔一番！"谢天香也谦逊道："贱妾偶尔戏耍，岂可当真！"王秀才道："若要抹去二字，真是可惜！倘若小生写来，未必有如此妙绝，悔之何及？恐怕难为父老们盛心推许，容小生续成罢了。只问适间大姐所用何笔？就请借用一用，若另换一管，锋端不同了。"谢天香道："适间无笔，乃贱妾用汗巾角蘸墨写的。"王秀才道："也好，也好！就借来试一试。"谢天香把汗巾递与王秀才。王秀才接在手中，向瓦盆中一蘸，写个"亭"字续上去。看来笔法俨如一手写成，毫无二样。父老内中也有斯文在行的，大加赞赏道："怎的两人写来恰似出于一手？真是才子佳人，可称双绝！"王秀才与谢天香俱各心里喜欢，两下留意。父老一面就命勒石匠把三字刻将起来，一面就请王秀才坐了首席，谢天香陪坐，大家尽欢吃酒。席间，王秀才与谢天香讲论字法，两人多是青春美貌，自然投机。父老们多是有年纪历过多少事体过的，有什么不解意处？见两人情投意合，就撺掇两个成其夫妇，后来竟谐老终身。这是两下会写字的成了一对的话。

看来，天下有一种绝技，必有一个同声同气的在那里凑得。在夫妻里面，更为稀罕。自古书画琴棋，谓之文房四艺。只这王、谢两人，便是书家一对夫妻了。若论画家，只有原时魏国公赵子昂与夫人管氏仲姬，两个多会画，至今湖州天圣禅寺东西两壁，每人各画一壁，一边山水，一边竹石，并垂不朽。若论琴家，是那司马相如与卓文君，只为琴心相通，临邛（qióng）夜奔，这是人人晓得的，小子不必再来敷演。如今说一个棋家在棋盘上赢了一个妻子，千里姻缘，天生一对，也是一段稀奇的故事，说与看官们听一听。有诗为证：

世上输赢一局棋，谁知局内有夫妻？

坡翁当日曾遗语，胜固欣然败亦宜！

话说围棋一种，乃是先天河图之数：三百六十一着，合着周天三百六十五度四分度之一，黑白分阴阳以象两仪，立四角以按四象。其中有千变万化、神鬼莫测之机。仙家每每好此，所以有王质烂柯之说。相传是帝尧所置，以教其子丹朱。此亦荒唐之谈，难道唐虞以前连神仙也不下棋？况且这家技艺不是寻常教得会的。若是天性相近，一下手晓得走道儿，便有非常仙着，着出来一日高似一日，直到绝顶方休。也有品格所限，只差得一子两子地步，再上进不得了。至于本质下劣，就是奢遮（出色）的国手师父指教他秘密几多年，只到得自家本等，高也高不多些儿。真所谓棋力酒量恰像个前生分定，非人力所能增减也。

宋时，蔡州大吕村有个村童，姓周名国能，从幼便好下棋。父母送他在村学堂读书，得空就与同伴们画个盘儿，拾取两色砖瓦块做子赌胜。出学堂来，见村中老人家们动手下棋，即袖着手儿站在旁边，呆呆地厮看。或时看到闹处，不觉心痒，口里漏出着把来指手画脚教人，定是寻常想不到的妙着。自此日着日高，是村中有名会下棋的高手，先前曾饶过国能几子的，后来多反受国能饶了，还下不得两平。遍村走将来，并无一个对手，此时年才十五六岁，棋名已著一乡。乡人见国能小小年纪手段高得突屼，尽传他在田畔拾枣，遇着两个道士打扮的在草地上对坐安枰（píng，棋盘）下棋，他在旁边蹲着观看，道士觑着笑道："此子亦好棋乎？可教以人间常势。"遂就枰上指示他攻守杀夺、救应防拒之法。也是他天缘所到，说来就解，一一领略不忘。道士说："自此可无敌于天下矣！"笑别而去。此后果然下出来的迥出（超群）人上，必定所遇是仙长，得了仙诀过来的。有的说是这小伙子调喉（调唇弄舌），无过是他天性近这一家，又且耽在里头，所以转造转高，极穷了秘妙，却又撰出见神见鬼的天话哄着愚人。这也是强口人不肯信伏的常态，总来不必辨其有无，却是棋高无敌是个实的了。

因为棋名既出，又兼年小稀罕，便有官员士夫、王孙公子与他往来。又有那不伏气甘折本的小二哥与他赌赛，十两五两输与他的。国能渐渐手头饶裕，礼度熟娴，性格高傲，变尽了村童气质，弄做个斯文模样。父母见他年长，要替他娶妻。国能就心里望头大了，对父母说道："我家门户低微，目下取得妻来不过是农家之女，村妆陋质不是我的对头。儿既有此绝艺，便当挟此出游江湖间，料不须带着盘费走。或者不拘哪里天缘有在，等待依心像意寻个对得我来的好女儿为妻，方了平生之愿。"父母见他说得话大，便就住了手。

过不多几日，只见国能另换了一身衣服，来别了父母出游。父母一眼看去，险些不认得了。你道他怎生打扮：头戴包巾，脚蹬方履。身上穿浅地深缘的蓝服，腰间系一坠两股的黄绦。若非葛稚川（葛洪，东晋炼丹家）侍炼药的丹童，便是董双成（王母身边的玉女）同思凡的道侣。说这国能葛巾野服，扮作了道童模样，父母吃了一惊，问道："儿如此打扮，意欲何为？"国能笑道："儿欲从此云游四方，遍寻一个好妻子，来做一对耳。"父母道："这是你的志气，也

难阻你。只是得手便回，莫贪了别处欢乐，忘了故乡。"国能道："这个怎敢！"是日是个黄道吉日，拜别了父母，即便登程，从此自称小道人。

一路行去，晓得汴梁是帝王之都，定多名手，先向汴京进发。到得京中，但是对局，无有不输与小道人的，棋名大震。往来多是朝中贵人，东家也来接，西家也来迎，或是行教，或是赌胜，好不热闹过日。却并不见一个对手，也无可意的女佳人撞着眼里的。混过了多时，自想姻缘未必在此，遂离了京师，又到太原、真定等处游荡。一路行棋，眼见得无出其右，奋然道："吾闻燕山乃辽国郎主在彼称帝，雄丽过于汴京，此中必有高人国手天下无敌的在内，今我在中国既称绝技，料然到那里不到得输与人了。何不往彼一游，寻个出头的国手较一较高低，也与中国吐一吐气，博他一个远乡异域的高名，传之不朽？况且自古道燕、赵多佳人，或者借此技艺，在王公贵人家里出入，图得一个好配头，也不见得。"遂决意往北路进发，风飧（sūn）水宿，夜住晓行，不多几日，已到了燕山地面。

且说燕山形胜，左环沧海，右拥太行，北枕居庸，南襟河济。向称天府之国，暂为夷主所都。此时燕山正是耶律部落称尊之所，宋时呼之为北朝，相与为兄弟之国。盖自石晋以来，以燕、云一十六州让与彼国了，从此渐染中原教化，百有余年。所以夷狄名号向来只是单于、可汗、赞普、郎主等类，到得辽人，一般称帝称宗，以至官员职名大半与中国相参，衣冠文物，百工技艺，竟与中华无二。辽国最好的是弈棋。若有第一等高棋，称为国手，便要遣进到南朝请人比试。曾有一个王子最高，进到南朝。这边棋院待诏顾思让也是第一手，假称第三手，与他对局，以一着解两征，至今棋谱中传下镇神头势。王子赢不得顾待诏，问通事说是第三手。王子愿见第一，这边回他道："赢得第三，方见第二；赢得第二，方见第一。今既赢不得第三，尚不得见第二，怎能够见得第一？"王子只道是真，叹口气道："我北朝第一手赢不得南朝第三手，再下棋何干！"摔碎棋枰，伏输而去，却不知被中国人瞒过了。此是已往的话。

只说那时辽国围棋第一称国手的乃是一个女子，名为妙观，有亲王保举，受过朝廷册封为女棋童，设个棋肆，教授门徒。你道如何教授？盖围棋三十二法，皆有定名：有"冲"、有"干"，有"绰"、有"约"，有"飞"、有"关"，有"札"、有"粘"，有"顶"、有"尖"，有"觑"、有"门"，有"打"、有"断"，有"行"、有"立"，有"捺"、有"点"，有"聚"、有"跷"，有"挟"、有"挷"（zā），有"嶭"（niè）、有"刺"，有"勒"、有"扑"，有"征"、有"劫"，有"持"、有"杀"，有"松"、有"盘"。妙观以此等法传授于人。多有王侯府中送将男女来学棋，以及大家小户少年好戏欲学此道的，尽来拜她门下，不计其数，多呼妙观为师。妙观亦以师道自尊，装模作样，尽自矜持，言笑不苟，也要等待对手，等闲未肯嫁人。却是棋声传播，慕她才色的咽干了涎唾，只是不能胜她，也没人敢启齿求配。空传下个美名，受下许多门徒，晚间师父娘只是独宿而已。有一首词单道着妙观好处：

丽质本来无偶，神机早已通玄。枰中举国莫争先，女将驰名善战。玉手无惭国手，秋波合唤秋仙。高居师席把棋传，石作门生也眩。——右词寄《西江月》

话说国能自称小道人，游到燕山，在饭店中歇下，知妙观是国手的话，留心探访。只见来到肆前，果然一个少年美貌的女子，在那里点指画脚教人下棋。小道人见了，先已飞去了三魂，走掉了七魄，恨不得双手抱住了她做一点两点的事。心里道："且未可露机，看她着法如何。"呆呆地袖着手，在旁冷眼厮觑。见她着法还有不到之处，小道人也不说破。一连几日，有些耐不得了，不觉口中嗫嚅（想说而又吞吞吐吐不敢说出来），逗露（透露）出一两着来。妙观出于不意，见指点出来的多是神着，抬眼看时，却是一个小伙儿，又是道家妆扮的，情知有些诧异，心里疑道：

"哪里来此异样的人？"忍着只做不睬，只是大剌剌教徒弟们对局。妙观偶然指点一着，小道人忽攘臂（捋起袖子，露出胳膊表示振奋）争道："此一着未是胜着，至第几路必然受亏。"果然下到其间，一如小道人所说。妙观心惊道："奇哉此童！不知自何处而来。若再使他在此观看，形出我的短处，枉为人师，却不受人笑话？"大声喝道："此系教棋之所，是何闲人乱入厮混？"便叫两个徒弟，把小道人扰（sǒng，推）了出来，不容观看。小道人冷笑道："自家棋低，反要怪人指教，看你躲得过我么？"反了手踱了出来，私下想道："好个美貌女子！棋虽非我比，女人中有此也不易得。只在这几个黑白子上定要赚她到手，倘不如意，誓不还乡！"走到对门，问个老者道："此间店房可赁与人否？"老者道："赁来何用？"小道人道："因来看棋，意欲赁个房儿住着，早晚偷学她两着。"老者道："好好！对门女棋师是我国中第一手，说道天下无敌。小师父小小年纪，要在江湖上云游，正该学她些着法。老汉无儿女，只有个老嬷缝纫度日，也与女棋师往来得好。此门面房空着，专一与远来看棋的人闲坐，趁几文茶钱的。小师父要赁，就打长赁了也好。"

小道人就在袖里摸出包来，拣一块大些的银子，与他做了定钱。抽身到饭店中搬取行囊，到这对门店中安下。铺设已定，见店中有见成垩就（用白土涂饰成。垩，è）的木牌在那里，他就与店主人说，要借来写个招牌。老者道："要招牌何用？莫非有别样高术否？"小道人道："也要在此教教下棋，与对门棋师赛一赛。"老者道："不当人子，哪里还讨个对手么？"小道人道："你不要管，只借我牌便是。"老者道："牌自空着，但凭取用，只不要惹出事来，做了话靶。"小道人道："不妨，不妨。"就取出文房四宝来，磨得墨浓，蘸得笔饱，挥出一张牌来，竖在店面门口。只因此牌一出，有分交：绝技佳人，望枰而纳款；远来游客，出手以成婚。你道牌上写的是甚话来？他写道：汝南小道人手谈（下围棋），奉饶天下最高手一先。老者看见了，道："天下最高手你还要饶他先哩！好大话，好大话！只怕见我女棋师不得。"小道人道："正要饶得你女棋师，才为高手。"老者似信不信，走进里面去，把这些话告诉老嬷。老嬷道："远方来的人敢开大口，或者有些手段也不见得。"老者道："点点年纪，哪里便有什么手段？"老嬷道："有智不在年高，我们女棋师又是有年纪的么？"老者道："我们下着这样一个人与对门作敌，也是一场笑话。且看他做出便见。"

不说他老口儿两下唧哝，且说这边立出牌来，早已有人报与妙观得知。妙观见说写的是"饶天下最高手"，明是与她放对的了。情知是昨日看棋的小伙，心中好生忿忿不平，想道："我在此擅名（享有名声）已久，哪里来这个小冤家来寻我们的错处？"发个狠，要就与他决个胜负。又转一个念头道："他昨日看棋时，偶然指点的着数多在我意想之外。假若与他决一局，幸而我胜，劈破他招牌，赶他走路不难；万一输与他了，此名一出，哪里还显得有我？此事不可造次，须着一个先探一探消息再作计较。"妙观有个弟子张生，是她门下最得意的高手，也是除了师父再无敌手的。妙观唤他来，说道："对门汝南小道人口说大话，未卜手段虚实。我欲与决输赢，未可造次。据汝力量，已与我争不多些儿了，汝可先往一试，看汝与彼优劣，便可以定彼棋品。"

张生领命而出，走到小道人店中，就枰求教。张生让小道人是客，小道人道："小牌上有言在前，遮末（任凭）是高手也要饶他一先，决不自家下起。若输与足下时，受让未迟。"张生只得占先下了。张生穷思极想方才下得一着，小道人只随手应去，不到得完局，张生已败。张生拱手伏输道："客艺果高，非某敌手，增饶一子，方可再请教。"果然摆下二子，然后请小道人对下。张生又输了一盘。张生心服，道："还饶不住，再增一子。"增至三子，然后张生觉得松些，恰恰下个两平。看官听说：凡棋有敌手，有饶先，有先两。受饶三子，厥品中中，未能通幽，可称用智。受得国手三子饶的，也算是高强了。只为张生也是妙观门下出色弟子，故此还挣得来，若是别一个，须动手不得，看来只是小道人高得紧了。小道人三局后，对张生道："足下之棋也算高强，可见上国一斑矣。不知可有堪与小道对敌的，请出一个来，小道情愿领教。"张生晓得此言是搦（nuò，挑惹）他师父出马，不敢应答，作别而去。来到妙观跟前密告道："此小道人技艺甚高，怕吾师也要让他一步。"妙观摇手戒他不可说破，惹人耻笑。

自此之后，妙观不敢公然开肆教棋。旁人见了标牌，已自惊骇，又见妙观收敛起来，那张生受饶三子之说，渐渐有人传将开去，正不知这小道人与妙观果是高下如何。自有这些好事的人，三三两两议论。有的道："我们棋师不与较胜负，想是不放他在眼里的了。"有的道："他牌上明说饶天下最高手一先，我们棋师难道忍得这话起，不与争雄？必是个有些本领的，棋师不敢造次出头。"有的道："我们棋师现是本国第一手，并无一个男人赢得她的，难道别处来这个小小道人便怎地高强不成？是必等他两个对一对局，定个输赢来我们

看一看，也是着实有趣的事。"又一个道："妙是妙，他们岂肯轻放对？是必众人出些利物与他们赌胜，才弄得成。"内中有个胡大郎道："妙！妙！我情愿助钱五十千。"支公子道："你出五十千，难道我又少得不成？也是五十千！"其余的也有认出十千、五千的，一时凑来，有了二百千之数。众人就推胡大郎做个收掌之人，敛出钱来多交付与他，就等他约期对局，临时看输赢对付发利物，名为"保局"，此也是赌胜的旧规。其时众人议论已定，胡大郎等利物齐了，便去两边约日比试手段。果然两边多应允了，约在第三日午时在大相国寺方丈内对局。众人散去，到期再会。

女棋童妙观得了此信，虽然应允，心下有些虚怯，道："利物是小事，不争与他赌胜，一下子输了，枉送了目前之名！此子远来作客，必然好利，不如私下买嘱他，求他让我些儿，我明收了利物，暗地加添些与他，他料无不肯的。怎得个人来与我通此信息便好？"又怕弟子们见笑，不好商量得。思量对门店主老嬷常来此缝衣补裳的，小道人正下在他家，何不央她来做个引头，说合这话也好？算计定了，魆地（暗地里。魆，xū）着个女使招她来说话。

老嬷听得，便三脚两步走过对门来，见了妙观，道："棋师娘子，有何吩咐？"妙观直引她到自己卧房里头，坐下了，妙观开口道："有件事要与嬷嬷商量则个。"老嬷道："何事？"妙观道："汝南小道人正在嬷嬷家里下着，奴有句话要嬷嬷说与他。嬷嬷，好说得么？"老嬷道："他自恃棋高，正好来与娘子放对。我见老儿说道：'众人出了利物，约着后日对局。'娘子却又要与他说甚么话？"妙观道："正为对局的事要与嬷嬷商量。奴在此行教已久，哪个王侯府中不唤奴是棋师？寻遍一国没有奴的对手，眼见得手下收着许多徒弟哩。今远来的小道人却说饶尽天下的大话，奴曾教最高手的弟子张生去试他两局，回来说他手段颇高。众人要看我们两下本事，约定后日放对。万一输与他了，一则丧了本朝体面，二则失了日前名声，不是要处。意欲央嬷嬷私下与他说说，做个人情，让我些个。"嬷嬷道："娘子只是放出日前的本事来赢他方好，怎么折了志气反去求他？况且见赌着利物哩，他如何肯让？"妙观道："利物是小事，他若肯让奴赢了，奴一毫不取，私下仍旧还他。"嬷嬷道："他赢了你棋，利物怕不是他的？又讨个大家喝声采不好？却明输与你了，私下受这些说不响的钱，他也不肯。"妙观道："奴再于利物之外私下赠他五十千。他与奴无仇，且又不是本国人，声名不关什么干系。得了若干利物，又得了奴这些私赠，也够了他了。只要嬷嬷替奴致意于他，说奴已甘伏，不必在人前赢奴，出奴之丑便是。"嬷嬷道："说便去说，肯不肯只凭得他。"妙观道："全仗嬷嬷说得好些，肯时奴自另谢嬷嬷。"老嬷道："对门对户，日前相处面上，甚么大事说起谢来！"嘻嘻地笑了出去。

走到家里，见了小道人，把妙观邀去的说话一十一五对他说了。小道人见说罢，便满肚子痒起来，道："好！好！天送个老婆来与我了。"回言道："小子虽然年幼远游，靠着些小技艺，不到得少了用度，那钱财颇不希罕，只是旅邸孤单，小娘子若要我相让时，须依得我一件事，无不从命。"老嬷道："可要怎生？"小道人喜着脸道："妈妈是会事的，定要说出来？"老妈道："说得明白，咱好去说。"小道人道："日里人面前对局，我便让让她；晚间要她来被窝里对局，她须让让我。"老嬷道："不当人子！后生家讨便宜的话莫说！"小道人道："不是讨便宜。小子原非贪财帛而来，所以住此许久，专慕女棋师之颜色耳！嬷嬷为我多多致意，若肯容我半晌之欢，小子甘心诈输，一文不取；若不见许，便当尽着本事对局，不敢容情。"老嬷道："言重，言重！老身怎好出口？"小道人道："你是妇道家，对女人讲话有甚害羞？这是她喉急之事，便依我说了，料不怪你。"说罢，便深深一喏道："事成另谢媒人。"老嬷笑道："小小年纪，倒好老脸皮。说便去说，万一讨得骂时，须要你赔礼。"小道人道："包你不骂的。"老嬷只得又走将过对门去。

妙观正在心下虚怯，专望回音。见了老嬷，脸上堆下笑来道："有烦嬷嬷尊步，所说的事可听依么？"老嬷道："老身磨了半截舌头，依倒也依得，只要娘子也依他一件事。"妙观道："遮莫（不管）是甚么事，且说将来，奴依他便了。"老嬷道："若是娘子肯依，倒也不费本钱。"妙观道："果是甚么事？"老嬷道："这件事，易则至易，难则至难。娘子恕老身不知进退的罪，方好开口。"妙观道："奴有事相央，嬷嬷尽着有话便说，岂敢有嫌？"老嬷又假意推让了一回，方才带笑说道："小道人只身在此，所慕娘子才色兼全，他阴沟洞里想天鹅肉吃哩！"妙观通红了脸，半晌不语。老嬷道："娘子不必见怪，这个原是他妄想，不是老身撰造出来的话。娘子怎生算计，回他便了。"妙观道："我起初原说利物之外再赠五十千，也不为轻鲜，只可如此求他了。肯让不肯让，好歹回我便了，怎胡说到这个所在？羞人答答的。"老嬷道："老身也把娘子的话一一说了。他说道，原不稀罕钱财，只要娘子允此一事，甘心相让，利物可以分文不取。叫老身就没法回他了，所以只得来与娘子直说。老身也晓得不该说的，却是既要他相让，他有话，不敢隐瞒。"妙观道："嬷嬷，他分明把此话挟制着

我，我也不好回得。"嬷嬷道："若不回他，他对局之时决不容情。娘子也要自家算计。"妙观见说到对局，肚子里又怯将起来，想着说到这话，又有些气不忿，思量道："叵耐（可恨。叵，pǒ）这没廉耻的小弟子孩儿！我且将计就计，哄他则个。"对老嬷道："此话羞人，不好直说。嬷嬷见他，只含糊说道若肯相让，自然感德非浅，必当重报就是了。"嬷嬷得了此言，想道："如此说话，便已是应承的了。我且在里头撮合了他两口，必有好处到我。"千欢万喜，就转身到店中来，把前言回了小道人。小道人少年心性，见说有些口风儿，便一团高兴，皮风骚痒起来，道："虽然如此，传言送语不足为凭，直待当面相见亲口许下了，方无番悔。"老嬷只得又去与妙观说了。妙观有心求他，无言可辞，只得约他黄昏时候灯前一揖为定。

是晚，老嬷领了小道人径到妙观肆中客坐里坐了。妙观出来相见，拜罢，小道人开口道："小子云游到此，见得小娘子芳容，十分侥幸。"妙观道："奴家偶以小艺擅名国中，不想遇着高手下临。奴家本不敢相敌，争奈众心欲较胜负，不得不在班门弄斧。所有奉求心事已托店主嬷嬷说过，万望包容则个。"小道人道："小娘子吩咐，小子岂敢有违！只是小子仰慕小娘子已久，所以在对寓栖迟，不忍舍去。今客馆孤单，若蒙小娘子有见怜之心，对局之时，小子岂敢不揣（不考虑）自逞？定当周全娘子美名。"妙观道："若得周全，自当报德，决不有负足下。"小道人笑容满面，作揖而谢道："多感娘子美情，小子谨记不忘。"妙观道："多蒙相许，一言已定。夜晚之间，不敢亲送，有烦店主嬷嬷伴送过去罢。"叫丫鬟另点个灯，转进房里来了。小道人自同老嬷到了店里，自想：适间亲口应承，这是探囊取物，不在话下的了。只等对局后图成好事不提。

到了第三日，胡大郎早来两边邀请对局，两人多应允了。各自打扮停当，到相国寺方丈里来。胡大郎同支公子早把利物摆在上面一张桌儿上，中间一张桌儿放着一个白铜镶边的湘妃竹棋枰，两个紫檀筒儿，贮着黑白两般云南窑棋子。两张椅东西面对面放着，请两位棋师坐着交手，看的人只在两横长凳上坐。妙观让小道人是客，坐了东首，用着白棋。妙观请小道人先下子，小道人道："小子有言在前，这一着先要饶天下最高手，决不先下的。直待赢得过这局，小子才占起。"妙观只得拱一拱道："恕有罪，应该低者先下了。"果然妙观手起一子，小道人随手而应。正是：

花下手闲敲，出楸枰（棋盘，古时多用楸木制作，故名。楸，qiū），两下交。争先布摆装圈套，单敲这着，双关那着，声迟思入风云巧。笑山樵，从交柯烂，谁识这根苗。——右调《黄莺儿》

小道人虽然与妙观下棋，一眼偷觑着她容貌，心内十分动火，想着她有言相许，有意让她一分，不尽情攻杀，只下得个两平。算来白子一百八十着，小道人认输了半子。这一番却是小道人先下起了，少时完局。他两人手下明白，已知是妙观输了。旁边看的嚷道："果然是两个敌手，你先我输，我先你输，大家各得一局。而今只看这一局以定输赢。"妙观见第二番这局觉得力量掤拽（勉强支撑。掤，bīng），心里有些着忙。下第三局时，频频以目送情。小道人会意，仍旧东支西吾，让她过去。临了收拾了官着，又是小道人少了半子。大家齐声喝采道："还是本国棋师高强，赢了两局也！"小道人只不则声，呆呆看着妙观。胡大郎便对小道人道："只差半子，却算是小师父输了。小师父莫怪！"忙忙收起了利物，一同众人哄了女棋师妙观到肆中，将利物交付，各自散去。

小道人自和一二个相识，尾着众人闲话而归。有的问他道："哪里不争出了这半子？却算做输了一局，失了这些利物。"小道人只是冷笑不答。众人恐怕小道人没趣（没有面子），多把话来安慰他，小道人全然不以为意。到了店中，看的送的多已散去。店中老嬷便出来问道："今日赌胜的事却怎么了？"小道人道："应承过了说话，还舍得放本事赢她？让她一局过去，帮衬她在众人面前生光采，只好是这样凑趣了。"老嬷笑道："这等却好。她不忘你的美情，必有好处到你，带挈老身也兴头（兴旺）则个。"小道人口里与老嬷说话，一心想着佳音，一眼对着对门盼望动静。

此时天色将晚，小道人恨不得一霎时黑下来。直到点灯时候，只见对面肆里扑地把门关上了。小道人着了急，对老嬷道："莫不这小妮子负了心？有烦嬷嬷往彼处探一探消息。"老嬷道："不必心慌，她要瞒生人眼哩！再等一会，待人静后没消息，老身去敲开门来问她就是。"小道人道："全仗嬷嬷作成好事。"正说之间，只听得对过门环铛的一响，走出一个丫鬟来，径望店里走进。小道人犹如接着一纸九重恩赦，心里好不侥幸，只听她说怎么好话出来。丫鬟向嬷嬷道了万福，说道："侍长棋师小娘子多多致意嬷嬷，请嬷嬷过来说话则个。"老嬷就此同行，起身便走。小道人赶着附耳道："嬷嬷精细着。"老嬷道："不劳吩咐。"带着笑脸，同丫鬟去了。小道人就像热地上蚰蜒（yóu yán），好生打熬不过，禁架（把握）不定。正是：眼盼捷旌旗，耳听好消息。若得遂心怀，愿彼观音力。

却说老嬷随了丫鬟走过对门，进了肆中，只见妙观早已在灯下笑脸相迎，直请至卧房中坐地，开口谢道："多承嬷嬷周全之力，日间对局，侥幸不失体面。今要酬谢小道人相让之德，原有言在先的，特请嬷嬷过来，交付利物并谢礼与他。"老嬷道："娘子花朵儿般后生，怎地会忘事？小道人原说不稀罕财物的，如何又说利物谢礼的话？"妙观假意失惊道："除了利物谢礼，还有什么？"嬷嬷道："前日说过的，他一心想慕娘子，诸物不爱，只求圆成好事，娘子当面许下了他。方才叮嘱了又叮嘱，在家盼望，真似渴龙思水哩！娘子如何把话说远了？"妙观变起脸来道："休得如此胡说！奴是清清白白之人，从来没半点邪处，所以受得朝廷册封，王亲贵戚供养，偌多门生弟子尊奉。哪里来的野种，敢说此等污言！教他快些息了妄想，收此利物及谢礼过去，便宜他多了。"说罢，就指点丫鬟将日间收来的二百贯文利物一盘托出，又是小匣一个放着五十贯的谢礼，交付与老嬷道："有烦嬷嬷将去，交付明白。"分外又是三两一小封，送与老嬷做辛苦钱。说道："有劳嬷嬷两下周全，些小微物，勿嫌轻鲜则个。"那老嬷是个经纪人家眼孔小的人，见了偌多东西，心里先自软了，又加自己有些油水，想道："许多利物，又添上谢礼，真个不为少了。那个小伙儿也该心满意足，难道只痴心要那话不成？且等我回他去看。"便对妙观道："多蒙娘子赏赐，老身只得且把东西与他再处。只怕他要说娘子失了信，老身如何回他？"妙观道："奴家何曾失甚么信？原只说自当重报，而今也好道不轻了。"随唤两个丫鬟捧着这些钱物，跟了老嬷送在对门去，吩咐："放下便来，不要停留！"两个丫鬟领命，同老嬷三人共拿了礼物，径往对门来。果然丫鬟放下了物件，转身便走。

　　小道人正在盼望之际，只见老嬷在前，丫鬟在后，一齐进门，料到必有好事到手。不想放下手中东西，登时去了，正不知是甚么意思，忙问老嬷道："怎的说了？"老嬷指着桌上物件道："谢礼已多在此了，收明便是，何必再问？"小道人道："哪个稀罕谢礼？原说的话要紧！"老嬷道："要紧！要紧！你要紧，她不要紧？叫老娘怎处？"小道人道："说过的话怎好赖得？"老嬷道："她说道原只说自当重报，并不曾应承甚的来。叫我也不好替你讨得嘴。"小道人道："如此混赖，是白白哄我让她了。"老嬷道："见放着许多东西，白也不算白了。只是那话，且消停消停，抹干了嘴边这些顽涎，再做计较。"小道人道："嬷嬷休如此说！前日是与小子觌面（当面。觌，dí）讲的话，今日她要赖将起来。嬷嬷再去说一说，只等小子今夜见她一见，看她当面前怎生悔得！"老嬷道："方才为你磨了好一会牙，她只推着谢礼，并无些子口风。而今去说也没干，她怎肯再见你？"小道人道："前日如何去一说，就肯相见？"老嬷道："须知前日是求你的时节，作不得难。今事体已过，自然不同了。"小道人叹口气道："可见人情如此！我枉为男子，反被这小妮子所赚。毕竟在此守她个破绽出来，出这口气！"老嬷道："且收拾起了利物，慢慢再看机会商量。"当下小道人把钱物并叠过了，闷闷过了一夜。有诗为证：亲口应承总是风，两家黑白未和同。当时未见一着错，今日满盘还是空。

一连几日，没些动静。一日，小道人在店中闲坐，只见街上一个番汉（外族的汉子）牵着一匹高头骏马，一个虞候骑着，到了门前。虞候跳下马来，对小道人声喏道："罕察王府中请师父下棋，备马到门，快请骑坐了就去。"小道人应允，上了马，虞候步行随着。瞬息之间，已到王府门首。小道人下了马，随着虞候进去，只见诸王贵人正在堂上饮宴。见了小道人，尽皆起身道："我辈酒酣，正思手谈几局，特来奉请。今得到来，恰好！"即命当直的掇过棋桌来。诸王之中先有两个下了两局，赌了几大觥酒，就推过高手与小道人对局，以后轮换请教。也有饶六七子的，也有饶四五子的，最少的也饶三子两子，并无一个对下的。诸王你争我嚷，各出意见，要逞手段，怎当得小道人随手应去，尽是神机莫测。诸王尽皆叹服，把酒称庆，因问道："小师父棋品与吾国棋师妙观果是哪个为高？"小道人想着妙观失信之事，心里有些怀恨，不肯替她隐瞒，便道："此女棋本下劣，枉得其名，不足为道！"诸王道："前日闻得你两人比试，是妙观赢了，今日何反如此说？"小道人道："前日她叫人私下央求了小子，小子是外来的人，不敢不让本国的体面，所以故意输与她，岂是棋力不敌？若放出手段来，管取她输便了！"诸王道："口说无凭，做出便见。去唤妙观来，当面试看。"罕察立命从人控马去，即时取将女棋童妙观到来。

妙观向诸王行礼毕，见了小道人，心下有好些忸怩，不敢撑眼看他，勉强也见了一礼。诸王俱赐坐了，说道："你们两人多是国手，未定高下。今日在咱门面前比试一比试，咱们出一百千利物为赌，何如？"妙观未及答应，小道人站起来道："小子不愿各殿下破钞，小子自有利物与小娘子决赌。"说罢，袖中取出一包黄金来，道："此金重五两，就请赌了这些。"妙观回言道："奴家却不曾带些甚么来，无可相对。"小道人向诸王拱手道："小娘子无物相赌，小子有一句话说来请问各殿下看，可行则行。"诸王道："有何话说？"小道人道："小娘子身畔无金，何不即以身躯出注？如小娘子得胜，就拿了小子的黄金去；若小子胜了，赢小娘子做个妻房。可中也不中？"诸王见说，俱各拍手跌足，大笑起来道："妙，妙，妙！咱们多做个保亲，正是风流佳话！"妙观此时欲待应承，情知小道人手段高，输了难处；欲待推却，明明是怯怕赌胜，不交手算输了，真是在左右两难。怎当得许多贵人在前力赞，不由得你躲闪。亦且小道人兴高气傲，催请对局。妙观没个是处，羞惭窘迫，心里先自慌乱了。勉强就局，没一子下去是得手的，觉是触着便碍。正所谓"棋高一着，缚手缚脚"，况兼是心意不安的，把平日的力量一发减了，连败了两局。小道人起身出局，对着诸王叩一头道："小子告赢了，多谢各殿下赐婚。"诸王抚掌称快道："两个国手，原是天生一对。妙观虽然输了局，嫁得此丈夫，可谓得人矣！待有吉日了，咱们各助花烛之费就是了。"急得个妙观羞惭满面，通红了脸皮，无言可答，只低着头不做声。罕察每人与了赏赐，吩咐从人，各送了回家。

　　小道人扬扬自得，来对店主人与老嬷道："一个老婆，被小子棋盘上赢了来，今番须没处躲了。"店主、老嬷问其缘故，小道人将王府中与妙观对局赌胜的事说了一遍。老嬷笑道："这番却赖不得了。"店主人道："也须使个媒，行个礼才稳。"小道人笑道："我的媒人大哩！各位殿下多是保亲。"店主人道："虽然如此，也要个人通话。"小道人道："前日她央嬷嬷求小子，往来了两番，如今这个媒自然是嬷嬷做了。"老嬷道："这是带挈老身吃喜酒的事，当得效劳。"小道人道："小子如今即将昨日赌胜的黄金五两，再加白银五十两为聘仪，择一吉日烦嬷嬷替我送去，订约成亲则个。"店主人即去房中取出一本择日的星书来，翻一翻道："明日正是黄道日，师父只管行聘便了。"一夜无词。

次日，小道人整顿了礼物，托老嬷送过对门去。连这老嬷也装扮得齐整起来：白皙皙脸揸（zhā）胡粉，红霏霏头戴绒花。胭脂浓抹露黄牙，狄髻浑如斗大。沿把臂一双窄袖，忒狼犺（笨重）一对宽鞋。世间何处去寻他？除是金刚脚下。说这店家老嬷装得花簇簇地，将个盒盘盛了礼物，双手捧着，一径到妙观肆中来。妙观接着，看见老嬷这般打扮，手中又拿着东西，也有些瞧科（察觉），忙问其来意。老嬷嘻着脸道："小店里小师父多多拜上棋师小娘子，道是昨日王府中席间娘子亲口许下了亲事，今日是个黄道吉日，特着老身来作伐行礼。这个盒儿里的，就是他下的聘财，请娘子收下则个。"妙观呆了一晌，才回言道："这话虽有个来因，却怎么成得这事？"老嬷道："既有来因，为何又成不得？"妙观道："那日王府中对局，果然是奴家输与他了。这话虽然有的，只不过一时戏言。难道奴家终身之事，只在两局棋上结果了不成？"老嬷道："别样话戏得，这个话他怎肯认作戏言？娘子前日央求他

时节，他兀自妄想；今日又添出这一番赌赛事体，他怎由得你番悔？娘子休怪老身说，看这小道人人物聪俊，年纪不多，你两家同道中又是对手，正好做一对儿夫妻。娘子不如许下这段姻缘，又完了终身好事，又不失一时口信，带挈老身也吃一杯喜酒。未知娘子主见如何？"妙观叹口气道："奴家自幼失了父母，寄养在妙果庵中。亏得老道姑提挈成人，教了这一家技艺，自来没一个对手，得受了朝廷册封，出入王宫内府，谁不钦敬？今日身子虽是自家做得主的，却是上无尊长之命，下无媒妁之言，一时间凭着两局赌赛，偶尔亏输，便要认起真来，草草送了终身大事，岂不可羞？这事断然不可！"老嬷道："只是他说娘子失了口信，如何回他？"妙观道："他原只把黄金五两出注的，奴家偶然不带得东西在身畔，以后输了。今日拚得赔还他这五两，天大事也完了。"老嬷道："只怕说他不过。虽然如此，常言道事无三不成，这遭却是两遭了，老身只得替你再回他去，凭他怎么处。"妙观果然到房中箱里面秤了五两金子，把个封套封了，拿出来放在盒儿面上，道："有烦嬷嬷还了他。重劳尊步，改日再谢。"老嬷道："谢是不必说起。只怕回不倒时，还要老身聒絮（唠叨）哩！"

老嬷一头说，一头拿了原礼并这一封金子，别了妙观，转到店中来，对小道人笑道："原礼不曾收，回敬倒有了。"小道人问其缘故，老嬷将妙观所言一一说了。小道人大怒道："这小妮子昧了心，说这等说话！既是自家做得主，还要甚尊长之命、媒妁之言？难道各位大王算不得尊长的么？就是嬷嬷，将礼物过去，便也是个媒妁了，怎说没有？总来她不甘伏，又生出这些话来混赖，却将金子搪塞！我不稀罕她金子，且将她的做个告状本，告下她来，不怕她不是我的老婆！"老嬷道："不要性急。此番老身去，她说的话比前番不同了，是软软的了。还等老身去再三劝她。"小道人道："私下去说，未免是我求她了，她必然还要拿班（摆架子）。不如当官告了她，须赖不去！"当下写就了一纸告词，竟到幽州路总管府来。

那幽州路总管泰不华正升堂理事，小道人随牌进府，递将状子上去。泰不华总管接着，看见上面写道："告状人周国能，为赖婚事：能本籍蔡州，流寓马足。因与本国棋手女子妙观赌赛，将金五两聘定，诸王殿下尽为证见。讵料事过心变，悔悖前盟。夫妻一世伦常被赖，死不甘伏！恳究原情，追断完聚，异乡沾化。上告。"总管看了状词，说道："原来为婚姻事的。凡户、婚、田、土之事，须到析津、宛平两县去，如何到这里来告？"周国能道："这女子是册封棋童的，况干连着诸王殿下，非天台这里不能主婚。"总管准了状词。一面差人行拘妙观对理。差人到了妙观肆中，将官票与妙观看了。妙观吃了一惊道："这个小弟子孩儿，怎便如此恶取笑！"一边叫弟子张生将酒饭陪待了公差，将赏钱出来打发了，自行打点出官。公差知是册封的棋师，不敢罗唣（吵闹），约在衙门前相会，先自去了。

妙观叫乘轿抬到府前，进去见了总管。总管问道："周国能告你赖婚一事，这怎么说？"妙观道："一时赌赛亏输，实非情愿。"总管道："既已输了，说不得情愿不情愿。"妙观道："偶尔戏言，并无甚么文书约契，怎算得真？"周国能道："诸王殿下多在面上作证，大家认做保亲，还要甚文书约契？"总管道："这话有的么？"妙观一时语塞，无言可答。总管道："岂不闻一言既出，驷马难追？况且婚姻大事，主合不主离。你们两人既是棋中国手，也不错了配头。我做主与你成其好事罢！"妙观道："天台张主，岂敢不从？只是此人不是本国之人，萍踪浪迹，嫁了他，须随着他走。小妇人是个官身，有许多不便处。"周国能道："小人虽在湖海飘零，自信有此绝艺，不甘轻配凡女。就是妙观，女中国手，也岂容轻配凡夫？若得天台做主成婚，小人情愿超籍（离开原籍）在此，两下里相帮行教，不回故乡去了。"总管道："这个却好。"妙观无可推辞，只得凭总管断合。

周国能与妙观各回下处。周国能就再央店家老媪重下聘礼，约定日期

39

成亲。又到各王府说知，各王府俱各助花红灯烛之费。胡大郎、支公子一干好事的，才晓得前日暗地相嘱许下佳期之说，大家笑耍，各来帮兴。成亲之日，好不热闹。过了几时，两情和洽，自不必说。周国能又指点妙观神妙之着，两个都造到绝顶，竟成对手。诸王贵人以为佳话，又替周国能提请官职，封为棋学博士，御前供奉。后来周国能差人到蔡州密地接了爹娘，到燕山同享荣华。周老夫妻见了媳妇一表人物，两心快乐，方信国能起初不肯娶妻，毕竟寻出好姻缘来，所谓有志者事竟成也！有诗为证：

　　国手惟争一着先，个中藏着好姻缘。

　　绿窗相对无余事，演谱推敲思入玄。

襄敏公元宵失子
十三郎五岁朝天

"神童"多被人称奇，因他们年少心智未长成之时便拥有成年人的思虑和机敏，如咏鹅成名的骆宾王，如砸缸救人的司马光，再如谦让梨果的孔融，此篇讲的孩儿也是一奇，五岁便擒了人贩子，机智如神。

襄敏公五岁的小儿子南陔，元宵节让仆人背着看花灯，结果被人贩子掳走，他不急不躁，将帽子上的一根针插入人贩子的衣领内，逮着机会抓了宫轿的帘子，因此获救，还被皇帝宋神宗召见。对于神宗的问话，南陔从容应对，字句清晰，深得神宗喜爱，并下旨依着那根针的线索，捉拿了人贩子团伙，南陔高高兴兴回了家。

除了刻画南陔的机智，文章还描绘了北宋时候民间民俗风情，以及皇家宫闱一些片段，使整个故事读来不俗，趣味无穷。

词云：

瑞烟浮禁苑。正绛阙春回，新正方半，冰轮桂华满。溢花衢（qú）歌市，芙蓉开遍。龙楼两观，见银烛星球有烂。卷珠帘、尽日笙歌，盛集宝钗金钏。

堪羡。绮罗丛里，兰麝香中，正宜游玩。风柔夜暖花影乱，笑声喧。闹蛾儿满路，成团打块，簇着冠儿斗转。喜皇都、旧日风光，太平再见。

——词寄《瑞鹤仙》

这一首词乃是宋绍兴年间词人康伯可所作。伯可原是北人，随驾南渡，有名是个会做乐府的才子，秦申王荐于高宗皇帝。这词单道着上元佳景，高宗皇帝极其称赏，御赐金帛甚多。词中为何说"旧日风光，太平再见"？盖因靖康之乱，徽、钦被虏，中原尽属金夷，侥幸康王南渡，即了帝位，偏安一隅，偷闲取乐，还要模拟盛时光景。故词人歌咏如此，也是自解自乐而已。

怎如得当初柳耆卿另有一首词云：禁漏花深，绣工日永，熏风布暖。变韶景、都门十二，元宵三五，银蟾光满。连云复道凌飞观。耸皇居丽，嘉气瑞烟葱蒨。翠华宵幸，是处层城阆苑。 龙凤烛、交光星汉。对咫尺鳌山开雉扇。会乐府两籍神仙，梨园四部弦管。向晓色、都人未散。盈万井、山呼鳌抃（biàn）。愿岁岁，天仗里常瞻凤辇。——词寄《倾杯乐》

这首词，多说着盛时宫禁说话。只因宋时极作兴（时兴）是个元宵，大张灯火，御驾亲临，君民同乐。所以说道"金吾不禁夜，玉漏莫相催"。然因是倾城士女通宵出游，没些禁忌，其间就有私期密约，鼠窃狗偷，弄出许多话柄来。

当时李汉老又有一首词云：帝城三五，灯光花市盈路。天街游处，此时方信，凤阙都民，奢华豪富。纱笼才过处，喝道转身，一壁小来且住。见许多、才子艳质，携手并肩低语。　东来西往谁家女？买玉梅争戴，缓步香风度。北观南顾，见画烛影里，神仙无数。引人魂似醉，不如趁早步月归去。这一双情眼，怎生禁得，许多胡觑？——词寄《女冠子》

细看此一词，可见元宵之夜，趁着喧闹丛中干那不三不四够当的，不一而足，不消说起。而今在下说一件元宵的事体，直教：

闹动公侯府，分开帝主颜。

猾徒入地去，稚子见天还。

话说宋神宗朝，有个大臣王襄敏公，单讳着一个韶字，全家住在京师。真是潭潭相府，富贵奢华，自不必说。那年正月十五元宵佳节，其时王安石未用，新法未行，四境无侵，万民乐业，正是太平时候。家家户户，点放花灯，自从十三日为始，十街九市，欢呼达旦。这夜十五日是正夜，年年规矩，官家亲自出来，赏玩通宵，倾城士女，专待天颜一看。且是此日难得一轮明月当空，照耀如同白昼，映着各色奇巧花灯，从来叫作灯月交辉，极为美景。襄敏公家内眷，自夫人以下，老老幼幼，没一个不打扮齐整了，只候人牵着帷幕，出来街上看灯游耍。看官，你道如何用着帷幕？盖因官宦人家女眷，恐防街市人挨挨擦擦，不成体面，所以或用绢段或用布匹等类，扯作长圈围着，只要隔绝外边人，她在里头走的人，原自四边看得见的。晋时叫它做步障，故有紫丝步障、锦步障之称。这是大人家规范如此。

闲话且过，却说襄敏公有个小衙内，是他末堂最小的儿子，排行第十三，小名叫作南陔（gāi）。年方五岁，聪明乖觉（机警灵敏），容貌不凡，合家内外大小都是喜欢他的，公与夫人自不必说。其时也要到街上看灯。大宅门中衙内，穿着齐整还是等闲，只头上一顶帽子，多是黄豆来大不打眼的洋珠，穿成双凤穿牡丹花样，当面前一粒猫儿眼宝石，睛光闪烁，四围又是五色宝石镶着，乃是鸦青、祖母绿之类，只这顶帽，也值千来贯钱。襄敏公吩咐一个家人王吉，驮在背上，随着内眷一起看灯。

那王吉是个晓法度的人，自道身是男人，不敢在帷中走，只是傍帷外而行。行到宣德门前，恰好神宗皇帝正御宣德门楼，圣旨许令万目仰观，金吾卫不得拦阻。楼上设着鳌山，灯光灿烂，香烟馥郁（香气很浓），奏动御乐，箫鼓喧阗（热闹。阗，tián）。楼下施呈百戏，供奉御览。看的真是人山人海，挤得缝地都没有了。有翰林承旨王禹玉《上元应制诗》为证："雪消华月满仙台，万烛当楼宝扇开。双凤云中扶辇下，六鳌海上驾山来。镐京春酒沾周宴，汾水秋风陋汉才。一曲升平人尽乐，君王又进紫霞杯。"

此时王吉拥入人丛之中，因为肩上负了小衙内，好生不便，观看得不甚像意。忽然觉得背上轻松了些，一时看得浑了，忘其所以，伸伸腰，抬抬头，且是自在，呆呆里向上看着。猛然想道："小衙内呢？"急回头看时，眼见得不在背上，四下一望，多是面生之

人，竟不见了小衙内踪影。欲要找寻，又被挤住了脚，行走不得。王吉心慌撩乱，将身子尽力挨出，挨得骨软筋麻，才到得稀松之处。遇见府中一伙人，问道："你们见小衙内么？"府中人道："小衙内是你负着，怎到来问我们？"王吉道："正是闹嚷之际，不知哪个伸手来我背上接了去。想必是府中弟兄们见我费力，替我抱了，放松我些，也不见得。我一时贪个松快，人闹里不看得仔细，及至寻时已不见了，你们难道不曾撞见？"府中人见说，大家慌张起来，道："你来作怪了，这是作耍的事？好如此不小心！你在人千人万处失去了，却在此问张问李，岂不误事！还是分头再到闹头里寻去。"

一伙十来个人同了王吉挨出挨入，高呼大叫，怎当得人多得紧了，茫茫里向哪个问是？落得眼睛也看花了，喉咙也叫哑了，并无一些影响。寻了一回，走将拢来，我问你，你问我，多一般不见，慌作了一团。有的道："或者哪个抱了家去了？"有的道："你我都在，又是哪一个抱去？"王吉道："且到家问问看又处。"一个老家人道："决不在家里，头上东西耀人眼目，被歹人连人盗拐去了。我们且不要惊动夫人，先到家禀知了相公，差人及早缉捕为是。"王吉见说要禀知相公，先自怯了一半，道："如何回得相公的话？且从容计较打听，不要性急便好。"府中人多是着了忙的，哪由得王吉主张，一齐奔了家来。私下问问，哪得个小衙内在里头？只得来见襄敏公。却也嗫嗫嚅嚅，未敢一直说失去小衙内的事。襄敏公见众人急急之状，到问道："你等去未多时，如何一齐跑了回来？且多有些慌张失智光景，必有缘故。"众家人才把王吉在人丛中失去小衙内之事说了一遍。王吉跪下，只是叩头请死。襄敏公毫不在意，笑道："去了自然回来，何必如此着急？"众家人道："此必是歹人拐了去，怎能够回来？相公还是着落开封府及早追捕，方得无失。"襄敏公摇头道："也不必。"众人道是一番天样大、火样急的事，怎知襄敏公看得等闲，声色不动，化作一杯雪水。众人不解其意，只得到帷中禀知夫人。

夫人惊慌，抽身急回，噙着一把眼泪来与相公商量。襄敏公道："若是别个儿子失去，便当急急寻访。今是吾十三郎，必然自会归来，不必忧虑。"夫人道："此子虽然伶俐，点点年纪，奢遮煞（充其量）也只是四五岁的孩子。万众之中挤掉了，怎能够自会归来？"养娘们道："闻得歹人拐人家小厮去，有擦瞎眼的，有斫（zhuó，砍）掉脚的，千方百计摆布坏了，装作叫化的化钱。若不急急追寻，必然衙内遭了毒手！"各各啼哭不住。家人们道："相公便不着落府里缉捕，招帖也写了几张，或是大张告示，有人贪图赏钱，便有访得下落的来报了。"一时间你出一说，我出一见，纷纭乱讲。只有襄敏公怡然不以为意，道："随你议论百出，总是多的。过几日自然来家。"夫人道："魔合罗（玩偶）般一个孩子，怎生舍得失去了不在心上？说这样懈话！"襄敏公道："包在我身上，还你一个旧孩子便了，不要性急。"夫人哪里放心？就是家人们、养娘们也不肯信相公的话。夫人自吩咐家人各处找寻去了不提。

却说那晚南陔在王吉背上，正在挨挤喧嚷之际，忽然有个人趁近到王吉身畔，轻轻伸手过来接去，仍旧一般驮着。南陔贪着观看，正在眼花缭乱，一时不觉。只见那一个人负得在背，便在人丛里乱挤将过去，南陔才喝声道："王吉！如何如此乱走？"定睛一看，哪里是个王吉？衣帽装束多另是一样了。南陔年纪虽小，心里煞是聪明，便晓得是个歹人，被他闹里来拐了，欲待声张，左右一看，并无一个认得的熟人。他心里思量道："此必贪我头上珠帽，若被他掠去，须难寻讨，我且藏过帽子，我身子不怕他怎地。"遂将手去头上除下帽子来，揣在袖中，也不言语，也不慌张，任他驮着前走，却像不晓得什么的。将近东华门，看见轿子四五乘叠联而来，南陔心里忖量道："轿中必有官员贵人在内，此时不声张求教，更待何时？"南陔觑轿子来得较近，伸手去攀着轿幰（轿子四周的帷幔。幰，

xiǎn），大呼道："有贼！有贼！救人！救人！"那负南陔的贼出于不意，骤听得背上如此呼叫，吃了一惊，恐怕被人拿住，连忙把南陔撩下背来，脱身便走，在人丛里混过了。轿中人在轿内闻得孩子声唤，推开帘子一看，见是个青头白脸魔合罗般一个小孩子，心里喜欢，叫住了轿，抱将过来，问道："你是何处来的？"南陔道："是贼拐了来的。"轿中人道："贼在何处？"南陔道："方才叫喊起来，在人丛中走了。"轿中人见他说话明白，摩他头道："乖乖，你不要心慌，且随我去再处。"便双手抱来，放在膝上。一直进了东华门，竟入大内去了。

你道轿中是何等人？原来是穿宫的高品近侍中大人（宦官）。因圣驾御楼观灯已毕，先同着一般的中贵四五人前去宫中排宴。不想遇着南陔叫喊，抱在轿中，进了大内。中大人吩咐从人，领他到自己入值的房内，与他果品吃着，被卧温着。恐防惊吓了他，叮嘱又叮嘱。内监心性喜欢小的，自然如此。

次早，中大人四五人直到神宗御前，叩头跪禀道："好教万岁爷爷得知，奴婢等昨晚随侍赏灯回来，在东华门外拾得一个失落的孩子，领进宫来。此乃万岁爷爷得子之兆，奴婢等不胜喜欢。未知是谁家之子，未请圣旨，不敢擅便，特此启奏。"神宗此时前星未耀，正急的是生子一事。见说拾得一个孩子，也道是宜男之祥，喜动天颜，叫快宣来见。

中大人领旨，急到入值房内抱了南陔，先对他说："圣旨宣召，如今要见驾哩，你不要惊怕！"南陔见说见驾，晓得是见皇帝了，不慌不忙，在袖中取出珠帽来，一似昨晚带了，随了中大人竟来见神宗皇帝。娃子家虽不曾习着什么嵩呼拜舞之礼，却敢擎拳曲腿，一拜两拜的叩头稽首，喜得个神宗跌脚欢忭（喜悦。忭，biàn），御口问道："小孩子，你是谁人之子？可晓得姓什么？"南陔竦然（恭敬貌。竦，sǒng）起答道："儿姓王，乃臣韶之幼子也。"神宗见他说出话来，声音清朗，且语言有体，大加惊异。又问道："你缘何得到此处？"南陔道："只因昨夜元宵举家观灯，瞻仰圣容，嚷乱之中，被贼人偷驮背上前走。偶见内家车乘，只得叫呼求救。贼人走脱，臣随中贵大人一同到此。得见天颜，实出万幸！"神宗道："你今年几岁了？"南陔道："臣五岁了。"神宗道："小小年纪，便能如此应对，王韶可谓有子矣。昨夜失去，不知举家何等惊惶，朕今即要送还汝父，只可惜没查处那个贼人。"南陔对道："陛下要查此贼，一发不难。"神宗惊喜道："你有何见可以得贼？"南陔道："臣被贼人驮走，已晓得不是家里人了，便把头带的珠帽除下藏好。那珠帽之顶，有臣母将绣针彩线插戴其上，以厌（yā，以迷信的方法驱避可能出现的灾祸）不祥。臣比时（当时）在他背上，想贼人无可记认，就于除帽之时将针线取下，密把他衣领缝线一道，插针在衣内，以为暗号。今陛下令人密查，若衣领有此针线者，即是昨夜之贼，有何难见？"神宗大惊道："奇哉此儿！一点年纪，有如此大见识！朕若不得贼，孩子不如矣！待朕擒治了此贼，方送汝回去。"又对近侍夸称道："如此奇异儿子，不可令宫闱中人不见一见。"传旨急宣钦圣皇后见驾。

穿宫人传将旨意进宫，宣得钦圣皇后到来。山呼行礼已毕，神宗对钦圣道："外厢有个好儿子，卿可暂留宫中，替朕看养他几日，做个得子的谶兆（预兆。谶，chèn）。"钦圣虽然遵旨谢恩，不知甚么事由，心中有些犹豫不决。神宗道："要知详细，领此儿到宫中问他，他自会说明白。"钦圣得旨，领了南陔自往宫中去了。

神宗一面写下密旨，差个中大人赍到开封府，是长是短的，从头吩咐了大尹，立限捕贼以闻。开封府大尹奉得密旨，非比寻常访贼的事，怎敢时刻怠缓？即唤过当日缉捕使臣何观察吩咐道："今日奉到密旨，限你三日内要拿元宵夜做不是的一伙人。"观察禀道："无赃无证，从何缉捕？"大尹叫何观察上来附耳低言，把中大人所传衣领针线为号之说说了一遍。

何观察道："恁地时，三日之内管取完这头公事。只是不可声扬。"大尹道："你好干这事，此是奉旨的，非比别项盗贼，小心在意！"观察声喏而出。到得使臣房，集齐一班眼明手快的公人来商量道："元宵夜趁着热闹做歹事的，不止一人，失事的也不止一家。偶然这一家的小儿不曾捞得去，别家得手处必多。日子不远，此辈不过在花街柳陌、酒楼饭店中，轻松取乐，料必未散。虽是不知姓名地方，有此暗记，还怕什么？遮莫（即使）没踪影的也要寻出来。我们几十个做公的分头体访，自然有个下落。"当下派定张三往东，李四往西。各人认路，茶坊酒肆，凡有众人团聚面生可疑之处，即便留心挨身体看，各自去讫。

原来那晚这个贼人，有名的叫作雕儿手，一起有十来个，专一趁着热闹时节，人丛里做那不本分的勾当。有诗为证：昏夜贪他唾手财，全凭手快眼儿乖。世人莫笑胡行事，譬似求人更可哀。那一个贼人当时在王家门首，窥探踪迹，见个小衙内齐整打扮背将出来，便自上了心，一路尾着走，不离左右。到了宣德门楼下，正在挨挤喧闹之处，觑个空，便双手溜将过来，背了就走。欺他是小孩子，纵有知觉，不过惊怕啼哭之类，料

无妨碍，不在心上。不提防到官轿旁边，却会叫喊"有贼"起来。一时着了忙，想道利害，卸着便走。更不知背上头，暗地里又被他做工夫，留下记认了，此是神仙也猜不到之事。后来脱去，见了同伙，团聚拢来，各出所获之物，如簪钗、金宝、珠玉、貂鼠暖耳、狐尾护颈之类，无所不有。只有此人却是空手，述其缘故，众贼道："何不单雕了珠帽来？"此人道："他一身衣服多有宝珠钮嵌，手足上各有钏镯。就是四五岁一个小孩子好歹也值两贯钱，怎舍得轻放了他？"众贼道："而今孩子何在？正是贪多嚼不烂了。"此人道："正在内家轿边叫喊起来，随从的虞候虎狼也似，好不多人在那里，不兜住身子便算天大侥幸，还望财物哩！"众贼道："果是利害。而今幸得无事，弟兄们且打平伙，吃酒压惊去。"于是一日轮一个做主人，只拣隐僻酒务（酒店），便去畅饮。

是日，正在玉津园旁边一个酒务里头欢呼畅饮，一个做公的，叫作李云，偶然在外经过，听得猜拳豁指、呼红喝六之声。他是有心的，便趦（xué，折回）进门来一看，见这些人举止气象，心下有十分瞧科（察觉）。走去坐了一个独副座头，叫声："买酒饭吃！"店小二先将盏箸安顿去了。他便站将起来，背着手踱来踱去，侧眼把那些人逐个个觑将去，内中一个果然衣领上挂着一寸来长短彩线头。李云晓得着手了，叫店家："且慢烫酒，我去街上邀着个客人一同来吃。"忙走出门，口打个胡哨，便有七八个做公的走将拢来，问道："李大，有影响么？"李云把手指着店内道："正在这里头，已看的实了。我们几个守着这里，把一个走去，再叫集十来个弟兄，一同下手。"内中一个会走的飞也似去，又叫了十来个做公的来了。发声喊，望酒务里打进去，叫道："奉圣旨拿元宵夜贼人一伙！店家协力，不得放走了人！"店家听得"圣旨"二字，晓得利害，急集小二、火工、后生人等，执了器械出来帮助。十来个贼，不曾走了一个，多被捆倒。正是：日间不做亏心事，夜半敲门不吃惊。

大凡做贼的见了做公的，就是老鼠遇了猫儿，见形便伏；做公的见了做贼的，就是仙鹤遇了蛇洞，闻气即知。所以这两项人每每私自相通，时常要些孝顺，叫作"打业钱"。若是捉破了贼，不是什么要紧公事，得些利市，便放松了。而今是钦限要人的事，衣领上针线斗着海底眼，如何容得宽展！当下捆住，先剥了这一个的衣服。众贼虽是口里还强，却个个肉颤身摇，面如土色。身畔一搜，各有零赃。一直里押到开封府来，报知大尹。

大尹升堂，验着衣领针线是实，明知无枉，喝教："用起刑来！"令招实情。掤扒吊拷（强行脱去衣服，捆绑并吊起来拷打。掤，bīng），备受苦楚，这些顽皮赖肉只不肯招。大尹即将衣领针线问他道："你身上何得有此？"贼人不知事端，信口支吾。大尹笑道："如此剧贼（强悍的贼寇），却被小孩子算破了，岂非天理昭彰！你可记得元宵夜内家轿边叫救人的孩子么？你身上已有了暗记，还要抵赖到哪里去？"贼人方知被孩子暗算了，对口无言，只得招出实话来。乃是积年累岁遇着节令盛时，即便四出剽窃，以及平时略贩子女，伤害性命，罪状山积，难以枚举，从不败露。岂知今年元宵行事之后，卒然（突然）被擒？却被小子暗算，惊动天听，以致有此。莫非天数该败，一死难逃！大尹责了口词，叠成文卷。大尹却记起旧年元宵真珠姬一案，现捕未获的那一件事来。你道又是甚事？看官且放下这头，听小子说那一头。

也只因宣德门张灯，王侯贵戚女眷多设帷幕在门外两庑（宫殿的东西两廊。庑，wǔ），日间先在那里等候观看。其时有一个宗王家在东首，有个女儿名唤真珠，因赵姓天潢（宗室。潢，huáng）之族，人都称她真珠族姬。年十七岁，未曾许嫁人家，颜色明艳，服饰鲜丽，耀人眼目。宗王的夫人姨妹族中却在西首。姨娘晓得外甥真珠姬在帷中观灯，叫个丫鬟走来相邀一会，上复道："若肯来，当差兜轿来迎。"真珠姬听罢，不胜之喜，便对母亲道："儿正要见见姨娘，恰好她来相请，是必要去。"夫人亦欣然许允。打发丫鬟先去回话，专候轿来相迎。过不多时，只见一乘兜轿打从西边来到帷前。真珠姬孩子心性，巴不得就到那边顽耍，叫养娘们问得是来接的，吩咐从人随后来，自己不耐烦等待，慌忙先自上轿去了。才

去得一会，先前来的丫鬟又领了一乘兜轿来到，说道："立等真珠姬相会，快请上轿。"王府里家人道："真珠姬方才先随轿去了，如何又来迎接？"丫鬟道："只是我同这乘轿来，哪里又有什么轿先到？"家人们晓得有些蹊跷了，大家忙乱起来。闻之宗王，着人到西边去看，眼见得决不在那里的了。急急吩咐虞候祗从人等四下找寻，并无影响。急具事状，告到开封府。府中晓得是王府里事，不敢怠慢，散遣缉捕使臣挨查踪迹。王府里自出赏揭，报信者二千贯，竟无下落。不提。

且说真珠姬自上了轿后，但见轿夫四足齐举，其行如飞。真珠姬心里道："是顷刻就到的路，何须得如此慌走？"却也道是轿夫脚步惯了的，不以为意。及至抬眼看时，倏忽转湾，不是正路，渐渐

走到狭巷里来，轿夫们脚高步低，越走越黑。心里正有些疑惑，忽然轿住了，轿夫多走了去。不见有人相接，只得自己掀帘走出轿来，定睛一看，只叫得苦。原来是一所古庙，旁边鬼卒十余个各持兵杖夹立，中间坐着一位神道，面阔尺余，须髯满颊，目光如炬，肩臂摇动，像个活的一般。真珠姬心慌，不免下拜。神道开口大言道："你休得惊怕！我与汝有夙缘，故使神力摄你至此。"真珠姬见神道说出话来，愈加惊怕，放声啼哭起来。旁边两个鬼卒走来扶着。神道说："快取压惊酒来。"旁边又一鬼卒斟着一杯热酒，向真珠姬口边奉来。真珠姬欲待推拒，又怀惧怕，勉强将口接着，被他一灌而尽。真珠姬早已天旋地转，不知人事，倒在地下。神道走下座来，笑道："着了手也！"旁边鬼卒多攒将拢来，同神道各卸了装束，除下面具。原来个个多是活人，乃一伙剧贼装成的。将蒙汗药灌倒了真珠姬，抬到后面去，后面走将一个婆子出来，扶去放在床上眠着。众贼汉乘他昏迷，次第奸淫。可怜金枝玉叶之人，零落在狗党狐群之手。奸淫已毕，吩咐婆子看好。各自散去，别做歹事了。

真珠姬睡至天明，看看苏醒。睁眼看时，不知是哪里，但见一个婆子在旁边坐着。真珠姬自觉阴户疼痛，把手摸时，周围虚肿，明知着了人手。问婆子道："此是何处？将我送在这里！"婆子道："夜间众好汉们送将小娘子来的。不必心焦，管取你就落好处便了。"真珠姬道："我是宗王府中闺女，你们歹人怎如此胡行乱做！"婆子道："而今说不得王府不王府了。老身见你是金枝玉叶，须不把你作贼。"真珠姬也不晓得她的说话因由，捂着眼只是啼哭。原来这婆子是个牙婆，专一走大人家雇卖人口的。这伙剧贼掠得人口，便来投她家下，留下几晚，就有头主来成了去的。那时留了真珠姬，好言温慰得熟分。刚两三日，只见一日一乘轿来抬了去，已将她卖与城外一个富家为妾了。

主翁成婚后，云雨之时，心里晓得不是处子，却见她美色，甚是喜欢，不以为意，更不曾提起问她来历。真珠姬也深怀羞愤，不敢轻易自言。怎当得那家姬妾颇多，见一人专宠，尽生嫉妒之心，说她来历不明，多管是在家犯奸被逐出来的奴婢，日日在主翁耳根边激聒（絮语。聒，guō）。主翁听得不耐烦，偶然问其来处。真珠姬揆（kuí）着心中事，大声啼泣，诉出事由来，方知是宗王之女，被人掠卖至此。主翁多曾看见榜文赏帖的，老大吃惊，恐怕事发连累，急忙叫人寻取原媒牙婆，已自不知去向了。主翁寻思道："此等奸徒，此处不败，别处必露。到得根究起来，现赃在我家，须藏不过，可不是天大利害？况且王府女眷，不是取笑，必有寻着根底的日子。别人做了歹事，把个愁布袋丢在这里，替他顶死不成？"心生一计，叫两个家人家里抬出一顶破竹轿来装好了，请出真珠姬来。主翁纳头便拜道："一向有眼不识贵人，多有唐突，却是辱莫了贵人。多是歹人做的事，小可并不知道。今情愿折了身价，白送贵人还府。只望高抬贵手，凡事遮盖，不要牵累小可则个。"真珠姬见说送她还家，就如听得一封九重恩赦到来。又原是受主翁厚待的，见他小心赔礼，好生过意不去，回言道："只要见了我父母，决不提起你姓名罢了。"

主翁请真珠姬上了轿，两个家人抬了飞走，真珠姬也不及分别一声。慌忙走了五七里路，一抬抬到荒野之中，抬轿的放下竹轿，抽身便走，一道烟去了。真珠姬在轿中探头出看，只见静悄无人。走出轿来，前后一看，连两个抬轿的影踪不见，慌张起来道："我直如此命蹇！如何不明不白抛我在此？万一又遇歹人，如何是好？"没做理会处，只得仍旧进轿坐了，放声大哭起来，乱喊乱叫，将身子在轿内掷撺（撞跌。撺，diān）不已，头发多撺得蓬松。

此时正是春三月天道，时常有郊外踏青的。有人看见空旷之中，一乘竹轿内有人大哭，不胜骇异，渐渐走将拢来。起初只是一两个人，后来簌箕般围将转来，你诘我问，你喧我嚷。真珠姬慌慌张张，没口得分诉，一发说不出一句明白话来。内中有老成人，摇手叫四旁人莫嚷，朗声问道："娘子是何家宅眷？因甚独自歇轿在此？"真珠姬方才噙了眼泪，说得话出来道："奴是王府中族姬，被歹人拐来在此的。有人报知府中，定当重赏。"当时王府中赏帖，开封府榜文，谁不知道？真珠姬话才出口，早已有请功的飞也似去报了。须臾之间，王府中干办虞候走了偌多人来认看，果然破轿之内坐着的是真珠族姬。慌忙打轿来换了，抬归府中。父母与合家人等看见头髼（péng）鬓乱、满面泪痕，抱着大哭。真珠姬一发乱擤乱掷，哭得一佛出世，二佛生天。直等哭得尽情了，方才把前时失去今日归来的事端，一五一十告诉了一遍。宗王道："可晓得那讨你的是哪一家？便好挨查。"真珠姬心里还护着那主翁，回言道："人家便认得，却是不晓得姓名，也不晓得地方，又来得路远了，不记起在哪一边。抑且那人家原不知情，多是歹人所为。"宗王心里道是家丑不可外扬，恐女儿许不得人家。只得含忍过了，不去声张下老实根究。只暗地嘱咐开封府，留心访贼罢了。

隔了一年，又是元宵之夜，弄出王家这件案来。其时大尹拿倒王家做歹事的贼，记得王府中的事，也把来问问看，果然即是这伙人。大尹咬牙切齿，拍案大骂道："这些贼男女，死有余辜！"喝交加力行杖，各打了六十讯棍，押下死囚牢中，奏请明断发落。奏内大略云：群盗元夕所为，止于胠箧（qū qiè，盗窃）；居恒所犯，尽属椎埋（杀人。椎，chuí）。似此枭獍（狠毒）之徒，岂容辇毂（niǎn gǔ，皇帝的车舆，代指京城）之下！合行骈戮（一并被杀），以靖邦畿（国家。畿，jī）。神宗皇帝见奏，晓得开封府尽获盗犯，笑道："果然不出小孩子所算。"龙颜大喜，批准奏章，着会官即时处决，又命开封府再录狱词一通来看。开封府钦此钦遵，处斩众盗已毕，一面回奏，复将前后犯由狱词详细录上。神宗得奏，即将狱词笼在袍袖之中，含笑回宫。

　　且说正宫钦圣皇后，那日亲奉圣谕，赐与外厢小儿鞠养（抚养），以为得子之兆，当下谢恩领回宫中来。试问他来历备细，那小孩子应答如流，语言清朗。他在皇帝御前也曾经过，可知道不怕面生，就像自家屋里一般，嘻笑自若。喜得个钦圣心花也开了，将来抱在膝上，宝器心肝的不住的叫。命宫娥取过梳妆匣来，替他掠发整容，调脂画额，一发打扮得齐整。合宫妃嫔闻得钦圣宫中御赐一个小儿，尽皆来到宫中，一来称贺娘娘，二来观看小儿。盖因小儿是宫中所不曾有的，实觉稀罕。及至见了，又是一个眉清目秀，唇红齿白，魔合罗般一个能言能语，百问百答，你道有不快活的么？妃嫔们要奉承娘娘，亦且喜欢孩子，争先将出宝玩金珠钏镯等类来做见面钱，多塞在他小袖子里，袖子里盛满了着不得。钦圣命一个老内人逐一替他收好了。又叫领了他到各宫朝见顽要。各宫以为盛事，你强我赛，又多各有赏赐，宫中好不喜欢热闹。

　　如是十来日，正在喧哄之际，忽然驾幸钦圣宫，宣召前日孩子。钦圣当下率领南陔朝见已毕，神宗问钦圣道："小孩子莫惊怕否？"钦圣道："蒙圣恩敕令暂鞠此儿，此儿聪慧非凡，虽居禁地，毫不改度，老成人不过如此。实乃陛下洪福齐天，国家有此等神童出世，臣妾不胜欣幸！"神宗道："好教卿等知道，只那夜做歹事的人，尽被开封府所获，则为衣领上针线暗记，不到得走了一个。此儿可谓有智极矣！今贼人尽行斩讫，怕他家里不知道，在家忙乱，今日好好送还他去。"钦圣与南陔各叩首谢恩。当下传旨：敕令前日抱进宫的那个中大人护送归第，御赐金犀一簏（lù），与他压惊。

　　中大人得旨，就御前抱了南陔，辞了钦圣，一路出宫。钦圣尚兀自好些不割舍他，梯己（私下）自有赏赐，与同前日各宫所赠之物总贮一箧，令人一同交付与中大人收好，送到他家。中大人出了宫门，传命辆起犊车，赍了圣旨，就抱南陔坐在怀里了，径望王家而来。去时蓦地偷将去，来日从天降下来。孩抱何缘亲见帝？恍疑鬼使与神差。

话说王襄敏家中自那晚失去了小衙内，合家里外大小没一个不忧愁思虑，哭哭啼啼，只有襄敏毫不在意，竟不令人追寻。虽然夫人与同管家的吩咐众家人各处探访，却也并无一些影响。人人懊恼，没个是处。忽然此日朝门上飞报将来，有中大人亲赍圣旨到第开读。襄敏不知事端，吩咐忙排香案迎接，自己冠绅（戴帽束带）袍笏，俯伏听旨。只见中大人抱了个小孩子，下犊车来。家人上前来争看，认得是小衙内，倒吃了一惊。不觉大家手舞足蹈，禁不得喜欢。中大人喝道："且听宣圣旨！"高声宣道："卿元宵失子，乃朕获之，今却还乡。特赐压惊物一箧，奖其幼志。钦哉！"

中大人宣毕，襄敏拜舞谢恩已了，请过圣旨，与中大人叙礼，分宾主坐定。中大人笑道："老先儿，好个乖令郎！"襄敏正要问起根由，中大人笑嘻嘻的袖中取出一卷文书出来，说道："老先儿要知令郎去来事端，只看此一卷便明白了。"襄敏接过手来一看，乃开封府获盗狱词也。襄敏从头看去，见是密诏开封捕获，便道："乳臭小

儿，如此惊动天听，又烦圣虑获贼，直教老臣粉身碎骨，难报圣恩万一！"中大人笑道："这贼多是令郎自家拿到的，不烦一毫圣虑，所以为妙。"南陔当时就口里说那夜怎的长怎的短，怎的见皇帝，怎的拜皇后，明明朗朗，诉个不住口。先前合家人听见圣旨到时，已攒在中门口观看，及见南陔出车来，大家惊喜，只是不知头脑，直待听见南陔备述此一遍，心下方才明白，尽多赞叹他乖巧之极。方信襄敏不在心上，不肯追求，道是他自家会归来的，真有先见之明也。襄敏吩咐治酒款待中大人，中大人就将圣上钦赏压惊金犀，及钦圣与各宫所赐之物，陈设起来。真是珠宝盈庭，光采夺目，所直不啻（不止。啻，chì）巨万。中大人摩着南陔的头道："哥，够你买果儿吃了。"襄敏又叩首对阙谢恩。立命馆客写下谢表，先附中大人陈奏。等来日早朝面圣，再行率领小子谢恩。中大人道："令郎哥儿是咱家遇着携见圣人的，咱家也有个薄礼儿，做个纪念。"将出元宝二个、彩段八表里来。襄敏再三推辞不得，只得收了。另备厚礼答谢过中大人，中大人上车回复圣旨去了。

　　襄敏送了回来，合家欢庆。襄敏公道："我说你们不要忙，我十三必能自归。今非但归来，且得了许多恩赐，又已拿了贼人，多是十三自己的主张来。可见我不着急的是么？"合家各各称服。后来南陔取名王宷，政和年间，大有文声，功名显达。只看他小时举动如此，已占大就矣。

　　　小时了了大时佳，五岁孩童已足夸。
　　　计缚剧徒如反掌，直教天子送还家。

卷四

李将军错认舅
刘氏女诡从夫

　　世上夫妻形形色色，有那爱得死去活来，恨不得生生世世在一起的；也有那恨到咬牙切齿，死后同棺都要扭骨背对的；有那求神拜佛也求不到一起去的；还有那生拉硬拽硬凑到一起去的。都说梁祝爱情感人凄婉，而此篇的金翠恋，这则爱情故事的悲情哀婉亦不输给梁祝。

　　刘翠翠与金定是青梅竹马的同窗，两人相恋相爱，虽然家世不匹配，可刘家父母还是同意让金定入赘刘家。可好景不长，逢兵荒马乱，翠翠被李将军掳去，收为妾室，金定千里寻妻，寻到李将军府上，夫妻二人不敢相认，只能互称兄妹，相继得病而死，只得在阴间再续夫妻之缘。

　　梁祝的悲剧因家庭，金翠的悲剧因乱世，从中可以窥得作者对于市民阶层的自由爱情观是持肯定态度的，同时也大加赞美了至死不渝的爱情。

诗云：

在天愿为比翼鸟，在地愿为连理枝。

天长地久有时尽，此恨绵绵无绝期。

这四句乃是白乐天《长恨歌》中之语。当日只为唐明皇与杨贵妃七月七日之夜，在长生殿前对天发了私愿：愿生生世世得为夫妇。后来马嵬（wéi）之难，杨贵妃自缢，明皇心中不舍，命鸿都道士求其魂魄。道士凝神御气，见之玉真仙宫，道是因为长生殿前私愿，还要复降人间，与明皇做来生的夫妇。所以白乐天述其事，作一篇《长恨歌》，有此四句。盖谓世间唯有愿得成双的，随你天荒地老，此情到底不泯也。

小子而今先说一个不愿成双的古怪事，做个得胜头回。宋时唐州比阳，有个富人王八郎，在江淮做大商，与一个娟妓往来得密。相与日久，胜似夫妻。每要娶她回家，家中先已有妻子，甚是不得意。既有了娶娟之意，归家见了旧妻时，一发觉得厌憎，只管寻是寻非，要赶逐妻子出去。那妻子是个乖巧的，见不是头，也就怀着二心，无心恋着夫家。欲待要去，只可惜先前不曾留心积趱（zǎn）得些私房，未好便轻易走动。其时身畔有一女儿，年止数岁，把她做了由头，婉辞哄那丈夫道："我嫁你已多年了，女儿又小，你赶我出去，叫我哪里去好？我决不走路的。"口里如此说，却日日打点出去的计较。

后来王生竟到淮上，带了娟妇回来。且未到家，在近巷另赁一所房子，与她一同住下。妻子知道，一发坚意要去了，把家中细软尽情藏过，狼犺（笨重）家伙什物多将来卖掉。等得王生归来，家里椅桌多不完全，箸长碗短，全不似人家模样。访知尽是妻子败坏了，一时发怒道："我这番决留你不得了，今日定要决绝！"妻子也奋然攘臂（将起袖子，露出胳脾表示振奋）道："我晓得到底容不得我，只是要我去，我也要去得明白。我与你当官休去！"当下扭住了王生双袖，一直嚷到县堂上来。知县问着备细，乃是夫妻两人彼此愿离，各无系恋。取了口词，画了手模，依他断离了。家事对半分开，各自度日。妻若再嫁，追产还夫。所生一女，两个争要。妻子诉道："丈夫薄幸，宠娼弃妻，若留女儿与他，日后也要流落为娼了。"知县道她说得是，把女儿断与妻子领去，各无词说。出了县门，自此两人各自分手。

王生自去接了娼妇，到家同住。妻子与女儿另在别村去买一所房子住了，买些瓶罐之类，摆在门前，做些小经纪。她手里本自有钱，恐怕丈夫他日还有别是非，故意装这个模样。一日，王生偶从那里经过，恰好妻子在那里搬运这些瓶罐，王生还有些旧情不忍，好言对她道："这些东西能进得多少利息，何不别做些什么生意？"其妻大怒，赶着骂道："我与你决绝过了，便同路人。要你管我怎的！来调甚么喉嗓？"王生老大没趣，走了回来，自此再不相问了。

过了几时，其女及笄，嫁了方城田家。其妻方将囊中蓄积搬将出来，尽数与了女婿，约有十来万贯，皆在王家时瞒了丈夫所藏下之物。也可见王生固然薄幸有外好，其妻原也不是同心的了。

后来王生客死淮南，其妻在女家亦死。既已殡殓，将要埋葬，女儿道："生前与父不合，而今既同死了，该合做了一处，也是我女儿们孝心。"便叫人去淮南迎了丧柩归来，重复开棺，一同母尸，各加洗涤，换了衣服，两尸同卧在一榻之上，等天明时刻到了，下了棺，同去安葬。安顿好了，过了一会，女儿走来看时，吃了一惊。两尸先前同是仰卧的，今却东西相背，各向了一边。叫聚合家人多来看着，尽都骇异。有的道："眼见得生前不合，死后还如此相背。"有的道："偶然那个移动了，哪里有死尸掉转来的？"女儿啼啼哭哭，叫爹叫娘，仍旧把来仰卧好了。到得明日下棺之时，动手起尸，两个尸骸仍旧多是侧眠着，两背相向的，方晓得果然是生前怨恨之所致也。女儿不忍，毕竟将来同葬了，要知他们阴中也未必相安的。此是夫妇不愿成双的榜样，比似那生生世世愿为夫妇的差了多少！

而今说一个做夫妻的被折散了，死后精灵还归一处到底不磨灭的话本。可见世间的夫妇，原自有这般情种。有诗为证：

生前不得同衾枕，死后图他共穴藏。
信是世间情不泯，韩凭冢上有鸳鸯。

这个话本，在元顺帝至元年间，淮南有个民家姓刘，生有一女，名唤翠翠。生来聪明异常，见字便认，五六岁时便能诵读诗书。父母见她如此，商量索性送她到学堂去，等她多读些在肚里，做个不带冠的秀才。邻近有个义学，请着个老学究，有好些生童在里头从他读书，刘老也把女儿送去入学。学堂中有个金家儿子，叫名金定，生来俊雅，又兼赋性聪明。

与翠翠一男一女，算是这一堂中出色的了，况又是同年生的，学堂中诸生多取笑他道："你们两个一般的聪明，又是一般的年纪，后来毕竟是一对夫妻。"金定与翠翠虽然口里不说，心里也暗地有些自认，两下相爱。金生曾作一首诗赠与翠翠，以见相慕之意，诗云："十二栏杆七宝台，春风到处艳阳开。东园桃树西园柳，何不移来一处栽？"翠翠也依韵和一首答他，诗云："平生有恨祝英台，怀抱何为不肯开？我愿东君勤用意，早移花树向阳栽。"

在学堂一年有余，翠翠过目成诵，读过了好些书。以后年已渐长，不到学堂中来了。十六岁时，父母要将她许聘人家，翠翠但闻得有人议亲，便关了房门，只是啼哭，连粥饭多不肯吃了。父母初时不在心上，后来见每次如此，心中晓得有些尴尬。仔细问她，只不肯说。再三委曲盘问，许她说了出来，必定依她。翠翠然后说道："西家金定，与我同年，前日同学堂读时，心里已许下了他。今若不依我，我只是死了，决不去嫁别人的！"父母听罢，想道："金家儿子虽然聪明俊秀，却是家道贫穷，岂是我家当门对户？"然见女儿说话坚决，动不动哭个不住，又不肯饮食，恐怕违逆了她，万一做出事来，只得许她道："你心里既然如此，却也不难，找个媒人替你说去。"刘老寻将一个媒妈来，对她说女儿翠翠要许西边金家定哥的说话。媒妈道："怎对得宅上起？"刘妈道："我家翠小娘与他家定哥同年，又曾同学，翠小娘不是他不肯出嫁，故此要许他。"媒妈道："只怕宅上嫌贫不肯。既然肯许，即有何难？老媳妇一说便成。"

媒妈领命，竟到金家来说亲。金家父母见说了，惭愧不敢当，回复媒妈家："我家甚么家当，敢去扳她？"媒妈道："不是这等说！刘家翠翠小娘子心里一定要嫁小官人，几番啼哭不食，别家来说的，多回绝了。难得她父母见女儿立志如此，已许了她，肯与你家小官人了。今你家若把贫来推辞，不但失了此一段好姻缘，亦且辜负那小娘子这一片志诚好心。"金老夫妻道:"据着我家定哥才貌,也配得她翠小娘过,只是家下委实贫难,哪里下得起聘定?所以容易应承不得。"媒妈道:"应承由不得不应承,只好把说话放婉曲些。"金老夫妻道:"怎的婉曲?"媒妈道:"而今我替你传去,只说道寒家有子,颇知诗书,贵宅见谕,万分盛情,敢不从命?但寒家起自蓬荜,一向贫薄自甘,若必要取聘问婚娶诸仪,力不能办,是必见亮,毫不责备,方好应承。如此说去,他家晓得你们下礼不起的,却又违女儿意思不得,必然是件将就了。"金老夫妻大喜道:"多承指教,有劳周全则个。"

　　媒妈果然把这番话到刘家来复命。刘家父母爱女过甚,心下只要成事,见媒妈说了金家自揣家贫,不能下礼,便道:"自古道,婚姻论财,夷虏之道(野蛮人的思想观念)。我家只要许得女婿好,哪在财礼?但是一件,他家既然不足,我女到他家里,只怕难过日子,除非招入我们家里做赘婿,这才使得。"媒妈再把此意到金家去说。这是倒在金家怀里去做的事,金家有何推托?千欢万喜,应允不迭。遂凭着刘家拣个好日,把金定招将过去。凡是一应币帛羊酒之类,多是女家自备了过来。从来有这话的:入舍女婿只带着一张卵袋走。金家果然不费分毫,竟成了亲事。只因刘翠翠坚意看上了金定,父母拗她不得,只得曲意相从了。

　　当日过门交拜,夫妻相见,两下里各称心怀。是夜翠翠于枕上口占一词,赠与金生道:曾向书斋同笔砚,故人今做新人。洞房花烛十分春。汗沾蝴蝶粉,身惹麝香尘。䙆(tì)雨尤云浑未惯,枕边眉黛羞颦。轻怜痛惜莫辞频。愿郎从此始,日近日相亲。(右调《临江仙》)金生也依韵和一阕道:记得书斋同笔砚,新人不是他人。扁舟来访武陵春。仙居邻紫府,人世隔红尘。誓海盟山心已许,几番浅笑深颦。向人犹自语频频。意中无别意,亲后有谁亲?(调同前)

　　两人相得之乐,真如翡翠之在丹霄,鸳鸯之游碧沼,无以过也。谁料乐极悲来，快活不上一年，撞着元政失纲，四方盗起。盐徒张士诚兄弟起兵高邮，沿海一带郡县尽为所陷。部下有个李将军，领兵为先锋，到处民间掳掠美色女子。兵至淮安，闻说刘翠翠之名，率领一队家丁打进门来，看得中意，劫了就走。此时合家只好自顾性命，抱头鼠窜，哪个敢向前争得一句？眼盼盼看她拥着去了。金定哭得个死而复生，欲待跟着军兵踪迹寻访她去，争奈元将官兵，北来征讨，两下争持，干戈不息，路断行人。恐怕没来由走去，撞在乱兵之手死了，也没说处。只得忍酸含苦，过了日子。

至正末年，张士诚气概弄得大了，自江南江北、三吴两浙直拓至两广益州，尽归掌握。元朝不能征剿，只得定议招抚。士诚原没有统一之志，只此局面已自满足，也要休兵。因遂通款（与敌方通和言好）元朝，奉其正朔，封为王爵，各守封疆。民间始得安静，道路方可通行。

金生思念翠翠，时刻不能去心。看见路上好走，便要出去寻访。收拾了几两盘缠，结束了一个包裹，来别了自家父母，对丈人、丈母道："此行必要访着妻子踪迹，若不得见，誓不还家了。"痛哭而去。路由扬州过了长江，进了润州，风餐水宿，夜住晓行，来到平江。听得路上人说，李将军见在绍兴守御，急忙赶到临安，过了钱塘江，趁着西兴夜船到得绍兴。去问人时，李将军已调在安丰去屯兵了。又不辞辛苦，问到安丰。安丰人说："早来两日，也还在此，而今回湖州驻扎，才起身去的。"金生道："只怕湖州时，又要到别处去。"安丰人道："湖州是驻扎地方，不到别处去了。"金生道："这等，便远在天边，也赶得着。"于是一路向湖州来。

算来金生东奔西走，脚下不知有万千里路跑过来。在路上也过了好两个年头，不能够见妻子一见，却是此心再不放懈。于路没了盘缠，只得乞丐度日；没有房钱，只得草眠露宿。真正心坚铁石，万死不辞。不则一日，到了湖州。去访问时，果然有个李将军开府在那里。

那将军是张王得力之人，贵重用事，势焰赫奕。走到他门前去看时，好不威严。但见：门墙新彩，棨戟（古代官吏所用的仪仗，出行时作为前导，后亦列于门庭。棨，qǐ）森严。兽面铜环，并衔而宛转；彪形铁汉，对峙以巍峨。门阑上贴着两片不写字的桃符，坐墩边列着一双不吃食的狮子。虽非天上神仙府，自是人间富贵家。金生到门首，站立了一回，不敢进去，又不好开言。只是舒头探脑，往里边一望，又退立了两步，踌躇不决。

正在没些起倒之际，只见一个管门的老苍头走出来，问道："你这秀才有甚么事干？在这门前探头探脑的，莫不是奸细么？将军知道了，不是耍处（儿戏）。"金生对他唱个喏道："老丈拜揖。"老苍头回了半揖道："有甚么话？"金生道："小生是淮安人氏，前日乱离时节，有一妹子失去，闻得在贵府中，所以不远千里寻访到这个所在，意欲求见一面。未知确信，要寻个人问一问，且喜得遇老丈。"苍头道："你姓甚名谁？你妹子叫名甚么？多少年纪？说得明白，我好替你查将出来回复你。"金生把自家真姓藏了，只说着妻子的姓道："小生姓刘，名唤金定。妹子叫名翠翠，识字通书，

失去时节，年方十七岁，算到今年，该有二十四岁了。"老苍头点点头道："是呀，是呀。我府中果有一个小娘子姓刘，是淮安人，今年二十四岁，识得字，作得诗，且是做人乖巧周全。我本官专房之宠，不比其他。你的说话，不差，不差！依说是你妹子，你是舅爷了。你且在门房里坐一坐，我去报与将军知道。"苍头急急忙忙奔了进去。金生在门房等着回话不提。

且说刘翠翠自那年掳去，初见李将军之时，先也哭哭啼啼，寻死觅活，不肯随顺。李将军吓她道："随顺了，不去难为你合家老小；若不随顺，将他家寸草不留！"翠翠唯恐累及父母与丈夫家里，只能勉强依从。李将军见她聪明伶俐，知书晓事，爱得她如珠似玉一般，十分抬举，百顺千随。翠翠虽是支陪笑语，却是无刻不思念丈夫，没有快活的日子。心里痴想："缘分不断，或者还有时节相会。"争奈日复一日，随着李将东征西战，没个定踪，不觉已是六七年了。

此日李将军见老苍头来禀，说有她的哥哥刘金定在外边求见。李将军问翠翠道："你家里有个哥哥么？"翠翠心里想道："我哪得有甚么哥哥来？多管是丈夫寻到此间，不好说破，故此托名。"遂转口道："是有个哥哥，多年隔别了，不知是也不是，且问他甚么名字才晓得。"李将军道："管门的说是甚么刘金定。"翠翠听得金定二字，心下痛如刀割，晓得是丈夫冒了刘姓来访问的了，说道："这果然是我哥哥，我要见他。"李将军道："待我先出去见过了，然后来唤你。"将军吩咐苍头："去请那刘秀才进来。"

苍头承命出来，领了金生进去。李将军武夫出身，妄自尊大，走到厅上，居中坐下。金生只得向上再拜。将军受了礼，问道："秀才何来？"金生道："金定姓刘，淮安人氏。先年乱离之中，有个妹子失散。闻得在将军府中，特自本乡到此，叩求一见。"将军见他仪度斯文，出言有序，喜动颜色道："舅舅请起，你令妹无恙，即当出来相见。"旁边站着一个童儿，叫名小竖，就叫他进去传命道："刘官人特自乡中远来，叫翠娘可快出来相见！"起初翠翠见说了，正在心痒难熬之际，听得外面有请，恨不得两步做一步移了，急趋出厅中来。抬头一看，果然是丈夫金定！碍着将军眼睁睁在上面，不好上前相认，只得将错就错，认了妹子，叫声哥哥，以兄妹之礼在厅前相见。看官听说，若是此时说话的在旁边一把把那将军扯了开来，让他们讲一程话，叙一程阔，岂不是凑趣的事？争奈将军不做美，好像个监场的御史，一眼不煞坐在那里。金生与翠翠虽然夫妻相见，说不得一句私房话，只好问问父母安否？彼此心照，眼泪从肚里落下罢了。

昔为同林鸟，今作分飞燕。相见难为情，不如不相见。又昔日乐昌公主在杨越公处见了徐德言，作一首诗道："今日何迁次，新官对旧官。笑啼俱不敢，方信做人难！"今日翠翠这个光景，颇有些相似。然乐昌与徐德言，杨越公晓得是夫妻的；此处金生与翠翠只认作兄妹，一发要遮遮饰饰，恐怕识破，意思更难堪也。还亏得李将军是武夫粗卤（粗野鲁莽），看不出机关，毫没甚么疑心，只道是当真的哥子，便认作舅舅，亲情的念头重起来，对金生道："舅舅既是远来，道途跋涉，心力劳困，可在我门下安息几时。我还要替舅舅计较。"吩咐拿出一套新衣服来与舅舅穿了，换下身上尘污的旧衣。又令打扫西首一间小书房，安设床帐被席，是件整备，请金生在里头歇宿。金生巴不得要他留住，寻出机会与妻子相通，今见他如此认帐，正中心怀，欣然就书房里宿了。只是心里想着妻子就在里面，好生难过！

过了一夜，明早起来，小竖来报道："将军请秀才厅上讲话。"将军相见已毕，问道："令妹能认字，舅舅可通文墨么？"金生道："小生在乡中以儒为业，那诗书是本等，就是经史百家，也多涉猎过的，有甚么不晓得的够当？"将军喜道："不瞒舅舅说，我自小失学，遭遇乱世，靠着长枪大戟挣到此地位。幸得吾王宠任，趋附我的尽多。日逐宾客盈门，没个人替我接待；往来书札堆满，没个人替我裁答，我好些不耐烦。今幸得舅舅到此，既然知书达礼，就在我门下做个记室，我也便当了好些。况关至亲，料舅舅必不弃嫌的。舅舅心下何如？"金生是要在里头的，答道："只怕小生才能浅薄，不称将军任使，岂敢推辞？"将军见说大喜。连忙在里头去取出十来封书启来，交与金生道："就烦舅舅替我看详里面意思，回他一回。我正为这些难处，而今却好了。"金生拿到书房里去，从头至尾，逐封逐封备审来意，一一回答停当，将稿来与将军看。将军就叫金生读一遍，就带些解说在里头。听罢，将军拍手道："妙，妙！句句像我肚里要说的话。好舅舅，是天送来帮我的了！"从此一发看待得甚厚。

　　金生是个聪明的人，在他门下，知高识低，温和待人，自内至外没一个不喜欢他的。他又愈加谨慎，说话也不敢声高。将军面前只有说他好处的，将军得意自不必说。却是金生主意只要安得身牢，寻个空，便见见妻子，剖诉苦情；亦且妻子随着别人已经多年，不知她心腹怎么样了，也要与她说个倒断（明白）。谁想自厅前一见之后，再不能够相会。欲要与将军说那要见的意思，又恐怕生出疑心来，反为不美。私下要用些计较通个消息，怎当得闺阁深邃，内外隔绝，再不得一个便处。

　　日挨一日，不觉已是几个月了。时值交秋天气，西风夜起，白露为霜。独处空房，感叹伤悲，终夕不寐。思量妻子翠翠这个时节，绣围锦帐，同人卧起，有甚不快活处？不知心里还记念着我否？怎知我如此冷落孤凄，时刻难过？乃将心事作成一诗道："好花移入玉栏干，春色无缘得再看。乐处岂知愁处苦？别时虽易见时难。何年塞上重归马？此夜庭中独舞鸾。雾阁云窗深几许，可怜辜负月团团！"诗成，写在一张笺纸上了，要寄进去与翠翠看，等她知其心事。但恐怕泄漏了风声，生出一个计较来，把一件布袍拆开了领线，将诗藏在领内了，外边仍旧缝好。叫那书房中伏侍的小竖来，说道："天气冷了，我身上单薄，这件布袍垢秽不堪，你替我拿到里头去，交付我家妹子，叫她拆洗一拆洗，补一补，好拿来与我穿。"再把出百来个钱与他道："我央你走走，与你这钱买果儿吃。"小竖见了钱，千欢万喜，有甚么推托？拿布袍一径到里头去，交与翠翠道："外边刘官人叫拿进来，付与翠娘整理的。"翠娘晓得是丈夫寄进来的，必有缘故，叫他放下了，过一日来拿。小竖自去了。

　　翠翠把布袍从头至尾看了一遍，想道："是丈夫着身的衣服，我多时不与他缝纫了！"眼泪索珠也似的掉将下来。又想道："丈夫到此多时，今日特地寄衣与我，决不是为要拆洗，必是甚么机关在里面。"掩了门，把来细细拆将开来。刚拆得领头，果然一张小小信纸缝在里面，却是一首诗。翠翠将来细读，一头读，一头哽哽咽咽，只是流泪。读罢，哭一声道："我的亲夫呵！你怎知我心事来？"噙着眼泪，慢慢把布袍洗补好，也作一诗缝在衣领内了。仍叫小竖拿出来，付与金生。金生接得，拆开衣领看时，果然有了回信，也是一首诗。金生拭泪读其诗道："一自乡关动战锋，旧愁新恨几重重。肠虽已断情难断，生不相从死亦从！长使德言藏破镜，终教子建赋游龙。绿珠碧玉心中事，今日谁知也到侬！"金生读罢其诗，才晓得翠翠出于不得已，其情已见。又想他把死来相许，料道今生无有完聚的指望了。感切伤心，终日郁闷涕泣，茶饭懒进，遂成痞膈（郁结，阻滞不通）之疾。

　　将军也着了急，屡请医生调治。又道是心病还须心上医，你道金生这病可是医生医得好的么？看看日重一日，只待不起。里头翠翠闻知此信，心如刀刺，只得对将军说了，要到书房中来看看哥哥的病症。将军看见病势已凶，不好阻她，当下依允，翠翠才到得书房中来。这是她夫妻第二番相见了。可怜金生在床上一丝两气，转动不得。翠翠见了十分伤情，噙着眼泪，将手去扶他的头起来，低低唤道："哥哥！挣扎着，你妹子翠翠在此看你。"说罢泪如泉涌。金生听得声音，撑开双眼，见是妻子翠翠扶他，长叹一声道："妹妹，我不济事了，难得你出来见这一面！趁你在此，我死在你手里了，也得瞑目。"便叫翠翠坐在床边，自家强抬起头来，枕在翠翠膝上，奄然而逝（忽然死去）。

翠翠哭得个发昏章第十一（昏头昏脑），报与将军知道。将军也着实可怜她，又恐怕哭坏了翠翠，吩咐从厚殡殓。替她在道场山脚下寻得一块好平坦地面，将棺木送去安葬。翠翠又对将军说了，自家亲去送殡。直看坟茔封闭了，恸哭得几番死去叫醒，然后回来。自此精神恍惚，坐卧不宁，染成一病。李将军多方医救，翠翠心里巴不得要死，并不肯服药。展转床席，将及两月。一日，请将军进房来，带着眼泪对他说道："妾自从十七岁上抛家相从，已得八载。流离他乡，眼前并无亲人，只有一个哥哥，今又死了。妾病若毕竟不起，切记我言，可将我尸骨埋在哥哥旁边，庶几（希望）黄泉之下，兄妹也得相依，免做了他乡孤鬼，便是将军不忘贱妾大恩也。"言毕大哭，将军好生不忍，把好言安慰她，叫她休把闲事萦心，且自将息（调养休息）。说

不多几时，昏沉上来，早已绝气。将军恸哭一番，念其临终叮嘱之言，不忍违她，果然将去葬在金生冢旁。可怜金生、翠翠二人生前不能成双，亏得诡认兄妹，死后倒得做一处了！

以后国朝洪武初年，于时张士诚已灭，天下一统，路途平静。翠翠家里淮安刘氏有一旧仆到湖州来贩丝绵，偶过道场山下，见有一所大房子，绿户朱门，槐柳掩映。门前有两个人，一男一女打扮，并肩坐着。仆人道大户人家家眷，打点远避而过。忽听得两人声唤，走近前去看时，却是金生与翠翠。翠翠开口问父母存亡，及乡里光景。仆人一一回答已毕，仆人问道："娘子与郎君离了乡里多年，为何到在这里住家起来？"翠翠道："起初兵乱时节，我被李将军掳到这里；后来郎君远来寻访，将军好意，仍把我归还郎君，所以就侨居在此了。"仆人道："小人而今就回淮安，娘子可修一封家书，带去报与老爹、安人知道，省得家中不知下落，终日悬望。"翠翠道："如此最好。"就领了这仆人进去，留他吃了晚饭，歇了一夜。明日将出一封书来，叫他多多拜上父母。

仆人谢了，带了书来到淮安，递与

刘老。此时刘、金两家久不见二人消耗，自然多道是兵戈死亡了。忽见有家书回来，问是湖州寄来的，道两人见住在湖州了，真个是喜从天降！叫齐了一家骨肉，尽来看这家书。原来是翠翠出名写的，乃是长篇四六之书。书上写道："伏以父生母育，难酬罔极之恩；夫唱妇随，夙著三从之义。在人伦而已定，何时事之多艰？曩（nǎng，从前）者汉日将倾，楚氛甚恶，倒持太阿之柄，擅弄潢（huáng）池之兵。封豕（大猪。豕，shǐ）长蛇，互相吞并；雄蜂雌蝶，各自逃生。不能玉碎于乱离，乃至瓦全于仓卒。驱驰战马，随逐征鞍。望高天而八翼莫飞，思故国而三魂屡散。良辰易迈，伤青鸾之伴木鸡；怨耦（不和睦的夫妻）为仇，惧乌鸦之打丹凤。虽应酬而为乐，终感激以生悲。夜月杜鹃之啼，春风蝴蝶之梦。时移事往，苦尽甘来。今则杨素览镜而归妻，王敦开阁而放妓。蓬岛践当时之约，潇湘有故人之逢。自怜赋命之屯，不恨寻春之晚。章台之柳，虽已折于他人；玄都之花，尚不改于前度。将谓瓶沉而簪折，岂期璧返而珠还？殆同玉箫女两世姻缘，难比红拂妓一时配合。天与其便，事非偶然。煎鸾胶而续断弦，重谐缱绻；托鱼腹而传尺素，谨致叮咛。未奉甘旨，先此申复。"读罢，大家欢喜。刘老向仆人道："你记得哪里住的去处否？"仆人道："好大房子！我在里头歇了一夜，打发了家书来的，怎不记得？"刘老道："既如此，我同你湖州去走一遭，会一会他夫妻来。"

当下刘老收拾盘缠，别了家里，一同仆人径奔湖州。仆人领至道场山下前日留宿之处，只叫声奇怪，连房屋影响多没有，哪里说起高堂大厦？唯有些野草荒烟，狐踪兔迹。茂林之中，两个坟堆相连。刘老道："莫不错了？"仆人道："前日分明在此，与我吃的是湖州香稻米饭，苕溪中鲜鲫鱼，乌程的酒。明明白白，住了一夜去的，怎会得错？"

正疑怪间，恰好有一个老僧杖锡而来。刘老与仆人问道："老师父，前日此处有所大房子，有个金官人同一个刘娘子在里边居住，今如何不见

了？"老僧道："此乃李将军所葬刘生与翠翠兄妹两人之坟，哪有什么房子来？敢是见鬼了！"刘老道："见有写的家书寄来，故此相寻。今家书见在，岂有是鬼之理？"急在缠带里摸出家书来一看，乃是一幅白纸，才晓得果然是鬼。这里正是他坟墓，因问老僧道："适间所言李将军何在？我好去问他详细。"老僧道："李将军是张士诚部下的，已为天朝诛灭，骨头不知落在哪里了，怎得有这样坟土堆埋呢，你到何处寻去？"刘老见说，知是二人已死，不觉大恸，对着坟墓道："我的儿！你把一封书赚我千里远来，本是要我见一面的意思。今我到此地了，你们却潜踪隐迹，没处追寻，叫我怎生过得！我与你父女之情，人鬼可以无间。你若有灵，千万见我一见，放下我的心罢！"老僧道："老檀越不必伤悲。此二位官人、娘子，老僧定中时得相见。老僧禅舍去此不远，老檀越，今日已晚，此间露立不便，且到禅舍中一宿。待老僧定中与他讨个消息回你，何如？"刘老道："如此，极感老师父指点。"遂同仆人随了老僧，行不上半里，到了禅舍中。老僧将素斋与他主仆吃用，收拾房卧安顿好，老僧自入定去了。

刘老进得禅房，正要上床，忽听得门响处，一对少年的夫妻走到面前。仔细看来，正是翠翠与金生。一同拜跪下去，悲啼宛转，说不出话来。刘老也挥着眼泪，抚摸着翠翠道："儿，你有说话只管说来。"翠翠道："向者不幸，遭值乱兵。忍耻偷生，离乡背井。叫天无路，度日如年。幸得良人（妻子称丈夫）不弃，特来相访，托名兄妹，暂得相见。隔绝夫妇，彼此含冤。以致良人先亡，儿亦继没。犹喜许我附葬，今得魂魄相依。唯恐家中不知，故特托仆人寄此一信。儿与金郎生虽异处，死却同归。儿愿已毕，父母勿以为念！"刘老听罢，哭道："我今来此，只道你夫妻还在，要与你们同回故乡。今却双双去世，我明日只得取汝骸骨归去，迁于先垄之下，也不辜负我来这一番。"翠翠道："向者因顾念双亲，寄此一书。今承父亲远至，足见慈爱。故不避幽冥，敢与金郎同来相见。骨肉已逢，足慰相思之苦。若迁骨之命，断不敢从。"刘老道："却是为何？"翠翠道："儿生前不得待奉亲闱（父母所居的内室，用以代称父母），死后也该依傍祖垄。只是阴道尚静，不宜劳扰。况且在此溪山秀丽，草木荣华，又与金郎同栖一处。因近禅室，时闻妙理。不久就与金郎托生，重为夫妇。在此已安，再不必提起它说了。"抱住刘老，放声大哭。寺里钟鸣，忽然散去。

刘老哭将醒来，乃是南柯一梦。老僧走到面前道："夜来有所见否？"刘老一一述其梦中之言。老僧道："贤女辈精灵未泯，其言可信也。幽冥之事，老檀越既已见得如此明白，也不必伤悲了。"刘老再三谢别了老僧。一同仆人到城市中，办了些牲醴（lǐ）酒馔，重到墓间浇奠一番，哭了一场，返棹归淮安去了。

　　到今道场山有金翠之墓，行人多指为佳话。此乃生前隔别，死后成双，犹自心愿满足，显出这许多灵异来，真乃是情之所钟也。有诗为证：

连理何须一处栽？多情只愿死同埋。

试看金翠当年事，愦愦（糊涂）将军更可哀。

沈将仕三千买笑钱
王朝议一夜迷魂阵

此篇竭力揭露"赌"的危害，不管是赢还是输，只要涉了赌，便没有好结果。赢了，折了自己的福气；输了，落得个倾家荡产。

丁生原本有状元之相，只因赌博赢了不义之财，福气折损，失了状元，将钱财归还补救，也才得了个第六名。沈将仕挥金如土，贪色贪赌，被人设局陷害，诈了去好多钱财。

人要学会控制自己的欲望，不可将富贵寄托于赌博这类运气之事，一个人的运气总有尽时，若是肆意滥用，势必会遭祸事。

词云：

风月襟怀，图取欢来，戏场中尽有安排。呼卢博赛，岂不豪哉？费自家心，自家力，自家财。

有等奸胎，惯弄乔才，巧妆成科诨难猜。非关此辈，忒使心乖。总自家痴，自家狠，自家呆。

——词寄《行香子》

这首词说着人世上诸般戏事，皆可遣兴陶情，唯有赌博一途最是为害不浅。盖因世间人总是一个贪心所使，见那守分一日里辛辛苦苦，巴着生理，不能够近得多少钱；那赌场中一得了采，精金、白银只在一两掷骰（tóu）子上收了许多来，岂不是个不费本钱的好生理？岂知有这几掷赢，便有几掷输。赢时节，道是倘来之物，就有粘头的、讨赏的、帮衬的，大家来撮哄（哄骗）。这时节意气扬扬，出之不吝。到得赢骰过了，输骰齐到，不知不觉的弄个罄净（精光。罄，qìng），却多是自家肉里钱，旁边的人不曾帮了他一文。所以只是输的多，赢的少。有的不伏道："我赢了就住，不到得输就是了。"这句话恰似有理，却是哪一个如此把得定？有的巴了千钱要万钱，人心不足不肯住的；有的乘着胜采，只道是常得如此，高兴了不肯住的；有的怕别人讥诮他小家子相，碍上碍下不好住的。及至临后输来，虽悔无及，道先前不曾住得，如今难道就罢？一发住不成了，不到得弄完决不收场。况且又有一落场便输了的，总有几掷赢骰，不够翻本，怎好住得？到得翻本到手，又望多少赢些，哪里肯住？所以一耽了这件滋味，定是无明无夜，抛家失业，失魂落魄，忘餐废寝的。朋友们讥评，妻子们怨怅，到此地位，一总不理。只是心心念念记挂此事，一似担雪填井，再没个满的日子了。全不想钱财自命里带来，人人各有分限，岂由你空手博来，做得人家的？不要说不能够赢，就是赢了，未必是福处。

宋熙宁年间，相国寺前有一相士，极相得着，其门如市。彼时南省开科，纷纷举子多来扣问（询问）得失。他一一决来，名数不爽。有一举子姓丁名湜（shí），随众往访。相士看见大惊道："先辈气色极高，吾在此阅人多矣，无出君右者。据某所见，便当第一人及第。"问了姓名，相士就取笔在手，大书数字于纸云："今年状元是丁湜。"粘在壁上，向丁生拱手道："留为后验。"丁生大喜自负，别了相士，走回寓中来。不觉心神畅快，思量要寻个乐处。

原来这丁生少年才俊，却有个僻性，酷好的是赌博。在家时先曾败掉好些家资，被父亲锁闭空室，要饿死他。其家中有妪怜之，破壁得逃。到得京师，补试太学，幸得南省奏名，只待廷试。心绪闲暇，此兴转高。况兼破费了许多家私，学得一番奢遮（出色）手段，手到处会赢，心中技痒不过。闻得同榜中有两个四川举子，带得多资，亦好赌博。丁生写个请帖，着家童请他二人到酒楼上饮酒。二人欣然领命而来，分宾主坐定。饮到半酣，丁生家童另将一个包袱放在左边一张桌子上面，取出一个匣子开了，拿出一对赏钟来。二客看见匣子里面藏着许多戏具，乃是骨牌、双陆、围棋、象棋及五木骰子、枚马之类，无非赌博场上用的。晓得丁生好此，又触着两人心下所好，相视而笑。丁生便道："我们乘着酒兴，三人共赌一回取乐何如？"两人拍手道："绝妙！绝妙！"

一齐立起来，看楼上旁边有一小阁，丁生指着道："这里头到幽静些。"遂叫取了博具，一同到阁中来。相约道："我辈今日逢场作戏，系是彼此同袍，十分大有胜负，忒难为人了。每人只以万钱为率，尽数赢了，只得三万；尽数输了，不过一万，图个发兴消闲而已。"说定了，方才下场，相博起来。初时果然不十分大来往，到得掷到兴头上，你强我赛，各要争雄，一二万钱只好做一掷，怎好就歇得手？两人又着家童到下处，再取东西，下着本钱，频频添入，不记其次。丁生煞是好手段，越赢得来，精神越旺。两人不伏输，狠将注头乱推，要博转来，一注大似一注。怎当得丁生连掷胜采，两人出注，正如众流归海，尽数赶在丁生处了，直赢得两人油干火尽。两人也怕起来，只得忍着性子住了，垂头丧气而别。丁生总计所赢，共有六百万钱。命家童等负归寓中，欢喜无尽。

隔了两日，又到相士店里来走走，意欲再审问他前日言语的确。才进门来，相士一见大惊道："先辈为何气色大变？连中榜多不能了，何况魁选！"急将前日所粘在壁上这一条纸扯下来，揉得粉碎。叹道："坏了我名声，此番不准了。可恨！可恨！"丁生慌了道："前日小生原无此望，是足下如此相许。今日为何改了口，此是何故？"相士道："相人功名，先观天庭气色。前日黄亮润泽，非大魁无此等光景，所以相许。今变得枯焦且黑滞了，哪里还望功名？莫非先辈有甚设心不良，做了些谋利之事，有负神明么？试想一想看。"丁生悚然（害怕），便把赌博得胜之事说出来，道："难道是为此戏

事？"相士道："你莫说是戏事，关着财物，便有神明主张。非义之得，自然减福。"丁生悔之无及，忖了一忖，问相士道："我如今尽数还了他，敢怕仍旧不妨了？"相士道："才一发心，暗是神明便知。果能悔过，还可占甲科，但名次不能如旧，五人之下可望。切须留心！"

丁生亟（jí，急切）回寓所，着人去请将二人到寓。两人只道是又来纠赌，正要番手，三脚两步忙忙过来。丁生相见了，道："前日偶尔做戏，大家在客中，岂有实得所赢钱物之理？今日特请两位过来，奉还原物。"两人出于不意，道："既已赌输，岂有竟还之理？或者再博一番，多少等我们翻些才使得。"丁生道："道义朋友，岂可以一时戏耍伤损客囊财物？小弟誓不敢取一文，也不敢再做此等事了。"即叫家童各将前物竟送还两人下处。两人喜出望外，道是丁生非常高谊，千恩万谢而去。岂知丁生原为着自己功名要紧，故依着相士之言，改了前非。

后来廷试唱名，果中徐铎榜第六人，相士之术不差毫厘。若非是这一番赌，这状头稳是丁湜，不让别人了，今低了五名。又还亏得悔过迁善，还了他人钱物，尚得高标；倘贪了小便宜，执迷不悟，不弄得功名无分了？所以说，钱财有分限，靠着赌博得来，便赢了也不是好事。况且有此等近利之事，便有一番谋利之术。有一伙赌中光棍，惯一结了一班党羽，局骗少年子弟，俗名谓之"相识"。用铅沙灌成药骰，有轻有重。将手指捻将转来，捻得得法，抛下去多是赢色；若任意抛下，十掷九输。又有惯使手法，撑（quán）红坐六的；又有阴阳出法，推班出色的。那不识事的小二哥，一团凡兴，好歹要赌，俗名唤作"酒头"。落在套中，出身不得，谁有得与你赢了去？奉劝人家子弟，莫要痴心想别人的。看取丁湜故事，就赢了也要折了状元之福。何况没福的？何况必输的？不如学好守本分的为强。有诗为证：财是他人物，痴心何用贪？寝兴多失节，饥饱亦相参。输去中心苦，赢来众口馋。到头终一败，辛苦为谁甜？

小子只为苦口劝着世人休要赌博，却想起一个人来，没事闲游，撞在光棍手里，不知不觉弄去一赌，赌得精光，没些巴鼻，说得来好笑好听：

风流误入绮罗丛，自讶通宵依翠红。
谁道醉翁非在酒？却教眨眼尽成空。

这本话文，乃是宋朝道君皇帝宣和年间，平江府有一个官人姓沈，承着祖上官荫，应授将仕郎之职，赴京听调。这个将仕家道丰厚，年纪又不多，带了许多金银宝货在身边。少年心性，好的是那歌楼舞榭，倚翠偎红，绿水青山，闲茶浪酒，况兼身伴有的是东西。只要撞得个乐意所在，挥金如土，毫无吝色。大凡世情如此，才是有个撒漫使钱的勤儿，便有那帮闲攒懒的陪客来了。寓所差不多远，有两个游手人户：一个姓郑，一个姓李，总是些没头鬼，也没个甚么真名号，只叫作郑十哥、李三郎。终日来沈将仕下处，与他同坐同起，同饮同餐，沈将仕一刻也离不得他二人。他二人也有时破些钱钞，请沈将仕到平康里中好姊妹家里，摆个还席。吃得高兴，就在姊妹人家宿了。少不得串同了他家扶头打差，一路儿撮哄，弄出些钱钞，大家有分，决不到得白折了本。亏得沈将仕壮年贪色，心性不常，略略得味就要跳槽，不迷恋着一个，也不能起发他大主钱财，只好和哄过日，常得嘴头肥腻而已。如是盘桓及半年，城中乐地也没有不游到的所在了。

一日，沈将仕与两人商议道："我们城中各处走遍了，况且尘嚣嘈杂，没甚景趣。我要城外野旷去处走走，散心耍子一回何如？"郑十、李三道："有兴，有兴，大官人一发在行得紧。只是今日有些小事未完，不得相陪，若得迟至明日便好。"沈将仕道："就是明日无妨，却不可误期。"郑、李二人道："大官人如此高怀，我辈若有个推故不去，便是俗物了。明日准来相陪就是。"

两人别去了一夜。到得次日，来约沈将仕道："城外之兴何如？"沈将仕道："专等，专等。"郑十道："不知大官人轿去？马去？"李三道："要去闲步散心，又不赶甚路程，要寻轿马何干？"沈将仕道："三哥说得是。有这些人随着，便要来催你东去西去，不得自由。我们只是散步消遣，要行要止，凭得自家，岂不为妙？只带个把家童去跟跟便了。"沈将仕身边有物，放心不下，叫个贴身安童背着一个皮箱，随在身后，一同郑、李二人踱出长安门外来。但见：甫离城廓，渐远市廛（店铺集中的市区。廛，chán）。参差古树绕河流，荡漾游丝飞野岸。布帘沽酒处，唯有耕农村老来尝；小艇载鱼还，多是牧竖樵夫来问。炊烟四起，黑云影里有人家；路径多歧，青草痕中为孔道。别是一番野趣，顿教忘却尘情。

三人信步而行，观玩景致，一头说话，一头走路。迤逦二三里之远，来到一个塘边。只见几个粗腿大脚的汉子赤剥了上身，手提着皮挽，牵着五七匹好马，在池塘里洗浴。看见他三人走来至近，一齐跳出塘子，慌忙将衣服穿上，望着三人齐声迎喏。沈将仕惊疑，问二人道："此辈素非相识，为何见吾三人恭敬如此？"郑、李两人道："此王朝议使君之隶卒也。使君与吾两人最相厚善，故此辈见吾等走过，不敢怠慢。"沈将仕道："原来这个缘故，我也道为何无因至前。"

三人又一头说，一头走，离池边上前又数百步远了。李三忽然叫沈将仕一声道："大官人，我有句话商量着。"沈将仕道："甚话？"李三道："今日之游，颇得野兴，只是信步浪走，没个住脚的去处。若便是这样转去了，又无意味。何不就骑着适才王公之马，拜一拜王公，岂不是妙？"沈将仕道："王公是何人？我却不曾认得，怎好拜他？"李三道："此老极是个妙人，他曾为一大郡守，家资绝富，姬妾极多。他最喜的是宾客往来，款接不倦。今年纪已老，又有了些痰病，诸姬妾皆有离心。却是他防禁严密，除了我两人忘形相知，得以相见，平时等闲不放出外边来。那些姬妾无事，只是终日合伴顽耍而已。若吾辈去看他，他是极喜的。大官人虽不曾相会，有吾辈同往，只说道钦慕高雅，愿一识荆（结识）。他看见是吾们的好友，自不敢轻。吾两人再递一个春与他，等他晓得大官人是在京调官的，衣冠一脉，一发注意了，必有极精的饮馔相款。吾们且落得开怀快畅它一晚，也是有兴的事，强如寂寂寞寞，仍旧三人走了回去。"沈将仕心里未决，郑十又道："此老真是会快活的人，有了许多美妾，他却又在朋友面上十分殷勤，寻出兴趣来。更兼留心饮馔，必要精洁（精致洁净），唯恐朋友们不中意，吃得不尽兴。只这一片高兴热肠，何处再讨得有？大官人既到此地，也该认一认这个人，不可错过。"沈将仕也喜道："果然如此，便同二位拜他一拜也好。"李三道："我们原回到池边，要了他的马去。"于是三人同路而回，走到池边。郑、李大声叫道："带四个马过来！"看马的不敢违慢，答应道："家爷的马，官人们要骑，尽意骑坐就是。"郑、李与沈将仕各骑了一匹，连沈家家僮捧着箱儿，也骑了一匹。看马的带住了马头，问道："官人们要到哪里去？"郑十将鞭梢指道："到你爷家里去。"看马的道："晓得了。"在前走着引路，三人联镳（biāo）按辔而行。

转过两个坊曲，见一所高门，李三道："到了，到了。郑十哥且陪大官人站一会，待我先进去报知了，好出来相迎。"沈将仕开了箱，取个名帖，与李三带了报去。李三进门内去了，少歇出来道："主人听得有新客到此，甚是喜欢。只是久病倦懒，怕着冠带，愿求便服相见。"沈将仕道："论来初次拜谒，礼该具服。今主人有命，恐怕反劳，若许便服，最为洒脱。"李三又进去说了。只见王朝议命两个安童扶了，一同李三出来迎客。沈将仕举眼看时，但见：仪度端庄，容颜羸瘦（瘦弱。羸，léi）。一前一却，浑如野鹤步罡；半喘半吁，大似吴牛见月。深浅躬不思而得，是鹭鸶班里习将来；长短气不约而同，敢莺燕窝中输了去？

　　沈将仕见王朝议虽是衰老模样，自然是士大夫体段，肃然起敬。王朝议见沈将仕少年丰采，不觉笑逐颜开，拱进堂来。沈将仕与二人俱与朝议相见了。沈将仕叙了些仰慕的说话道："幸郑、李两兄为绍介，得以识荆，固快夙心，实出唐突。"王朝议道："两君之友，即仆友也。况两君胜士，相与的必是高贤，老朽何幸，得以沾接（接见）！"茶罢，朝议揖客进了东轩，吩咐当值的设席款待。吩咐不多时，杯盘果馔片刻即至。沈将仕看时，虽不怎的大摆设，却多精美雅洁，色色在行，不是等闲人家办得出的。朝议谦道："一时不能治具，果菜小酌，勿怪轻亵。"郑、李二人道："沈君极是脱洒人，既忝吾辈相知，原不必认作新客。只管尽主人之兴，吃酒便是，不必过谦了。"小童二人频频斟酒，三个客人忘怀大醮（jiào，饮酒千杯），主人勉强支陪。

　　看看天晚，点上灯来。朝议

又陪一晌，忽然喉中发喘，连嗽不止，痰声曳锯也似响震四座，支吾不得。叫两个小童扶了，立起身来道："贱体不快，上客光顾，不能尽主礼，却怎的好？"对郑生道："没奈何了，有烦郑兄代作主人，请客随意剧饮，不要阻兴。老朽略去歇息一会，煮药吃了，少定即来奉陪。恕罪！恕罪！"朝议一面同两个小童扶拥而去。

剩得他三个在座，小童也不出来斟酒了。李三道："等我寻人去。"起身走了进去。沈将仕见主人去了，酒席阑珊，心里有些失望。欲待要辞了回去，又不曾别得主人，抑且余兴还未尽，只得走下庭中散步。忽然听得一阵欢呼掷骰子声。循声觅去，却在轩后一小阁中，有些灯影在窗隙里射将出来。沈将仕将窗隙弄大了些，窥看里面。不看时万事全休，一看看见了，真是：酥麻了半壁，软瘫做一堆。你道里头是甚光景？但见：明烛高张，巨案中列。掷卢赛雉，纤纤玉手擎成；喝六呼幺，点点朱唇吐就。金步摇，玉条脱，尽为孤注争雄；风流阵，肉屏风，竟自和盘托出。若非广寒殿里，怎能够如许仙风？不是金谷园中，何处来若干媚质？任是愚人须缩舌，怎教浪子不输心！

原来沈将仕窗隙中看去，见里头是美女七八人，环立在一张八仙桌外。桌上明晃晃点着一枝高烛，中间放下酒榼（贮酒器，可提挈）一架，一个骰盆。盆边七八堆采物，每一美女面前一堆，是将来作注赌采的。众女掀拳裸袖，各欲争雄。灯下偷眼看去，真个个如嫦娥出世，丰姿态度，目中所罕见。不觉魂飞天外，魄散九霄，看得目不转睛，顽涎乱吐。正在禁架不定之际，只见这个李三不知在哪里走将进去，也窜在里头了，抓起色子，便待要掷下去。众女赌到间深处，忽见是李三下注，尽嚷道："李秀才，你又来鬼厮搅，打断我姊妹们兴头！"李三顽着脸皮道："便等我在里头，与贤妹们帮兴一帮兴也好。"一个女子道："总是熟人，不妨事。要来便来，不要酸子气，快摆下注钱来！"众女道："看这个酸鬼，哪里熬得起大注？"一递一句讥诮着。李三掭一掭，做一个鬼脸，大家把他来做一个取笑的物事。李三只是忍着羞，皮着脸，凭她擘面（迎面。擘，bò）啐来，只是顽钝无耻，挨在帮里。一霎时，不分彼此，竟大家着他在里面掭了。

沈将仕看见李三情状，一发神魂摇荡，顿足道："真神仙境界也！若使吾得似李三，也在里头厮混得一场，死也甘心！"急得心痒难熬，好似热地上蜒蚰，一歇儿立脚不定，急走来要与郑十商量。郑十正独自个坐在前轩打盹，沈将仕急摇他醒来道："亏你还睡得着！我们一样到此，李三哥却落在蜜缸里了。"郑十道："怎么的？"沈将仕扯了他手，竟到窗隙边来，指着里面道："你看么！"郑十打眼一看，果然李三与群女在里头混赌。郑十对沈将仕道："这个李三，好没廉耻！"沈将仕道："如此胜会，怎生知会他一声，设法我也在里头去掭掭儿，也不枉了今日来走这一番。"郑十道："诸女皆王公侍儿。此老方才去眠宿了，诸女得闲在此顽耍。吾们是熟极的，故李三插得进去。诸女素不识大官人，主人又不在面前，怎好与她们接对？须比我们不得。"沈将仕情极了道："好哥哥，带挈我带挈。"郑十道："若挨得进去，须要稍物（可充赌本的财物），方才可赌。"沈将仕道："吾随身篚中有金宝千金，又有二三千张茶券子可以为稍。只要十哥设法得我进去，取乐得一回，就双手送掉了这些东西，我愿毕矣。"郑十道："这等，不要高声，悄悄地随着我来，看相个机会，慢慢插将下去。切勿惊散了她们，便不妙了。"

沈将仕谨依其言，不敢则一声。郑十拽了他手，转湾抹角，且是熟溜，早已走到了聚赌的去处。诸姬正赌得酣，各不抬头，不见沈将仕。郑十将他捏一把，扯他到一个稀空的所在站下了。侦伺（窥探）了许久，直等两下决了输赢会稍之时，郑十方才开声道："容我们也掭掭儿么？"众女抬头看时，认得是郑十。却见肩下立着个面生的人，大家喝道："何处儿郎，突然到此？"郑十道："此吾好友沈大官人，知卿等今宵良会，愿一拭目，幸勿惊讶。"众女道："主翁与汝等通家，故彼此各无避忌，如何带了他家少年来搀预（混杂参与）我良人之会？"一个老成些的道："既是两君好友，亦是一体的。既来之，则安之，且请一杯迟到的酒。"遂取一大卮（zhī，盛酒的器皿），满斟着一杯热酒，奉与沈将仕。沈将仕此时身体皆已麻酥，见了亲手奉酒，敢有推辞？双手接过来，一饮而尽，不剩一滴。奉酒的姬对着众姬笑道："妙人也，每人可各奉一杯。"郑十道："列位休得炒断了掷兴。吾友沈大官人，也愿与众位下一局。一头掷骰，一头饮酒助兴，更为有趣。"那老成的道："妙，妙。虽然如此，也要防主人觉来。"遂唤小鬟："快去朝议房里伺候。倘若睡觉，亟来报知，切勿误事！"小鬟领命去了。

诸女就与沈将仕共博，沈将仕自喜身入仙宫，志得意满，采色随手得胜。诸姬头上钗饵首饰，尽数除下来作采赌赛，尽被沈将仕赢了。须臾之间，约有千金。诸姬个个目睁口呆，面前一空。郑十将沈将仕扯一把道："赢够了，歇手罢！"怎当得沈将仕魂不附体，他心里只要多插得一会寡趣便好，不在乎财物输赢，哪里肯住？只管伸手去取酒吃，吃了又掷，掷了又吃，诸姬又来趁兴，奉他不休。沈将仕越肉麻了，风将起来，弄得诸姬皆赤手无稍可掷。

其间有一小姬年最小，貌最美，独是她输得最多。见沈将仕风风世世，连掷采骰，带着怒容，起身竟去。走至房中转了一转，提着一个羊脂玉花樽到面前，向桌上一㧐（sǒng，推）道："此瓶值千缗（mín），只此作孤注，输赢在此一决。"众姬问道："此不是尔所有，何故将来作注？"小姬道："此主人物也。此一决得胜固妙，倘若再不如意，一发输了去，明日主人寻究，定遭鞭棰。然事势至此，我情已极，不得不然！"众人劝她道："不可赶兴，万一又输，再无挽回了。"小姬怫然（愤怒的样子）道：

"凭我自主，何故阻我？"坚意要掷。众人见她已怒，便道："本图欢乐，何故到此地位？"沈将仕看见小姬光景，又怜又爱，心里踌躇道："我本意岂欲赢她？争奈骰子自胜。怎生得帮衬这一掷输与她了，也解得他的恼怒；不然，反是我杀风景了。"

看官听说：这骰子虽无知觉，极有灵通，最是跟着人意兴走的。起初沈将仕神来气旺，胜采便跟着他走，所以连掷连赢。歇了一会，胜头已过，败色将来。况且心里有些过意不去，情愿认输，一团锐气已自馁了十分了。更见那小姬气忿忿，雄纠纠，十分有趣，魂灵也被她吊了去。心里忙乱，一掷大败。小姬叫声："惭愧！也有这一掷该我赢的。"即把花樽底儿朝天，倒将转来。沈将仕只道止是个花樽，就是千缗，也赔得起。岂知花樽里头尽是金钗珠琲（bèi，成串的珠子）塞满其中，一倒倒将出来，辉煌夺目，正不知多少价钱，尽该是输家赔偿的。沈将仕无言可对。郑、李二人与同诸姬公估价值，所值三千缗钱。沈将仕须赖不得，尽把先前所赢尽数退还，不上千金。只得走出叫家僮取带来箱子里面茶券子二千多张，算了价钱，尽作赌资还了。说话的，"茶券子"是甚物件，可当金银？看官听说，"茶券子"即是"茶引"。宋时禁茶榷税（征税。榷，què），但是茶商纳了官银，方关茶引，认引不认人。有此茶引，可以到处贩卖。每张之利，一两有余。大户人家尽有当着茶引生利的。所以这茶引当得银子用。苏小卿之母受了三千张茶引，把小卿嫁与冯魁，即是此例也。沈将仕去了二千余张茶引，即是去了二千余两银子。沈将仕自道只输得一掷，身边还有剩下几百张，其余金宝他物在外不动，还思量再下局去，博将转来。忽听得朝议里头大声咳嗽，急索唾壶，诸姬慌张起来，忙将三客推出阁外，把火打灭，一齐奔入房去。

三人重复走到轩外原饮酒去处。刚坐下，只见两小童又出来劝酒道："朝议多多致意尊客：'夜深体倦，不敢奉陪。求尊客发兴多饮一杯。'"三人同声辞道："酒兴已阑，不必再叨了，只要作别了便去。"小童走进去说了，又走出来道："朝议说：'仓卒之间，多有简慢。夜已深，不劳面别。此后三日，再求三位同会此处，更加尽兴，切勿相拒。'"又叫吩咐看马的仍旧送三位到寓所，转来回话。三人一同沈家家僮，乘着原来的四匹马，离了王家。行到城门边，天色将明，城门已自开了。马夫送沈将仕到了寓所，沈将仕赏了马夫酒钱，连郑、李二人的也多是沈将仕出了，一齐打发了去。郑、李二人别了沈将仕道："一夜不睡，且各还寓所安息一安息，等到后日再去赴约。"二人别去。

沈将仕自思夜来之事，虽然失去了一二千本钱，却是着实得趣。想来老姬赞他，何等有情；小姬怒他，也自有兴；其余诸姬递相劝酒，轮流赌赛，好不风光！多是背着主人做的。可恨郑、李两人，先占着这些便宜。而今我既弄入了门，少不得也熟分起来，也与他二人一般受用，或者还有括着个把上手的事在里头，也未可知。转转得意。

因两日困倦不出门，巴到第三日清早起来，就要去

再赴王朝议之约。却不见郑、李二人到来，急着家僮到二人下处去请。下处人回言走出去了，只得呆呆等着。等到日中，竟不见来，沈将仕急得乱跳，肚肠多爬了出来。想一想道："莫不他二人不约我先去了？我既已拜过扰过，认得的了，何必待他二人？只是要引进内里去，还须得他们领路。我如今备些礼物去酬谢前晚之酌。若是他二人先在，不必说了；若是不在，料得必来，好歹在那里等他们为是。"

叫家僮雇了马匹，带了礼物，出了城门，竟依前日之路，到王朝议家里来。到得门首，只见大门拴着。先叫家僮寻着旁边一个小侧门进去，一直到了里头，并无一人在内。家僮正不知甚么缘故，走出来回复家主。沈将仕惊疑，犹恐差了，再同着家僮走进去一看，只见前堂东轩与那家聚赌的小阁宛然那夜光景在目，却无一个人影。大骇道："分明是这个里头，哪有此等怪事！"急走到大门左侧，问着个开皮铺的人道："这大宅里王朝议全家哪里去了？"皮匠道："此是内相侯公公的空房，从来没个甚么王朝议在此。"沈将仕道："前夜有个王朝议，与同家眷正在此中居住。我们来拜他，他做主人留我们吃了一夜酒。分明是此处，如何说从来没有？"皮匠道："三日前有好几个恶少年挟了几个上厅有名粉头，税了此房吃酒赌钱。次日分了利钱，各自散去。哪里是甚么王朝议请客来？这位官人莫不着了他道儿了？"沈将仕方才疑道是奸装成圈套，来骗他这些茶券子的，一二千金之物分明付之一空了。却又转一念头，追思那日池边唤马，宅内留宾，后来阁中聚赌，都是无心凑着的，难道是设得来的计较？似信不信道："只可惜不见两人，毕竟有个缘故在内。等待几日，寻着他两个再问。"

岂知自此之后，屡屡叫人到郑、李两人下处去问，连下处的人多不晓得，说道："自那日出后，一竟不来。虚锁着两间房，开进去，并无一物在内，不知去向了。"到此方知前日这些逐段逐节行径，令人看不出一些，与马夫小童，多是一套中人物，只在迟这一夜里头打合成的。正是拐骗得十分巧处，神鬼莫测也！

漫道良朋作胜游，谁知胠箧（qū qiè，盗窃）有阴谋？
清闺不是闲人到，只为痴心错下筹。

硬勘案大儒争闲气
甘受刑侠女著芳名

　　大儒朱熹断的两件糊涂案子，一是自以为富恶穷善，生生将富人的坟地判给狡猾穷人；二是因唐仲友讲自己坏话而怀恨在心，诬陷唐仲友与名妓严蕊通奸，报复唐仲友，并对严蕊严加拷打，怎料那严蕊是一烈女，誓死不认，一番波折之后才得以释放，并脱籍从良，寻了一处好归宿。

　　此篇塑造了才华横溢、坚贞不屈的奇女子严蕊形象，又刻画了宋代理学大儒朱熹迂腐偏执的一面，两种人格形成鲜明对比。对于朱熹此人，后世人应当全面地去看，不能单看其好，也不能单看其恶，不过此文倒是给世人展示了朱熹的另一面人格，不免叫人慨叹。

诗云：

世事莫有成心，成心专会认错。

任是大圣大贤，也要当着不着。

看官听说：从来说的书不过谈些风月，述些异闻，图个好听。最有益的，论些世情，说些因果，等听了的触着心里，把平日邪路念头化将转来。这个就是说书的一片道学心肠，却从不曾讲着道学。而今为甚么说个不可有成心？只为人心最灵，专是那空虚的才有公道。一点成心入在肚里，把好歹多错认了，就是圣贤也要偏执起来，自以为是，却不知事体竟不是这样的了。道学的正派，莫如朱文公晦翁（朱熹，南宋理学家）。读书的人哪一个不尊奉他，岂不是个大贤？只为成心上边，也曾错断了事。

当日在福建崇安县知县事，有一小民告一状道："有祖先坟茔，县中大姓夺占做了自己的坟墓，公然安葬了。"晦翁精于风水，况且福建又极重此事，豪门富户见有好风水吉地，专要占夺了小民的，以致兴讼，这样事日日有的。晦翁准了他状，提那大姓到官。大姓说："是自家做的坟墓，与别人毫不相干的，怎么说起占夺来？"小民道："原是我家祖上的墓，是他富豪倚势占了。"两家争个不歇。叫中证问时，各人为着一边，也没个的据。晦翁道："此皆口说无凭，待我亲去踏看明白。"当下带了一干人犯及随从人等，亲到坟头。看见山明水秀，凤舞龙飞，果然是一个好去处。晦翁心里道："如此吉地，怪道有人争夺。"心里先有些疑心，必是小民先世葬着，大姓看得好，起心要他的了。大姓先禀道："这是小人家里新造的坟，泥土工程，一应皆是新的，如何说是他家旧坟？相公龙目一看，便了然明白。"小民道："上面新工程是他家的，底下须有老土。这原是家里的，他夺了才装新起来。"

晦翁叫取锄头铁锹，在坟前挖开来看。挖到松泥将尽之处，珰的一声响，把个挖泥的人振得手疼。拔开浮泥看去，乃是一块青石头，上面依稀有字。晦翁叫取起来看。从人拂去泥沙，将水洗净，字文见将出来，却是"某氏之墓"四个大字；旁边刻着细行，多是小民家里祖先名字。大姓吃惊道："这东西哪里来的？"晦翁喝道："分明是他家旧坟，你倚强夺了他的！石刻见在，有何可说？"小民只是叩头道："青天在上，小人再不必多口了。"晦翁道是见得已真，起身竟回县中，把坟断归小民，把大姓问了个强占田土之罪。小民口口"青天"，拜谢而去。

晦翁断了此事，自家道："此等锄强扶弱的事，不是我，谁人肯做？"深为得意，岂知反落了奸民之计！原来小民诡诈，晓得晦翁有此执性，专怪富豪大户欺侮百姓，此本是一片好心，却被他们看破的拿定了。因贪大姓所做坟地风水好，造下一计，把青石刻成字，偷埋在他墓前了多时，忽然告此一状。大姓睡梦之中，说是自家新做的坟，一看就明白的。谁知地下先做成此等圈套，当官发将出来。晦翁见此明验，岂得不信？况且从来只有大家占小人的，哪曾见有小人谋大家的？所以执法而断。那大姓委实受冤，心里不服，到上边监司处再告将下来，仍发崇安县问理。晦翁越加嗔恼，道是大姓刁悍抗拒。一发狠，着地方勒令大姓迁出棺椁，把地给与小民安厝（安葬。厝，cuò）祖先，了完事件。争奈外边多晓得小民欺诈，晦翁错问了事，公议不平，沸腾喧

嚷，也有风闻到晦翁耳朵内。晦翁认是大姓力量大，致得人言如此，慨然叹息道："看此世界，直道终不可行！"

遂弃官不做，隐居本处武夷山中。后来有事经过其地，见林木蓊然（草木旺盛的样子。蓊，wěng），记得是前日踏勘断还小民之地。再行闲步一看，看得风水真好，葬下该大发人家。因寻其旁居民问道："此是何等人家，有福分葬此吉地？"居民道："若说这家坟墓，多是欺心得来的，难道有好风水报应他不成？"晦翁道："怎生样欺心？"居民把小民当日埋石在墓内，骗了县官，诈了大姓这块坟地，葬了祖先的话，是长是短，备细说了一遍。晦翁听罢，不觉两颊通红，悔之无及，道："我前日认是奉公执法，怎知反被奸徒所骗！"一点恨心自丹田里直贯到头顶来。想道："据着如此风水，该有发迹好处；据着如此用心贪谋来的，又不该有好处到他了。"遂对天祝下四句道：此地若发，是有地理；此地不发，是有天理。祝罢而去。

是夜大雨如倾，雷电交作，霹雳一声，屋瓦皆响。次日看那坟墓，已毁成一潭，连尸棺多不见了。可见有了成心，虽是晦翁大贤，不能无误。及后来事体明白，才知悔悟，天就显出报应来，此乃天理不泯之处。人若欺心，就骗过了圣贤，占过了便宜，葬过了风水，天地原不容的。而今为何把这件说这半日？只为朱晦翁还有一件为着成心上边硬断一事，屈了一个下贱妇人，反致得他名闻天子，四海称扬，得了个好结果。有诗为证：

白面秀才落得争，红颜女子落得苦。
宽仁圣主两分张，反使娼流名万古。

话说天台营中有一上厅行首（名妓），姓严名蕊，表字幼芳，乃是个绝色的女子。一应琴棋书画、歌舞管弦之类，无所不通。善能作诗词，多自家新造句子，词人推服。又博晓古今故事，行事最有义气，待人常是真心。所以人见了的，没一个不失魂荡魄在她身上。四方闻其大名，有少年子弟慕她的，不远千里，直到台州来求一识面。正是：十年不识君王面，始信婵娟解误人。

此时台州太守乃是唐与正，字仲友，少年高才，风流文彩。宋时法度，官府有酒，皆召歌妓承应，只站着歌唱送酒，不许私侍寝席；却是与他谑浪狎昵，也算不得许多清处。仲友见严蕊如此十全可喜，尽有眷顾之意，只为官箴（做官的戒规）拘束，不敢胡为。但是良辰佳节，或宾客席上，必定召她来侑酒（为饮酒者助兴。侑，yòu）。一日，红白桃花盛开，仲友置酒赏玩，严蕊少不得来供应。饮酒中间，仲友晓得她善于诗咏，就将红白桃花为题，命赋小词。严蕊应声成一阕，词云："道是梨花不是，道是杏花不是。白白与红红，别是东风情味。曾记，曾记，人在武陵微醉。（词寄《如梦令》）"吟罢，呈上仲友。仲友看毕大喜，赏了她两匹缣帛（绢类的丝织物）。

又一日，时逢七夕，府中开宴。仲友有一个朋友谢元卿，极是豪爽之士，是日也在席上。他一向闻得严幼芳之名，今得相见，不胜欣幸。看了她这些行动举止、谈谐歌唱，件件动人，道："果然名不虚传！"大觥连饮，兴趣愈高，对唐太守道："久闻此子长于词赋，可当面一试否？"仲友道："既有佳客，宜赋新词。此子颇能，正可请教。"元卿道："就把七夕为题，以小生之姓为韵，求赋一词。小生当饮满三大瓯（ōu，杯）。"严蕊领令，即口吟一词道："碧梧初坠，桂香才吐，池上水花初谢。穿针人在合欢楼，正月露玉盘高泻。蛛忙鹊懒，耕慵织倦，空做古今佳话。人间刚到隔年期，怕天上方才隔夜。（词寄《鹊桥仙》）"词已吟成，元卿三瓯酒刚吃得两瓯，不觉跃然而起道："词既新奇，调又适景，且才思敏捷，真天上人也！我辈何幸，得亲沾芳泽！"亟取大觥相酬，道："也要幼芳分饮此瓯，略见小生钦慕之意。"严蕊接过吃了。

太守看见两人光景，便道："元卿客边，可到严子家中做一程儿伴。"元卿大笑，作个揖道："不敢请耳，固所愿也。但未知幼芳心下如何。"仲友笑道："严子解人，岂不愿事佳客？况为太守做主人，一发该的了。"严蕊不敢推辞得。酒散，竟同谢元卿一路到家，是夜遂留同枕席之欢。元卿意气豪爽，见此佳丽聪明女子，十分趁怀，只恐不得她欢心，在太守处凡有所得，尽情送与她家。留连半年，方才别去。也用掉若干银两，心里还是歉然（不满足）的，可见严蕊真能令人消魂也。表过不题。

且说婺（wù）州永康县有个有名的秀才，姓陈名亮，字同父。赋性慷慨，任侠使气，一时称为豪杰。凡缙绅士大夫有气节的，无不与之交好。淮帅辛稼轩居铅山时，同父曾去访他。将近居旁，过一小桥，骑的马不肯走。同父将马三跃，马三次退却。同父大怒，拔出所佩之剑，一剑挥去马首，马倒地上。同父面不改容，徐步而去。稼轩适在楼上看见，大以为奇，遂与定交。平日行径如此，所以唐仲友也与他相好。因到台州来看仲友，仲友资给馆谷，留住了他。闲暇之时，往来讲论。仲友喜的是俊爽名流，恼的是道学先生。同父意见亦同，常说道："而今的世界只管讲那道学，说正心诚意的，多是一班害了风痹（bì）病，不知痛痒之人。君父大仇全然不理，方且扬眉袖手，高谈性命（理学），不知性命是甚么东西！"所以与仲友说得来。只一件，同父虽怪道学，却与朱晦庵相好，晦庵也曾荐过同父来。同父道他是实学有用的，不比世儒迂阔。唯有唐仲友平日恃才，极轻薄的是朱晦庵，道他字也不识的。为此，两个议论有些左处。

同父客邸兴高，思游妓馆。此时严蕊之名布满一郡，人多晓得是太守相公作兴的，异样兴头，没有一日闲在家里。同父是个爽利汉子，哪里有心情伺候她空闲？闻得有一个赵娟，色艺虽在严蕊之下，却也算得是个上等的衔衒（háng yuàn，妓女），台州数一数二的。同父就在她家游耍，缠绻多时，两情欢爱。同父挥金如土，毫无吝涩。妓家见他如此，百倍趋承。赵娟就有嫁他之意，同父也有心要娶赵娟，两个商量了几番，彼此乐意。只是是个官身，必须落籍，方可从良嫁人。同父道："落籍是府间所主，只须与唐仲友一说，易如反掌。"赵娟道："若得如此最好。"陈同父特为此来府里见唐太守，把此意备细说了。唐仲友取笑道："同父是当今第一流人物，在此不交严蕊而交赵娟，何也？"同父道："吾辈情之所钟，便是最胜，哪见还有出其右者？况严蕊乃守公所属意，即使与交，肯便落了籍放她去否？"仲友也笑将起来道："非是属意，果然严蕊若去，此邦便觉无人，自然使不得！若赵娟要脱籍，无不依命。但不知她相从仁兄之意已决否？"同父道："察其词意，似出至诚。还要守公赞襄（协助），作个月老。"仲友道："相从之事，出于本人情愿，非小弟所可赞襄，小弟只管与她脱籍便了。"同父别去，就把这话回复了赵娟，大家欢喜。

次日，府中有宴，就唤将赵娟来承应。饮酒之间，唐太守问赵娟道："昨日陈官人替你来说，要脱籍从良，果有此事否？"赵娟叩头道："贱妾风尘已厌，若得脱离，天地之恩！"太守道："脱籍不难。脱籍去，就从陈官人否？"赵娟道："陈官人名流贵客，只怕他嫌弃微贱，未肯相收。今若果有心于妾，妾焉敢自外？一脱籍就从他去了。"太守心里道："这妮子不知高低，轻意应承，岂知同父是个杀人不眨眼的汉子？况且手段挥霍，家中空虚，怎能了得这妮子终身？"也是一时间为赵娟的好意，冷笑道："你果要从了陈官人到他家去，须是会忍得饥、受得冻才使得。"赵娟一时变色，想道："我见他如此撒漫使钱，道他家中必然富饶，故有嫁他之意；若依太守相公的说话，必是个穷汉子，岂能了我终身之事？"好些不快活起来。

唐太守一时取笑之言，只道她不以为意。岂知姊妹行中心路最多，一句关心，陡然疑变。唐太守虽然与了她脱籍文书，出去见了陈同父，并不提起嫁他的说话了。连相待之意，比平日也冷淡了许多。同父心里怪道："难道娟家薄情得这样渗濑（丑陋），哄我与她脱了籍，她就不作准了？"再把前言问赵娟。赵娟回道："太守相公说来，到你家要忍冻饿。这着甚么来由？"同父闻得此言，勃然大怒道："小唐这样愈赖（无赖）！只许你喜欢严蕊罢了，也须有我的说话处。"他是个直性尚气的人，也就不恋了赵家，也不去别唐太守，一径到朱晦庵处来。

此时朱晦庵提举浙东常平仓，正在婺州。同父进去，相见已毕，问说是台州来，晦庵道："小唐在台州如何？"同父道："他只晓得有个严蕊，有甚别勾当？"晦庵道："曾道及下官否？"同父道："小唐说公尚不识字，如何做得监司？"晦庵闻之，默然了半日。盖是晦庵早年登朝，茫茫仕宦之中，著书立言，流布天下，自己还有些不慊意（满意。慊，qiè）处。见唐仲友少年高才，心时常疑他要来轻薄的。闻得他说己不识字，岂不愧怒（羞愧恼怒）？怫然道："他是我属吏，敢如此无礼！"然背后之言未卜真伪，遂行一张牌下去，说："台州刑政有枉，重要巡历。"星夜到台州来。

晦庵是有心寻不是的，来得急促。唐仲友出于不意，一时迎接不及，来得迟了些。晦庵信道是同父之言不差，果然如此轻薄，不把我放在心上！这点恼怒再消不得了。当日下马，就追取了唐太守印信，交付与郡丞，说："知府不职（不称职），听参。"连严蕊也拿来收了监，要问她与太守通奸情状。晦庵道是仲友风流，必然有染；况且妇女柔脆，吃不得刑拷，不论有无，自然招承，便好参奏他罪名了。谁知严蕊苗条般的身躯，却是铁石般的性子。随你朝打暮骂，千棰百拷，只说："循分供唱，吟诗侑酒是有的，曾无一毫他事。"受尽了苦楚，监禁了月余，到底只是这样话。晦庵也没奈她何，只得糊涂做了"不合蛊惑上官"，狠毒将她痛杖了一顿，发去绍兴，另加勘问。一面先具本参奏，大略道：唐某不伏讲学，罔知圣贤道理，却诋臣为不识字。居官不存政体，亵昵娼流。鞫得奸情，再行复奏，取进止。等因。

唐仲友有个同乡友人王淮，正在中书省当国。也具一私揭，辨晦庵所奏，要他达知（反映情况使知道）圣听。大略道：朱某不遵法制，一方再按，突然而来。因失迎候，酷逼娟流，妄污职官。公道难泯，力不能使贱妇诬服。尚辱渎奏，明见欺妄。等因。

孝宗皇帝看见晦庵所奏，正拿出来与宰相王淮平章，王淮也出仲友私揭与孝宗看。孝宗见了，问道："二人是非，卿意何如？"王淮奏道："据臣看着，此乃秀才争闲气耳。一个道讥了他不识字，一个道不迎候得他。此是真情。其余言语多是增添，可有一些的正事么？多不要听他就是。"孝宗道："卿说得是。却是上下司不和，地方不便，可两下平调了他们便了。"王淮奏谢道："陛下圣见极当，臣当吩咐所部奉行。"

这番京中亏得王丞相帮衬，孝宗有主意，唐仲友官爵安然无事。只可怜这边严蕊吃过了许多苦楚，还不算账，出本之后，另要绍兴去听问。绍兴太守也是一个讲学的。严蕊解到时，见她模样标致，太守便道："从来有色者，必然无德。"就用严刑拷她，讨拶（zǎn）来拶

指。严蕊十指纤细，掌背嫩白。太守道："若是亲操井臼的手，决不是这样，所以可恶！"又要将夹棍夹她。当案孔目禀道："严蕊双足甚小，恐经挫折不起。"太守道："你道她足小么？此皆人力矫揉（矫正），非天性自然也。"着实被她腾倒了一番，要她招与唐仲友通奸的事。严蕊照前不招。只得且把来监了，以待再问。

严蕊到了监中，狱官着实可怜她，吩咐狱中牢卒，不许难为，好言问道："上司加你刑罚，不过要你招认，你何不早招认了？这恶是有分限的。女人家犯淫，极重不过是杖罪，况且已经杖断过了，罪无重科。何苦舍着身子，熬这等苦楚？"严蕊道："身为贱妓，纵是与太守有奸，料然不到得死罪，招认了，有何大害？但天下事，真则是真，假则是假，岂可自惜微躯，信口妄言，以污士大夫！今日宁可置我死地，要我诬人，断然不成的！"狱官见她词色凛然，十分起敬，尽把其言禀知太守。太守道："既如此，只依上边原断施行罢。可恶这妮子倔强，虽然上边发落已过，这里原要决断。"又把严蕊带出监来，再加痛杖，这也是奉承晦庵的意思。叠成文书，正要回复提举司，看他口气，别行定夺，却得晦庵改调消息，方才放了严蕊出监。严蕊憋地悔气，官人们自争闲气，做她不着，两处监里无端的监了两个月，强坐得她一个不应罪名，到受了两番科断（判决）；其余逼招拷打，又是分外的受用。正是：规圆方竹杖，漆却断纹琴。好物不动念，方成道学心。

严蕊吃了无限的磨折，放得出来，气息奄奄，几番欲死。将息杖疮，几时见不得客，却是门前车马，比前更盛。只因死不肯招唐仲友一事，四方之人重她义气。那些少年尚气的朋友，一发道是堪比古来义侠之伦，一向认得的要来问她安，不曾认得的要来识她面，所以挨挤不开。一班风月场中人自然与道学不对，但是来看严蕊的，没一个不骂朱晦庵两句。

晦庵此番竟不曾奈何得唐仲友，落得动了好些唇舌，外边人言喧沸，严蕊声价腾涌，直传到孝宗耳朵内。孝宗道："早是前日两平处了。若听了一偏之词，贬谪了唐与正，却不屈了这有义气的女子没申诉处？"

陈同父知道了，也悔道："我只向晦庵说起他两句话，不道认真的大弄起来。今唐仲友只疑是我害他，无可辩处。"因致书与晦庵道："亮平生不曾会说人是非，唐与正乃见疑相谮（中伤），真足当田光之死矣。然困穷之中，又自惜此泼命。一笑。"看来陈同父只为唐仲友破了他赵娟之事，一时心中愤气，故把仲友平日说话对晦庵讲了出来。原不料晦庵狠毒，就要摆布仲友起来，至于连累严蕊，受此苦拷，皆非同父之意也。这也是晦庵成心不化，偏执之过，以后改调去了。

交代的是岳商卿，名霖。到任之时，妓女拜贺。商卿问："哪个是严蕊？"严蕊上前答应。商卿抬眼一看，见她举止异人，在一班妓女之中，却像鸡群内野鹤独立，却是容颜憔悴。商卿晓得前事，她受过折挫，甚觉可怜，因对她道："闻你长于词翰，你把自家心事，做成一词诉我，我自有主意。"严蕊领命，略不构思，应声口占《卜算子》道："不是爱风尘，似被前缘误。花落花开自有时，总赖东君主。去也终须去，住也如何住？若得山花插满头，莫问奴归处。"商卿听罢，大加称赏道："你从良之意决矣。此是好事，我为你做主。"立刻取伎籍来，与她除了名字，判与从良。

严蕊叩头谢了，出得门去。有人得知此说的，千斤币聘，争来求讨，严蕊多不从他。有一宗室近属子弟，丧了正配，悲哀过切，百事俱废。宾客们恐其伤性，拉他到伎馆散心。说道别处多不肯去，直等说到严蕊家里，才肯同来。严蕊见此人满面戚容（忧伤的面色），问知为着丧偶之故，晓得是个有情之人，关在心里。那宗室也慕严蕊大名，饮酒中间，彼此喜乐，因而留住。倾心来往了多时，毕竟纳了严蕊为妾。严蕊也一意随他，遂成了终身结果。虽然不得到夫人、县君，却是宗室自娶严蕊之后，深为得意，竟不续婚。一根一蒂，立了妇名，享用到底，也是严蕊立心正直之报也。后人评论这个严蕊，乃是真正讲得道学的。有七言古风一篇，单说她的好处：

天台有女真奇绝，挥毫能赋谢庭雪。

搽粉虞候太守筵，酒酣未必呼烛灭。

忽尔监司飞檄至，桁杨（套在囚犯脚或颈的一种枷。桁，háng）横掠头抢地。

章台不犯士师条，肺石会疏刺史事。

贱质何妨轻一死，岂承浪语污君子？

罪不重科两得笞，狱吏之威止是耳。

君侯能讲毋自欺，乃遣女子诬人为！

虽在缧绁（léi xiè，监狱）非其罪，尼父之语胡忘之？

君不见贯高当时白赵王，身无完肤犹自强。

今日蛾眉亦能尔，千载同闻侠骨香！

含颦带笑出狴犴（bì àn，牢狱），寄声合眼闭眉汉。

山花满头归去来，天潢自有梁鸿案。

卷七

赵县君乔送黄柑
吴宣教干偿白镪

　　此篇揭穿的便是自古便有的"仙人跳"骗局。大致手法就是诈骗团伙以女色勾引男子，再由女方假扮的丈夫出面捉奸并强行勒索钱财，其欺骗手法连仙人也抵挡不住，故称"仙人跳"，在明代叫作"扎火囤"。

　　文中先讲述一对靠扎火囤为生的夫妻被人黑吃黑，又分别讲了浙西官人和吴宣教是如何一步步陷进了诈骗团伙的局，其中手段高明和角色配合实在叫人惊叹，那些单纯的好色之徒，也无怪他们神魂颠倒地中了迷局，脱不了身，只得自认倒霉。

诗云：

睹色相悦人之情，个中原有真缘分。

只因无假不成真，就里藏机不可问。

少年卤莽浪贪淫，等闲蹁入风流阵。

馒头不吃惹身膻，世俗传名扎火囤。

听说世上男贪女爱，谓之风情。只这两个字害的人也不浅，送的人也不少。其间又有奸诈之徒，就在这些贪爱上面，想出个奇巧题目来，做自家妻子不着，装成圈套，引诱良家子弟，许他一个小富贵，谓之"扎火囤"。若不是识破机关，硬浪的郎君十个着了九个道儿。

记得有个京师人，靠着老婆吃饭的，其妻涂脂抹粉，惯卖风情，挑逗那富家郎君。到得上了手的，约会其夫，只做撞见，要杀要剐，直等出财买命，餍足（满足）方休。被她弄得也不止一个了。有一个泼皮子弟深知她行径，佯为不晓，故意来缠。其妻与了他些甜头，勾引他上手，正在床里作乐，其夫打将进来。别个着了忙的，定是跳下床来，寻躲避去处。怎知这个人不慌不忙，且把他妻子搂抱得紧紧的，不放一些宽松，伏在肚皮上大言道："不要嚷乱！等我完了事再讲。"其妻杀猪也似喊起来，乱颠乱推，只是不下来。其夫进了门，揎（xuān，掀）起帐子，喊道："干得好事！要杀！要杀！"将着刀背放在颈子上，挒（liè，扭转）了一挒，却不下手。泼皮道："不必作腔，要杀就请杀。小子固然不当，也是令正约了来的。死便死做一处，做鬼也风流。终不然独杀我一个不成？"其夫果然不敢动手，放下刀子，拿起一个大杆杖来，喝道："权寄颗驴头在颈上，我且痛打一回。"一下子打来。那泼皮溜撒（行动迅速），急把其妻翻过来，早在臀脊上受了一杖。其妻又喊："是我，是我！不要错打了！"泼皮道:"打也不错,也该受一杖儿。"其夫假势头已过,早已发作不出了。泼皮道:"老兄放下性子,小人是个中人,我与你熟商量。你要两人齐杀,你嫂子是摇钱树,料不舍得。若抛得到官,只是和奸,这番打破机关,你那营生弄不成了。不如你舍着嫂子与我往来,我公道使些钱钞,帮你买煤买米。若要扎火囤,别寻个主儿弄弄,靠我不着的。"其夫见说出海底眼(底细),无计可奈,没些收场,只得住了手,倒缩了出去。泼皮起来,从容穿了衣服,对着妇人叫声"聒噪",摇摇摆摆竟自去了。正是:强中更有强中手,得便宜处失便宜。

恰是富家子弟郎君,多是娇嫩出身,谁有此泼皮胆气、泼皮手段?所以着了道儿。宋时向大理的衙内向士肃,出外拜客,唤两个院长相随到军将桥,遇个妇人,鬓发蓬松,涕泣而来。一个武夫,着青纻(zhù)丝袍,状如将官,带剑牵驴,执着皮鞭,一头走一头骂那妇人,或时将鞭打去,怒色不可犯。随后就有健卒十来人,抬着几杠箱笼,且是沉重,跟着同走。街上人多立驻看他,也有说的,也有笑的。士肃不知其故,方在疑讶,两个院长笑道:"这番经纪做着了。"士肃问道:"怎么解?"院长道:"男女们也试猜,未知端的。衙内要知备细,容打听的实来回话。"去了一会,院长来了,回说详细。

原来浙西一个后生官人,到临安赴铨试(通过考试进行选拔),在三桥黄家客店楼上下着。每下楼出入,见小房青帘下有个妇人行走,姿态甚美。撞着了多次,心里未免欣动。问那送茶的小童道:"帘下的是店中何人?"小童攒着眉头道:"一店中被这妇人累了三年了。"官人惊道:"却是为何?"小童道:"前岁一个将官带着这个妇人,说是他妻子,要住个洁净房子。住了十来日,就要到那里近府去,留这妻子守着房卧行李,说道去半个月就好回来。自这一去,杳无信息。起初妇人自己盘缠,后来用得没有了,苦央主人家说:'赊了吃时,只等家主回来算还。'主人辞不得,一日供她两番。而今多时了，也供不起了，只得替她募化着同寓这些客人，轮次供她。也不是常法，不知几时才了得这业债。"官人听得满心欢喜，问道："我要见她一见，使得么？"小童道："是好人家妻子，丈夫又不在，怎肯见人？"官人道："既缺衣食，我寻些吃口物事送她，使得么？"小童道："这个使得。"

官人急走到街上茶食大店里，买了一包蒸酥饼，一包果馅饼，在店家讨了两个盒儿装好了，叫小童送去。说道："楼上官人闻知娘子不方便，特意送此点心。"妇人受了，千恩万谢。明日妇人买了一壶酒，装着四个菜碟，叫小童来答谢，官人也受了。自此一发注意不舍。隔两日又买些物事相送，妇人也如前买酒来答。官人即烫其酒来吃，篾内取出金杯一只，满斟一杯，叫茶童送下去，道："楼上官人奉劝大娘子。"妇人不推，吃干了。茶童复命，官人又斟一杯下去说："官人多致意娘子，出外之人不要吃单杯。"妇人又吃了。官人又叫茶童下去，致意道："官人多谢娘子不弃，吃了他两杯酒。官人不好下来自劝，意欲奉邀娘子上楼，亲献一杯如何？"往返两三次，妇人不肯来，官人只得把些钱来买嘱茶童道："是必要你设法她上来见见。"茶童见了钱，欢喜起来，又去说风说水道："娘子受了两杯，也该去回敬他一杯。"被他一把拖了上来道："娘子来了。"官人没眼得看，妇人道了个万福。官人急把酒斟了，唱个肥喏，亲手递一杯过来，道："承蒙娘子见爱，满饮此杯。"妇人接过手来，一饮而干，把杯放在桌上。官人看见杯内还有余沥，拿过来呹嗺个不歇，妇人看见，嘻的一笑，急急走了下去。官人看见情态可动，厚赠小童，叫她做着牵头，时常弄她上楼来饮酒。以后便留同坐，渐不推辞，不像前日走避光景了。眉来眼去，彼此动情，勾搭上了手。然只是日里偷做一二，晚间隔开，不能同宿。

如此两月有余。妇人道："我日日自下而升，人人看见，毕竟免不得起疑。官人何不把房迁了下来？与奴相近，晚间便好相机同宿了。"官人大喜过望，立时把楼上囊橐（行李财物。橐，tuó）搬下来，放在妇人间壁一间房里，推说道："楼上有风，睡不得，所以搬了。"晚间虚闭着房门，竟在妇人房里同宿。自道是此乐即并头之莲，比翼之鸟，无以过也。才得两晚，一日早起，尚未梳洗，两人正自促膝而坐，只见外边店里一个长大汉子，大踏步踹将进来，大声道："娘子哪里？"惊得妇人手脚忙乱，面如土色，慌道："坏了！坏了！吾夫来了！"那官人急闪了出来，已与大汉打了照面。大汉见个男子在房里走出，不问好歹，一手揪住妇人头发，喊道："干得好事！干得好事！"提起醋钵大的拳头只是打。那官人慌了，脱得身子，顾不得甚么七长八短，急从后门逃了出去。剩了行李囊资，尽被大汉打开房来，席卷而去。适才十来个健卒扛着的箱箧，多是那官人房里的了。他恐怕有人识破，所以还装着丈夫打骂妻子的模样走路，其实妇人、男子、店主、小童，总是一伙人也。

士肃听罢道："哪里这样不睹事（糊涂）的少年，遭如此圈套？可恨！可恨！"后来常对亲友们说此目见之事，以为笑话。虽然如此，这还是到了手的，便扎了东西去，也还得了些甜头儿。更有那不识气的小二哥，不曾沾得半点滋味，也被别人弄了一番手脚，折了偌多本钱，还悔气哩！正是：美色他人自有缘，从旁何用苦垂涎？请君只守家常饭，不害相思不损钱。

话说宣教郎吴约，字叔惠，道州人，两任广右官，自韶州录曹赴吏部磨勘（官员考绩升迁的制度）。宣教家本饶裕，又兼久在南方，珠翠香象，蓄积奇货颇多，尽带在身边随行，作寓在清河坊客店。因吏部引见留滞，时时出游伎馆，衣服鲜丽，动人眼目。客店相对有一小宅院，门首挂着青帘，帘内常有个妇人立着，看街上人做买卖。宣教终日在对门，未免留意体察。时时听得她娇声媚语，在里头说话。又有时露出双足在帘外来，一湾新笋，着实可观。只不曾见她面貌如何，心下惶惑不定，恨不得走过去，揎开帘子一看，再无机会。那帘内或时巧啭莺喉，唱一两句词儿。仔细听那两句，却是"柳丝只解风前舞，诮系惹那人不住"。虽是也间或唱着别的，只是这句为多，想是喜欢此二语，又想是她有甚么心事。宣教但听得了，便跌足叹赏道："是在行得紧，世间无此妙人。想来必定标致，可惜未能勾一见！"怀揣着个提心吊胆，魂灵多不知飞在哪里去了。

一日正在门前坐地，呆呆地看着对门帘内。忽有个经纪（生意人），挑着一篮永嘉黄柑子过门。宣教叫住，问道："这柑子可要博（赌）的？"纪经道："小人正待要博两文钱使使，官人作成则个。"宣教接将头钱过来，往下就扑。那经纪墩在柑子篮边，一头拾钱，一头数数。怎当得宣教一边扑，一心牵挂着帘内那人在里头看见，没心没想地抛下去，何止千扑，再扑不成一个浑成来，算一算输了一万钱。宣教还是做官人心性，不觉两脸通红，哏的一声道："坏了我十千钱，一个柑不得到口，可恨！可恨！"欲待再扑，恐怕扑不出来，又要贴钱；欲待住手，输得多了，又不甘休。

正在叹恨间，忽见个青衣童子，捧一个小盒，在街上走进店内来。你道那童子生得如何：短发齐眉，长衣拂地。滴溜溜一双俊眼，也会撩人；黑洞洞一个深坑，尽能害客。痴心偏好，反言胜似妖娆；拗性酷贪，还是图他撇脱。身上一团孩子气，独耸孤阳；腰间一道木樨香，合成众唾。向宣教道："官人借一步说话。"宣教引到僻处，小童出盒道："赵县君奉献官人的。"宣教不知是哪里说起，疑心是错了。且揭开盒来看一看，原来正是永嘉黄柑子十数个。宣教道："你县君是哪个？与我素不相识，为何忽地送此？"小童用手指着对门道："我县君即是街南赵大夫的妻室。适在帘间看见官人扑柑子，折了本钱，不曾尝得他一个，有些不快活。县君老大不忍，偶然藏得此数个，故将来送与官人见意（表达意思）。县君道：'可惜止有得这几个，不能勾多，官人不要见笑。'"宣教道："多感县君美意。你家赵大夫何在？"小童道："大夫到建康探亲去了，两个月还未回来，正不知几时到家。"宣教听得此话，心里想道："她有此美情，况且大夫不在，必有可图，煞是好机会。"连忙走到卧房内，开了箧取出色彩二端来，对小童道："多谢县君送柑，客中无可奉答，小小生活二匹，伏祈笑留。"

小童接了走过对门去。须臾，又将这二端来还，上复道："县君多多致意，区区几个柑子，打甚么不紧的事，要官人如此重酬？决不敢受。"宣教道："若是县君不收，是羞杀小生了，连小生黄柑也不敢领。你依我这样说去，县君必收。"小童领着言语对县君说去，此番果然不辞了。明日，又见小童拿了几瓶精致小菜走过来道："县君昨日蒙惠过重，今见官人在客边，恐怕店家小菜不中吃，手制此数瓶送来奉用。"宣教见这般知趣着人，必然有心于他了，好不徯（xī）幸！想道："这童子传来传去，想必在她身旁讲得话做得事的，好歹要在他身上图成这事，不可怠慢了他。"急叫家人去买些鱼肉果品之类，烫了酒来与小童对酌。小童道："小人是赵家小厮，怎敢同官人坐地？"宣教道："好兄弟，你是县君心腹人儿，我怎敢把你等闲厮觑？放心饮酒。"小童告过无礼，吃了几杯，早已脸红，道："吃不得了。若醉了，县君须要见怪，打发我去罢。"宣教又取些珠翠花朵之类，答了来意，付与小童去了。

　　隔了两日，小童自家走过来玩耍，宣教又买酒请他。酒间与他说得入港（投机），宣教便道："好兄弟，我有句话儿问你，你家县君多少年纪了？"小童道："过新年才廿三岁，是我家主人的继室。"宣教道："模样生得如何？"小童摇头道："没正经！早是没人听见，怎把这样说话来问？生得如何，便待怎么？"宣教道："总是没人在此，说话何妨？我既与她送东送西，往来了两番，也须等我晓得她是长是短的。"小童道："说着我县君容貌，真个是世间少比，想是天仙里头摘下来的。除了画图上仙女，再没见这样第二个。"宣教道："好兄弟，怎生得见她一见？"小童道："这不难。等我先把帘子上的系带解松了，你明日只在对门，等她到帘子下来看的时节，我把帘子搉将出来，搉得重些，系带散了，帘子落了下来，她一时回避不及，可不就看见了？"宣教道："我不要这样见。"小童道："要怎的见？"宣教道："我要好好到宅子里拜见一拜见，谢她平日往来之意，方称我愿。"小童道："这个知她肯不肯？我不好自专得。官人有此意，待我回去禀白一声，好歹讨个回音来复官人。"宣教又将银一两送与小童，叮嘱道："是必要讨个回音。"

　　去了两日，小童复来说："县君闻得要见之意，说道：'既然官人立意惓切（恳切。惓，quán），就相见一面也无妨。只是非亲非故，不过因对门在此，礼物往来得两番，没个名色，遽然（突然。遽，jù）相见，恐怕惹人议论。'是这等说。"宣教道："也是，也是。怎生得个名色？"想了一想道："我在广里来，带了许多珠玉在此，最是女人用得着的。我只做当面送物事来与县君看，把此做名色，相见一面如何？"小童道："好倒好，也要去对县君说过，许下方可。"小童又去了一会，来回言道："县君说：'使便使得，只是在厅上见一见，就要出去的。'"宣教道："这个自然，难道我就挨住在宅里不成？"小童笑道："休得胡说！快随我来。"宣教大喜过望，整一整衣冠，随着小童三脚两步走过赵家前厅来。

小童进去禀知了，门响处，宣教望见县君从里面从从容容走将出来。但见：衣裳楚楚，佩带飘飘。大人家举止端详，没有轻狂半点；小年纪面庞娇嫩，并无肥重一分。清风引出来，道不得云是无心之物；好光挨上去，真所谓容是诲淫之端。犬儿虽已到篱边，天鹅未必来沟里。

宣教看见县君走出来，真个如花似玉，不觉的满身酥麻起来，急急趋上前去唱个肥喏，口里谢道："屡蒙县君厚意，小子无可答谢，唯有心感而已。"县君道："惶愧，惶愧。"宣教忙在袖里取出一包珠玉来，捧在手中道："闻得县君要换珠宝，小子随身带得有些，特地过来面奉与县君拣择。"一头说，一眼看，只指望她伸手来接。谁知县君立着不动，呼唤小童接了过来，口里道："容看过议价。"只说了这句，便抽身往里面走了进去。宣教虽然见了一见，并不曾说得一句悼俏（风流）的说话，心里猬猬突

突（心情纷乱），没些意思，走了出来。到下处，想着她模样行动，叹口气道："不见时犹可，只这一番相见，定害杀了小生也！"以后遇着小童，只央及他设法再到里头去见见，无过把珠宝做因头，前后也曾会过五六次面，只是一揖之外，再无他词。颜色庄严，毫不可犯，等闲不曾笑了一笑，说了一句没正经的话。那宣教没入脚处，越越的心魂撩乱，注恋不舍了。

那宣教有个相处的粉头，叫作丁惜惜，甚是相爱的。只因想着赵县君，把他丢在脑后了，许久不去走动。丁惜惜邀请了两个帮闲的再三来约宣教，请他到家里走走。宣教一似掉了魂的，哪里肯去？被两个帮闲的不由分说，强拉了去。丁惜惜相见，十分温存，怎当得吴宣教一些不在心上。丁惜惜撒娇撒痴了一会，免不得摆上东道来，宣教只是心不在焉光景。丁惜惜唱个歌儿嘲他道："俏冤家，你当初缠我怎的？到今日又丢我怎的？丢我时顿忘了缠我意。缠我又丢我，丢我去缠谁？似你这般丢人也，少不得也有人来丢了你！"当下吴宣教没情没绪，吃了两杯，一心想着赵县君生得十分妙处，看了丁惜惜，有好些不像意（称意）起来。却是身既到此，没奈何只得勉强同惜惜上床睡了。虽然少不得干着一点半点儿事，也是想着那个，借这个出火的。

云雨已过，身体疲倦。正要睡去，只见赵家小童走来道："县君特请宣教叙话。"宣教听了这话，急忙披衣起来，随着小童就走。小童领了竟进内室，只见赵县君雪白肌肤，脱得赤条条的眠在床里，专等吴宣教来。小童把吴宣教尽力一推，推进床里。吴宣教喜不自胜，腾的翻上身去，叫一声"好县君，快活杀我也！"用得力重了，一个失脚，跌进里床，吃了一惊醒来。见惜惜睡在身边，朦胧之中，还认作是赵县君，仍旧跨上身去。丁惜惜也在睡里惊醒道："好馋货！怎不好好的，做出这个急模样！"吴宣教直等听得惜惜声音，方记起身在丁家床上，适才是梦里的事，连自己也失笑起来。丁惜惜再四盘问："你心上有何人，以致七颠八倒如此？"宣教只把闲话支吾，不肯说破。到了次日，别了出门。自此以后，再不到丁家来了。无昼无夜，一心只痴想着赵县君，思量寻机会挨光（偷情）。

忽然一日，小童走来道："一句话对官人说：明日是我家县君生辰，官人既然与县君往来，须办些寿礼去与县君作贺。一作贺，觉得人情面上愈加好看。"宣教喜道："好兄弟，亏你来说；你若不说，我怎知道？这个礼节最是要紧，失不得的。"亟将采帛二端封好，又到街上买了些时鲜果品、鸡鸭熟食各一盘，酒一樽，配成一副盛礼，先令家人一同小童送了去，说："明日虔诚拜贺。"小童领家人去了。赵县君又叫小童来推辞了两番，然后受了。

明日起来，吴宣教整肃衣冠到赵家来，定要请县君出来拜寿。赵县君也不推辞，盛装步出到前厅，比平日更齐整了。吴宣教没眼得看，足恭（过度谦敬，以取媚于人）下拜。赵县君主慌忙答礼，口说道："奴家小小生朝，何足挂齿？却要官人费心赐此厚礼，受之不当！"宣教道："客中乏物为敬，甚愧菲薄。县君如此称谢，反令小子无颜。"县君回顾小童道："留官人吃了寿酒去。"宣教听得此言，不胜之喜，道："既留下吃酒，必有光景了。"谁知县君说罢，竟自进去。宣教此时如热地上蚂蚁，不知是怎的才是。又想那县君如设帐的方士，不知葫芦里卖什么药出来。呆呆地坐着，一眼望着内时。须臾之间，两个走使（使唤）的男人抬了一张桌儿，揩（kāi）抹干净。小童从里面捧出攒盒（盛各种果脯、果饵的一种分格的盒子。攒，cuán）酒菜来，摆投停当，掇张椅儿请宣教坐。宣教轻轻问小童道："难道没个人陪我？"小童也轻轻道："县君就来。"宣教且未就坐，还立着徘徊之际，小童指道："县君来了。"果然赵县君出来，双手纤纤捧着杯盘，来与宣教安席。道了万福，说道："拙夫不在，没个主人做主，诚恐有慢贵客，奴家只得冒耻奉陪。"宣教大喜道："过蒙厚情，何以克当（敢当）？"在小童手中，也讨过杯盘来与县君回敬。安席了，两下坐定。

宣教心下只说此一会必有眉来眼去之事，便好把几句说话撩拨她，希图成事。谁知县君意思虽然浓重，容貌却是端严，除了请酒请馔之外，再不轻说一句闲话。宣教也生煞煞的浪开不得闲口，便宜得饱看一回而已。酒行数过，县君不等宣教告止，自立起身道："官人慢坐，奴家家无夫主，不便久陪，告罪则个。"吴宣教心里恨不得伸出两臂来，将她一把抱着。却不好强留得她，眼盼盼的看她洋洋走了进去。宣教一场扫兴。里边又传话出来，叫小童送酒。宣教自觉独酌无趣，只得吩咐小童多多上复县君，厚扰不当，容日再谢。慢慢地踱过对门下处来，真是一点甜糖抹在鼻头上，只闻得香，却餂（tiǎn）不着，心里好生不快。有《银绞丝》一首为证：前世里冤家，美貌也人，挨光已有二三分，好温存，几番相见意殷勤。眼儿落得穿，何曾近得身？鼻凹中糖味，那有唇儿分？一个清白的郎君，发了也昏。我的天那！阵魂迷，迷魂阵。

是夜，吴宣教整整想了一夜，踌躇道："若说是无情，如何两次三番许我会面，又留酒，又肯相陪？若说是有情，如何眉梢眼角不见些些光景？只是恁等板板地往来，有何了结？思量她们常帘下歌词，毕竟通知文义，且去讨讨口气，看看她如何回我。"算计停当，次日起来，急将西珠十颗，用个沉香盒子盛了，取一幅花笺，写诗一首在上。诗云：心事绵绵欲诉君，洋珠颗颗寄殷勤。当时赠我黄柑美，未解相如渴半分。

写毕，将来同放在盒内，用个小记号图书印封皮封好了。忙去寻那小童过来，交付与他道："多拜上县君，昨日承蒙厚款，些些小珠奉去添妆，不足为谢。"小童道："当得拿去。"宣教道："还有数字在内，须县君手自拆封，万勿漏泄则个。"小童笑道："我是个有柄儿的红娘，替你传书递简。"宣教道："好兄弟，是必替我送送。倘有好音，必当重谢。"小童道："我县君诗词歌赋，最是精通，若有甚话写去，必有回答。"宣教道："千万在意！"小童说："不劳吩咐，自有道理。"

小童去了半日，笑嘻嘻地走将来道："有回音了。"袖中拿出一个碧甸匣来递与宣教。宣教接上手看时，也是小小花押封记着的。宣教满心欢喜，慌忙拆将开来。中又有小小纸封裹着青丝发二缕，挽着个同心结儿，一幅罗纹笺上，有诗一首。诗云："好将鬓发（黑发。鬒，zhěn）付并刀，只恐经时失俊髦。妾恨千丝差可拟，郎心双挽莫空劳！"末又有细字一行云："原珠奉璧，唐人云'何必珍珠慰寂寥'也。"

宣教读罢，跌足大乐，对小童道："好了！好了！细详诗意，县君深有意于我了。"小童道："我不懂得，可解与我听？"宣教道："她剪发寄我，诗里道要挽住我的心，岂非有意？"小童道："既然有意，为何不受你珠子？"宣教道："这又有一说，只是一个故事在里头。"小童道："甚故事？"宣教道："当时唐明皇宠了杨贵妃，把梅妃江采蘋（píng）贬入冷宫。后来思想她，惧怕杨妃不敢去，将珠子一封私下赐与她。梅妃拜辞不受，回诗一首，后二句：'长门尽日无梳洗，何必珍珠慰寂寥？'今县君不受我珠子，却写此一句来，分明说你家主不在，她独居寂寥，不是珠子安慰得

117

的，却不是要我来伴她寂寥么？"小童道："果然如此，官人如何谢我？"宣教道："唯卿所欲。"小童道："县君既不受珠子，何不就送与我了？"宣教道："珠子虽然回来，却还要送去，我另自谢你便是。"宣教箱中去取通天犀簪一枝，海南香扇坠二个，将出来送与小童道："权为寸敬，事成重谢。这珠子再烦送一送去，我再附一首诗在内，要她必受。"诗云："往返珍珠不用疑，还珠垂泪古来痴。知音但使能欣赏，何必相逢未嫁时？"

宣教便将一幅冰绡（shāo）帕写了，连珠子付与小童。小童看了笑道："这诗意，我又不晓得了。"宣教道："也是用着个故事。唐张籍诗云：'还君明珠双泪垂，恨不相逢未嫁时。'今我反用其意，说道只要有心，便是嫁了何妨？你县君若有意于我，见了此诗，此珠必受矣。"小童笑道："原来官人是偷香老手。"宣教也笑道："将就看得过。"小童拿了，一径自去。此番不见来推辞，想多应受了。宣教暗自欢喜，只待好音。丁惜惜那里时常叫小二来请他走走，宣教好一似朝门外候旨的官，唯恐不时失误了宣召，哪里敢移动半步？

忽然一日傍晚，小童笑嘻嘻地走来道："县君请官人过来说话。"宣教听罢，忖道："平日只我去挨光，才设法得见面，并不是她着人来请我的。这番却是先叫人来相邀，必有光景。"因问小童道："县君适才在哪里？怎生对你说叫你来请我的？"小童道："适才县君在卧房里，卸了妆饰，重新梳裹（梳妆打扮）过了，叫我进去，问说：'对门吴官人可在下处否？'我回说：'他这几时只在下处，再不到外边去。'县君道：'既如此，你可与我悄悄请过来，竟到房里来相见，切不可惊张。'如此吩咐的。"宣教不觉踊跃道："依你说来，此番必成好事矣！"小童道："我也觉得有些异样，决比前几次不同。只是一件，我家人口颇多，耳目难掩。日前只是体面上往来，所以外观不妨。今却要到内室去，须瞒不得许多人。就是悄着些，是必有几个知觉，露出事端，彼此不便，须要商量。"宣教道："你家中事体，我怎生晓得备细？须得你指引我道路，应该怎生才妥？"小童道："常言道：'有钱使得鬼推磨。'世上哪一个不爱钱的？你只多把些赏赐分送与我家里人了，我去调开他们。他们各人心照，自然躲开去了，任你出入，就有撞见的也不说破了。"宣教道："说得甚是有理，真可以筑坛拜将。你前日说我是偷香老手，今日看起来，你也像个老马泊六（撮合男女搞不正当关系的人）了。"小童道："好意替你计较，休得取笑！"当下吴宣教拿出二十两零碎银两，付与小童说道："我须不认得宅上甚么人，烦你与我分派一分派，是必买他们尽皆口静方妙。"小童道："这个在我，不劳吩咐。我先行一步，停当了众人，看个动静，即来约你同去。"宣教道："快着些个。"小童先去了。吴宣教急拣时样（时新的式样）济楚（漂亮）衣服，打扮得齐整，真个赛过潘安，强如宋玉，眼巴巴只等小童到来，即去行事。正是：罗绮层层称体裁，一心指望赴阳台。巫山神女虽相待，云雨宁知到底谐？

　　说这宣教坐立不安，只想赴期。须臾，小童已至，回复道："众人多有了贿赂，如今一去，径达寝室，毫无阻碍了。"宣教不胜欢喜，整一整巾帻（头巾。帻，zé），洒一洒衣裳，随着小童，便走过了对门，不由中堂，在旁边一条弄里转了一两个湾曲，已到卧房之前。只见赵县君懒梳妆模样，早立在帘儿下等候。见了宣教，满面堆下笑来，全不比日前的庄严了。开口道："请官人房里坐地。"一个丫鬟掀起门帘，县君先走了进房，宣教随后入来。只见房里摆设得精致，炉中香烟馥郁，案上酒肴齐列。宣教此时荡了三魂，失了六魂，不知该怎么样好，只得低声柔语道："小子有何德能，过蒙县君青盼如此？"县君道："一向承蒙厚情，今良宵无事，不揣（谦词）特请官人清话片晌，别无他说。"宣教道："小子客居旅邸，县君独守清闺，果然两处寂寥，每遇良宵，不胜怀想。前蒙青丝之惠，小子紧系怀袖，胜如贴肉。今蒙宠召，小子所望，岂在酒食之类哉？"县君微笑道："休说闲话，且自饮酒。"宣教只得坐了。县君命丫鬟一面斟下热酒，自己举杯奉陪。宣教三杯酒落肚，这点热团团兴儿直从脚跟下冒出天庭来，哪里按纳得住？面孔红了又白，白了又红，箸子也倒拿了，酒盏也泼翻了，手脚都忙乱起来。觑个丫鬟走了去，连忙走过县君这边来，跪下道："县君可怜见，急救小子性命则个！"县君一把扶起道："且休性急！妾亦非无心者，自前日博柑之日，便觉钟情于子。但礼法所拘，不敢自逞（放纵自己）。今日久情深，清夜思动，愈难禁制，冒礼忘嫌，愿得亲近。既到此地，决不教你空回去了。略等人静后，从容同就枕席便了。"宣教道："我的亲亲的娘！既有这等好意，早赐一刻之欢，也是好的。叫小子如何忍耐得住？"县君笑道："怎恁地馋得紧？"

即唤丫鬟们快来收拾。未及一半，只听得外面喧嚷，似有人喊马嘶之声，渐渐近前堂来了。宣教方在神魂荡飏（yáng）之际，恰像身子不是自己的，虽然听得有些诧异，没工夫得疑虑别的，还只一味痴想。忽然一个丫鬟慌慌忙忙撞进房来，气喘喘地道："官人回来了！官人回来了！"县君大惊失色道："如何是好？快快收拾过了桌上的！"即忙自己帮着搬得桌上馨净。宣教此时任是奢遮胆大的，不由得不慌张起来，道："我却躲在哪里去？"县君也着了忙道："外边是去不及了。"引着宣教的手，指着床底下道："权躲在里面去，勿得做声！"宣教思量走了出去便好，又恐不认得门路，撞着了人。左右看着房中，却别无躲处，一时慌促，没计奈何，只得依着县君说话，望着床底下一钻，顾不得甚么尘灰龌龊（肮脏）。且喜床底宽阔，战陡陡的蹲在里头，不敢喘气。一眼偷觑着外边，那暗处望明处，却见得备细。看那赵大夫大踏步走进房来，口里道："这一去不觉好久，家里没事么？"县君着了忙的，口里牙齿捉对儿厮打着，回言道："家……家……家里没事。你……你……你如何今日才来？"大夫道："家里莫非有甚事故么？如何见了我举动慌张，语言失措，做这等一个模样？"县君道："没……没……没甚事故。"大夫对着丫鬟问道："县君却是怎的？"丫鬟道："果……果……果然没有甚么怎……怎……怎的。"宣教在床下着急，恨不得替了县君、丫鬟的说话，只是不敢爬出来。大夫迟疑了一回道："好诧异！好诧异！"县君安定了性儿，才说得话儿阆阆，重复问道："今日在哪里起身？怎夜间到此？"大夫道："我离家多日，放心不下。今因有事在婺州，在此便道，暂归来一看，明日五更就要起身过江的。"

宣教听得此言，惊中有喜，恨不得天也许下了半边，道："原来还要出去，却是我的造化也！"县君问道："可曾用过晚饭？"大夫道："晚饭已在船上吃过，只要取些热水来洗脚。"县君即命丫鬟安好了足盆，厨下去取热水来倾在里头了。大夫便脱了外衣，坐在盆间，大肆浇洗。浇洗了多时，泼得水流满地，一直淌进床下来。因是地板房子，铺床处压得重了，地板必定低些，做了下流之处。那宣教正蹲在里头，身上穿着齐整衣服，起初一时极了，顾不得惹了灰尘，钻了进去。而今又见水流来了，恐怕污了衣服，不觉的把袖子东收西敛来避那些龌龊水，未免有些窸窸窣窣之声。大夫道："奇怪！床底下是甚么响？敢是蛇鼠之类，可拿灯烛来照照。"丫鬟未及答应，大夫急急揩抹干净，即伸手桌子上去取烛台过来。捏在手中，向床底下一看。不看时万事全休，这一看，好似霸王初入垓心（战场上重重围困的中心）内，张飞刚到灞陵桥。大夫大吼一声道："这是个甚么鸟人？躲在这底下？"县君支吾道："敢是个贼？"大夫一把将宣教拖出来道："你看！难道有这样齐整的贼？怪道方才见吾慌张，原来你在家养奸夫！我去得几时，你就是这等羞辱门户！"先是一掌打去，把县君打个满天星。县君啼哭起来，大夫喝教众奴仆都来。此时小童也只得随着众人行止。大夫叫将宣教四马攒蹄，捆作一团。声言道："今夜且与我送去厢里吊着，明日临安府推问去！"大夫又将一条绳来，亲自动手也把县君缚住道："你这淫妇，也不与你干休！"县君只是哭，不敢回答一言。大夫道："好恼！好恼！且暖酒来我吃着消闷！"从人丫鬟们多慌了，急去灶上撮哄些嗄饭，烫了热酒拿来。大夫取个大瓯，一头吃，一头骂。又取过纸笔，写下状词，一边写，一边吃酒。吃得不少了，不觉憒憒睡去。

县君悄对宣教道："今日之事固是我误了官人，也是官人先有意向我，谁知随手事败。若是到官，两个都不好了，为之奈何？"宣教道："多蒙县君好意相招，未曾沾得半点恩惠。今事若败露，我这一官只当断送在你这冤家手里了。"县君道："没奈何了，官人只是下些小心求告他。他也是心软的人，求告得转的。"正说之间，大夫醒来，口里又喃喃地骂道："小的们打起火把，快将这贼弟子孩儿送到厢里去！"众人答应一声，齐来动手。宣教着了急，喊道："大夫息怒，容小子一言。小子不才，忝为宣教郎，因赴吏部磨勘，寓居府上对门。蒙县君青盼，往来虽久，实未曾分毫犯着玉体。今若到公府，罪犯有限，只是这官职有累。望乞高抬贵手，饶过小子，容小子拜纳微礼，赎此罪过罢！"大夫笑道："我是个宦门，把妻子来换钱么？"宣教道："今日便坏了小子微官，与君何益？不若等小子纳些钱物，实为两便。小子亦不敢轻，即当奉送五百千过来。"大夫道："如此口轻，你一个官，我一个妻子，只值得五百千么？"宣教听见论量多少，便道是好处的事了，满口许道："便再加一倍，凑做千缗罢。"大夫还只是摇头。县君在旁哭道："我为买这官人的珠翠，约他来议价，实是我的不是。谁知撞着你来捉破了。我原不曾点污，今若拿这官人到官，必然扳下我来，我也免不得到官对理，出乖露丑，也是你的门面不雅。不如你看日前夫妻之面，宽恕了我，放了这官人罢！"大夫冷笑道："难道不曾点污？"众从人与丫鬟们先前是小童贿赂过的，多来磕头讨饶道："其实此人不曾犯着县君，只是暮夜不该来此。他既情愿出钱赎罪，官人罚他重些，放他去罢。一来免累此人官职，二来免致县君出丑，实为两便。"县君又哭道："你若不依我，只是寻个死路罢了！"大夫默然了一晌，指着县君道："只为要保全你这淫妇，要我忍这样赃污！"小童忙揎到宣教耳边厢低言道："有了口风了，快快添多些，收拾这事罢。"宣教道："钱财好处，放绑要紧。手脚多麻木了。"大夫道："要我饶你，须得二千缗钱，还只是买那官做。羞辱我门庭之事，只当不曾提起。便宜得多了。"宣教连声道："就依着是二千缗，好处！好处！"

大夫便喝从人，教且松了他的手。小童急忙走去把索子头解开，松出两只手来。大夫叫将纸墨笔砚拿过来，放在宣教面前，叫他写个不愿当官的招伏。宣教只得写道："吏部候勘宣教郎吴某，只因不合闯入赵大夫内室，不愿经官，情甘出钱二千贯赎罪，并无词说。私供是实。"赵大夫取来看过，要他押了个字。便叫放了他绑缚，只把脖子拴了，叫几个方才随来家的戴大帽、穿一撒的家人，押了过对门来，取足这二千缗钱。

此时亦有半夜光景，宣教下处几个手下人已是都睡熟了。这些赵家人个个如狼似虎，见了好东西便抢，珠玉犀象之类，狼藉了不知多少，这多是二千缗外加添的。吴宣教足足取够了二千数目，分外又把些零碎银两送与众家人，做了东道钱，众人方才住手。赍了东西，仍同了宣教，押至家主面前交割明白。大夫看过了东西，还指着宣教道："便宜了这弟子孩儿！"喝叫："打出去！"

宣教抱头鼠窜走归下处，下处店家灯尚未熄。宣教也不敢把这事对主人说，讨了个火，点在房里了。坐了一回，惊心方定，无聊无赖，叫起个小厮来，烫些热酒，且图解闷。一边吃，一连想道："用了这几时工夫，才得这个机会，再差一会儿也到手了，谁想却如此不偶（命运不好），反费了许多钱财。"又自解道："还算造化哩。若不是赵县君哭告，众人拜求，弄得到当官，我这官做不成了。只是县君如此厚情厚德，又为我如此受辱。她家大夫说明日就出去的，这倒还好个机会。只怕有了这番事体，明日就使不在家，是必分外防守，未必如前日之便了。不知今生到底能够相傍否？"心口相问，不觉潸然泪下，郁抑不快，呵欠上来，也不脱衣服，倒头便睡。

只因辛苦了大半夜，这一睡直睡到第二日晌午，方才醒来。走出店中举目看去，对门赵家门也不关，帘子也不见了。一望进去，直看到里头，内外洞然（通亮），不见一人。他还怀着昨夜鬼胎，不敢自进去，悄悄叫个小厮，一步一步挨到里头探听。直到内房左右看过，并无一个人走动踪影。只见几间空房，连家伙什物一件也不见了。出来回复了宣教。宣教忖道："他原说今日要到外头去，恐怕出去了我又来走动，所以连家眷带去了。只是如何搬得这等馨净？难道再不回来住了？其间必有缘故。"试问问左右邻人，才晓得这赵家也是那里搬来的，住得不十分长久。这房子也只是赁下的，原非己宅，是用着美人之局，扎了火囤去了。

宣教浑如做一个大梦一般，闷闷不乐，且到丁惜惜家里消遣一消遣。惜惜接着宣教，笑容可掬道："甚好风吹得贵人到此？"连忙置酒相待。饮酒中间，宣教频频的叹气。惜惜道："你向来有了心上人，把我冷落了多时。今日既承不弃到此，如何只是嗟叹，像有甚不乐之处？"宣教正是事在心头，巴不得对人告诉，只是把如何对门作寓，如何与赵县君往来，如何约去私期，却被丈夫归来拿住，将钱买得脱身，备细说了一遍。惜惜大笑道："你枉用痴心，落了人的圈套了。你前日早对我说，我敢也先点破你，不着她道儿也不见得。我那年有一伙光棍将我包到扬州去，也假了商人的爱妾，扎了一个少年子弟千金，这把戏我也曾弄过的。如今你心爱的县君，又不知是哪一家歪剌货（卑劣下贱的人）也！你前日瞒得我好，撇得我好，也教你受些业报。"宣教满脸羞惭，懊恨无已。丁惜惜又只顾把说话盘问，见说道身畔所有剩得不多，衒衒家本色，就不十分亲热得紧了。

宣教也觉怏怏，住了一两晚，走了出来。满城中打听，再无一些消息。看看盘费不够用了，等不得吏部改秩，急急走回故乡。亲眷朋友晓得这事的，把来做了笑柄。宣教常时忽忽如有所失，感了一场缠绵之疾，竟不及调官而终。

可怜吴宣教一个好前程，惹着了这一些魔头，不自尊重，被人弄得不尴不尬，没个收场如此。奉劝人家子弟，血气未定贪淫好色、不守本分不知利害的，宜以此为鉴！诗云：

一脔（luán）肉味不曾尝，已遣缠头罄橐装。
尽道陷人无底洞，谁知洞口赚刘郎！

卷八

韩侍郎婢作夫人
顾提控掾居郎署

　　"二拍"的故事中多见因果报应，即种善因，得善果；栽恶因，食恶果。此文讲的就是善人有善报的故事。

　　开篇以徽商出资救妇人，后又被妇人一家所救的故事为引，接着详细讲述了顾芳仗义救人得好报之事。顾芳为朴实善良却被奸人陷害的江老作担保，救其性命，还婉拒了江老将女儿送给自己做妾的好意，是个光明磊落的正义好汉。因此，在江爱娘成为韩侍郎夫人后，便为其做了举荐，顾芳得以受到朝廷重用，这些都是顾芳阴德福报。这两个故事皆印证了文中所言：周全他人亦是周全自己。

诗云：

曾闻阴德可回天，古往今来效灼然（明显）。

奉劝世人行好事，到头原是自周全。

话说湖州府安吉州地浦滩有一居民，家道贫窘，因欠官粮银二两，监禁在狱。家中只有一妻，抱着个一周未满的小儿子度日，别无门路可救。栏中畜养一猪，算计卖与客人，得价还官。因性急银子要紧，等不得好价，见有人来买，即便成交。妇人家不认得银子好歹，是个白晃晃的，说是还得官了。客人既去，拿出来与银匠熔着银子。银匠说："这是些假银，要它怎么？"妇人慌问："有多少成色在里头？"银匠说："哪里有半毫银气？多是铅铜锡镴（là，铅和锡的合金）装成，见火不得的。"妇人着了忙，拿在手中走回家来，寻思一回道："家中并无所出，只有此猪，指望卖来救夫，今已被人骗去，眼见得丈夫出来不成。这是我不仔细上害了他，心下怎么过得去？我也不要这性命了！"待寻个自尽，看看小儿子，又不舍得，发个狠道："罢！罢！索性抱了小冤家，同赴水而死，也免得牵挂。"急急奔到河边来，正待撺下去，恰好一个徽州商人立在那里，见她忙忙投水，一把扯住，问道："清白后生，为何做此短见勾当？"妇人拭泪答道："事急无奈，只图一死。"因将救夫卖猪、误收假银之说，一一告诉。徽商道："既然如此，与小儿子何干？"妇人道："没爹没娘，少不得一死，不如同死了干净。"徽商恻然道："所欠官银几何？"妇人道："二两。"徽商道："能得多少，坏此三条性命！我下处不远，快随我来，我舍银二两，与你还官罢。"妇人转悲作喜，抱了儿子，随着徽商行去。不上半里，已到下处。徽商走入房，秤银二两出来，递与妇人道："银是足纹，正好还官，不要又被别人骗了。"

妇人千恩万谢转去，央个邻舍同到县里，纳了官银，其夫始得放出监来。到了家里问起道："哪得这银子还官救我？"妇人将前情述了一遍，说道："若非遇此恩人，不要说你不得出来，我母子两人已作黄泉之鬼了。"其夫半喜半疑：喜的是得银解救，全了三命；疑的是妇人家没志行，敢怕独自个一时喉极（情急）了，做下了些不伶俐的勾当，方得这项银也不可知。不然怎生有此等好人，直如此凑巧？口中不说破她，心生一计道："要见明白，须得如此如此。"问妇人道："你可认得那恩人的住处么？"妇人道："随他去秤银的，怎不认得？"其夫道："既如此，我与你不可不去谢他一谢。"妇人道："正该如此。今日安息了，明日同去。"其夫道："等不得明日，今夜就去。"妇人道："为何不要白日里去，到要夜间？"其夫道："我自有主意，你不要管我！"

妇人不好拗得，只得点着灯，同其夫走到徽商下处门首。此时已是黄昏时候，人多歇息寂静了。其夫叫妇人叩门，妇人道："我是女人，如何叫我黑夜敲人门房？"其夫道："我正要黑夜试他的心事。"妇人心下晓得丈夫有疑了，想到一个有恩义的人，倒如此猜他，也不当人子。却是恐怕丈夫生疑，只得出声高叫。徽商在睡梦间，听得是妇人声音，问道："你是何人，却来叫我？"妇人道："我是前日投水的妇人。因蒙恩人大德，救了吾夫出狱，故此特来踵门（亲自上门）叩谢。"看官，你道徽商此时若是个不老成的，听见一个妇女黑夜寻他，又是施恩过来的，一时动了不良之心，未免说句把倬俏（放荡风流。倬，zhuō）绰趣（逗趣。绰，chuò）的话，开出门来撞见其夫，可不是老大一场没趣，把起初做好事的念头多弄脏了？不想这个朝奉煞是有正经，听得妇人说话，便厉声道："此我独卧之所，岂汝妇女家所当来？况昏夜也不是谢人的时节，但请回步，不必谢了。"其夫听罢，才把一天疑心尽多消散。妇人乃答道："吾夫同在此相谢。"

徽商听见其夫同来，只得披衣下床，要来开门。走得几步，只听得天崩地塌之声，连门外多震得动。徽商慌了自不必说，夫妇两人多吃了一惊。徽商忙叫小二掌火来看，只见一张卧床压得四脚多折，满床尽是砖头泥土。原来那一垛墙走了，一向床遮着不觉得，此时偶然坍将下来，若有人在床时，便是铜筋铁骨也压死了。徽商看了，伸出舌头出来，一时缩不进去。就叫小二开门，见了夫妇二人，反谢道："若非贤夫妇相叫起身，几乎一命难存！"夫妇两人看见墙坍床倒，也自大加惊异，道："此乃恩人洪福齐天，大难得免，莫非恩人阴德之报。"两相称谢。徽商留夫妇茶话少时，珍重而别。只此一件，可见商人二两银子，救了母子两命，到底因他来谢，脱了墙压之厄，仍旧是自家救自家性命一般，此乃上天巧于报德处。所以古人说："与人方便，自己方便。"

小子起初说"到头原是自周全"，并非诳语。看官们不信，小子而今单表一个周全他人，仍旧周全了自己一段长话，作个正文。有诗为证：

有女颜如玉，酬德讵能足？
遇彼素心人，清操同秉烛。
兰蕙保幽芳，移来贮金屋。
容台粉署郎，一朝畀（bì，给予）掾属（佐治的官吏。掾，yuàn）。
圣明重义人，报施同转毂（gǔ，车轮）。

这段话文，出在弘治年间直隶太仓州地方。州中有一个吏典，姓顾名芳。平日迎送官府出城，专在城外一个卖饼的江家做下处歇脚。那江老儿名溶，是个老实忠厚的人，生意尽好，家道将就过得。看见顾吏典举动端方，容仪俊伟，不像个衙门中以下人，私心敬爱他。每遇他到家，便以"提控"呼之，待如上宾。江家有个嬷嬷，生得个女儿，名唤爱娘，年方十七岁，容貌非凡。顾吏典家里也自有妻子，便与江家内里通往来，竟成了一家骨肉一般。常言道："一家饱暖千家怨。"江老虽不怎的富，别人看见他生意从容，衣食不缺，便传说了千金、几百金家事。有那等眼光浅、心不足的，目中就着不得，不由得不妒忌起来。

忽一日江老正在家里做活，只见如狼似虎一起捕人，打将进来，喝道："拿海贼！"把店中家火打得粉碎。江老出来分辨，众捕一齐动手，一索子捆倒。江嬷嬷与女儿顾不得羞耻，大家啼啼哭哭嚷将出来，问道："是何事端？说个明白。"捕人道："崇明解到海贼一起，有江溶名字，是个窝家，还问什么事端！"江老夫妻与女儿叫起撞天屈（冲天的冤枉）来，说道："自来不曾出外，哪里认得什么海贼？却不屈杀了平人！"捕人道："不管屈不屈，到州里分辨去，与我们无干。快些打发我们见官去！"江老是个乡子里人，也不晓得盗情利害，也不晓得该怎的打发公差，合家只是一味哭。捕人每不见动静，便发起狠来道："老儿奸诈，家里必有赃物，我们且搜一搜！"众人不管好歹，打进内里一齐动手，险些把地皮翻了转来，见了细软便藏匿了。江老夫妻、女儿三口，杀猪也似的叫喊，撼天倒地价哭。捕人每揎拳裸

手，耀武扬威。

正在没摆布处，只见一个人踱将进来，喝道："有我在此，不得无理！"众人定睛看时，不是别人，却是州里顾提控。大家住手道："提控来得正好，我们不要粗鲁，但凭提控便是。"江老一把扯住提控道："提控，救我一救！"顾提控问道："怎的起？"捕人拿牌票出来看，却是海贼指扳（招供时攀扯牵连别人）窝家，巡捕衙里来拿的。提控道："贼指的事，多出仇口。此家良善，明是冤屈。你们为我面上，须要周全一分。"捕人道："提控在此，谁敢多话？只要吩咐我们，一面打点见官便是。"提控即便主张江老支持酒饭鱼肉之类，摆了满桌，任他们狼飡虎咽吃个尽情。又摸出几两银子做差使钱。众捕人道："提控吩咐，我们也不好推辞，也不好较量，权且收着。凡百看提控面上，不难为他便了。"提控道："列位别无帮衬处，只求迟带到一日。等我先见官人替他分拆一番，做个道理，然后投牌，便是列位盛情。"捕人道："这个当得奉承。"当下江老随捕人去了。提控转身安慰他母子道："此事只要破费，须有分辨处，不妨大事。"母子啼哭道："全仗提控搭救则个。"提控道："且关好店门，安心坐着，我自做道理去。"

出了店门，进城来，一径到州前来见捕盗厅官人，道："顾某有个下处主人江溶，是个良善人户。今被海贼所扳，想必是仇家陷害。望乞爷台为顾某薄面周全则个。"捕官道："此乃堂上公事，我也不好自专。"提控道："堂上老爷，顾某自当禀明。只望爷台这里带到时，宽他这一番拷究。"捕官道："这个当得奉命。"

须臾，知州升堂，顾提控觑个堂事空便，跪下禀道："吏典平日伏侍老父，并不敢有私情冒禀。今日有个下处主人江溶，被海贼诬扳。吏典熟知他是良善人户，必是仇家所陷，故此斗胆禀明。望老爷天鉴之下，超豁（饶恕）无辜。若是吏典虚言妄禀，罪该万死。"知州道："盗贼之事，非同小可。你敢是私下受人买嘱，替人讲解么？"提控叩头道："吏典若有此等情弊，老爷日后必然知道，吏典情愿受罪。"知州道："待我细审，也听不得你一面之词。"提控道："老爷细审二字，便是无辜超生之路了。"复叩一头，走了下来。想道："官人方才说听不得一面之词，我想人众则公，明日约同同衙门几位朋友，大家禀一声，必然听信。"是日拉请一般的十数个提控到酒馆中坐一坐，把前事说了，求众人明日帮他一说。众人平日与顾提控多有往来，无有不依的。

次日，捕人已将江溶解到捕厅。捕厅因顾提控面上，不动刑法，竟送到堂上来。正值知州投文，挨牌唱名。点到江溶名字，顾提控站在旁边，又跪下来禀道："这江溶即是小吏典昨日所禀过的，果是良善人户。中间必有冤情，望老爷详察。"知州作色道："你两次三番替人辩白，莫非受了贿赂，故敢大胆？"提控叩头道："老爷当堂明查，若不是小吏典下处主人及有贿赂情弊，打死无怨。"只见众吏典多跪下来，禀道："委是顾某主人，别无情弊，众吏典敢百口代保。"知州平日也晓得顾芳行径，是个忠直小心的人，心下有几分信他的，说道："我审时自有道理。"便问江溶："这伙贼人扳你，你平日曾认得一两个否？"江老儿叩头道："爷爷，小的若认得一人，死也甘心。"知州道："他们有人认得你否？"江老儿道："这个小的虽不知，想来也未必认得小的。"知州道："这个不难。"唤一个皂隶过来，教他脱下衣服与江溶穿了，扮作了皂隶。却叫皂隶穿了江溶的衣服，扮作了江溶，吩咐道："等强盗执着江溶时，你可替他折证（对证），看他认得认不得。"

皂隶依言与江溶更换停当，然后带出监犯来。知州问贼首道："江溶是你窝家么？"贼首道："爷爷，正是。"知州敲着气拍（问案时用的惊堂木），故意问道："江溶，怎么说？"这个皂隶扮的江溶，假着口气道："爷爷，并不干小人之事。"贼首看看假江溶，哪里晓得不是，一口指着道：

"他住在城外，倚着卖饼为名，专一窝着我们赃物，怎生赖得？"皂隶道："爷爷，冤枉！小的不曾认得他的。"贼首道："怎生不认得？我们长在你家吃饼，某处赃若干，某处赃若干，多在你家，难道忘了？"知州明知不是，假意说道："江溶是窝家，不必说了，却是天下有名姓相同。"一手指着真正江溶扮皂隶的道："我这个皂隶，也叫得江溶，敢怕是他么？"贼首把皂隶一看，哪里认得？连喊道："爷爷，是卖饼的江溶，不是皂隶的江溶。"知州又手指假江溶道："这个卖饼的江溶，可是了么？"贼首道："正是。"这个知州冷笑一声，连敲气拍两三下，指着贼首道："你这杀剐不尽的奴才！自做了歹事，又受人买嘱，扳陷良善。"贼首连喊道："这江溶果是窝家，一些不差，爷爷！"知州喝叫："掌嘴！"打了十来下。知州道："还要嘴强！早是我先换过了，试验虚实，险些儿屈陷平民。这个是我皂隶周才，你却认作了江溶，就信口扳杀他；这个扮皂隶的，正是卖饼江溶，你却又不认得，就说道无干。可知道你受人买嘱来害江溶，原不曾认得江溶的么！"贼首低头无语，只叫："小的该死！"

　　知州叫江溶与皂隶仍旧换过了衣服，取夹棍来，把贼首夹起，要招出买他指扳的人来。贼首是顽皮赖肉（品行不端、无赖狡诈），哪里放在心上？任你夹打，只供称是因见江溶殷实，指望扳赔赃物是实，别无指使。知州道："眼见得是江溶仇家所使，无得可疑。今奴才死不肯招，若必求其人，他又要信口诬害，反生株连。我只释放了江溶，不根究也罢。"江溶叩头道："小的也不愿晓得害小的的仇人，省得中心不忘，冤冤相结。"知州道："果然是个忠厚人。"提起笔来，把名字注销，喝道："江溶无干，直赶出去！"当下江溶叩头不止，皂隶连喝："快走！"

　　江溶如笼中放出飞鸟，欢天喜地出了衙门。衙门里许多人撮空（沾光）叫喜，拥住了不放。又亏得顾提控走出来，把几句话解散开了众人，一同江溶走回家来。江老儿一进门，便唤过妻女来道："快来拜谢恩人！这番若非提控搭救，险些儿相见不成了。"三个人拜做一堆。提控道："自家家里，应得出力，况且是知州老爷神明做主，与我无干，快不要如此！"江嬷嬷便问老儿道："怎么回来得这样撇脱（干净利落），不曾吃亏么？"江老儿道："两处俱仗提控先说过了，并不动一些刑法。天字号一场官司，今没一些干涉，竟自平净了。"江嬷嬷千恩万谢。提控立起身来道："你们且慢慢细讲，我还要到衙门去谢谢官府去。"当下提控作别自去了。

　　江老送了出门，回来对嬷嬷说："正是闭门家里坐，祸从天上来。谁想遭此一场飞来横祸，若非提控出力，性命难保。今虽然破费了些东西，幸得太平无事。我们不可忘了恩德，怎生酬报得他便好？"嬷嬷道："我家家事向来不见怎的，只好度日。不知哪里动了人眼，被天杀的暗算，招此非灾。前日众捕人一番掳掠，狠如打劫一般，细软东西尽被抄扎（查抄没收）过了，今日有何重物谢得提控大恩？"江老道："便是没东西难处，就凑得些少也当不得数，他也未必肯受。怎么好？"嬷嬷道："我到有句话商量，女儿年一十七岁，未曾许人。我们这样人家，就许了人，不过是村庄人口。不若送与他做了妾，扳他做个女婿，支持门户，也免得外人欺侮。可不好？"江老道："此事倒也好，只不知女儿肯不肯。"嬷嬷道："提控又青年，他家大娘子又贤惠，平日极是与我女儿说得来的，敢怕也情愿。"遂唤女儿来，把此意说了。女儿道："此乃爹娘要报恩德，女儿何惜此身？"江老道："虽然如此，提控是个近道理的人，若与他明说，必是不从。不若你我三人，只作登门拜谢，以后就留下女儿在彼，他便不好推辞得。"嬷嬷道："言之有理。"

当下三人计议已定，拿本历日来看，来日上吉。次日起早，把女儿装扮了，江老夫妻两个步行，女儿乘着小轿，抬进城中，竟到顾家来。提控夫妻接了进去，问道："何事光降？"江老道："老汉承提控活命之恩，今日同妻女三口登门拜谢。"提控夫妻道："有何大事，值得如此？且劳烦小娘子过来，一发不当。"江老道："老汉有一句不知进退的话奉告：老汉前日若是受了非刑，死于狱底，留下妻女，不知流落到甚处。今幸得提控救命重生，无恩可报。只有小女爱娘，今年正十七岁，与老妻商议，送来与提控娘子铺床叠被，做个箕帚之妾。提控若不弃嫌粗丑，就此俯留，老汉夫妻终身有托。今日是个吉日，一来到此拜谢，二来特送小女上门。"提控听罢，正色道："老丈说哪里话！顾某若做此事，天地不容。"提控娘子道："难得老伯伯、干娘、妹妹一同到此，且请过小饭，有话再说。"提控一面吩咐厨下摆饭相待。饮酒中间，江老又把前话提起，出位拜提控一拜道："提控若不受老汉之托，老汉死不瞑目。"提控情知江老心切，暗自想道："若不权且应承，此老必不肯住，又去别寻事端谢我，反多事了。且依着他言语，我日后自有处置。"饭罢，江老夫妻起身作别，吩咐女儿留住，道："你在此服侍大娘。"爱娘含羞忍泪，应了一声。提控道："休要如此说！荆妻且权留小娘子盘桓几日，自当送还。"江老夫妻也道是他一时门面说话，两下心照罢了。

两口儿去得，提控娘子便请爱娘到里面自己房里坐了，又摆出细果茶品请她，吩咐走使丫鬟铺设好了一间小房，一床被卧。连提控娘子心里，也只道提控有意留住的，今夜必然趁好日同宿。她本是个大贤惠不捻酸（吃醋）的人，又平日喜欢着爱娘，故此是件周全停当，只等提控到晚受用。正是：一朵鲜花好护持，芳菲只待赏花时。等闲未动东君意，惜处重将帏幕施。

谁想提控是夜竟到自家娘子房里来睡了，不到爱娘处去。提控娘子问道："你为何不到江小娘那里去宿？莫要忌我。"提控道："他家不幸遭难，我为平日往来，出力救他。今他把女儿谢我，我若贪了女色，是乘人危处，遂我欢心，与那海贼指拐、应捕抢掳肚肠有何两样？顾某虽是小小前程，若坏了行止，永远不吉！"提控娘子见他说出咒来，知是真心。便道："果然如此，也是你的好处。只是日间何不力辞脱了，反又留在家中做甚？"提控道："江老儿是老实人，若我不允女儿之事，他又剜肉补疮，别寻道路谢我，反为不美。他女儿平日与你相爱，通家姊妹，留下你处住几日，这却无妨。我意欲就此看个中意的人家子弟，替她寻下一头亲事，成就她终身结果，也是好事。所以一时不辞她去，原非我自家有意也。"提控娘子道："如此却好。"当夜无词。

自此江爱娘只在顾家住，提控娘子与她如同亲姐妹一般，甚是看待得好。她心中也时常打点提控到她房里的，怎知道：落花有意随流水，流水无情恋落花。直待他年荣贵后，方知今日不为差。提控只如常相处，并不曾起一毫邪念，说一句戏语，连爱娘房里脚也不躧（xǐ，踏）进去一步。爱娘初时疑惑，后来也不以为怪了。

提控衙门事多，时常不在家里。匆匆过了一月有余。忽一日得闲在家中，对娘子道："江小娘在家，初意要替她寻个人家，急切里凑不着巧。而今一月多了，久留在此，也觉不便。不如备下些礼物，送还她家。她家父母必然问起女儿相处情形，他晓得我心事如此，自然不来强我了。"提控娘子道："说得有理。"当下把此意与江爱娘说明了，就备了六个盒盘，又将出珠花四朵、金耳环一双，送与江爱娘插戴好，一乘轿着个从人径送到江老家里来。江老夫妻接着轿子，晓得是顾家送女儿回家，心里疑道："为何叫她独自个归来？"问道："提控在家么？"从人道："提控不得工夫来，多多拜上阿爹，这几时有慢了小娘子，今特送还府上。"江老见说话蹊跷，反怀着一肚子鬼胎道："敢怕有甚不恰当处。"忙领女儿到里边坐了，同嬷嬷细问她这一月的光景。爱娘把顾娘子相待甚厚，并提控不进房、不近身的事，说了一遍。江老呆了一晌道："长要来问个信，自从为事之后，生意淡薄，穷忙没有工夫，又是素手，不好上门。欲待央个人来，急切里没便处。只道你一家和睦，无些别话，谁想却如此行径。这怎么说？"嬷嬷道："敢是日子不好，与女儿无缘法。得个人解禳（祷神除殃。禳，ráng）解禳便好。"江老道："且等另拣个日子，再送去又做处。"爱娘道："据女儿看起来，这顾提控不是贪财好色之人，乃是正人君子。我家强要谢他，他不好推辞得，故此权留这几时，誓不玷污我身。今既送了归家，自不必再送去。"江老道："虽然如此，他的恩德毕竟不曾报得，反住他家打搅多时，又加添礼物送来，难道便是这样罢了？还是改日再送去的是。"

爱娘也不好阻挡，只得凭着父母说罢了。过了两日，江老夫妻做了些饼食，买了几件新鲜物事，办着十来个盒盘，一坛泉酒，雇个担夫挑了，又是一乘轿抬了女儿，留下嬷嬷看家，江老自家伴送过顾家来。提控迎着江老，江老道其来意。提控作色（脸上变色）道："老丈难道不曾问及令爱来？顾某心事唯天可表，老丈何不见谅如此？此番决不敢相留。盛惠谨领，令爱不及款接，原轿请回。改日登门拜谢！"江老见提控词色严正，方知女儿不是诳语，连忙出门止住来轿，叫他仍旧抬回家去。提控留江老转去茶饭，江老也再三辞谢，不敢叨领，当时别去。

提控转来，受了礼物，出了盒盘，打发了脚担钱，吩咐多谢去了。进房对娘子说江老今日复来之意。娘子道："这个便老没正经，难道前番不谐，今番有再谐之理？只是难为了爱娘，又来一番，不曾会得一会去。"提控道："若等她下了轿，接了进来，又多一番事了。不如决绝回头了的是。这老儿真诚，却不见机（辨情势）。既如此把女儿相缠，此后往来倒也要稀疏了些，外人不知就里，惹得造下议论来，反害了女儿终身，是要好成歉了。"娘子道："说得极是。"自此提控家不似前日十分与江家往来得密了。

那江家原无甚么大根基，不过生意济楚（兴隆），自经此一番横事剥削之后，家计萧条下来。自古道："人家天做。"运来时，撞着就是趁钱的，火焰也似长起来；运退时，撞着就是折本的，潮水也似退下去。江家晦气头里，连五热行里生意多不济了。做下饼食，常管五七日不发市，就是馊蒸气了，喂猪狗也不中。你道为何如此？先前为事时不多几日，只因惊怕了，自女儿到顾家去后，关了一个多月店门不开，主顾家多生疏，改向别家去，就便拗不转来。况且窝盗为事，声名扬开去不好听，别人不管好歹，信以为实，就怕来缠帐（纠缠）。以此生意冷落，日吃月空，渐渐支持不来。要把女儿嫁个人家，思量靠她过下半世，又高不凑，低不就。光阴眨眼，一错就是论年，女儿也大得过期了。

忽一日，一个徽州商人经过，偶然回瞥，见爱娘颜色，访问邻人，晓得是卖饼江家，因问可肯与人家为妾否。邻人道："往年为官事时，曾送与人做妾。那家行善事，不肯受还

了的。做妾的事，只怕也肯。"徽商听得此话，去央个熟事的媒婆到江家来说此亲事，只要事成，不惜重价。媒婆得了口气，走到江家，便说出徽商许多富厚处，情愿出重礼，聘小娘子为偏房。江老夫妻正在喉急头上，见说得动火，便问道："讨在何处去的？"媒婆道："这个朝奉只在扬州开当种盐，大孺人自在徽州家。今讨去做二孺人，住在扬州当中，是两头大的，好不受用！亦且路不多远。"江老夫妻道："肯出多少礼？"媒婆道："说过只要事成，不惜重价。你们能要得多少，那富家心性，料必够你们心下的，凭你们讨礼罢了。"江老夫妻商量道："你我心下不割舍得女儿，欲待留下他，遇不着这样好主。有心得把与别处人去，多讨得些礼钱，也够上半世做生意度日方可。是必要他三百两，不可少了。"商量已定，对媒婆说过。媒婆道："三百两，忒重些。"江嬷嬷道："少一厘，我不肯。"媒婆道："且替你们说说看，只要事成后，谢我多些儿。"三个人尽说三百两是一大主财物，极顶价钱了，不想商人慕色心重，二三百金之物，哪里在他心上？一说就允。如数下了财礼，拣个日子娶了过去，开船往扬州。江爱娘哭哭啼啼，自道终身不得见父母了。江老虽是卖去了女儿，心中凄楚，却幸了得一主大财，在家别做生理不题。

却说顾提控在州六年，两考役满，例当赴京听考。吏部点卯（官衙官员查点到班人数）过，拨出在韩侍郎门下办事效劳。那韩侍郎是个正直忠厚的大臣，见提控谨厚小心，仪表可观，也自另眼看他，时留在衙前听候差役。一日侍郎出去拜客，提控不敢擅离衙门左右，只在前堂伺候归来。等了许久，侍郎又往远处赴席，一时未还。提控等得不耐烦，困倦起来，坐在槛上打盹，朦胧睡去。见空中云端里黄龙现身，彩霞一片，映在自己身上。正在惊看之际，忽有人蹴他起来，飒然惊觉，乃是后堂传呼，高声喝："夫人出来！"提控仓皇失措，连忙趋避不及。夫人步至前堂，亲看见提控慌遽（惊慌。遽，jù）走出之状，着人唤他转来。提控正道失了礼度，必遭罪责，趋至庭中跪倒，俯伏地下，不敢仰视。夫人道："抬起头来我看。"提控不敢放肆，略把脖子一伸。夫人看见道："快站起来，你莫不是太仓顾提控么？为何在此？"提控道："不敢。小吏顾芳，实是太仓人，考满赴京，在此办事。"夫人道："你认得我否？"提控不知甚么缘故，摸个头路不着，不敢答应一声。夫人笑道："妾身非别人，即是卖饼江家女儿也。昔年徽州商人娶去，以亲女相待。后来嫁于韩相公为次房。正夫人亡逝，相公立为继室，今已受过封诰。想来此等荣华，皆君所致也。若是当年非君厚德，义还妾身，今日安能到此地位？妾身时刻在心，正恨无由补报。今天幸相逢于此，当与相公说知就里，少图报效。"提控听罢，恍如梦中一般，偷眼觑着堂上夫人，正是江家爱娘，心下道："谁想她却有这个地位？"又寻思道："她分明卖与徽州商人做妾了，如何却嫁得与韩相公？方才听见说徽商以亲女相待，这又不知怎么解说。"当下退出外来，私下偷问韩府老都管，方知事体备细。

当日徽商娶去时节，徽人风俗，专要闹房炒新郎。凡亲戚朋友相识的，在住处所在，闻知娶亲，就携了酒榼前来称庆。说话之间，名为祝颂，实半带笑耍，把新郎灌得烂醉，方以为乐。是夜徽商醉极，讲不得甚么云雨勾当，

141

在新人枕畔一觉睡倒，直到天明。朦胧中见一个金甲神人，将瓜锤扑他脑盖一下，踢他起来道："此乃二品夫人，非凡人之配，不可造次胡行！若违我言，必有大咎（灾祸）！"徽商惊醒，觉得头疼异常，只得扒了起来，自想此梦稀奇，心下疑惑。平日最信的是关圣灵签，梳洗毕，开个随身小匣，取出十个钱来，对空虔诚祷告，看与此女缘分如何。卜得个乙戊，乃是第十五签。签曰："两家门户各相当，不是姻缘莫较量。直待春风好消息，却调琴瑟向兰房。"详了签意，疑道："既明说不是姻缘了，又道直待春风、却调琴瑟，难道放着见货，等待时来不成？"心下一发糊涂。再缴一签，卜得个辛丙，乃是第七十三签。签曰："忆昔兰房分半钗，而今忽报信音乖。痴心指望成连理，到底谁知事不谐。"得了签，想道此签说话明白，分明不是我的姻缘，不能到底的了。梦中说有二品夫人之分，若把来另嫁与人，看是如何？祷告过，再卜一签，得了个丙庚，乃是第二十七签。签曰："世间万物各有主，一粒一毫君莫取。英雄豪杰本天生，也须步步循规矩。"徽商看罢道："签句明白如此，必是另该有个主，吾意决矣。"虽是这等说，日间见她美色，未免动心，然但是有些邪念，便觉头疼。到晚来走近床边，愈加心神恍惚，头疼难支。徽商想道："如此蹊跷，要见梦言可据。签语分明，万一破她女身，必为神所恶。不如放下念头，认她做个干女儿，寻个人嫁了她，后来果得富贵，也不可知。"遂把此意对江爱娘说道："在下年四十余岁，与小娘子年纪不等。况且家中原有大孺人，今扬州典当内，又有二孺人。前日只因看见小娘子生得貌美，故此一时聘娶了来。昨晚梦见神明，说小娘子是个贵人，与在下非是配偶。今不敢胡乱辱没了小娘子，在下痴长一半年纪，不若认为义父女，等待寻个好姻缘配着，图个往来。小娘子意下如何？"江爱娘听见说不做妾做女，有甚么不肯处？答应道："但凭尊意，只恐不中抬举。"当下起身，插烛也似拜了徽商四拜。以后只称徽商做"爹爹"，徽商称爱娘做"大姐"，各床而睡。同行至扬州当里，只说是路上结拜的朋友女儿，托他寻人家的，也就吩咐媒婆替他四下里寻亲事。

正是春初时节，恰好凑巧韩侍郎带领家眷上任，舟过扬州，夫人有病，要娶个偏房，就便服侍夫人，停舟在关下。此话一闻，那些做媒的如蝇聚膻，来的何止三四十起？各处寻将出来，多看得不中意。落末有个人说："徽州当里有个干女儿，说是太仓州来的，模样绝美，也是肯与人为妾的，问问也好。"其间就有媒婆叨揽（兜揽）去当里来说。原来徽州人有个僻性，是"乌纱帽""红绣鞋"，一生只这两件不争银子，其余诸事悭吝。听见说个韩侍郎娶妾，先自软摊了半边，自夸梦兆有准，巴不得就成了。韩府也叫人看过，看得十分中意。徽商认作自己女儿，不争财物，反赔嫁装，只贪个纱帽往来，便自心满意足。韩府仕宦人家，做事不小，又见徽商行径冠冕，不说身价，反轻易不得了，连钗环首饰、缎匹银两，也下了三四百金礼物。徽商受了，增添嫁事，自己穿了大服，大吹大擂，将爱娘送下官船上来。侍郎与夫人看见人物标致，更加礼仪齐备，心下喜欢，另眼看待。到晚云雨之际，俨然是处子，一发敬重。一路相处，甚是相得。

到了京中，不料夫人病重不起，一应家事尽嘱爱娘掌管。爱娘处得井井有条，胜过夫人在日。内外大小，无不喜欢。韩相公得意，拣个吉日，立为继房。恰遇弘治改元覃恩（广施恩泽。覃，tán），竟将江氏入册报去，请下了夫人封诰，从此内外俱称夫人了。自从做了夫人，心里常念先前嫁过两处，若非多遇着好人，怎生保全得女儿之身，致今日有此享用？那徽商认作干爷，兀自往来不绝，不必说起。只不知顾提控近日下落。忽在堂前相遇，恰恰正在门下走动。正所谓一叶浮萍归大海，人生何处不相逢？

夫人见了顾提控，返转内房，等候侍郎归来，对侍郎说道："妾身有个恩人，没路报效，谁知却在相公衙门中服役。"侍郎问是谁人，夫人道：

"即办事吏顾芳是也。"侍郎道："他与你有何恩处？"夫人道："妾身原籍太仓人，他也是太仓州吏。因妾家里父母被盗扳害，得他救解，幸免大祸。父母将身酬谢，坚辞不受。强留在彼，他与妻子待以宾礼，誓不相犯。独处室中一月，以礼送归。后来过继与徽商为女。得有今日，岂非恩人？"侍郎大惊道："此柳下惠、鲁男子之事，我辈所难。不道掾吏（官府中辅助官吏的通称。掾，yuàn）之中，却有此等仁人君子，不可埋没了他。"竟将其事写成一本，奏上朝廷，本内大略云：窃见太仓州吏顾芳，暴白冤事，侠骨著于公庭；峻绝谢私，贞心矢乎暗室。品流虽贱，衣冠所难。合行特旌，以彰笃行。

孝宗见奏大喜道："世间哪有此等人？"即召韩侍郎面对，问其详细。侍郎一一奏知，孝宗称叹不置。侍郎道："此皆陛下中兴之化所致，应与表扬。"孝宗道："何止表扬，其人堪为国家所用。今在何处？"侍郎道："今在京中考满，拨臣衙门办事。"孝宗回顾内侍，命查那部里缺司官。司礼监秉笔内侍奏道："昨日吏部上本，礼部仪制司缺主事一员。"孝宗道："好，好。礼部乃风化之原，此人正好。"即御批"顾芳除补，吏部知道"，韩侍郎当下谢恩而出。

侍郎初意不过要将他旌表一番，与他个本等职衔，梦里也不料圣恩如此嘉奖，骤与殊等（特等）美官，真个喜出望外。出了朝中，竟回衙来，说与夫人知道。夫人也自欢喜不胜，谢道："多感相公为妾报恩，妾身万幸。"侍郎看见夫人欢喜，心下愈加快活，忙叫亲随报知顾提控。提控闻报，犹如地下升天，还服着本等衣服，随着亲随进来，先拜谢相公。侍郎不肯受礼，道："如今是朝廷命官，自有体制。且换了冠带，谢恩之后，然后私宅少叙不迟。"须臾便有礼部衙门人来伺候，服侍去到鸿胪寺（官署名）报了名。次早，午门外谢了圣恩，到衙门到任。正是：昔年萧主吏，今日叔孙通。两翅何曾异？只是锦袍红。

当日顾主事完了衙门里公事，就穿着公服，竟到韩府私宅中来拜见侍郎。顾主事道："多谢恩相提携，在皇上面前极力举荐，故有今日。此恩天高地厚。"韩侍郎道："此皆足下阴功浩大，以致圣上宠眷非常，得此殊典，老夫何功之有？"拜罢，主事请拜见夫人，以谢推许大恩。侍郎道："贱室既忝同乡，今日便同亲戚。"传命请夫人出来相见。夫人见主事，两相称谢，各拜了四拜，夫人进去治酒。是日侍郎款待主事，尽欢而散。夫人又传问顾主事离家在几时、父亲的安否下落。顾主事回答道："离家一年，江家生意如常，却幸平安无事。"侍郎与顾主事商议，待主事三月之后，给个假限回籍，就便央他迎取江老夫妇。顾主事领命，果然给假衣锦回乡，乡人无不称羡。因往江家拜候，就传女儿消息。江家喜从天降。主事假满，携了妻子回京复任，就吩咐二号船里着落了江老夫妻。到京相会，一家欢忭（喜悦。忭，biàn）无极。

　　自此侍郎与主事通家往来，俨如伯叔子侄一般。顾家大娘子与韩夫人愈加亲密，自不必说。后来顾主事三子，皆读书登第。主事寿登九十五岁，无病而终。此乃上天厚报善人也。所以奉劝世间行善，原是积来自家受用的。有诗为证：

　　美色当前谁不慕，况是酬恩去复来。
　　若使偶然通一笑，何缘掾吏入容台（礼部的别称）？

卷九

同窗友认假作真
女秀才移花接木

　　女扮男装，至今还为人称道的，一是替父从军的花木兰，二是冒死救夫的女驸马，可见女子气概才情并不输男子。此篇便讲述了一位女扮男装的奇女子，虽说其事迹不及木兰素贞，但也有入京救父的勇举，但故事主要说的还是她择夫的一段趣闻。

　　闻蜚蛾虽为女儿身，但从小习武，喜欢扮作男子，以闻俊卿之名去学府读书，与魏撰之和杜子中两个青年交好，她有意从二人中挑选一人作为夫婿，寻求天意指媒，便射鸦以卜算，砸中的是子中，却阴差阳错到了撰之手里，蜚蛾暗中选撰之为未来丈夫。亲事未成，蜚蛾父亲遭难，她与撰之的错姻缘因此中断，而子中却趁巧早先识得蜚蛾女子身份，两人结为夫妇，应了当初天意，蜚蛾又为撰之寻了一桩好姻缘，最终皆大欢喜。

　　故事虽然照例宣扬青年男女自由追求爱情的主题，但故事曲折奇趣，并不俗套。

诗曰：

万里桥边薛校书，枇杷窗下闭门居。

扫眉才子知多少，管领春风总不如。

这四句诗，乃唐人赠蜀中妓女薛涛之作。这个薛涛乃是女中才子，南康王韦皋做西川节度使时，曾表奏她做军中校书，故人多称为薛校书。所往来的是高千里、元微之、杜牧之一班儿名流。又将浣花溪水造成小笺，名曰"薛涛笺"。词人墨客得了此笺，犹如拱璧（大璧，泛指珍贵的物品）。真正名重一时，芳流百世。

国朝洪武年间，有广东广州府人田洙，字孟沂，随父田百禄到成都赴教官之任。那孟沂生得风流标致，又兼才学过人，书画琴棋之类，无不通晓。学中诸生日与嬉游，爱同骨肉。过了一年，百禄要遣他回家。孟沂的母亲心里舍不得他去。又且寒官冷署（冷落清闲的官署），盘费难处。百禄与学中几个秀才商量，要在地方上寻一个馆与儿子坐坐，一来可以早晚读书，二来得些馆资，可为归计。这些秀才巴不得留住他，访得附郭一个大姓张氏要请一馆宾，众人遂将孟沂力荐于张氏。张氏送了馆约，约定明年正月元宵后到馆。至期，学中许多有名的少年朋友，一同送孟沂到张家来，连百禄也自送去。张家主人曾为运使，家道饶裕，见是老广文带了许多时髦（当代的俊杰）到家，甚为欢喜，开筵相待。酒罢各散，孟沂就在馆中宿歇。

到了二月花朝日，孟沂要归省父母。主人送他节仪二两，孟沂藏在袖子里了，步行回去。偶然一个去处，望见桃花盛开，一路走去看，境甚幽僻。孟沂心里喜欢，伫立少顷，观玩景致，忽见桃林中一个美人掩映花下。孟沂晓得是良人家，不敢顾盼，径自走过。未免带些卖俏身子，拖下袖来，袖中之银，不觉落地。美人看见，便叫随侍的丫鬟拾将起来，送还孟沂。孟沂笑受，致谢而别。

明日，孟沂有意打那边经过，只见美人与丫鬟仍立在门首。孟沂望着门前走去，丫鬟指道："昨日遗金的郎君来了。"美人略略敛身避入门内。孟沂见了丫鬟，叙述道："昨日多蒙娘子美情，拾还遗金，今日特来造谢。"美人听得，叫丫鬟请入内厅相见。孟沂喜出望外，急整衣冠，望门内而进。美人早已迎着至厅上，相见礼毕，美人先开口道："郎君莫非是张运使宅上西宾么？"孟沂道："然也。昨日因馆中回家，道经于此，偶遗少物，得遇夫人盛情，命尊姬拾还，实为感激。"美人道："张氏一家亲戚，彼西宾即我西宾。还金小事，何足为谢？"孟沂道："欲问夫人高门姓氏，与敝东何亲？"美人道："寒家姓平，成都旧族也。妾乃文孝坊薛氏女，嫁与平氏子康，不幸早卒，妾独孀居于此。与郎君贤东乃乡邻姻娅（姻亲），郎君即是通家（彼此世代交谊深厚、如同一家）了。"

孟沂见说是孀居，不敢久留，两杯茶罢，起身告退。美人道："郎君便在寒舍过了晚去。若贤东晓得郎君到此，妾不能久留款待，觉得没趣了。"即吩咐快办酒馔。不多时，设着两席，与孟沂相对而坐。坐中殷勤劝酬，笑语之间，美人多带

些谑浪话头。孟沂认道是张氏至戚，虽然心里技痒难熬，还拘拘束束，不敢十分放肆。美人道：“闻得郎君倜傥俊才，何乃作儒生酸态？妾虽不敏，颇解吟咏。今遇知音，不敢爱丑，当与郎君赏鉴文墨，唱和词章。郎君不以为鄙，妾之幸也。”遂教丫鬟取出唐贤遗墨与孟沂看，孟沂从头细阅，多是唐人真迹手翰诗词，唯元稹、杜牧、高骈的最多，墨迹如新。孟沂爱玩，不忍释手，道：“此希世之宝也。夫人情钟此类，真是千古韵人了。”美人谦谢。两个谈话有味，不觉夜已二鼓。孟沂辞酒不饮，美人延入寝室，自荐枕席道：“妾独处已久，今见郎君高雅，不能无情，愿得奉陪。”孟沂道：“不敢请耳，固所愿也。”两个解衣就枕，鱼水欢情，极其缱绻。枕边切切叮咛道：“慎勿轻言，若贤东知道，彼此名节丧尽了。”

次日，将一个卧狮玉镇纸（镇压纸张或书籍的一种文房用具）赠与孟沂，送到门外道：“无事就来走走，勿学薄幸人！”孟沂道：“这个何劳吩咐？”孟沂到馆，哄主人道：“老母想念，必要小生归家宿歇。小生不敢违命留此，从今早来馆中，夜归家里便了。”主人信了说话，道：“任从尊便。”自此，孟沂在张家，只推家里去宿，家里又说在馆中宿，竟夜夜到美人处宿了。整有半年，并没一个人知道。

孟沂与美人赏花玩月，酌酒吟诗，曲尽人间之乐。两人每每你唱我和，做成联句，如《落花二十四韵》《月夜五十韵》，斗巧争妍，真成敌手。诗句太多，恐看官每厌听，不能尽述，只将他两人《四时回文诗》表白一遍。美人诗道：

花朵几枝柔傍砌，柳丝千缕细摇风。霞明半岭西斜日，月上孤村一树松。〔春〕

凉回翠簟冰人冷，齿沁清泉夏月寒。香篆袅风清缕缕，纸窗明月白团团。〔夏〕

芦雪覆汀秋水白，柳风凋树晚山苍。孤帏客梦惊空馆，独雁征书寄远乡。〔秋〕

天冻雨寒朝闭户，雪飞风冷夜关城。鲜红炭火围炉暖，浅碧茶瓯注茗清。〔冬〕

这个诗怎么叫作回文？因是顺读完了，倒读转去，皆可通得。最难得这样浑成，非是高手不能。美人一挥而就，孟沂也和她四首道：

芳树吐花红过雨，入帘飞絮白惊风。黄添晓色青舒柳，粉落晴香雪覆松。〔春〕

瓜浮瓮水凉消暑，藕叠盘冰翠嚼寒。斜石近阶穿笋密，小池舒叶出荷团。〔夏〕

残石绚红霜叶出，薄烟寒树晚林苍。鸾书寄恨羞封泪，蝶梦惊愁怕念乡。〔秋〕

风卷雪篷寒罢钓，月辉霜柝冷敲城。浓香酒泛霞杯满，淡影梅横纸帐清。〔冬〕

孟沂和罢，美人甚喜。真是才子佳人，情味相投，乐不可言。却是好物不坚牢，自有散场时节。

一日，张运使偶过学中，对老广文田百禄说道："令郎每夜归家，不胜奔走之劳。何不仍留寒舍住宿，岂不为便？"百禄道："自开馆后，一向只在公家。只因老妻前日有疾，曾留得数日。这几时并不曾来家宿歇，怎么如此说？"张运使晓得内中必有跷蹊，恐碍着孟沂，不敢尽言而别。是晚，孟沂告归，张运使不说破他，只叫馆仆尾着他去。到得半路，忽然不见。馆仆赶去追寻，竟无下落。回来对家主说了，运使道："他少年放逸，必然花柳人家去了。"馆仆道："这条路上，何曾有什么伎馆？"运使道："你还到他衙中问问看。"馆仆道："天色晚了，怕关了城门，出来不得。"运使道："就在田家宿了，明日早晨来回我不妨。"

到了天明，馆仆回话，说是不曾回衙。运使道："这等，哪里去了？"正疑怪间，孟沂恰到。运使问道："先生昨宵宿于何处？"孟沂道："家间。"运使道："岂有此理！学生昨日叫人跟随先生回去，因半路上不见了先生，小仆直到学中去问，先生不曾到宅。怎如此说？"孟沂道："半路上遇到一个朋友处讲话，直到天黑回家，故此盛仆来时问不着。"馆仆道："小人昨夜宿在相公家了，方才回来的。田老爹见说了，甚是惊慌，要自来寻问。相公如何还说着在家的话？"孟沂支吾不来，颜色尽变。运使道："先生若有别故，当以实说。"孟沂听得，遮掩不过，只得把遇着平家薛氏的话说了一遍，道："此乃令亲相留，非小生敢作此无行之事。"运使道："我家何尝有亲戚在此地方？况亲戚中也无平姓者，必是鬼祟（鬼物作祟）。今后先生自爱，不可去了。"孟沂口里应承，心里哪里信他？傍晚又到美人家里去，备对美人说形迹已露之意。美人道："我已先知道了，郎君不必怨悔，亦是冥数尽了。"遂与孟沂痛饮，极尽欢情。到了天明，哭对孟沂道："从此永别矣！"将出洒墨玉笔管一枝，送与孟沂道："此唐物也。郎君慎藏在身，以为纪念。"挥泪而别。

那边张运使料先生晚间必去，叫人看着，果不在馆。运使道："先生这

事必要做出来，这是我们做主人的干系，不可不对他父亲说知。"遂步至学中，把孟沂之事备细说与百禄知道。百禄大怒，遂叫了学中一个门子，同着张家馆仆，到馆中唤孟沂回来。孟沂方别了美人，回到张家，想念道："她说永别之言，只是怕风声败露，我便耐守几时再去走动，或者还可相会。"正踌躇间，父命已至，只得跟着回去。百禄一见，喝道："你书倒不读，夜夜在哪里游荡？"孟沂看见张运使一同在家了，便无言可对。百禄见他不说，就拿起一条拄杖劈头打去，道："还不实告！"孟沂无奈，只得把相遇之事，及录成联句一本与所送镇纸、笔管两物，多将出来，道："如此佳人，不容不动心，不必罪儿了。"百禄取来逐件一看，看那玉色是几百年出土之物，管上有篆刻"渤海高氏清玩"六个字。又揭开诗来，从头细阅，不觉心服。对张运使道："物既稀奇，诗又俊逸，岂寻常之怪！我们可同了不肖子，亲到那地方去查一查踪迹看。"

遂三人同出城来，将近桃林，孟沂道："此间是了。"进前一看，孟沂惊道："怎生屋宇俱无了？"百禄与运使齐抬头一看，只见水碧山青，桃株茂盛。荆棘之中，有冢累然。张运使点头道："是了，是了。此地相传是唐妓薛涛之墓。后人因郑谷诗有'小桃花绕薛涛坟'之句，所以种桃百株，为春时游赏之所。贤郎所遇，必是薛涛也。"百禄道："怎见得？"张运使道："他说所嫁是平氏子康，分明是平康巷了。又说文孝坊，城中并无此坊，'文孝'乃是'教'字，分明是教坊了。平康巷教坊乃是唐时妓女所居，今云薛氏，不是薛涛是谁？且笔上有高氏字，乃是西川节度使高骈。骈在蜀时，涛最蒙宠待，二物是其所赐无疑。涛死已久，其精灵犹如此。此事不必穷究了。"百禄晓得运使之言甚确，恐怕儿子还要着迷，打发他回归广东。后来孟沂中了进士，常对人说，便将二玉物为证。虽然想念，再不相遇了。至今传有"田洙遇薛涛"故事。

小子为何说这一段鬼话？只因蜀中女子从来号称多才，如文君、昭君，多是蜀中所生，皆有文才。所以薛涛一个妓女，生前诗名不减当时词客，死后犹且诗兴勃然，这也是山川的秀气。唐人诗有云：锦江腻滑蛾眉秀，幻出文君与薛涛。诚为千古佳话。至于黄崇嘏（gǔ）女扮为男，做了相府掾属（佐治的官吏。掾，yuàn），今世传有《女状元》本，也是蜀中故事。可见蜀女多才，自古为然。至今两川风俗，女人自小从师上学，与男人一般读书。还有考试进庠（xiáng，学校）做青衿弟子。若在别处，岂非大段奇事？而今说着一家子的事，委曲奇咤，最是好听。

> 从来女子守闺房，几见裙钗入学堂？
> 文武习成男子业，婚姻也只自商量。

话说四川成都府绵竹县，有一个武官，姓闻名确，乃是卫中世袭指挥。因中过武举两榜，累官至参将，就镇守彼处地方。家中富厚，赋性豪奢。夫人已故，房中有一班姬妾，多会吹弹歌舞。有一子，也是妾生，未满三周。有一个女儿，年十七岁，名曰蜚蛾，丰姿绝世，却是将门将种，自小习得一身好武艺，最善骑射，真能百步穿杨，模样虽是娉婷，志气赛过男子。她起初因见父亲是个武出身，受那外人指目，只说是个武弁（武官。弁，biàn）人家，必须得个子弟在黉门（学校。黉，hóng）中出入，方能结交斯文士夫，不受人的欺侮。争奈兄弟尚小，等他长大不得，所以一向装作男子，到学堂读书。外边走动，只是个少年学生；到了家中内房，方还女扮。如此数年，果然学得满腹文章，博通经史。这也是蜀中做惯的事。遇着提学到来，她就报了名，改为胜杰，说是胜过豪杰男人之意，表字俊卿，一般的入了队去考童生。一考就进了学，做了秀才。她男扮久了，人多认他做闻参将小舍人，一进了学，多来贺喜。府县迎送到家，参将也只是将错就错，一面欢喜开宴。盖是武官人家，秀才乃极难得的，从此参将与官府往来，添了个帮手，有好些气色。为此，内外大小却像忘记她是女儿一般的，凡事尽是她支持过去。

她同学朋友，一个叫作魏造，字撰之；一个叫作杜亿，字子中。两人多是出群才学，英锐少年，与闻俊卿意气相投，学业相长。况且年纪差不多：魏撰之年十九岁，长闻俊卿两岁；杜子中与闻俊卿同年，又是闻俊卿月生大些。三人就像一家兄弟一般，极是过得好，相约了同在学中一个斋舍里读书。两个无心，只认作一伴的好朋友。闻俊卿却有意要在两个里头拣一个嫁他。两个人比起来，又觉得杜子中同年所生，凡事仿佛些，模样也是他标致些，更为中意，比魏撰之分外说的投机。杜子中见俊卿意思又好，丰姿又妙，常对她道："我与兄两人可惜多做了男子。我若为女，必当嫁兄；兄若为女，必当娶兄。"魏撰之听得，便取笑道："而今世界盛行男色，久已颠倒阴阳，哪见得两男便嫁娶不得？"闻俊卿正色道："我辈俱是孔门子弟，以文艺相知，彼此爱重，岂不有趣？若想着淫昵，便把面目放在何处？我辈堂堂男子，谁肯把身子做顽童乎？魏兄该罚东道便好。"魏撰之道："适才听得子中爱慕俊卿，恨不得身为女子，故尔取笑。若俊卿不爱此道，子中也就变不及身子了。"杜子中道："我原是两下的说话，今只说得一半，把我说得失便宜了。"魏撰之道："三人之中，谁叫你小些，自然该吃亏些。"大家笑了一回。

俊卿归家来，脱了男服，还是个女人。自家想道："我久与男人做伴，已是不宜，岂可他日舍此同学之人，另寻配偶不成？毕竟只在二人之内了。虽然杜生更觉可喜，魏兄也自不凡，不知后来还是哪个结果好，姻缘还在哪个身上？"心中委决不下。她家中一个小楼，可以四望。一个高兴，趁步登楼。见一只乌鸦在楼窗前飞过，却去住在百来步外一株高树上，对着楼窗呀呀地叫。俊卿认得这株树，乃是学中斋前之树，心里道："叵耐（无奈）这业畜叫得不好听，我结果它去。"跑下来自己卧房中，取了弓箭，跑上楼来。那乌鸦还在那里狠叫，俊卿道："我借这业畜卜我一件心事则个。"扯开弓，搭上箭，口里轻轻道："不要误我！"飕的一声，箭到处，那边乌鸦坠地。这边望去看见，情知中箭了。急急下楼来，仍旧改了男装，要到学中看那枝箭下落。

且说杜子中在斋前闲步，听得鸦鸣正急，忽然扑的一响，掉下地来。走去看时，鸦头上中了一箭，贯睛而死。子中拔了箭出来道："谁有此神手？恰恰贯着它头脑。"仔细看那箭杆上，有两行细字道："矢不虚发，发必应弦。"子中念道："那人好夸口！"魏撰之听得跳出来，急叫道："拿与我看！"在杜子中手里接了过去。正同着看时，忽然子中家里有人来寻，子中掉着箭自去了。魏撰之细看之时，八个字下边，还有"蜚蛾记"三小字，想道："蜚蛾乃女人之号，难道女人中有此妙手？这也诧异。适才子中不看见这三个字，若见时必然还要称奇了。"

沉吟间，早有闻俊卿走将来。看见魏撰之捻了这枝箭立在那里，忙问道："这枝箭是兄拾了么？"撰之道："箭自何来，兄却如此盘问？"俊卿道："箭上有字的么？"撰之道："因为有字，在此念想。"俊卿道："念想些甚？"撰之道："有蜚蛾记三字。蜚蛾必是女人，故此想着，难道有这般善射的女子不成？"俊卿捣个鬼道："不敢欺兄，蜚蛾即是家姊。"撰之道："令姊有如此巧艺，曾许聘哪家了？"俊卿道："未曾许人。"撰之道："模样如何？"俊卿道："与小弟有些厮像。"撰之道："这等，必是极美的了。俗语道：'未看老婆，先看阿舅。'小弟尚未有室，吾兄与小弟做个撮合山（媒人）何如？"俊卿道："家下事，多是小弟作主。老父面前，只消小弟一说，无有不依。只未知家姊心下如何。"撰之道："令姊面前，也在吾兄帮衬，通家之雅，料无推拒。"俊卿道："小弟谨记在心。"撰之喜道："得兄应承，便十有八九了。谁想姻缘却在此枝箭上，小弟谨当宝此，以为后验。"便把来收拾在拜匣内了。取出羊脂玉闹妆（用金银珠宝等杂缀而成的腰带或鞍、辔之类饰物）一个递与俊卿，道："以此奉令姊，权答此箭，作个信物。"俊卿收来束在腰间。撰之道："小弟作诗一首，道意于令姊何如？"俊卿道："愿闻。"撰之吟道："闻得罗敷未有夫，支机肯许问津无？他年得射如皋雉，珍重今朝金仆姑。"俊卿笑道："诗意最妙，只是兄貌不陋，似太谦了些。"撰之笑道："小弟虽不便似贾大夫之丑，却与令姊相并，必是不及。"俊卿含笑自去了。

　　从此撰之胸中痴痴里想着闻俊卿有个姊姊，美貌巧艺，要得为妻。有了这个念头，并不与杜子中知道。因为箭是他拾着的，今自己把做宝贝藏着，恐怕他知因，来要了去。谁想这个箭，原有来历。俊卿学射时，便怀有择配之心。竹竿刻那二句，固是夸着发矢必中，也暗藏个应弦的哑谜。她射那乌鸦之时，明知在书斋树上，射去这枝箭，心里暗卜一卦，看他两人哪个先拾得者，即为夫妻。为此急急来寻下落，不知是杜子中先拾着，后来掉在魏撰之手里。俊卿只见在魏撰之处，以为姻缘有定，故假意说是姊姊，其实多暗隐着自己的意思。魏撰之不知其故，凭她捣鬼，只道真有个姊姊罢了。俊卿固然认了魏撰之是天缘，心里却为杜子中十分相爱，好些撇打不下。叹口气道："一马跨不得双鞍，我又违不得天意。他日别寻件事端，补还他美情罢。"明日来对魏撰之道："老父与家姊面前，小弟十分窜掇，已有允意，玉闹妆也留在家姊处了。老父的意思，要等秋试过，待兄高捷了，方议此事。"魏撰之道："这个也好，只是一言既定，再无翻变才妙。"俊卿道："有小弟在，谁翻变得？"魏撰之不胜之喜。

　　时值秋闱，魏撰之与杜子中、闻俊卿多考在优等，起送乡试。两人来拉了俊卿同走，俊卿与父参将计较道："女孩儿家只好瞒着人，暂时做秀才耍子。若当真去乡试，一下子中了举人，后边露出真情来，就要关着奏请干系。事体弄大了，不好收场，决使不得。"推了有病不行。魏、杜两生只得撇了自去赴试。揭晓之日，两生多得中了。闻俊卿见两家报了捷，也自欢喜。打点等魏撰之迎到家时，方把求亲之话与父亲说知，图成此亲事。

不想安绵兵备道与闻参将不合，时值军政考察，在按院处开了款数，递了一个揭帖，诬他冒用国课（国家税收），妄报功绩，侵克军粮，累赃巨万。按院参上一本，奉圣旨，着本处抚院提问。此报一至，闻家合门慌作了一团，也就有许多衙门人寻出事端来缠扰。还亏得闻俊卿是个出名的秀才，众人不敢十分罗唣（寻事。唣，zào）。过不多时，兵道行个牌到府来，说是奉旨犯人，把闻参将收拾在府狱中去了。闻俊卿自把生员出名去递投诉，就求保候父亲。府间准了诉词，不肯召保。俊卿就央了新中的两个举人去见府尊。府尊说："碍上司吩咐，做不得情。"三人袖手无计。

此时魏撰之自揣道："他家患难之际，料说不得求亲的闲话，只好不提起，且一面去会试再处。"两人临行之时，又与俊卿作别。撰之道："我们三个同心之友，我两人喜得侥幸。方恨俊卿因病蹉跎，不得同登，不想又遭此家难。而今我们匆匆进京去了，心下如割，却是事出无奈。多致意尊翁，且自安心听问，我们若少得进步，必当出力相助，来白此冤！"子中道："此间官官相护，做定了圈套陷人。闻兄只在家营救，未必有益。我两人进去，倘得好处，闻兄不若径到京来商量，与尊翁寻个出场。还是那边上流头好辩白冤枉，我辈也好相机助力。切记！切记！"撰之又私自叮嘱道："令姊之事，万万留心。不论得意不得意，此番回来必求事谐了。"俊卿道："闹妆现在，料不使兄失望便了。"三人洒泪而别。

闻俊卿自两人去后，一发没有商量可救父亲。亏得官无三日急，到有七日宽，无非凑些银子，上下分派，使用得停当，狱中的也不受苦，官府也不来急急要问，丢在半边，做一件未结公案了。参将与女儿计较道："这边的官司既未问理，我们正好做手脚。我意欲修上一个辨本，做成一个备细揭帖，到京中诉冤。只没个能干的人去得，心下踌躇未定。"闻俊卿道：“这件事须得孩儿自去。前日魏、杜两兄弟临别时，也教孩儿进京去，可以相机行事。但得两兄有一人得第，也就好作靠傍了。”参将道：“虽然你是个女中丈夫，是你去毕竟停当（妥当）。只是万里程途，路上恐怕不便。”俊卿道：“自古多称是缇萦救父，以为美谈。她也是个女子。况且孩儿男装已久，游庠已过，一向算在丈夫之列，有甚去不得？虽是路途遥远，孩儿弓矢可以防身。倘有甚么人盘问，凭着胸中见识也支持得过，不足为虑。只是须得个男人随去，这却不便。孩儿想得有个道理，家丁闻龙夫妻多是苗种，多善弓马，孩儿把他妻子也打扮作男人，带着他两个，连孩儿共是三人一起走，既有妇女服侍，又有男仆跟随，可以放心一直到京了。”参将道：“既然算计得停当，事不宜迟，快打点动身便了。”俊卿依命，一面去收拾。听得街上报进士，说魏、杜两多中了。俊卿不胜之喜，来对父亲说道：“有他两人在京做主，此去一发不难做事。”

就拣定一日，作急起身。在学中动了一个游学呈子，批个文书执照，带在身边了。路经省下来，再察听一察听上司的声口消息。你道闻小姐怎生打扮？飘飘巾帻，覆着两鬓青丝；窄窄靴鞋，套着一双玉笋。上马衣裁成短后，蛮狮带妆就偏垂。囊一张玉靶弓，想开时，舒臂扭腰多体态；插几枝雁翎

箭，看放处，猿啼雕落逞高强。争羡道能文善武的小郎君，怎知是女扮男装的乔秀士？一路上来到了成都府中，闻龙先去寻下了一所幽静饭店。闻俊卿后到，歇下了行李，叫闻龙妻子取出带来的山菜几件，放在碟内，向店中取了一壶酒，斟着慢吃。

又道是无巧不成话。那坐的所在，与隔壁人家窗口相对，只隔得一个小天井。正吃之间，只见那边窗里一个女子掩着半窗，对着闻俊卿不转眼地看。及至闻俊卿抬起眼来，那边又闪了进去。遮遮掩掩，只不走开。忽地打个照面，乃是个绝色佳人。闻俊卿想道："原来世间有这样标致的？"看官，你道此时若是个男人，必然动了心，就想装出些风流家数，两下做起光景来。怎当得闻俊卿自己也是个女身，哪里放在心上？一面取饭来吃了，且自衙门前干正事去。

到得出去了半日，傍晚转来，俊卿刚得坐下，隔壁听见这里有人声，那个女子又在窗边看了。俊卿私下自笑道："看我做甚？岂知我与你是一般样的！"正嗟叹间，只见门外一个老姥走将进来，手中拿着一个小榼（盒一类的器物）儿。见了俊卿，放下榼子，道了万福，对俊卿道："隔壁景家小娘子见舍人独酌，送两件果子与舍人当茶。"俊卿开看，乃是南充黄柑，顺庆紫梨，各十来枚。俊卿道："小生在此经过，与娘子非亲非戚，如何承此美意？"老姥道："小娘子说来，此间来万去千的人，不曾见有似舍人这等丰标（风度）的，必定是富贵家的出身。及至问人来，说是参府中小舍人。小娘子说这俗店无物可口，叫老媳妇送此二物来解渴。"俊卿道："小娘子何等人家，却居此间壁？"老姥道："这小娘子是井研景少卿的小姐。只因父母双亡，她依着外婆家住。她家里自有万金家事，只为寻不出中意的丈夫，所以还未嫁人。外公是此间富员外，这城中极兴的客店，多是他家的房子，何止有十来处，进益甚广。只有这里幽静些，却同家小每住在间壁。他也不敢主张把外甥许人，恐怕错了对头，后来怨怅。

常对景小娘子道：'凭你自家看得中意的，实对我说，我就主婚。'这个小娘子也古怪，自来会拣相人物，再不曾说哪一个好。方才见了舍人，便十分称赞。敢是与舍人有些姻缘动了？"俊卿不好答应，微微笑道："小生哪有此福？"老姥道："好说，好说。老媳妇且去着。"俊卿道："致意小娘子，多承佳惠，客中无可奉答，但有心感盛情。"老姥去了。俊卿自想一想，不觉失笑道："这小娘子看上了我，却不枉费春心？"吟诗一首，聊寄其意。诗云："为念相如渴不禁，交梨邛（qióng）橘出芳林。却惭未是求凰客，寂寞囊中绿绮琴。"

　　次日早起，老姥又来，手中将着四枚剥净的熟鸡子，做一碗盛着，同了一小壶好茶，送到俊卿面前道："舍人吃点心。"俊卿道："多谢妈妈盛情。"老姥道："这是景小娘子昨夜吩咐了，老身支持来的。"俊卿道："又是小娘子美情，小生如何消受？有一诗奉谢，烦妈妈与我带去。"俊卿就把昨夜之诗写在纸上，封好了付妈妈。诗中分明是推却之意，妈妈将去与景小姐看了，景小姐一心喜着俊卿，见她以相如自比，反认作有意于文君，后边两句，不过是谦让些说话。遂也回她一首，和其末韵。诗云："宋玉墙东思不禁，愿为比翼止同林。知音已有新裁句，何用重挑焦尾琴？"吟罢，也写在乌丝茧纸上，教老姥送将来。俊卿看罢，笑道："原来小姐如此高才！难得，难得！"俊卿见她来缠得紧，生一个计较，对老姥道："多谢小姐美意，小生不是无情，争奈小生已聘有妻室，不敢欺心妄想。上复小姐，这段姻缘种在来世罢。"老姥道："既然舍人已有了亲事，老身去回复了小娘子，省得她牵肠挂肚，空想坏了。"老姥去后，俊卿自出门去打点衙门事体，央求宽缓日期，诸色停当，到了天晚才回得下处。是夜无词。

　　来日天早，这老姥又走将来，笑道："舍人小小年纪，倒会掉谎（撒谎），老婆滚到身边，推着不要。昨日回了小娘子，小娘子教我问一问两位管家，多说道舍人并不曾聘娘子过。小娘子喜欢不胜，已对员外说过，少刻员外自来奉拜说亲，好歹要成事了。"俊卿听罢呆了半晌，道："这冤家帐，哪里说起？只索收拾行李起来，趁早去了罢。"吩咐闻龙与店家会了钞，急待起身。只见店家走进来报道："主人富员外相拜闻相公。"说罢，一个七十多岁的老人家笑嘻嘻进来，堂中望见了闻俊卿，先自欢喜，问道："这位小相公，想就是闻舍人了么？"老姥还在店内，也跟将来，说道："正是这位。"富员外把手一拱道："请过来相见。"闻俊卿见过了礼，整了客座坐了。富员外道："老汉无事不敢冒叩新客。老汉有一外甥，乃是景少卿之女，未曾许着人家。舍甥立愿，不肯轻配凡流。老汉不敢擅做主张，凭她意中自择。昨日对老汉说，有个闻舍人，下在本店，丰标不凡，愿执箕帚。所以要老汉自来奉拜，说此亲事。老汉今见足下，果然俊雅非常，舍甥也有几分姿容，况且粗通文墨。实是一对佳偶，足下不可错过。"闻俊卿道："不敢欺老丈，小生过蒙令甥谬爱，岂敢自外？一来令甥是公卿阀阅（家世），小生是武弁门风，恐怕攀高不着；二来老父在难中，小生正要入京辩冤，此事既不曾告过，又不好为此耽搁，所以应承不得。"员外道："舍人是簪缨世胄（世代做官的人家），况又是黉宫（学宫）名士，指日飞腾，岂分甚么文武门楣？若为令尊之事，慌速入京，何不把亲事议定了，待归时禀知令尊，方才完娶？既安了舍甥之心，又不误了足下之事，有何不可？"

闻俊卿无计推托，心下想道："他家不晓得我的心病，如此相逼，却又不好十分过却，打破机关。我想魏撰之有竹箭之缘，不必说了。还有杜子中更加相厚，到不得不闪下了他。一向有个主意，要在骨肉女伴里边别寻一段姻缘，发付他去。而今既有此事，我不若权且应承，定下在这里，他日作成了杜子中，岂不为妙？那时晓得我是女身，须怪不得我说谎。万一杜子中也不成，那时也好开交了，不像而今碍手。"算计已定，就对员外说："既承老丈与令甥如此高情，小生岂敢不受人提挈！只得留下一件信物在此为定，待小生京中回来，上门求娶就是了。"说罢，就在身边解下那个羊脂玉闹妆，双手递与员外道："奉此与令甥表信。"富员外千欢万喜，接受在手，一同老姥去回复景小姐道："一言已定了。"员外就叫店中办起酒来，与闻舍人钱行。俊卿推却不得，吃得尽欢而罢，相别了。

起身上路，少不得风飧（sūn）水宿，夜住晓行。不一日，到了京城。叫闻龙先去打听魏、杜两家新进士的下处。问着了杜子中一家，原来那魏撰之已在部给假回去了。杜子中见说闻俊卿来到，不胜之喜，忙差长班来接到下处。两人相见，寒温已毕。俊卿道："小弟专为老父之事，前日别时，承兄们吩咐入京图便，切切在心。后闻两兄高发，为此不辞跋涉，特来相托。不想魏撰之已归，今幸吾兄在京师，小弟不致失望了。"杜子中道："仁兄先将老伯被诬事款做一个揭帖，逐一辩明，刊刻起来，在朝门外逢人就送。等公论明白了，然后小弟央个相好的同年在兵部的，条陈别事，带上一段，就好到本籍去生发出脱了。"俊卿道："老父有个本稿，可以上得否？"子中道："而今重文轻武，老伯是按院题的，若武职官出名自辩，他们不容起来，反致激怒，弄坏了事。不如小弟方才说的为妙，仁兄不要轻率。"俊卿道："感谢指教。小弟是书生之见，还求仁兄做主行事。"子中道："异姓兄弟，原是自家身上的事，何劳叮咛？"俊卿道："撰之为何回去了？"子中道："撰之原与小弟同寓了多时，他说有件心事，要归来与仁兄商量。问其何事，又不肯说。小弟说仁兄见吾二人中了，未必不进京来。他说这是不可期的，况且事体要在家里做的，必要先去，所以告假去了。正不知仁兄却又到此，可不两相左了？敢问仁兄，他果然要商量何等事？"俊卿明知为婚姻之事，却只作不知，推说道："连小弟也不晓得他为甚么，想来无非为家里的事。"子中道："小弟也想他没甚么，为何恁地等不得？"

两个说了一回，子中吩咐治酒接风，就叫闻家家人安顿好了行李，不必别寻寓所，只在此间同寓。这是子中先前同魏家同寓，今魏家去了，房舍尽有，可以下得闻家主仆三人。子中又吩咐打扫闻舍人的卧房，就移出自己的榻来，相对铺着，说晚间可以联床清话（闲谈）。俊卿看见，心里有些突兀起来。想道："平日与他们同学，不过是日间相与，会文会酒，并不看见我的卧起，所以不得看破。而今弄在一间房内了，须闪避不得，露出马脚来怎么处？"却又没个说话可以推掉得两处宿，只是自己放着精细，遮掩过去便了。

虽是如此说，却是天下的事是真难假，是假难真。亦且终日相处，这些细微举动，水火（大小便）不便的所在，哪里妆饰得许多来？闻俊卿日间虽是长安街上去送揭帖，做着男人的勾当；晚间宿歇之处，有好些破绽现出在杜子中的眼里。子中是个聪明人，有甚不省得的事？晓得有些诧异，越加留心闲觑，越看越是了。这日，俊卿出去，忘锁了拜匣。子中偷揭开来一看，多是些文翰束帖，内有一幅草稿，写着道："成都绵竹县信女闻氏，焚香拜告关真君神前。愿保父闻确冤情早白，自身安稳还乡，竹箭之期，闹妆之约，各得如意。谨疏。"子中见了拍手道："眼见得公案在此了。我枉为男子，被她瞒过了许多时。今不怕她飞上天去。只是后边两句解它不出，莫不许过人家？怎么处？"心

里狂荡不禁。

忽见俊卿回来，子中接在房里坐了，看着俊卿只是笑。俊卿疑怪，将自己身子上下前后看了又看，问道："小弟今日有何举动差错了，仁兄见哂（shěn，笑）之甚？"子中道："笑你瞒得我好。"俊卿道："小弟到此来做的事，不曾瞒仁兄一些。"子中道："瞒得多哩！俊卿自想么？"俊卿道："委实没有。"子中道："俊卿记得当初同斋时言语么？原说弟若为女，必当嫁兄；兄若为女，必当娶兄。可惜弟不能为女，谁知兄果然是女，却瞒了小弟，不然娶兄多时了。怎么还说不瞒？"俊卿见说着心病，脸上通红起来道："谁是这般说？"子中袖中摸出这纸疏头（向鬼神祈福的祝文）来道："这须是俊卿的亲笔。"俊卿一时低头无语。子中就挨过来坐在一处了，笑道："一向只恨两雄不能相配，今却遂了人愿也。"俊卿站了起来道："行踪为兄识破，抵赖不得了。只有一件，一向承兄过爱，慕兄之心非不有之。争奈有件缘事，已属了撰之，不能再以身事兄，望兄见谅。"子中愕然道："小弟与撰之同为俊卿窗友，论起相与意气，还觉小弟胜他一分。俊卿何得厚于撰之，薄于小弟？况且撰之又不在此间，现钟不打，反去炼铜，这是何说？"俊卿道："仁兄有所不知，仁兄可看疏上竹箭之期的说话么？"子中道："正是不解。"俊卿道："小弟因为与两兄同学，心中愿卜所从。那日向天暗祷，箭到处，先拾得者即为夫妇。后来这箭却在撰之处，小弟诡说是家姐所射。撰之遂一心想慕，把一个玉闹妆为定。此时小弟虽不明言，心已许下了。此天意有属，非小弟有厚薄也。"子中大笑道："若如此说，俊卿宜为我有无疑了。"俊卿道："怎么说？"子中道："前日斋中之箭，原是小弟拾得。看见干上有两行细字，以为奇异，正在念诵，撰之听得走了来，在小弟手里接去看。此时偶然家中接小弟，就把竹箭掉在撰之处，不曾取得。何尝是撰之拾取的？若论俊卿所卜天意，一发正是小弟应占了。撰之他日可问，须混赖不得。"俊卿道："既是曾见箭上字来，今

165

可记得否？"子中道："虽然看时节仓卒无心，也还记是'矢不虚发，发必应弦'八个字，小弟须是造不出。"

俊卿见说得是真，心里已自软了。说道："果是如此，乃是天意了。只是枉了魏撰之空想了许多时，而今又赶将回去，日后知道，甚么意思？"子中道："这个说不得。从来说先下手为强，况且原该是我的。"就拥了俊卿求欢，道："相好兄弟，而今得同衾枕，天上人间，无此乐矣。"俊卿推拒不得，只得含羞走入帏帐之内，一任子中所为。有一首畲调（歪调。畲，tǎi）《山坡羊》，单道其事：这小秀才有些儿怪样，走到罗帏，忽现了本相。本来是个蟾宫里折桂的郎君，改换了章台内司花的主将。金兰契，只觉得肉味馨香；笔砚交，果然是有笔如枪。皱眉头，忍着疼，受的是良朋针砭；趁胸怀，揉着窍，显出那知心酣畅。用一番切切偲偲（相互敬重切磋勉励貌。偲，sī）来也，哎呀，分明是远方来，乐意洋洋。思量，一祟（tiào）一荻（dí），是联句的篇章；慌忙，为云为雨，错认了龙阳。

事毕，闻小姐整容而起，叹道："妾一生之事，付之郎君，妾愿遂矣。只是哄了魏撰之，如何回他？"忽然转了一想，将手床上一拍道："有处法了。"杜子中倒吃了一惊，道："这事有甚么处法？"小姐道："好教郎君得知：妾身前日行至成都，在客店内安歇。主人有个甥女窥见了妾身，对她外公说了，逼要相许。是妾身想个计较，将信物权定，推道归时完娶。当时妾身意思，道魏撰之有了竹箭之约，恐怕冷淡了郎君，又见那个女子才貌双全，可为君配，故此留下这个姻缘。今妾既归君，他日回去，魏撰之问起所许之言，就把这家的说合与他成了，岂不为妙？况且当时只说是姊姊，他心里并不曾晓得是妾身自己，也不是哄他了。"子中道："这个最妙。足见小姐为朋友的美情。有了这个出场，就与小姐配合，与撰之也无嫌了。谁晓得途中又有这件奇事？还有一件要问：途中认不出是女容不必说了。但小姐虽然男扮，同两个男仆行走，好些不便。"小姐笑道："谁说同来的多是男人？他两个原是一对夫妇，一男一女，打扮作一样的。所以途中好服侍，走动不必避嫌也。"子中也笑道："有其主必有其仆，有才思的人做来多是奇怪的事。"小姐就把景家女子所和之诗，拿出来与子中看。子中道："世间也还有这般的女子！魏撰之得之也好意足了。"

小姐再与子中商量着父亲之事。子中道："而今说是我丈人，一发好措辞出力。我吏部有个相知，先央他把作对头的兵道调了地方，就好营为了。"小姐道："这个最是要着，郎君在心则个。"子中果然去央求吏部。数日之间，推升本上，已把兵道改升了广西地方。子中来回复小姐道："对头改去，我今作速讨个差与你回去，救取岳丈了事。此间辩白已透，抚按轻拟上来，无不停当了。"小姐愈加感激，转增恩爱。

子中讨下差来，解饷到山东地方，就便回籍。小姐仍旧扮作男人，一同闻龙夫妻，擎弓带箭，照前妆束，骑了马，傍着子中的官轿，家人原以舍人相呼。行了几日，将过郑（mào）州，旷野之中，一枝响箭擦官轿射来。小姐晓得有歹人来了，吩咐轿上："你们只管前走，我在此对付他。"真是忙家不会，会家不忙。扯出囊弓，扣上弦，搭上箭。只见百步之外，一骑马飞也似的跑来。小姐掣开弓，喝声道："着！"那边人不防备的，早中了一箭，倒撞下马，在地下挣扎。小姐疾鞭着坐马赶上前轿，高声道："贼人已了当了，放心前去。"一路的人多称赞小舍人好箭，个个忌惮。子中轿里得意，自不必说。

自此完了公事，平平稳稳到了家中。父亲闻参将已因兵道升去，保候在外了。小姐进见，备说了京中事体及杜子中营为，调去了兵道之事。参将感激不胜，说道："如此大恩，何以为报？"小姐又把被他识破，已将身子嫁他，共他同归的事也说了。参将也自喜欢道："这也是郎才女貌，配得不枉了。你快改了妆，趁他今日荣归吉日，我送你过门去罢！"小姐道："妆还不好改得，且等会过了魏撰之着。"参将道："正要对你说，魏撰之自京中回来，不知为何只管叫人来打听，说我有个女儿，他要求聘。我只说他晓得些风声，是来说你了。及至问时，又说是同窗舍人许他的，仍不知你的事。我不好回得，只是含糊说等你回家。你而今要会他怎的？"小姐道："其中有许多委曲，一时说不及，父亲日后自明。"

正说话间，魏撰之来相拜。原来魏撰之正为前日婚姻事，在心中放不下，故此就回。不想问着闻舍下，又已往京。叫人探听舍人有个姐姐的说话，一发言三语四，不得明白。有的说："参将只有两个舍人，一大一小，并无女儿。"又有的说："参将有个女儿，就是那个舍人。"弄得魏撰之满肚疑心，胡猜乱想。见说闻舍人已回，所以亟亟（急忙）来拜，要问明白。闻小姐照旧时家数接了进来。寒温已毕，撰之急问道："仁兄，令姊之说如何？小弟特为此赶回来的。"小姐说："包管兄有一位好夫人便了。"撰之道："小弟叫人宅上打听，其言不一，何也？"小姐道："兄不必疑，玉闹妆已在一个人处，待小弟再略调停，准备迎娶便了。"撰之道："依兄这等说，不像是令姐了？"小姐道："杜子中尽知端的，兄去问他就明白。"撰之道："兄何不就明说了，又要小弟去问？"小姐道："中多委曲，小弟不好说得，非子中不能详言。"说得魏撰之愈加疑心。

他正要去拜杜子中，就急忙起身。来到杜子中家里，不及说别样说话，忙问闻俊卿所言之事。杜子中把京中同寓，识破了她是女身，已成夫妇的始末根由说了一遍。魏撰之惊得木呆道："前日也有人如此说，我却不信。谁晓得闻俊卿果是女身！这分明是我的姻缘，平日错过了。"子中道："怎见得是兄的？"撰之述当初拾箭时节，就把玉闹妆为定的说话。子中道："箭本小弟所拾，原系他向天暗卜的，只是小弟当时不知其故，不曾与兄取得此箭在手。今仍归小弟，原是天意。兄前日只认是她令姐，原未尝属意她自身。这个不必追悔，兄只管闹妆之约不脱空罢了。"撰之道："符已去矣，怎么还说不脱空？难道真还有个令姐？"子中又把闻小姐途中所遇景家之事说了一遍，道："其女才貌非常，那时一时难推，就把兄的闹妆权定在彼。而今想起来，这就有个定数在里边了，岂不是兄的姻缘么？"撰之道："怪不得闻俊卿道自己不好说，原来许多委曲。只是一件：虽是闻俊卿已定下在彼，她家又不曾晓得明白，小弟难以自媒，何由得成？"子中道："小弟与闻氏虽已在夫妇，还未曾见过岳翁。打点就是今日迎娶，少不得还借重一个媒约，而今就烦兄与小弟做一做。小弟成礼之后，代相恭敬，也只在小弟身上撮合就是了。"撰之大笑道："当得，当得。只可笑小弟一向睡梦中，又被兄占了头筹。而今不使小弟脱空，也还算是好了。既是这等，小弟先到闻宅去道意，兄可随后就来。"

魏撰之讨大衣服来换，竟抬到闻家。此时闻小姐已改了女装，不出来了，闻参将自己出来接着。魏撰之述了杜子中之言。闻参将道："小女娇痴（天真不解事）慕学，得承高贤不弃，今幸结此良缘，蒹葭倚玉（地位低的人依附地位高的人），惶恐，惶恐。"闻参将已见女儿说过，是件整备。门上报说："杜爷来迎亲了。"鼓乐喧天，杜子中穿了大红衣服，抬将进门。真是少年郎君，人人称羡。走到堂中，站了位次，拜见了闻参将。请出小姐来，又一同行礼。谢了魏撰之，启轿而行。迎至家里，拜告天地，见了祠堂，杜子中与闻小姐正是新亲旧朋，喜喜欢欢，一桩事完了。

只有魏撰之有些眼热，心里道："一样的同窗朋友，偏是他两个成双。平时杜子中分外相爱，常恨不将男作女，好做夫妻。谁知今日竟遂其志，也是一段奇话。只所许我的事，未知果是如何？"次日，就到子中家里贺喜，随问其事。子中道："昨晚弟妇就和小弟计较，今日专为此要同到成都去。弟妇誓欲以此报兄，全其口信，必得佳音方回来。"撰之道："多感，多感。一样的同窗，也该记念着我的冷静。但未知其人果是如何？"子中走进去，取出景小姐前日和韵之诗与撰之看了。撰之道："果得此女，小弟便可以不妒兄矣！"子中道："弟妇赞之不容口，大略不负所举。"撰之道：“这件事做成，真愈出愈奇了。小弟在家颙望（盼望。颙，yóng）。”俱大笑而别。杜子中把这些说话与闻小姐说了。闻小姐道：“他盼望久了的，也怪他不得。只索作急成都去，周全了这事。”

小姐仍旧带了闻龙夫妻跟随，同杜子中到成都来。认着前日饭店，歇在里头了。杜子中叫闻龙拿了帖，径去拜富员外。员外见说是新进士来拜，不知是甚么缘故，吃了一惊，慌忙迎接进去。坐下了，道：“不知为何大人贵足赐踹贱地？”子中道：“学生在此经过，闻知有位景小姐，是老丈令甥，才貌出众。有一敝友也叩过甲第了，欲求为夫人，故此特来奉访。”员外道：“老汉有个甥女，她自要择配，前日看上了一个进京的闻舍人，已纳下聘物，大人见教迟了。”子中道：“那闻舍人也是敝友，学生已知他另有所就，不来娶令甥了，所以敢来作伐（做媒）。”员外道：“闻舍人也是读书君子，既已留下信物，两心相许，怎误得人家儿女？舍甥女也毕竟要等他的回信。”子中将出前日景小姐的诗笺来道：“老丈试看此纸，不是令甥写与闻舍人的么？因为闻舍人无意来娶了，故把与学生做执照，来为敝友求令甥。即此是闻舍人的回信了。”员外接过来看，认得是甥女之笔，沉吟道：“前日闻舍人也曾说道聘过了，不信其言，逼他应成的，原来当真有这话。老汉且与甥女商量一商量，来回复大人。”员外别了，进去了一会，出来道：“适间甥女见说，甚是不快。她也说得是：就是闻舍人负了心，是必等她亲身见一面，还了她玉闹妆，以为诀别，方可别议姻亲。”子中笑道：“不敢欺老丈说，那玉闹妆也即是敝友魏撰之的聘物，非是闻舍人的。闻舍人因为自己已有姻亲，不好回得，乃为敝友转定下了。是当日埋伏机关，非今日无因至前也。”员外道：“大人虽如此说，甥女岂肯心休？必得闻舍人自来说明，方好处分。”子中道：“闻舍人不能复来，有拙荆在此，可以进去一会令甥，等他与令甥说这些备细，令甥必当见信。”员外道：“有尊夫人在此，正好与甥女面会一会，有言可以尽吐，省得传递消息。最妙，最妙！”

就叫前日老姥来接杜夫人。老姥一见闻小姐举止形容有些面善，只是改妆过了，一时想不出。一路想着，只管迟疑。接到间壁，里边景小姐出来相迎，各叫了万福。闻小姐对景小姐道："认得闻舍人否？"景小姐见模样厮像，还只道或是舍人的姊妹，答道："夫人与闻舍人何亲？"闻小姐道："小姐恁等识人，难道这样眼钝？前日到此，过蒙见爱的舍人，即妾身是也。"景小姐吃了一惊，仔细一认，果然一毫不差。连老姥也在旁拍手道："是呀，是呀。我方才道面庞熟得紧，哪知就是前日的舍人。"景小姐道："请问夫人前日为何这般打扮？"闻小姐道："老父有难，进京辨冤，故乔妆作男，以便行路。所以前日过蒙见爱。再三不肯应承者，正为此也。后来见难推却，又不敢实说真情，所以代友人纳聘，以待后来说明。今纳聘之人已登黄甲，年纪也与小姐相当。故此愚夫妇特来奉求，与小姐了此一段姻亲，报答前日厚情耳。"景小姐见说，半晌作声不得。老姥在旁道："多谢夫人美意。只是那位老爷姓甚名谁？夫人如何也叫他是友人？"闻小姐道："幼年时节曾共学堂，后来同在庠中，与我家相公三人年貌多相似，是异姓骨肉。知他未有亲事，所以前日就有心替他结下了。这人姓魏，好一表人物，就是我相公同年，也不辱没了小姐。小姐一去，也就做夫人了。"景小姐听了这一篇说话，晓得是少年进士，有甚么不喜欢？叫老姥陪住了闻小姐，背地去把这些说话备细告诉员外。员外见说许个进士，岂有

不撺掇之理？真个是一让一个肯，回复了闻小姐，转说与杜子中，一言已定。富员外设起酒来谢媒，外边款待杜子中，内里景小姐作主，款待杜夫人。两个小姐，说得甚是投机，尽欢而散。

约定了回来，先教魏撰之纳币，拣个吉日，迎娶回家。花烛之夕，见了模样，如获天人。因说起闻小姐闹妆纳聘这事，撰之道："那聘物原是我的。"景小姐问："如何却在她手里？"魏撰之又把先时竹箭题字，杜子中拾得，掉在他手里，认作另有个姐姐，故把玉闹妆为聘的根由说了一遍。齐笑道："彼此凤缘，颠颠倒倒，皆非偶然也。"

明日，撰之取出竹箭来与景小姐看。景小姐道："如今只该还她了。"撰之就提笔写一柬与子中夫妻道："既归玉环，返卿竹箭。两段姻缘，各从其便。一笑，一笑。"写罢，将竹箭封了，一同送去。杜子中收了，与闻小姐拆开来看，方见八字之下，又有"蜚蛾记"三字。问道："'蜚蛾'怎么解？"闻小姐道："此妾闺中之名也。"子中道："魏撰之错认了令姊，就是此二字了。若小生当时曾见此三字，这箭如何肯便与他！"闻小姐道："他若没有这箭起这些因头，哪里又绊得景家这头亲事来？"两人又笑了一回，也题了一柬戏他道："环为旧物，箭亦归宗。两俱错认，各不落空。一笑，一笑。"从此两家往来，如同亲兄弟姊妹一般。

两个甲科与闻参将辩白前事，世间情面哪里有不让缙绅（士大夫）的？逐件赃罪得以开释，只处得他革任回卫。闻参将也不以为意了。后边魏、杜两俱为显官，闻、景二小姐各生子女，又结了婚姻，世交不绝。这是蜀多才女，有如此奇奇怪怪的妙话。卓文君成都当垆，黄崇嘏相府掌记，又平平了。诗曰：

世上夸称女丈夫，不闻巾帼竟为儒。

朝廷若也开科取，未必无人待价沽。

卷十

田舍翁时时经理
牧童儿夜夜尊荣

　　都道人生如梦，其实梦也如人生。人生数十载匆匆流逝，暮年便觉恍然一梦；梦境历经富贵荣华，醒来两手空空，思来便觉人生也不过如此。

　　放牛小童寄儿晚上于梦中过着奢华生活，作锦绣文章，骑高头骏马，娶美貌公主，白天则衣衫褴褛，吹笛牧牛，受尽辛苦。谁知梦里荣华享受尽了，一朝散去，夜夜美梦化作梦魇，但相对的，白天却是拾到金银，享了富贵，却得了重病。后经道人点化，跟着云游去了。

　　文章旨在宣扬贫富祸福之间的平衡，人生有好必有坏，不能因好而骄奢，也不能因坏而颓丧，能看清其中道理者，便是大智慧之人。

词云：

扰扰劳生，待足何时足？据见定，随家丰俭，便堪龟缩。

得意浓时休进步，须防世事多翻覆。枉教人、白了少年头，空碌碌。

此词乃是宋朝诗僧晦庵所作《满江红》前阕，说人生富贵荣华，常防翻覆，不足凭恃（依靠）。劳生扰扰，巴前算后，每怀不足之心，空白了头没用处，不如随缘过日的好。

只看宋时嘉祐年间，有一个宣议郎万延之，乃是钱塘南新人，曾中乙科出仕。性素刚直，做了两三处地方州县官，不能屈曲，中年拂衣而归。徙居余杭，见水乡陂泽（湖泽。陂，bēi），可以耕种作田的，因为低洼，有水即没，其价甚贱，万氏费不多些本钱，买了无数。也是人家该兴，连年亢旱，是处低田大熟，岁收米万石有余。万宣议喜欢，每对人道："吾以万为姓，今岁收万石，也够了我了。"自此营建第宅，置买田园，扳结婚姻。有人来献勤作媒，第三个公子说合驸马都尉王晋卿家孙女为室，约费用二万缗钱，才结得这头亲事。儿子因是驸马孙婿，得补三班借职。一时富贵熏人，诈民无算。

他家有一个瓦盆，是希世的宝物。乃是初选官时，在都下为铜禁甚严，将十个钱市上买这瓦盆来盥洗。其时天气凝寒，注汤沃面过了，将残汤倾去。还有倾不了的，多少留些在盆内。过了一夜，凝结成冰，看来竟是桃花一枝。人来见了，多以为奇，说与宣议。宣议看见道："冰结拢来，原是花的。偶像桃花，不是奇事。"不以为意。明日又复剩些残水在内，过了一会看时，另结一枝开头牡丹，花朵丰满，枝叶繁茂，人工做不来的。报知宣议来看道："今日又换了一样，难道也是偶然？"宣议方才有些惊异道："这也奇了，且待我再试一试。"亲自把瓦盆拭净，另洒些水在里头。次日再看，一发结得奇异了，乃是一带寒林，水村竹屋，断鸿翘鹭，远近烟峦，宛如图画。宣议大骇，晓得是件奇宝，唤将银匠来，把白金镶了外层，将锦绮做了包袱十袭珍藏。但遇凝寒之日，先期约客，张筵置酒，赏那盆中之景。是一番另结一样，再没一次相同的。虽是名家画手，见了远愧不及，前后色样甚多，不能悉纪。只有一遭最奇异的，乃是上皇登极，恩典下颁，致仕官皆得迁授（迁升官职）一级，宣议郎加迁宣德郎。敕下之日，正遇着他的生辰，亲戚朋友来贺喜的，满坐堂中。是日天气大寒，酒席中放下此盆，洒水在内，须臾凝结成像，却是一块山石上坐着一个老人，左边一龟，右边一鹤，俨然是一幅"寿星图"。满堂饮酒的无不喜欢赞叹。内中有知今识古的士人议论道："此是瓦器，无非凡火烧成，不是甚么天地精华五行间气结就的。有此异样，理不可晓，诚然是件罕物！"又有小人辈胁肩谄笑（为了奉承人，缩起肩膀装出笑脸），掇臀捧屁（形容拍马讨好的丑态），称道："分明万寿无疆之兆，不是天下大福人，也不能够有此异宝。"当下尽欢而散。

此时万氏又富又贵，又与皇亲国戚联姻，豪华无比，势焰非常。尽道是用不尽的金银，享不完的福禄了。谁知过眼云烟，容易消歇。宣德郎万延之死后，第

三儿子补三班的也死了。驸马家里见女婿既死，来接他郡主回去，说道万家家资多是都尉府中带来的，伙着二三十男妇，内外一抢，席卷而去。万家两个大儿子只好眼睁睁看他使势行凶，不敢相争，内财一空。所有低洼田千顷，每遭大水淹没，反要赔粮，巴不得推与人了倒干净，凭人占去。家事尽消，两子寄食亲友，流落而终。此宝盆被驸马家取去，后来归了蔡京太师。

识者道："此盆结冰成花，应着万氏之富，犹如冰花一般，原非坚久之象，乃是不祥之兆。"然也是事后猜度。当他盛时，哪个肯是这样想，敢是这样说？直待后边看来，真个是如同一番春梦。所以古人寓言，做着《邯郸梦记》《樱桃梦记》，尽是说那富贵繁荣，直同梦境。却是一个人做得一个梦了却一生，不如庄子所说那牧童做梦，日里是本相，夜里做王公，如此一世，更为奇特。听小子敷衍来着：

人世原同一梦，梦中何异醒中？
若果夜间富贵，只算半世贫穷。

话说春秋时鲁国曹州有座南华山，是宋国商丘小蒙城庄子休流寓来此，隐居著书得道成仙之处。后人称庄子为南华老仙，所著书就名为《南华经》，皆因此起。彼时山畔有一田舍翁，姓莫名广，专以耕种为业。家有肥田数十亩，耕牛数头，工作农夫数人。茆（máo，茅）檐草屋，衣食丰足，算作山边一个土财主。他并无子嗣，与庄家老姥夫妻两个早夜算计思量，无非只是耕田锄地、养牛牧猪之事。有几句诗单道田舍翁的行径：田舍老翁性夷逸，僻向小山结幽室。生意不满百亩田，力耕水耨（灌水除草。耨，nòu）艰为食。春晚喧喧布谷鸣，春云霭霭檐溜滴。呼童载犁躬负锄，手牵黄犊头戴笠。一耕不自已，再耕还自力，三耕且插苗，看看秀而硕。夏耘勤勤秋复来，禾黍如云堪刈铚（yì zhì，割）。担箩负囊纷敛归，仓盈囷满居无隙。教妻囊酒赛田神，烹羊宰豚享亲戚。击鼓冬冬乐未央，忽看玉兔东方白。

那个莫翁勤心苦胝（zhī），牛畜渐多。庄农不足，要寻一个童儿专管牧养。其时本庄有一个小厮儿，祖家姓言，因是父母双亡，寄养在人家，就叫名寄儿。生来愚蠢，不识一字，也没本事做别件生理，只好出力做工度活。一日在山边拔草，忽见一个双丫髻的道人走过，把他来端相了一回，道："好个童儿！尽有道骨，可惜痴性颇重，苦障未除。肯跟我出家么？"寄儿道："跟了你，怎受得清淡过？"道人道："不跟我，怎受得烦恼过？也罢，我有个法儿，教你夜夜快活，你可要学么？"寄儿道："夜里快活，也是好的，怎不要学？师傅可指教我。"道人道："你识字么？"寄儿道："一字也不识。"道人道："不识也罢。我有一句真言，只有五个字。既不识字，口传心授，也容易记得。"遂叫他将耳朵来："说与你听，你牢记着！"是哪五个字？乃是"婆珊婆演底"。道人道："临睡时，将此句念上百遍，管你有好处。"寄儿谨记在心。道人道："你只依着我，后会有期。"捻着渔鼓简板，口唱道情，飘然而去。

是夜寄儿果依其言，整整念了一百遍，然后睡下。才睡得着，就入梦境。正是：人生劳扰多辛苦，已逊山间枕石眠。况是梦中游乐地，何妨一觉睡千年！

看官牢记话头，这回书，一段说梦，一段说真，不要认错了。却说寄儿睡去，梦见身为儒生，粗知文义，正在街上斯文气象，摇来摆去。忽然见个人来说道："华胥国王黄榜招贤，何不去求取功名，图个出身？"寄儿听见，急取官名寄华，恍恍惚惚，不知涂抹了些甚么东西，叫作万言长策，将去献与国王。国王发与那掌文衡的看阅。寄华使用了些马蹄金作为贽礼（拜见时赠送的礼物），掌文衡的大悦，说这个文字乃惊天动地之才，古今罕有，加上批点，呈与国王。国王授为著作郎，主天下文章之事。旗帜鼓乐，高头骏马，送入衙门到任。寄华此时身子如在云里雾里，好不风骚！正是：电光石火梦中身，白马红缨衫色新。我贵我荣君莫羡，做官何必读书人？

寄华跳得下马，一个虚跌，惊将醒来。擦擦眼，看一看，仍睡在草铺里面，叫道："吓，吓！作他娘的怪！我一字不识的，却梦见献甚么策，得做了官，管甚么天下文章。你道是真梦么？且看他怎生应验？"嘻嘻的还定着性想那光景。只见平日往来的邻里沙三走将来叫寄儿道："寄哥，前村莫老官家寻人牧牛，你何不投与他家了？省得短趁，闲了一日便待嚼本。"寄儿道："投在他家，可知好哩，只是没人引我去。"沙三道："我昨日已与他家说过你了。今日我与你同去，只要写下文券就成了。"寄儿道："多谢美情指点则个。"

两个说说话话，一同投到莫家来。莫翁问其来意，沙三把寄儿勤谨过人，愿投门下牧养说了一遍。莫翁看寄儿模样老实，气力粗夯，也自欢喜，情愿雇请，叫他写下文券。寄儿道："我须不识字，写不得。"沙三道："我写了，你画个押罢。"沙三曾在村学中读过两年书，尽写得几个字，便写了一张"情愿受雇，专管牧畜"的文书。虽有几个不成的字儿，意会得去也便是了。后来年月之下要画个押字，沙三画了，寄儿拿了一管笔，不知左画是右画是，自想了暗笑道："不知昨夜怎的献了万言长策来！"捻着笔千斤来重，沙三把定了手，才画得一个十字。莫翁当下当了一季工食，着他在山边草房中住宿，专管牧养。

寄儿领了钥匙，与沙三同到草房中。寄儿谢了沙三些常例媒钱。是夜就在草房中宿歇，依着道人念过五字真言百遍，倒翻身便睡。看官，你道从来只有说书的续上前因，哪有做梦的接着前事？而今煞是古怪，寄儿一觉睡去，仍旧是昨夜言寄华的身分，顶冠束带，新到著作郎衙门升堂理事。只见跄跄跻跻，一群儒生将着文卷，多来请教。寄华一一批答，好的歹的，圈的抹的，发将下去，纷纷争看。众人也有服的，也有不服的，喧哗闹嚷起来。寄华发出规条，吩咐多要遵绳束，如不伏者，定加鞭笞。众儒方弭耳（驯服）拱听，不敢放肆，俱各从容雅步，逡巡（恭顺。逡，qūn）而退。是日，同衙门官摆着公会筵席，特贺到任。美酒嘉肴，珍羞百味，歌的歌，舞的舞，大家尽欢。直吃到斗转参横（天快亮的时候。参，shēn），才得席散，回转衙门里来。

那边就寝，这边方醒，想着明明白白记得的，不觉失笑道："好怪么！哪里说起？又接着昨日的梦，身做高官，管着一班士子，看甚么文字。我晓得文字中吃的不中吃的？落得吃了些酒席，倒是快活起来。"抖抖衣服，看见褴褛，叹道："昨夜的袍带，多在哪里去了？"将破布袄穿着停当（完备），走下得床来。只见一个庄家老苍头，奉着主人莫翁之命，特来交盘牛畜与他。一群牛共有七八只，寄儿逐只看相，用手去牵他鼻子。那些牛不曾认得寄儿，是个面生的，有几只驯扰不动，有几只奔突（横冲直撞地奔驰）起来。老苍头将一条皮鞭付与寄儿。寄儿赶去，将那奔突的牛两三鞭打去。那些牛不敢违拗，顺顺被寄儿牵来一处拴着，寄儿慢慢喂放。老苍头道："你新到我主翁家来，我们该请你吃三杯。昨日已约下沙三哥了，这早晚他敢就来。"说未毕，沙三提了一壶酒、一个篮，篮里一碗肉、一碗芋头、一碟豆走将来。老苍头道："正等沙三哥来商量吃三杯，你早已办下了，我补你分罢。"寄儿道："其么道理要你们破钞？我又没得回答处，我也出个分在内罢了。"老苍头道："甚么大事值得这个商量？我们尽个意思儿罢。"三人席地而坐，吃将起来。寄儿想道："我昨夜梦里的筵席，好不齐整。今却受用得这些东西，岂不天地悬绝？"却是怕人笑他，也不敢把梦中事告诉与人。正是：对人说梦，说听皆痴。如鱼饮水，冷暖自知。

寄儿酒量原浅，不十分吃得，多饮了一杯，有些醺意，两人别去。寄儿就在草地上一眠，身子又到华胥国中去。国王传下令旨，访得著作郎能统率多士，绳束严整，特赐锦衣冠带一袭，黄盖一顶，导从鼓吹一部。出入鸣驺（古代随从显贵出行并传呼喝道的骑卒，有时借指显贵。驺，zōu），前呼后拥，好不兴头。忽见四下火起，忽然惊觉，身子在地上眠着，东方大明，日轮红焰焰钻将出来了。起来吃些点心，就骑着牛，四下里放草。那日色在身上晒得热不过，走来莫翁面前告诉。莫翁道："我这里原有蓑笠一副，是牧养的人一向穿的；又有短笛一管，也是牧童的本等。今拿出来交付与你，你好好去看养，若瘦了牛畜，要与你说话的。"牧童道："再与我一把伞遮遮身便好。若只是笠儿，只遮得头，身子须晒不过。"莫翁道："哪里有得伞？池内有的是大荷叶，你日日摘将来遮身不得？"寄儿唯唯，受了蓑笠、短笛，果在池内摘张大荷叶擎着，骑牛前去。牛背上自想道："我在华胥国里是个贵人，今要一把日照（遮阳之伞）也不能勾了，却叫我擎着荷叶遮身。"猛然想道："这就是梦里的黄盖了，蓑与笠就是锦袍官帽了。"横了笛，吹了两声，笑道："这可不是一部鼓吹么？我而今想来，只是睡的快活。"有诗为证：草铺横野六七里，笛弄晚风三四声。归来饱饭黄昏后，不脱衰笠卧月明。自此之后，但是睡去，就在华胥国去受用富贵，醒来只在山坡去处做牧童。无日不如此，无梦不如此。不必逐日逐夜，件件细述，但只拣有些光景的，才把来做话头。

一日梦中，国王有个公主要招赘驸马，有人启奏："著作郎言寄华才貌出众，文彩过人，允称此选。"国王准奏，就着传旨："钦取著作郎为驸马都尉，尚（娶帝王之女为妻）范阳公主。"迎入驸马府中成亲，灯烛辉煌，仪文（礼仪形式）璀璨，好不富贵！有《贺新郎》词为证：瑞气笼清晓。卷珠帘、次第笙歌，一时齐奏，无限神仙离蓬岛。凤驾鸾车初到，见拥个、仙娥窈窕。玉佩叮珰风缥缈，望娇姿一似垂杨袅。天上有，世间少。那范阳公主生得面长耳大，曼声善啸，规行矩步，颇会周旋。寄华身为王婿，日夕公主之前对案而食，比前受用更加贵盛。

明日睡醒，主人莫翁来唤，因为家中有一匹拽磨的牝（pìn，雌）驴儿，一并交与他牵去喂养。寄儿牵了，暗笑道："我夜间配了公主，怎生煊赫（名声大、声势盛）！却今日来弄这个买卖，伴这个众生。"跨在背上，打点也似骑牛的骑了到山边去。谁知骑上了背，那驴儿只是团团而走，并不前进，盖因是平日拽的磨盘走惯了。寄儿没奈何，只得跳下来，打着两鞭，牵着前走。从此又添了牲口，恐怕走失，饮食无暇。只得备着干粮，随着四处放牧。莫翁又时时来稽查，不敢怠慢一些儿。辛苦一日，只图得晚间好睡。

是夜又梦见在驸马府里，正同着公主欢乐，有邻邦玄菟（tú）、乐浪二国前来相犯。华胥国王传旨：命驸马都尉言寄华讨议退兵之策。言寄华聚着旧日著作衙门一干文士到来，也不讲求如何备御，也不商量如何格斗，只高谈"正心诚意，强邻必然自服"。诸生中也有情愿对敌的，多退着不用。只有两生献策：他一个到玄菟，一个到乐浪，舍身往质，以图讲和。言寄华大喜，重发金帛，遣两生前往。两生屈己听命，饱其所欲，果然那两国不来。言寄华夸张功绩，奏上国王。国王大悦，叙录军功，封言寄华为黑甜乡侯，加以九锡（古代天子赐给诸侯、大臣的九种器物，是一种最高礼遇），身居百僚之上，富贵已极。有诗为证：当时魏绛主和戎，岂是全将金币供？厥后宋人偏得意，一班道学自雍容。

言寄华受了封侯锡命，绿韨（fú，古代祭服的蔽膝）衮冕（古代帝王与上公的礼服和礼冠），鸾辂（天子王侯所乘之车。辂，lù）乘马，彤（赤）弓卢（黑）矢，左建朱钺，右建金戚，手执圭瓒（古代的一种玉制酒器，形状如勺，以圭为柄，用于祭祀），道路辉煌。自朝归第，有一个书生叩马上言，道："日中必昃（zè，太阳偏西），月满必亏。明公功名到此，已无可加。急流勇退，此其时矣。直待福过灾生，只恐悔之无及！"言寄华此时志得意满，哪里听他？笑道："我命中生得好，自然富贵逼人，有福消受，何须过虑，只管目前享用够了。寒酸见识，晓得什么？"

大笑坠车，吃了一惊，醒将起来。点一点牛数，只叫得苦，内中不见了二只。山前山后，到处寻访踪迹。原来一只被虎咬伤，死在坡前；一只在河中吃水，浪涌将来，没在河里。寄儿看见，急得乱跳道："梦中什么两国来侵，谁知倒了我两头牲口！"急去报与莫翁。莫翁听见大怒道："此乃你的典守（保管），人多说你只是贪睡，眼见得坑了我头口！"取过匾担来要打。寄儿负极，辩道："虎来时，牛尚不敢敌，况我敢与它争夺救得转来的？那水中是牛常住之所，波浪涌来，一时不测，也不是我力挡得住的。"莫翁虽见他辩得有理，却是做家心重的人，哪里舍得两头牛死？怒吽吽（怒烘烘，盛怒貌。吽，hōng）不息，定要打匾担十下。寄儿哀告讨饶，才饶得一下，打到九下住了手。寄儿泪汪汪的走到草房中，摸摸臀上痛处道："甚么九锡九锡，到打了九下屁股！"想道："梦中书生劝我歇手，难道教我不要看牛不成？从来说梦是反的，梦福得祸，梦笑得哭。我自念了此咒，夜夜做富贵的梦，所以日里到吃亏。我如今不念它了，看待怎的！"

　　谁知这样作怪，此咒不念，恐怖就来。是夜梦境，范阳公主疽发于背，偃塞不起，寄华尽心调治未瘥。国中二三新进小臣，逆料公主必危，寄华势焰将败，撽拾（收集）前过，纠弹一本，说他御敌无策、冒滥居功、欺群误国许多事件。国王览奏大怒，将言寄华削去封爵，不许他重登著作堂，锁去大窖边听罪，公主另选良才别降。令旨已下，随有两个力士，将银铛（铁锁链）锁了言寄华到那大粪窖边墩（蹲）着。寄华看那粪秽狼藉，臭不堪闻，叹道："我只道到底富贵，岂知有此恶境乎？书生之言，今日验矣！"不觉号咷恸哭起来。

　　这边噙泪而醒，啐了两声道："作你娘的怪，这番做这样的恶梦！"看视牲口，那边驴子塞卧地下，打也打不起来。看他背项之间，乃是绳损处烂了老大一片疙瘩。寄儿慌了道："前番倒失了两头牛，打得苦恼；今这众生又病害起来，万一死了，又是我的罪过。"忙去打些水来，替他浇洗腐肉，再去拔些新鲜好草来喂他。拿着镤刀，望山前地上下手斫（zhuó，砍）时，有一棵草

甚韧，刀斫不断。寄儿性起，连根一拔，拔出泥来。泥松之处，露出石板，那草根还缠缠绕绕绊在石板缝内。寄儿将锲刀撬将开来，板底下是个周围石砌就的大窖，里头多是金银。寄儿看见，慌了手脚，擦擦眼道："难道白日里又做梦么？"定睛一看，草木树石，天光云影，眼前历历可数。料道非梦，便把锲刀草蔀（有盖的草制盛具。蔀，bù）一撩道："还干那营生么？"

取起五十两一大锭在手，权把石板盖上，仍将泥草遮覆，竟望莫翁家里来见莫翁。未敢竟说出来，先对莫翁道："寄儿蒙公公相托，一向看牛不差。近来时运不济，前日失了两头牛，今蹇驴又生病，寄儿看管不来。今有大银一锭，纳与公公，凭公公除了原发工银，余者给还寄儿为度日之用，放了寄儿，另着人放牧罢。"莫翁看见是锭大银，吃惊道："我田家人苦积勤趱（积蓄）了一世，只有些零星碎银，自不见这样大锭，你却从何处得来？莫非你合着外人做那不公不法的歹事？你快说个明白，若说得来历不明，我须把你送出官府，究问下落。"寄儿道："好教公公得知，这东西多哩。我只拿得它一件来看样。"莫翁骇道："在哪里？"寄儿道："在山边一个所在，我因斫草掘着的，今石板盖着哩。"

莫翁情知是藏物，急叫他不要声张，悄悄问寄儿，到那所在来。寄儿指与莫翁，揭开石板来看，果是一窖金银，不计其数。莫翁喜得打跌（顿足，形容十分激动），拊（fǔ，拍）着寄儿背道："我的儿，偌多金银东西，我与你两人一生受用不尽！今番不要看牛了，只在我庄上吃些安乐茶饭，掌管账目。这些牛只，另自雇人看管罢。"两人商量，把个草蔀来里外用乱草补塞，中间藏着窖中物事。莫翁前走，寄儿驼了后随，运到家中放好，仍旧又用前法去取。不则一遭，把石窖来运空了。莫翁到家，欢喜无量，另叫一个苍头去收拾牛只，是夜就留寄儿在家中宿歇。寄儿的床铺，多换齐整了。寄儿想道："昨夜梦中吃苦，谁想粪窖正应着发财，今日反得好处。果然，梦是反的，我要那梦中富贵则甚？那五字真言，不要念它了。"

其夜睡去，梦见国王将言寄华家产抄没，发在养济院中度日。只见前日的扣马书生高歌将来道："落叶辞柯，人生几何！六战国而漫流人血，三神山而杳隔鲸波。任夸百斛（hú）明珠，虚延遐算；若有一卮芳酒，且共高歌。"寄儿闻歌，认得此人，邀住他道："前日承先生之教，不能依从。今日至于此地，先生有何高见，可以救我？"那书生不慌不忙，说出四句来道："颠颠倒倒，何时局了？遇着漆园，还汝分晓。"说罢，书生飘然而去。寄华扯住不放，被他袍袖一摔，闪得一跌，即时惊醒，张目道："还好，还好。一发没出息，弄到养济院里去了。"

须臾，莫翁走出堂中。原来莫翁因得了金银，晚间对老姥说道："此皆寄儿的造化掘着的，功不可忘。我与你没有儿女，家事无传。今平空地得来许多金银，虽道好没取得他的。不如认义他做个儿子，把家事付与他，做了一家一计，等他养老了我们，这也是我们知恩报恩处。"老姥道："说得有理。我们眼前没个传家的人，别处平白地寻将来，要承当家事，我们也气不干。今这个寄儿，他见有着许多金银付在我家，就认义他做了儿子，传我家事，也还是他多似我们的，不叫得过分。"商量已定，莫翁就走出来，把这意思说与寄儿。寄儿道："这个折杀小人，怎么敢当？"莫翁道："若不如此，这些东西，我也何名享受你的？我们两老口议了一夜，主意已定，不可推辞。"寄儿没得说，当下纳头拜了四拜，又进去把老姥也拜了。自此改名为莫继，在莫家庄上做了干儿子。本是驴前厮养（干杂事劳役的奴隶），今为舍内螟蛉。何缘分外亲热？只看黄金满籯（yíng，竹笼）。

却是此番之后，晚间睡去，就做那险恶之梦。不是被火烧水没，便是被盗劫官刑。初时心里道："梦里虽不妙，日里落得好处，不像前番做快活梦时，日里受辛苦。"以为得意。后来到得夜夜如此，每每惊魇不醒，才有些慌张，认旧念取那五字真言，却不甚灵了。你道何故？只因财利迷心，身家念重，时时防贼发火起，自然梦魂颠倒。怎如得做牧童时无忧无虑，饱食安眠，夜夜梦里消遥，享那王公之乐？莫继要寻前番梦境，再不能够，心里鹘突（不明白。鹘，hú），如醉如痴，生出病来。

莫翁见他如此，要寻个医人治他。只见门前有一个双丫髻的道人走将来，口称善治人间恍惚之症。莫翁接到厅上，教莫继出来相见。原来正是昔日传与真言的那个道人，见了莫继道："你的梦还未醒么？"莫继道："师父，你前者教我真言，我不曾忘了。只是前日念了，夜夜受用。后来因夜里好处多，应着日里歹处，一程儿不敢念，便再没快活的梦了。而今就念煞也无用了，不知何故。"道人道："我这五字真言，乃是主夜神咒。《华严经》云：'善财童子参善知识，至阎浮提摩竭提国迦毗罗城，见主夜神名曰婆珊婆演底。神言我得菩萨破一切生痴暗法，光明解脱。'所以持念百遍，能生欢喜之梦。前见汝苦恼不过，故使汝梦中快活。汝今日间要享富贵，晚间宜享恐怖，此乃一定之理。人世有好必有歉，有荣华必有销歇（衰败零落），汝前日梦中岂不见过了么？"莫继言下大悟，倒身下拜道："师父，弟子而今晓得世上没有十全的事，要那富贵无干，总来与我前日封侯拜将一般，不如跟的师父出家去罢！"道人道："吾乃南华老仙漆园中高足弟子。老仙道汝有道骨，特遣我来度汝的。汝既见了境头，宜早早回首。"莫继遂是长是短述与莫翁、莫姥。两人见是真仙来度他，不好相留；况他身子去了，遗下了无数金银，两人尽好受用，有何不可？只得听他自行。莫继随也披头发，挽做两丫髻，跟着道人云游去了。后来不知所终，想必成仙了道去了。看官不信，只看《南华真经》有此一段因果。话本说彻，权作散场。

总因一片婆心，日向痴人说梦。

此中打破关头，棒喝何须拈弄？

卷十一

痴公子狠使噪脾钱
贤丈人巧赚回头婿

穷人视钱财为宝物，富人视钱财如粪土，总以为钱财花不完用不尽的纨绔子弟却不知，那钱财为无情之物，离了你手便永不是你的了，若是挥金如土，不把钱财看在眼里，总有一天会得到应有的惩罚。

姚公子仗着家财万贯，变着法地花钱。身旁的狐朋狗友们为钱而跟他交往，一干人等甘心被他驱使，姚公子花完了银子花田契，然后卖房卖马卖老婆，最终流落街头，落魄为乞丐，最终幸得老丈人上官翁不计前嫌，替他谋了生计，又将老婆还给他，姚公子终于改过自新，认真过日子，不再败坏钱财。

人们常说"创业容易守业难"，前代积累下的财富多被后世不肖子孙挥霍了，因为从小锦衣玉食的公子哥们并不懂得创业的艰难，这则故事便在富人们教育子女的问题上敲了一个警钟。

诗云：

最是富豪子弟，不知稼穑（农业劳动。穑，sè）艰难。

悖入必然悖出，天道一理循环。

话说宋时汴京有一个人姓郭名信，父亲是内诸司官，家事殷富，只生得他一个，甚是娇养溺爱，从小不教他出外边来的，只在家中读些点名的书。读书之外，毫厘世务也不要他经涉。到了十七八岁，未免要务了声名，投拜名师。其时有个蔡元中先生，是临安人，在京师开馆。郭信的父亲出了礼物，叫郭信从他求学。那先生开馆去处，是个僧房，颇极齐整。郭家就赁了他旁舍三间，亦是幽雅。郭信住了，心里不像意，道是不见得华丽。看了舍后一块空地，另外去兴造起来。总是他不知数目，不识物料，凭着家人与匠作扶同破费，不知用了多少银两，他也不管。只造成了几间，装饰起来，弄得花簇簇的，方才欢喜住下了。终日叫书童打扫门窗梁柱之类，略有点染不洁，便要匠人连夜换得过，心里方掉得下。身上衣服穿着，必要新的，穿上了身，左顾右盼，嫌长嫌短。甚处不熨贴，一些不当心里，便别买段匹，另要做过。鞋袜之类，多是上好绫罗，一有微污，便丢下另换。至于洗过的衣服，决不肯再着的。

彼时有赴京听调的一个官人，姓黄，表字德琬。他的寓所，恰与郭家为邻，见他行径如此，心里不以为然。后来往来得熟了，时常好言劝他道："君家后生年纪，未知世间苦辣。钱财入手甚难，君家虽然富厚，不宜如此枉费。日复一日，须有尽时，日后后手不上了，悔之无及矣。"郭信听罢，暗暗笑他道："多是寒酸说话。钱财哪有用得尽的时节？我家田产不计其数，岂有后手不上之理！只是家里没有钱钞，眼孔子小，故说出这等议论，全不晓得我们富家行径的。"把好言语如风过耳，一毫不理，只依着自己性子行去不改。黄公见说不听，晓得是纵惯了的，道："看他后来怎生结果！"得了官，自别过出京去了，以后绝不相闻。

过了五年，有事干又到京中来，问问旧邻，已不见了郭家踪迹，偌大一个京师，也没处查访了。一日，偶去拜访一个亲眷，叫作陈晟（shèng）。主人未出来，先叫门馆先生出来陪着。只见一个人葳葳蕤蕤（萎顿。葳蕤，wēi ruí）踱将出来，认一认，却是郭信。戴着一顶破头巾，穿着一身蓝褛衣服，手臂颤抖抖的叙了一个礼，整椅而坐。黄公看他脸上饥寒之色，殆不可言，恻然问道："足下何故在此？又如此形状？"郭信叹口气道："谁晓得这样事？钱财要没有起来，不消用得完，便是这样没有了。"黄公道："怎么说？"郭信道："自别尊颜之后，家父不幸弃世。有个继娶的晚母，在丧中罄卷所有，转回娘家。第二日去问，连这家多搬得走了，不知去向。看看家人，多四散逃去，剩得孑然一身，一无所有了。还亏得识得几个字，胡乱在这主家教他小学生度日而已。"黄公道："家财没有了，许多田业须在，这是偷不去的。"郭信道："平日不曾晓得田产之数，也不认得田产在哪一块所在，一经父丧，簿籍多不见了，不知还有一亩田在哪里。"黄公道：

"当初我曾把好言相劝，还记得否？"郭信道："当初接着东西便用，哪管它来路是怎么样的？只道到底如此。见说道要惜费，正不知惜它做甚么。岂知今日一毫也没来处了！"黄公道："今日这边所得束脩（老师的酬金）之仪多少？"郭信道："能有多少？每月千钱，不够充身。图得个朝夕糊口，不去寻柴米就好了。"黄公道："当时一日之用，也就有一年馆资了。富家儿女到此地位，可怜！可怜！"身边恰带有数百钱，尽数将来送与他，以少见故人之意。少顷，主人出来，黄公又与说了郭信出身富贵光景，教好看待他。郭信不胜感谢，捧了几百个钱，就像获了珍宝一般，紧紧收藏，只去守那冷板凳了。

看官，你道当初他富贵时节，几百文只与他家赏人也不爽利，而今才晓得是值钱的，却又迟了。只因幼年时不知稼穑艰难，以致如此。到此地位，晓得值钱了，也还是有受用的，所以说败子回头好作家也。小子且说一回败子回头的正话。

无端浪子昧持筹，偌大家缘一旦休。
不是丈人生巧计，夫妻怎得再同俦（chóu，伴侣）？

话说浙江温州府有一个公子姓姚，父亲是兵部尚书，丈人上官翁也是显宦，家世富饶，积累巨万。周匝百里之内，田圃池塘、山林川薮，尽是姚氏之业。公子父母俱亡，并无兄弟，独主家政。妻上官氏，生来软默（懦弱少言），不管外事，公子凡事只凭着自性而行。自恃富足有余，豪奢成习。好往来这些淫朋狎友，把言语奉承他，哄诱他，说是自古豪杰英雄，必然不事生产，手段慷慨，不以财物为心，居食为志，方是侠烈之士。公子少年心性，道此等是好言语，切切于心。见别人家算计利息、较量出入、孳孳（勤勉。孳，zī）作家的，便道龌龊小人，不足指数的。又懒看诗书，不习举业，见了文墨之士，便头红面热，手足无措，厌憎不耐烦，远远走开。只有一班捷给（应对敏捷。给，jǐ）滑稽之人，利口便舌，胁肩谄笑，一日也少不得。又有一班猛勇骁悍之辈，揎拳舞袖，说强夸胜，自称好汉，相见了便觉分外兴高，说话处脾胃多燥，行事时举步生风。是这两种人才与他说得话着。有了这两种人，便又去呼朋引类，你荐举我，我荐举你，市井无赖少年，多来倚草附木，献技呈能，掇臀捧屁。公子要人称扬大量，不论好歹，一概收纳。一出一入，何止百来个人扶从他？那百来个人多吃着公子，还要各人安家分例，按月衣粮。公子皆千欢万喜，给派不吝，见他们拿得家去，心里方觉爽利。

公子性好射猎，喜的是骏马良弓。有门客说道何处有名马一匹，价值千金，日走数百里，公子即便如数发银，只要买得来，不争价钱多少。及至买来，但只毛片好看，略略身材高耸些，便道值的了。有说贵了的，倒反不快，心要争说买便宜方喜。人晓得性子，看见买了物事，只是赞美上前了。遇说有良弓的，也是如此。门下的人又要利落，又要逢迎，买下好马一二十匹，好弓三四十张，公子拣一匹最好的，时常乘坐，其余的随意听骑。每与门下众客相约，各骑马持弓，分了路数，纵放鹐头，约在某处相会，先到者有赏，后到者有罚。赏的多出公子己财，罚不过罚酒而已，只有公子先到，众皆罚酒，又将大觥上公子称庆。有时分为几队，各去打围（打猎）。须臾合为一处，看擒兽多寡，以分赏罚。赏罚之法，一如走马之例，无非只是借名取乐。似此一番，所费酒食赏劳之类，已自不少了。还有时联镳（并骑而行。镳，biāo）放马，踏伤了人家田禾，惊失了人家六畜等事。公子是人心天理，又是慷慨好胜的人，门下客人又肯帮衬，道："公子们出外，宁可使小百姓巴不得来，不可使他怨怅我们来！今若有伤损了他家，便是我们不是，后来他望见就怕了。必须加倍赔他，他们道有些便宜，方才赞叹公子，巴不得和公子出来行走了。"公子大加点头道："说得极有见识。"因而估值损伤之数，吩咐宁可估好看些，从重赔还，不要亏了他们。门客私下与百姓们说通了，得来平分，有一分，说了七八分。说去，公子随即赔偿，再不论量。这又是射猎中分外之费，时时有的。公子身边最讲得话、像心称意的，有两个门客：一个是萧管（管乐器）朋友贾清夫，一个是拳棒教师赵能武。一文一武，出处不离左右，虽然献谄效勤、哄诱撺掇的人不计其数，大小事多要串通得这两个，方才弄得成。这两个一鼓一板，只要公子出脱得些，大家有味。

一日，公子出猎，草丛中惊起一个兔来。兔儿腾地飞跑，公子放马赶去，连射两箭，射不着。恰好后骑随至，赵能武一箭射个正着，兔儿倒了，公子拍手大笑。因贪赶兔儿，路来得远了，肚中有些饥饿起来，四围一看，山明水秀，光景甚好，可惜是上荒野去处，并无酒店饭店。贾清夫与一群少年随后多到，大家多说道："好一处所在！只该聚饮一回。"公子见说，兴高得不耐烦，问问后头跟随的，身边银子也有，铜钱也有，只没设法酒肴处。赵能武道："眼面前就有东西，怎苦没肴？"众人道："有甚么东西？"赵能武道："只方才射倒的兔儿，寻些火煨起，也够公子下酒。"贾清夫道："若要酒时，做一匹快马不着，跑他五七里路，遇个村坊去处，好歹寻得些来，只不能够多带得，可以畅饮。"

公子道："此时便些少也好。"

正在商量处，只见路旁有一簇人，老少不等，手里各拿着物件，走近前来迎喏道："某等是村野小人，不曾识认财主贵人之面。今日难得遇公子贵步至此，谨备瓜果鸡黍、村酒野蔌（野蔬。蔌，sù）数品，聊献从者一饭。"公子听说酒肴，喜动颜色，回顾一班随从的道："天下有这样凑巧的事、知趣的人！"贾清夫等一齐拍手道："此皆公子吉人天相，酒食之来，如有神助。"各下了马，打点席地而坐。野老们道："既然公子不嫌饮食粗粝（粗劣），何不竟到舍下坐饮？椅桌俱便，乃在此草地之上吃酒，不像模样。"众人一齐道："妙！妙！知趣得紧。"

野老们恭身在前引路，众人扶从了公子，一拥到草屋中来。那屋中虽然窄狭，也倒洁净。摆出椅桌来，拣一只齐整些的古老椅子，公子坐了。其余也有坐椅的，也有坐凳的，也有扯张稻床来做杌子（小凳子。杌，wù）的，团团而坐，吃出兴头来，这家老小们供应不迭。贾清夫又打着撺鼓儿道："多拿些酒出来，我们要吃得快活，公子是不亏人的。"这家子将酝下的杜茅柴，不住的荡来，吃得东倒西歪，撑肠拄腹。又道是饥者易为食，渴者易为饮。大凡人在饥渴之中，觉得东西好吃；况又在兴趣头上，就是肴馔粗些，鸡肉肥些，酒味薄些，一总不论，只算做第一次嘉肴美酒了。公子不胜之喜，门客多帮衬道："这样凑趣的东道主人，不可不厚报他的。"公子道："这个自然该的。"便教贾清夫估他约费了多少。清夫在行，多说了些。公子教一倍偿他三倍。管事的和众人克下了一倍自得，只与他两倍。这家子道已有了对合利钱，怎不欢喜？当下公子上马回步，老的少的，多来马前拜谢，兼送公子。公子一发快活道："这家子这等殷勤！"赵能武道："不但敬心，且有礼数。"公子再教后骑赏他。管事的策马上前问道："赏他多少？"公子叫打开银包来看，见有几两零碎银子，何止千百来块？公子道："多与他们罢！论甚么多少？"用手只一抬，银子块块落地，只剩得一个空包。那些老小们看见银子落地，大家来抢，也顾不得尊卑长幼，扯扯拽拽，磕磕撞撞。溜撒（行动迅速、敏捷）的，拾了大块子，又来拈撮（用指头取物）；迟夯（迟笨）的，将拾到手，又被眼快的先取了去。老人家战抖抖地拿得一块，死也不放，还累了两个地滚。公子看此光景，与众客马上拍手大笑道："天下之乐，无如今日矣！"公子此番虽费了些赏赐，却噪尽了脾胃，这家子赔了些辛苦，落得便宜多了。这个消息传将开去，乡里人家，只叹息无缘，不得遇着公子。

自此以后，公子出去，有人先来探听马首所向，村落中无不整顿酒食，争来迎候。真个是：东驰，西人已为备馔；南猎，北人就去戒厨。士有余粮，马多剩草。一呼百诺，顾盼生辉。此送彼迎，尊荣莫并。凭他出外连旬乐，不必先营隔宿装。公子到一处，一处如此，这些人也竭力奉承，公子也加意报答，还自歉然道："赏劳轻微，谢他们厚情不来。"众门客又齐声力赞道："此辈乃小人，今到一处，即便供帐备具，奉承公子，胜于君王。若非重赏，何以示劝？"公子道："说得有理。"每每赏了又赏，有增无减。原来这圈套多是一班门客串同了百姓们，又是贾、赵二人先定了去向，约会得停当，故所到之处，无不如意。及至得来赏赐，尽皆分取，只是撺掇多些了。

亲眷中有老成的人，叫作张三翁，见公子日逐如此费用，甚为心疼。他曾见过当初尚书公行事来的，偶然与公子会面，劝讽公子道："宅上家业丰厚，先尚书也不纯仗做官得来的宦橐（tuó），多半是算计做人家来的。老汉曾经眼见先尚书早起晏（晚）眠，算盘天平、文书簿籍，不离于手。别人少他分毫也要算将出来，变面变孔，费唇费舌；略有些小便宜，即便喜动颜色。如此挣来的家私，非同容易。今郎君十分慷慨撒漫，与先尚书苦挣之意，太不相同了。"公子面色通红，未及回答。贾清夫、赵能武等一班儿朋友大嚷道："这样气量浅陋之言，怎能在公子面前讲！公子是海内豪杰，岂把钱财放在眼孔上？况且人家天做，不在人为。岂不闻李太白有言'天生我才终有用，黄金散尽还复来'？先尚书这些孜孜为利，正是差处。公子不学旧样，尽改前非，是公子超群出众、英雄不羁之处，岂田舍翁所可晓哉！"公子听得这一番说话，方才觉得有些吐气扬眉，心里放下。张三翁见不是头，晓得有这一班小人，料想好言不入，再不开口了。

　　公子被他们如此舞弄了数年，弄得囊中空虚，看看手里不能接济，所有仓房中庄舍内积下米粮，或时粜（tiào，卖粮食）银使用，或时即发米代银，或时先在哪里移银子用了。秋收还米，也就东扯西拽，不能如意。公子要噪脾时，有些掣肘不爽利。门客们见公子世业不曾动损，心里道："这里面尽有大想头。"与贾、赵二人商议定了，来见公子献策道："有一妙着，公子再不要愁没银子用了。"公子正苦银子短少，一闻此言，欣然起问："有何妙计？"贾、赵等指手画脚道："公子田连阡陌，地占半州，足迹不到所在不知多少。这许多田地，大略多是有势之时，小民投献，富家馈送，原不尽用价银买的。就有些买的，也不过债利盘算，准折将来。或是户绝人贫，止剩得些硗（qiāo，地坚硬不肥沃）田瘠地，只得收在户内，所值原不多的。所以而今荒芜的多，开垦的少。租利没有，钱粮要紧。这些东西留在后边，贻累不浅的。公子看来，不过是些土泥；小民得了，自家用力耕种，才方是有用的。公子若把这些作赏赐之费，不是土泥尽当银子用了？亦且自家省了钱粮之累。"公子道："我最苦的是时常来要我完甚么钱粮，激聒（絮语）得不耐烦。今把来推将去，当得银子用，这是极便宜的事了。"

　　自此公子每要用银子之处，只写一纸卖契，把田来准去。那得田的心里巴不得，反要装个腔儿说不情愿，不如受些现物好。门客们故意再三解劝，强他拿去。公子蹰躇（cù chú，犹豫）不安，唯恐他不受，直等他领了文契方掉得下。所有良田美产，有富户欲得的，先来通知了贾、赵二人，借打猎为名，迂道到彼家边，极意酒食款待，还有出妻献子的；或又有接了娼妓养在家里，假做了妻女来与公子调情的。公子便有些晓得，只是将错就错，自以为得意。吃得兴阑将行，就请公子写契作赏。公子写字不甚利便，门客内有善写的，便来执笔。一个算价钱，一个查簿籍，写完了只要公子押字。公子也不知田在哪里，好的歹的，贵的贱的，见说押字即便押了。又有时反有几两银子找将出来与公子用，公子却像落得的，分外喜欢。

如此多次，公子连押字也不耐烦了，对贾清夫道："这些时不要我拿银子出来，只写张纸，颇觉便当。只是定要我执笔押字，我有些倦了。"赵能武道："便是我们搵（nuò，握）着枪棒且溜撒，只这一管笔，重得可厌相！"贾清夫道："这个不打紧，我有一策，大家可以省力。"公子道："何策？"贾清夫道："把这些卖契套语刊刻了板，空了年月，刷印百张，放在身边，临时只要填写某处及多少数目，注了年月。连公子花押也另刻了一个，只要印上去，岂不省力？"公子道："妙，妙。却有一件，卖契刻了印板，这些小见识的必然笑我，我哪有气力逐个与他辩？我做一首口号，也刻在后面，等别人看见的，晓得我心事开阔，不比他们猥琐的。"贾清夫道："口号怎么样的？"公子道："我念来你们写着：千年田土八百翁，何须苦苦较雌雄？古今富贵知谁在，唐宋山河总是空！去时却似来时易，无他还与有他同。若人笑我亡先业，我笑他人在梦中。"念罢，叫一个门客写了，贾清夫道："公子出口成章，如此何愁不富贵！些须田业，不足恋也。公子若刻此佳作在上面了，去得一张，与公子扬名一张矣。"公子大喜，依言刻了。每日印了十来张，带在贾、赵二人身边。行到一处，遇要赏赐，即取出来，填注几字，印了花押，即已成契了。公子笑道："真正简便，此后再不消捏笔了。快活，快活！"其中门客们自家要的，只须自家写注，偷用花押，一发不难。如此过了几时，公子只见逐日费得几张纸，一毫不在心上。岂知皮里走了肉，田产俱已荡尽，公子还不知觉！但见供给不来，米粮不继，印板文契丢开不用，要些使费，别无来处。问问家人何不卖些田来用度？方知田多没有了。

门客看见公子艰难了些，又兼有靠着公子做成人家过得日子的，渐渐散去不来。唯有贾、赵二人，哄得家里瓶满瓮满，还想道瘦骆驼尚有千斤肉，恋着未去。劝他把大房子卖了，得中人钱；又替他买小房子住，得后手钱。搬去新居不像意，又与他算计改造、置买木石落他的。造得像样，手中又缺了。公子自思宾客既少，要这许多马也没干，托着二人把来出卖，比原价只好十分之一二。公子问："为何差了许多？"二人道："骑了这些时，走得路多了，价钱自减了。"公子也不计论，见着银子，且便接来应用。起初还留着自己骑坐两三匹好的，后来因为赏赐无处，随从又少，把个出猎之兴，叠起在三十三层高阁上了。一总要马没干，且喂养费力，贾、赵二人也设法卖了去。价钱不多，又不尽到公子的手里，够他几时用？只得又商量卖那新居。枉自

装修许多，性急要卖，只卖得原价钱到手。新居既去，只得赁居而住。一向家中牢曹什物，没处藏叠，半把价钱，烂贱送掉。

到得迁在赁的房子内时，连贾、赵二人也不来了，唯有妻子上官氏随起随倒。当初风花雪月之时，虽也曾劝谏几次，如水投石，落得反目。后来晓得说着无用，只得凭他。上官氏也是富贵出身，只会吃到口茶饭，不晓得甚么经求，也不曾做下一些私房，公子有时，她也有得用；公子没时，她也没了。两个住在赁房中，且用着卖房的银子度日。走出街上来，遇见旧时的门客，一个个多新鲜衣服，仆从跟随。初时撞见公子，还略略叙寒温，已后渐渐掩面而过；再过几时，对面也不来理着了。一日早晨，撞着了赵能武。能武道："公子曾吃早饭未曾？"公子道："正来买些点心吃。"赵能武道："公子且未要吃点心，到家里来坐坐，吃一件东西去。"公子随了他到家里。赵能武道："昨夜打得一只狗，煨得糜烂在这里，与公子同享。"果然拿出热腾腾的狗肉，来与公子一同狼飧（sūn）虎咽，吃得尽兴。公子回来，饱了一日，心里道："他还是个好人。"没些生意，便去寻他。后来也常时躲过，不十分招揽了。贾清夫遇着公子，原自满面堆下笑来。及至到他家里坐着，只是泡些好清茶来请他品些茶味，说些空头话；再不然，翘着脚儿把管箫吹一曲，只当是他的敬意，再不去破费半文钱钞多少弄些东西来点饥。公子忍饿不过，只得别去，此外再无人理他了。

公子的丈人上官翁是个达者，初见公子败时，还来主张争论。后来看他行径，晓得不了不住，索性不来管他。意要等他干净了，吃尽穷苦滋味，方有回转念的日子。所以富时也不来劝戒，穷时也不来资助，只像没相干的一般。公子手里磬尽，衣食不敷，家中别无可卖，一身之外，只有其妻。没做思量处，痴算道："若卖了她去，省了一个口食，又可得些银两用用。"只是怕丈人，开不得这口，却是有了这个意思，未免露出些光景出来。上官翁早已识破其情，想道："省得他自家蛮做出事来，不免用个计较，哄他在圈套中了，慢作道理。"遂挽出前日劝他好话的那个张三翁来，托他做个说客，商量说话完了，竟来见公子。公子因是前日不听其言，今荒凉光景了，羞惭满面。张三翁道："郎君才晓得老汉前言不是迂阔（不切合实际）么？"公子道："惶愧，惶愧！"张三翁道："近闻得郎君度日艰难，有将令正（尊称对方的嫡妻）娘子改适（改嫁）之意，果否如何？"公子满面通红了道："自幼夫妻之情，怎好轻出此言？只是绝无来路，两口饭食不给，唯恐养她不活，不如等她别寻好处安身，我又省得多一个口食，她又有着落了，免得跟着我一同忍饿。所以有这一点念头，还不忍出口。"张三翁道："果有此意，作成老汉做个媒人何如？"公子道："老丈有甚么好人家在肚里么？"张三翁道："便是有个人叫老汉打听，故如此说。"公子道："就有了人家，岳丈面前怎好启齿？"张三翁道："好教足下得知，令岳正为足下败完了人家，令正后边日子难过，尽有肯改嫁之意。只是在足下身边起身，甚不雅相。令岳欲待接着家去，在他家门里择配人家。那时老汉便做个媒人，等令正嫁了出去，寂寂（悄悄）里将财礼送与足下，方为隐秀（隐秘谨慎），不伤体面。足下心里何如？"公子道："如此委曲最妙，省得眼睁睁的我与她不好分别。只是既有了此意，岳丈那里我不好再走去了。我在哪里问消息？"张三翁道："只消在老汉家里讨回话。一过去了，就好成事体，我也就来回复你的，不必挂念！"公子道："如此做事，连房下面前我不必说破，只等岳丈接他归家便了。"张三翁道："正是，正是。"两下别去。上官翁一径打发人来接了女儿回家住了。

过了两日，张三翁走来见公子道："事已成了。"公子道："是甚么人家？"张三翁道："人家豪富，也是姓姚。"公子道："既是富家，聘礼必多了。"张三翁道："他们道是中年再醮（jiào，嫁），不肯出多。是老汉极力称赞贤能，方得聘金四十两。你可省吃俭用些，再若轻易弄掉了，别无来处了。"公子见就有了银子，大喜过望，口口称谢。张三翁道："虽然得了这几两银子，一入豪门，终身不得相见了，为何如此快活？"公子道："譬如两个一齐饿死了，而今她既落了好处，我又得了银子，有甚不快活处？"

原来这银子就是上官翁的，因恐他把女儿当真卖了，故装成这个圈套，接了女儿家去，把这些银子暗暗助他用度，试看他光景。

公子银子接到手，手段阔惯了的，哪里够他的用？况且一向处了不足之乡，未免房钱柴米钱之类，挂欠些在身上，拿来一出摩诃萨，没多几时，手里又空。左顾右盼，虽无可卖，单单剩得一个身子，思量索性卖与人了，既得身钱，又可养口。却是一向是个公子，哪个来兜他？又兼目下已做了单身光棍，种火又长，挂门又短，谁来要这个废物？公子不揣，各处央人寻头路。上官翁知道了，又拿几两银子，另挽出一个来要了文契，叫庄客收他在庄上用。庄客就假做了家主，与他约道："你本富贵出身，故此价钱多了。既已投靠，就要随我使用，禁持（忍耐）苦楚，不得违慢！说过方收留你。"公子思量道："我当初富盛时，家人几十房，多是吃了着了闲荡的，有甚苦楚处？"一力应承道："这个不难，既已靠身，但凭使唤了。"公子初时看见遇饭吃饭，遇粥吃粥，不消自己经营，颇谓得计。谁知隔得一日，庄客就限他功课起来：早晨要打柴，日里要挑水，晚要舂（chōng，把东西放在石臼或乳钵里捣掉皮壳或捣碎）谷簸米，劳筋苦骨，没一刻得安闲。略略推故懈惰，就拿着大棍子吓他。公子受不得那苦，不够十日，魆地（暗地里。魆，xū）逃去。庄客受了上官翁吩咐，不去追他，只看他怎生着落。

公子逃去两日，东不着边，西不着际，肚里又饿不过。看见乞儿们讨饭，讨得来，倒有得吃，只得也皮着脸去讨些充饥。讨了两日，挨去乞儿队里做了一伴了。自家想着当年的事，还有些气傲心高，只得作一长歌，当作似《莲花落》满市唱着乞食。歌曰："人道光阴疾似梭，我说光阴两样过。昔日繁华人羡我，一年一度易蹉跎。可怜今日我无钱，一时一刻如长年。我也曾轻裘肥马载高轩，指麾万众驱山前。一声围合魑魅惊，百姓邀迎如神明。今日黄金散尽谁复矜，朋友离群猎狗烹。昼无饘粥（稀饭。饘，zhān）夜无眠，落得街头唱哩莲。一生两截谁能堪，不怨爷娘不怨天。早知到此遭坎坷，悔教当日结妖魔。而今无计可奈何，殷勤劝人休似我！"上官翁晓得公子在街上乞化了，教人密地吩咐了一班乞儿，故意要凌辱他，不与他一路乞食。及至自家讨得些须来，又来抢夺他的，没得他吃饱。略略不顺意，便吓他道："你无理，就扯你去告诉家主。"公子就慌得手脚无措，东躲西避，又没个着身之处。真个是冻馁忧愁，无件不尝得到了。上官翁道："奈何得他也够了。"乃先把一所大庄院与女儿住下了，在后门之旁收拾一间小房，被窝什物略略备些在里边。

又叫张三翁来寻着公子，对他道："老汉做媒不久，怎知你就流落此中了！"公子道："此中了，可怜众人还不容我！"张三翁道："你本大家，为何反被乞儿欺侮？我晓得你不是怕乞儿，只是怕见你家主。你主幸不遇着，若是遇着，送你到牢狱中追起身钱来，你再无出头日子了。"公子道："今走身无路，只得听天命，早晚是死，不得见你了。前日你做媒，嫁了我妻子出去，今不知好过日子否？"说罢大哭。张三翁道："我正有一句话要对你说，你妻子今为豪门主母，门庭贵盛，与你当初也差不多。今托我寻一个管后门的。我若荐了你去，你只管晨昏启闭，再无别事，又不消自爨（cuàn，烧火做饭），享着安乐茶饭，这可好么？"公子拜道："若得如此，是重生父母了。"张三翁道："只有一件，她原先是你妻子，今日是你主母，必然羞提旧事。你切不可妄言放肆，露了风声，就安身不牢了。"公子道："此一时，彼一时。她如今在天上，我得收拾门下，免死沟壑，便为万幸了，还敢妄言甚么？"张三翁道："既如此，你随我来，我帮衬你成事便了。"

公子果然随了张三翁去，站在门外，等候回音。张三翁去了好一会，来对他道："好了，好了。事已成了，你随我进来。"遂引公子到后门这间房里来，但见床帐皆新，器具粗备。萧萧一室，强如庵寺坟堂；寂寂数椽（chuán，放在檩上架着屋顶的木条），不见露霜风雨。虽单身之入卧，审容膝之易安。公子一向草栖露宿受苦多了，见了这一间清净房室，器服整洁，吃惊问道："这是哪个住的？"张三翁道："此即看守后门之房，与你住的了。"公子喜之不胜，如入仙境。张三翁道："你主母家富，故待仆役多齐整。她着你管后门，你只坐在这间房里，吃自在饭够了。凭她主人在前面出入，主母在里头行止，你一切不可窥探，她必定羞见你！又万不可走出门一步，倘遇着你旧家主，你就住在此不稳了。"再三叮嘱而去。公子吃过苦的，谨守其言。心中一来怕这饭碗弄脱了，二来怕露出踪迹，撞着旧主人的是非出来，呆呆坐守门房，不敢出外。过了两个月余，只是如此。

上官翁晓得他野性已收了，忽一日叫一个人拿一封银子与他，说道："主母生日，众人多有赏，说你管门没事，赏你一钱银子买酒吃。"公子接了，想一想，这日正是前边妻子的生辰，思量在家富盛之时，多少门客来作贺，吃酒兴头，今却在别人家了，不觉凄然泪下，藏着这包银子，不舍得轻用。隔几日，又有个走出来道："主母唤你后堂说话。"公子吃一惊道："张三翁前日说他羞见我面，叫我不要露形，怎么如今唤我说话起来？我怎生去相见得？"又不好推故，只得随着来人一步步走进中堂。只见上官氏坐在里面，俨然是主母尊严，公子不敢抬头。上官氏道："但见说管门的姓姚，不晓得就是你。你是富公子，怎在此与人守门？"说得公子羞惭满面，作声不得。上官氏道："念你看门勤谨，赏你一封银子买衣服穿去。"丫鬟递出来，公子称谢受了。上官氏吩咐，原叫领了门房中来。公子到了房中，拆开封筒一看，乃是五钱足纹，心中喜欢，把来与前次生日里赏的一钱，并做一处包好，藏在身边。就有一班家人来与他庆松，哄他拿出些来买酒吃，公子不肯。众人又说："不好独难为他一个，我们大家凑些，打个平火。"公子捏着银子道："钱财是难得的，我藏着后来有用处。这样闲好汉再不做了。"众人强他不得，只得散了。一日黄昏时候，一个丫鬟走来说道，主母叫他进房中来，问旧时说话。公子不肯，道："夜晚间不是说话时节。我在此住得安稳，万一有些风吹草动，不要我管门起来，赶出去，就是个死。我只是守着这斗室罢了。你与我回复主母一声，决不敢胡乱进来的。"

上官翁逐时叫人打听，见了这些光景，晓得他已知苦辣了。遂又去挽那张三翁来看公子。公子见了，深谢他举荐之德。张三翁道："此间好过日子否？"公子道："此间无忧衣食，我可以老死在室内了，皆老丈之恩也。若非老丈，吾此时不知性命在哪里！只有一件，吃了白饭，闲过日子，觉得可惜。吾今积攒几钱银子在身边，不舍得用。老丈是好人，怎生教导我一个生利息的方法儿，或做些本等手业，也不枉了。"张三翁笑道："你几时也会得惜光阴惜财物起来了？"公子也笑道："不是一时学得的，而今晓得也迟了。"张三翁道："我此来，单为你有一亲眷要来会你，故着我先来通知。"公子道："我到此地位，亲眷无一人理我了，哪个还来要会我？"张三翁道："有一个在此，你随我来。"

张三翁引了他走入中堂，只见一个人在里面，巍冠大袖，高视阔步，踱将出来。公子望去，一看，见是前日的丈人上官翁。公子叫声"阿也！"失色而走。张三翁赶上一把拉住道："是你令岳，为何见了就走？"公子道："有甚么面孔见他？"张三翁道："自家丈人，有甚么见不得？"公子道："妻子多卖了，而今还是我的丈人？"张三翁道："他见你有些务实了，原要把女儿招你。"公子道："女儿已是此家的主母，还有女儿在哪里？"张三翁道："当初是老汉做媒卖去，而今原是老汉做媒还你。"公子道："怎么还得？"张三翁道："痴呆子！大人家的儿女，岂肯再嫁人？前日恐怕你当真胡行起来，令岳叫人接了家去，只说嫁了。今住的原是你令岳家的房子，又恐怕你冻饿死在外边了，故着老汉设法了你家来，收拾在门房里。今见你心性转头，所以替你说明，原等你夫妻完聚，这多是令岳造就你成器的好意思。"公子道："怪道住在此多时，只见说主母，从不见甚么主人出入。我守着老实，不敢窥探一些，岂知如此就里？原来岳父恁般费心！"张三翁道："还不上前拜见他去！"一手扯着公子走将进来。上官翁也凑将上来，撞着道："你而今记得苦楚，省悟前非了么？"公子无言可答，大哭而拜。上官翁道："你痛改前非，我把这所房子与你夫妻两个住下，再拨一百亩与你管运，做起人家来。若是饱暖之后，旧性复发，我即时逐你出去，连妻子也不许见面了。"公子哭道："经了若干苦楚过来，今受了岳丈深恩，若再不晓得省改，真猪狗不值了！"上官翁领他进去与女儿相见，夫妻抱头而哭。说了一会，出来谢了张三翁。张三翁临去，公子道："只有一件不干净的事，倘或旧主人寻来，怎么好？"张三翁道："哪里甚么旧主人？多是你令岳捏弄出来的。你只要好好做人家，再不必别虑！"公子方得放心，住在这房子里做了家主。虽不及得富盛之时，却是省吃俭用，勤心苦胝（辛苦劳作。胝，zhī），衣食尽不缺了。记恨了日前之事，不容一个闲人上门。

那贾清夫、赵能武见说公子重新做起人家来了，合了一伴来拜望他。公子走出来道："而今有饭，我要自吃，与列位往来不成了。"贾清夫把些趣话来说说，议论些箫管；赵能武又说某家的马健，某人的弓硬，某处地方禽兽多，公子只是冷笑，临了道："两兄看有似我前日这样主顾，也来作成我，做一伙同去赚他些儿。"两人见说话不是头，扫兴而去。上官翁见这些人又来歪缠，把来告了一状，搜根剔齿（寻根究底），查出前日许多隐漏白占的田产来，尽归了公子。公子一发有了家业，夫妻竟得温饱而终。

可见前日心性，只是不曾吃得苦楚过。世间富贵子弟，还是等他晓得些稼穑艰难为妙。至于门下往来的人，尤不可不慎也。

贫富交情只自知，翟公何必署门楣？
今朝败子回头日，便是奸徒退运时。

卷十二

懵教官爱女不受报
穷庠生助师得令终

　　巴尔扎克的"高老头"形象深入人心，把全部的财富和爱都倾注到女儿们身上的高老头，到头来被女儿遗弃。此文所刻画的高愚溪形象则是中国版本的"高老头"。

　　高愚溪富贵时，三个女儿争相侍奉，就怕财产落入他人手中，待高愚溪财产耗尽，女儿们便将其当作烫手山芋，推来推去，最后落得个无依无靠。幸亏侄儿明事理，虽然从没拿到过什么好处，却是尽心照顾。等到高愚溪时来运转，曾经受他恩惠的门生前来报恩，重拾富贵，女儿们又来奉承，高愚溪再不信假仁假义之语，只一心在侄儿家安享晚年。

　　虽然遭遇有相似之处，但高愚溪比高老头幸运得多，高愚溪有个孝顺的侄儿，还凭借以往善行重得了财富；高老头虽然也得到了一个年轻人的帮助，最后却是悲惨地死去。两个结局不同的故事，皆是无情鞭挞了世人将"孝"与"金钱"挂钩的丑恶观念，这种丑恶自古便有，即便到了现代也依旧屡见不鲜，让我们不得不去慨叹人间冷暖。

诗曰：

朝日上团团，照见先生盘。

盘中何所有？苜蓿（mù xu）长阑干。

这首诗乃是广文先生所作，道他做官清苦处。盖因天下的官，随你至卑极小的，如仓大使、巡简司，也还有些外来钱。唯有这教官，管的是那几个酸子，有体面的，还来送你几分节仪（节日礼物）；没体面的，终年面也不来见你，有甚往来交际？所以这官极苦。然也有时运好，撞着好门生，也会得他气力起来，这又是各人的造化不同。

浙江温州府，曾有一个廪膳（由公家给以膳食）秀才，姓韩名赞卿，屡次科第，不得中式。挨次出贡，到京赴部听选，选得广东一个县学里的司训。那个学直在海边，从来选了那里，再无人去做的。你道为何？原来与军民府州一样，是个有名无实的衙门。有便有几十个秀才，但是认得两个上大人的字脚，就进了学，再不退了。平日只去海上寻些道路，直到上司来时，穿着衣巾，摆班接一接，送一送，就是他向化之处了。不知国朝几年间，曾创立得一个学舍，无人来住，已自东倒西歪。旁边有两间舍房，住一个学吏，也只管记记名姓簿籍，没事得做，就合着秀才一伙去做生意。这就算作一个学了。韩赞卿晦气，却选着了这一个去处。曾有走过广里的备知详细，说了这样光景，合家恰像死了人一般，哭个不歇。

韩赞卿家里穷得火出，守了一世书窗，指望巴个出身，多少挣些家私。今却如此遭际，没计奈何。韩赞卿道："难道便是这样罢了不成？穷秀才结煞，除了去做官，再无路可走了。我想朝廷设立一官，毕竟也有个用处。见放着一个地方，难道是去不得哄人的？也只是人自怕了，我总是没事得做，拼着穷骨头去走一遭。或者撞着上司可怜，有些别样处法，作成些道路，就强似在家里坐了。"遂发一个狠，决意要去。亲眷们阻挡，他多不肯听，措置了些盘缠，别了家眷，冒冒失失，竟自赴任。到了省下，见过几个上司，也多说道："此地去不得，住在会城，守几时，别受些差委罢。"韩赞卿道："朝廷命我到此方行教，岂有身不履其地算得为官的？是必到任一番，看如何光景。"上司闻知，多笑是迂儒腐气，凭他自去了。

　　韩赞卿到了海边地方，寻着了那个学吏，拿出吏部急字号文凭与他看了。学吏吃惊道："老爹，你如何直走到这里来？"韩赞卿道："朝廷教我到这里做教官，不到这里，却到哪里？"学吏道："旧规但是老爹们来，只在省城住下，写个谕帖来知会我们，开本花名册子送来，秀才廪粮中扣出一个常例，一同送到，一件事就完了。老爹们俸薪自在县里去取，我们不管。以后升除去任，我们总不知道了。今日如何却竟到这里？"韩赞卿道："我既是这里官，须管着这里秀才。你去叫几个来见我。"学吏见过文凭，晓得是本管官，也不敢怠慢。急忙去寻几个为头的积年秀才，与他说知了。秀才道："奇事，奇事。有个先生来了。"一传两，两传三，一时会聚了十四五个，商量道："既是先生到此，我们也该以礼相见。"有几个年老些的，

穿戴了衣巾，其余的只是常服，多来拜见先生。韩赞卿接见已毕，逐个问了姓，叙些寒温，尽皆欢喜。略略问起文字大意，一班儿都相对微笑。老成的道："先生不必拘此，某等敢以实情相告。某等生在海滨，多是在海里去做生计的。当道恐怕某等在内地生事，作成我们穿件蓝袍，做了个秀才羁縻（mí）着，唱得几个喏、写得几字就是了。其实不知孔夫子义理是怎么样的，所以再没有先生们到这里的。今先生辛辛苦苦来走这番，这所在不可久留，却又不好叫先生便如此空回去。先生且安心住两日，让吾们到海中去去，五日后却来见先生，就打发先生起身，只看先生造化何如。"说毕，哄然而散。韩赞卿听了这番说话，惊得呆了，作声不得。只得依傍着学吏，寻间民房权且住下了。

这些秀才去了五日，果然就来，见了韩赞卿道："先生大造化，这五日内生意不比寻常，足足有五千金，够先生下半世用了。弟子们说过的话，毫厘不敢入己，尽数送与先生，见弟子们一点孝意。先生可收拾回去，是个高见。"韩赞卿见了许多东西，吓了一跳，道："多谢列位盛意，只是学生带了许多银两，如何回去得？"众秀才说："先生不必忧虑，弟子们着几个与先生做伴，同送过岭，万无一失。"韩赞卿道："学生只为家贫无奈，选了这里，不得不来。岂知遇着列位，用情如此！"众秀才道："弟子从不曾见先生面的。今劳苦先生一番，周全得回去，也是我们弟子之事。以后的先生不消再劳了。"当下众秀才替韩赞卿打叠（安排）起来，水陆路程舟车之类，多是众秀才备得停当，有四五个陪他一路起身。但到泊舟所在，有些人来相头相脚，面生可疑的，这边秀才不知口里说些甚么，抛个眼色，就便走开了去。直送至交界地方，路上太平的了，然后别了韩赞卿告回。韩赞卿谢之不尽，竟带了重资回家。一个穷儒，一旦饶裕了。可见有造化的，只是这个教官，又到了做不得的地方，也原有起好处来。

在下为何把这个教官说这半日？只因有一个教官做了一任回来，贫得彻骨，受了骨肉许多的气；又亏得做教官时一个门生之力，挣了一派后运，争尽了气，好结果了。正是：

世情看冷暖，人面逐高低。

任是亲儿女，还随阿堵（银钱）移。

话说浙江湖州府近太湖边地方，叫作钱篓。有一个老廪膳秀才，姓高名广，号愚溪，为人忠厚，生性古执。生有三女，俱已适人过了。妻石氏已死，并无子嗣。只有一侄，名高文明，另自居住，家道颇厚。这高愚溪积祖传下房屋一所，自己在里头住，侄儿也是有份的。只因侄儿自挣了些家私，要自家像意，见这祖房坍塌下来修理不便，便自己置买了好房子，搬出去另外住了。若论支派，高愚溪无子，该是侄儿高文明承继的。只因高愚溪讳言（因有所顾忌而隐讳不说）这件事，况且自有三女，未免偏向自己骨血，有积攒下的束脩本钱，多零星与女儿们去了。后来挨得出贡，选授了山东费县教官，转了沂州，又

升了东昌府，做了两三任归来，囊中也有四五百金宽些。

看官听说，大凡穷家穷计，有了一二两银子，便就做出十来两银子的气质出来。况且世上人的眼光极浅，口头最轻，见一两个箱儿匣儿略重些，便猜道有上千上万的银子在里头。还有凿凿说着数目，恰像亲眼看见亲手兑过的一般，总是一划（一律。划，chàn）的穷相。彼时高愚溪带得些回来，便就声传有上千的数目了。三个女儿晓得老子有些在身边，争来亲热，一个赛一个的要好。高愚溪心里欢喜道："我虽是没有儿子，有女儿们如此殷勤，老景也还好过。"又想一想道："我总是留下私蓄，也没有别人得与他，何不拿些出来分与女儿们了？等她们感激，越坚她们的孝心。"当下取三百两银子，每女儿与她一百两。女儿们一时见了银子，起初时千欢万喜，也自感激；后来闻得说身边还多，就有些过望（奢望）起来，不见得十分足处。大家唧哝道："不知还要留这偌多与哪个用？"虽然如此说，心里多想他后手的东西，不敢冲撞，只是赶上前的讨好。侄儿高文明照常往来，高愚溪不过体面相待，虽也送他两把俸金、几件人事（馈赠的礼物），恰好侄儿也替他接风洗尘，只好直退。侄儿有些身家，也不想他的，不以为意。

那些女儿闹哄了几日，各要回去，只剩得老人家一个在这些败落旧屋里面居住，觉得凄凉。三个女儿，你也说，我也说，多道："来接老爹家去住几时。"各要争先，愚溪笑道："不必争，我少不得要来看你们的。我从头而来，各住几时便了。"别去不多时，高愚溪在家清坐了两日，寂寞不过，收拾了些东西，先到大儿女家里住了几时。第二个第三个女儿，多着人来相接。高愚溪依次而到，女儿们只怨怅来得迟，住得不长远。过得两日，又来接了。高愚溪周而复始，住了两巡。女儿们殷殷勤勤，东也不肯放，西也不肯放。高愚溪思量道："我总是不生得儿子，如今年已老迈，又无老小，何苦独自个住在家里？有此三个女儿轮转供养，够过了残年了。只是白吃她们的，心里不安。前日虽然每人与了她百金，她们也费些在我身上了。我何不与她们说过，索性把身边所有尽数分与三家，等三家轮供养了我，我落得自由自在。这边过几时，那边过几时，省得老人家还要去买柴籴（dí，买进粮食）米，支持辛苦，最为便事。"把此意与女儿们说了，女儿们个个踊跃从命，多道："女儿养父亲是应得的，就不分得甚么，也说不得。"高愚溪大喜，就到自屋里把随身箱笼有些实物的，多搬到女儿家里来了。私下把箱笼东西拼拼凑凑，还有三百多两。装好汉发个慷慨，再是一百两一家，分与三个女儿，身边剩不多些甚么了。三个女儿接受，尽皆欢喜。

自此高愚溪只轮流住在三个女儿家里过日，不到自家屋里去了。这几间祖屋，久无人住，逐渐坍将下来。公家物事，卖又卖不得。女儿们又撺掇他说："是有分东西，何不拆了些来？"愚溪总是不想家去住了，道是有理。但见女婿家里有些甚么工作修造之类，就去悄悄载了些作料来增添改用。东家取了一条梁，西家就想一根柱，甚至猪棚屋也取些椽子板障来拉一拉，多是零碎取了的。侄儿子也不好小家子样来争，听凭他没些搭煞（糊涂）的，把一所房屋狼籍完了。祖宗缔造本艰难，公物将来弃物看。

自道婿家堪毕世，宁知转眼有炎寒？

且说高愚溪初时在女婿家里过日，甚是热落，家家如此。以后手中没了东西，要做些事体，也不得自由，渐渐有些不便当起来。亦且老人家心性，未免有些嫌长嫌短，左不是右不是的难为人。略不像意，口里便恨恨毒毒地说道："我还是吃用自家的，不吃用你们的。"聒絮个不住。到一家，一家如此。那些女婿家里未免有些厌倦起来，况且身边无物，没甚么想头了。就是至亲如女儿，心里较前也懈了好些，说不得个推出门，却是巴不得转过别家去了，眼前清净几时。所以初时这家住了几时，未到满期，那家就先来接他。而今就过日期也不见来接，只是巴不得他迟来些，高愚溪见未来接，便多住了一两日，这家子就有些言语出来道："我家住满了，怎不到别家去？"再略动气，就有的发话道："当初东西三家均分，又不是我一家得了的。"言三语四，耳朵里听不得。高愚溪受了一家之气，忿忿地要告诉这两家。怎当得这两家真是一个娘养的，过得两日，这些光景也就现出来了。闲话中间对女儿们说着姊妹不是，开口就护着姊妹伙的。至于女婿，一发彼此相为，外貌解劝之中，带些尖酸讥评，只是丈人不是，更当不起。高愚溪恼怒不过，只是寻是寻非的吵闹，合家不宁。数年之间，弄做个老厌物，推来攮（nǎng，推）去，有了三家，反无一个归根着落之处了。

看官，若是女儿女婿说起来，必定是老人家不达时务，惹人憎嫌。若是据着公道评论，其实他分散了好些本钱，把这三家做了靠傍，凡事也该体贴他意思一分，才有人心天理。怎当得人情如此，与他的便算己物，用他的便是冤家。况且三家相形，便有许多不调匀处。假如要请一个客，做个东道，这家便嫌道："何苦定要在我家请？"口里应承时，先不爽利了。就应承了去，心是懈的，日挨一日，挨得满了，又过了一家。到那家提起时，又道："何不在那边时节请了，偏要留到我家来请？"到底不请得，撒开手。难道遇着大小一事，就三家各派不成？所以一件也成不得了。怎教老人家不气苦？这也是世态，自然到此地位的，只是起初不该一味溺爱女儿，轻易把家事尽情散了。而今权在他人之手，岂得如意？只该自揣了些己也罢，却又是亲手分过银子的，心不甘伏。欲待别了口气，别走道路，又手无一钱，家无片瓦，争气不来，动弹不得。要去告诉侄儿，平日不曾有甚好处到他，今如此行径没下梢（结果）了，恐怕他们见笑，没脸嘴见他。左思右想，恨道："只是我不曾生得儿子，致有今日！枉有三女，多是负心向外的，一毫没干，反被她们赚得没结果了！"使一个性子，噙着眼泪走到路旁一个古庙里坐着，越想越气，累天倒地的哭了一回。猛想道："我做了一世的儒生，老来弄得这等光景，要这性命做甚么？我把胸中气不忿处，哭告菩萨一番，就在这里寻个自尽罢了。"

又道是无巧不成话，高愚溪正哭到悲切之处，恰好侄儿高文明在外边收债回来，船在岸边摇过，只听得庙里哭声，终是关着天性，不觉有些动念。仔细听着，像是伯伯的声音，便道："不问是不是，这个哭，哭得好古怪，就住拢去看一看，怕做甚么？"叫船家一橹邀住了船，船头凑岸，扑的跳将上去，走进庙门，喝道："哪个在此啼哭？"各抬头一看，两下多吃了一惊。高文明道："我说是伯伯的声音，为何在此？"高愚溪见是自家侄儿，心里悲酸起来，越加痛切。高文明道："伯伯，老人家休哭坏了身子，且说与侄儿，受了何人的气以致如此？"高愚溪道："说也羞人，我自差了念头，死靠着女儿，不留个后步，把些老本钱多分与她们了。今日却没一个理着我了，气忿不过，在此痛哭，告诉神明一番，寻个自尽。不想遇着我侄，甚为有愧！"高文明道："伯伯怎如此短见！姊妹们是女人家见识，与她认甚么真？"愚溪道："我宁死于此，不到她三家去了。"高文明道："不去也凭得伯伯，何苦寻死？"愚溪道："我已无家可归，不死何待？"高文明道："侄儿不才，家里也还奉养得伯伯一口起，怎说这话？"

愚溪道："我平时不曾有好处到我侄，些些家事多与了别人，今日剩得个光身子，怎好来扰得你！"高文明道："自家骨肉，如何说个扰字？"愚溪道："便做道我侄不弃，侄媳妇定嫌憎的。我出了偌多本钱，买别人嫌憎过了，何况孑然一身！"高文明道："侄儿也是个男子汉，岂由妇人作主！况且侄妇颇知义理，必无此事。伯伯只是随着侄儿到家里罢了，再不必迟疑，快请下船同行。"高文明也不等伯子回言，一把扯住衣袂，拉了就走，竟在船中载回家来。

高文明先走进去，对娘子说着伯伯苦恼、思量寻死的话，高娘子吃惊道："而今在哪里了？"高文明道："已载他在船里回来了。"娘子道："虽然老人家没搭煞，讨得人轻贱，却也是高门里的体面，原该收拾了回家来，免被别家耻笑！"高文明还怕娘子心未定，故意道："老人家虽没用了，我家养这一群鹅在圈里，等他在家早晚看看也好的，不到得吃白饭。"娘子道："说哪里话！家里不争得这一口，就吃了白饭，也是自家骨肉，又不养了闲人。没有侄儿叫个伯子来家看鹅之理！不要说这话，快去接了他起来。"高文明道："既如此说，我去请他起来，你可整理些酒饭相待。"

说罢，高文明三脚两步走到船边，请了伯子起来，到堂屋里坐下，就搬出酒肴来，伯侄两人吃了一会。高愚溪还想着可恨之事，提起一两件来告诉侄儿，眼泪簌簌的下来，高文明只是劝解，自此且在侄儿处住下了。三家女儿知道，晓得老儿心里怪了，却是巴不得他不来。虽体面上也叫个人来动问动问，不曾有一家说来接他去的。那高愚溪心性古撇，便接也不肯去了。

一直到了年边，三个女儿家才假意来说接去过年，也只是说声，不见十分殷勤。高愚溪回道不来，也就住了。高文明道："伯伯过年，正该在侄儿家里住的，祖宗影神也好拜拜。若在姊妹们家里，挂的是他家祖宗，伯伯也不便。"高愚溪道："侄儿说得是，我还有两个旧箱笼，有两套圆领在里头，旧纱帽一顶，多在大女儿家里，可着人去取了来，过年时也好穿了拜拜祖宗。"高文明道："这是要的，可写两个字去取。"随着人到大女儿家里去讨这些东西。那家子正怕这厌物再来，见要这付行头，晓得在别家过年了，恨不得急烧一付退送纸，连忙把箱笼交还不迭。高愚溪见取了这些行头来，心里一发晓得女儿家里不要他来的意思，安心在侄儿处过年。大凡老休在屋里的小官，巴不得撞个时节吉庆，穿着这一付红闪闪的，摇摆摇摆，以为快乐。当日高愚溪着了这一套，拜了祖宗，侄儿侄媳妇也拜了尊长。一家之中，甚觉和气，强似在别人家了。只是高愚溪心里时常不快，道是不曾掉得甚么与侄儿，今反在他家打搅，甚为不安。就便是看鹅的事他也肯做，早是侄儿不要他去。同枝本是一家亲，才属他门便路人。直待酒阑人散后，方知叶落必归根。

一日，高愚溪正在侄儿家闲坐，忽然一个人公差打扮的，走到面前拱一拱手道："老伯伯，借问一声，此间有个高愚溪老爹否？"高愚溪道："问他怎的？"公差道："老伯伯指引一指引，一路问来，说道在此间，在下要见他一见，有些要紧说话。"高愚溪道："这是个老朽之人，寻他有甚么勾当？"公差道："福建巡按李爷，山东沂州人，是他的门生。今去到任，迂道到此，特特来访他，找寻两日了。"愚溪笑道："则我便是高广。"公差道："果然么？"愚溪指着壁间道："你不信，只看我顶破纱帽。"公差晓得是实，叫声道："失敬了。"转身就走。愚溪道："你且说山东李爷叫甚名字？"公差道："单讳着一个某字。"愚溪想了一想道："原来是此人。"公差道："老爹家里收拾一收拾，他等得不耐烦。小的去禀，就来拜了。"公差访得的实，喜喜欢欢自去了。高愚溪叫出侄儿高文明来，与他说知此事。高文明道："这是兴头的事，贵人来临，必有好处。伯伯当初怎么样与他相处起的？"愚溪道："当初吾在沂州做学正，他是童生新进学，家里甚贫，出那拜见钱不起。有半年多了，不能够来尽礼。斋中两个同僚，撺掇我出票去拿他，我只是不肯，后来访得他果贫，去唤他来见。是我一个做主，分文不要他的。斋中见我如此，也不好要得了。我见这人身虽寒俭，意气轩昂，模样又好，问他家里，连灯火之资多难处的。我倒助了他些盘费回去，又替他各处赞扬，第二年就有了一个好馆。在东昌时节，又府里荐了他。归来这几时，不相闻了。后来见说中过进士，也不知在哪里为官。我已是老迈之人，无意世事，总不记在心上，也不去查他了。不匡（想不到）他不忘旧情，一直到此来访我。"高文明道："这也是一个好人了。"

正说之间，外边喧嚷起来，说一个大船泊将拢来了，一齐来看。高文明走出来，只见一个人拿了红帖，竟望门里直奔。高文明接了，拿进来看。高愚溪忙将古董衣服穿戴了，出来迎接。船舱门开处，摇摇摆摆，踱上个御史来。那御史生得齐整，但见：胸蟠豸（zhì）绣，人避骢威。揽辔想象澄清，停车动摇山岳。霜飞白简，一笔里要管闲非；清比黄河，满面上专寻不是。若不为学中师友谊，怎肯来林外野人家？那李御史见了高愚溪，口口称为老师，满面堆下笑来，与他拱揖进来。李御史退后一步，不肯先走，扯得个高愚溪气喘不迭，涎唾鼻涕乱来。李御史带着笑，只是谦逊。高愚溪强不过，只得扯着袖子占先了些，一同行了，进入草堂之中。御史命设了毯子，纳头四拜，拜谢前日提携之恩。高愚溪还礼不迭。拜过，即送上礼帖，候敬十二两。高愚溪收下，整椅在上面。御史再三推辞，定要旁坐，只得左右相对。御史还不肯占上，必要愚溪右手高些才坐了。御史提起昔日相与之情，甚是感谢，说道："侥幸之后，日夕想报师恩，时刻在念。今幸适有此差，道由贵省，迂途来访。不想高居如此乡僻。"高愚溪道："可怜，可怜。老朽哪得有居？此乃舍侄之居，老朽在此趁住的。"御史道："老师当初必定有居。"愚溪道："老朽拙算，祖居尽废。今无家可归，只得在此强颜度日。"说罢，不觉硬咽起来。老人家眼泪极易落的，扑的掉下两行来。御史恻然不忍，道："容门生到了地方，与老师设处便了。"愚溪道："若得垂情，老朽至死不忘。"御史道："门生到任后，便着承差来相候。"说够一个多时的话，起身去了。

愚溪送动身，看船开了，然后转来，将适才所送银子来看一看，对侄儿高文明道："此封银子，我侄可收去，以作老汉平日供给之费。"高文明道："岂有此理！供养伯伯是应得的，此银伯伯留下随便使用。"高愚溪道："一向打搅，心实不安，手中无物，只得腼颜（厚颜。腼，miǎn）过了。今幸得门生送此，岂有累你供给了，我白收物事自用之理？你若不收我的，我也不好再住了。"高文明推却不得，只得道："既如此说，侄儿取了一半去，伯伯留下一半别用罢。"高愚溪依言，各分了六两。自李御史这一来，闹动了太湖边上，把这事说了几日。女儿家知道了，见说送来银子分一半与侄儿了，有的不气干，道："光辉了他家，又与他银子！"有的道："这些须银子也不见几时用，不要欣羡他！免得老厌物来家也够了。料没得再有几个御史来送银子。"各自唧哝不题。

且说李御史到了福建，巡历地方，祛蠹除奸（驱除祸害，消除奸佞。

蠹，dù），雷厉风行，且是做得利害。一意行事，随你天大分上，挽回不来。三月之后，即遣承差到湖州公干，顺便赍书一封，递与高愚溪，约他到任所。先送程仪（路费）十二两，教他收拾了，等承差公事已毕，就接了同行。高愚溪得了此信，与侄儿高文明商量，伯侄两个一同去走走。收拾停当，承差公事已完，来促起身。一路上多是承差支持，毫不费力，不二十日已到了省下。此时察院正巡历漳州，开门时节，承差进禀："请到了高师爷。"察院即时送了下处，打轿出拜。拜时赶开闲人，叙了许多时说话。回到衙内，就送下程，又吩咐办两桌酒，吃到半夜方散。外边见察院如此绸缪，哪个不钦敬？府县官多来相拜，送下程，尽力奉承。大小官吏，多来掇臀捧屁，希求看觑，把一个老教官抬在半天里。因而有求荐奖的，有求免参论的，有求出罪的，有求免赃的，多来钻他分上。察院密传意思，教且离了所巡境地，或在省下，或游武夷，已叮嘱了心腹府县。其有所托之事，钉好书札，附寄公文封筒进来，无

有不依。高愚溪在那里半年，直到察院将次复命，方才收拾回家。总计所得，足足有二千余两白物。其余土产货物、尺头（绸缎衣料）礼仪之类甚多，真叫作满载而归。只这一番，比似先前自家做官时，倒有三四倍之得了。伯侄两人满心欢喜，到了家里，搬将上去。邻里之间，见说高愚溪在福建巡按处抽丰（向有钱人求得财物赠与）回来，尽来观看。看见行李沉重，货物堆积，传开了一片，道："不知得了多少来家。"

三家女儿知道了，多着人来问安，又各说着要接到家里去的话。高愚溪只是冷笑，心里道："见我有了东西，又来亲热了。"接着几番，高愚溪立得主意定，只是不去。正是：自从受了卖糖公公骗，至今不信口甜人。这三家女儿，见老子不肯来，约会了一日，同到高文明家里来。见高愚溪，个个多撮得笑起，说道："前日不知怎么样冲撞了老爹，再不肯到家来了。今我们自己来接，是必原到我们各家来住住。"高愚溪笑道："多谢，多谢。一向打搅得你们够了，今也要各自揣己（估量自己），再不来了。"三个女儿，你一句，我一句，说道："亲的只是亲，怎么这等见弃我们？"高愚溪不耐烦起来，走进房中，去了一会，手中拿出三包银子来，每包十两，每一个女儿与她一包，道："只此见我老人家之意，以后我也再不来相扰，你们也不必再来相缠了。"又拿一个束帖来付高文明，就与三个女儿看一看。众人争上前看时，上面写道："平日空囊，只有亲侄收养；今兹余橐，无用他姓垂涎！一生宦资，已归三女；身后长物，悉付侄儿。书此为照。"女儿中颇有识字义者，见了此纸，又气忿，又没趣，只得各人收了一包，且自各回家里去了。

高愚溪罄将所有，尽交付与侄儿。高文明哪里肯受，说道："伯伯留些防老，省得似前番缺乏了，告人便难。"高愚溪道："前番分文没有时，你兀自肯白养我；今有东西与你了，倒怠慢我不成？我老人家心直口直，不作久计了，你收下我的，一家一计（一家人）过去，我到相安。休分彼此，说是你的我的。"高文明依言，只得收了。以后尽心供养，但有所需，无不如意。高愚溪到底不往女儿家去，善终于侄儿高文明之家。所剩之物尽归侄儿，也是高文明一点亲亲之念不衰，毕竟得所报也。

广文也有遇时人，自是人情有假真。
不遇门生能报德，何缘爱女复思亲？

卷十三

偶汉裔夺妾山中
假将军还妹江上

世间多有真豪杰，但不论身份。自有那胆小如鼠的强盗，也自有那胆识过人的书生，这就是"人不可貌相，海水不可斗量"，有大智慧真胆色者乃真英雄！

汪秀才的美妾被强盗掳去，连官家都忌惮那强盗姓名，不敢缉拿，汪秀才便自己乔装作军士前去营救，其智谋和胆色竟深受强盗佩服，最终爱妾平安救出，汪秀才的智举奇事被广为称颂。

一个文弱书生，不依靠鬼神或权贵，凭自己聪明才智救人，这类故事在古代市井小说中是非常新颖的，它歌颂的是人自身的力量，人要靠自己去实现目标，这种思想观念非常难得。

诗云：

曾闻盗亦有道，其间多有英雄。

若逢真正豪杰，偏能掉臂（奋起）于中。

昔日宋相张齐贤，他为布衣时，值太宗皇帝驾幸河北，上太平十策。太宗大喜，用了他六策，余四策斟酌再用。齐贤坚执道："是十策皆妙，尽宜亟用。"太宗笑其狂妄，还朝之日，对真宗道："我在河北得一宰相之才，名曰张齐贤，留为你他日之用。"真宗牢记在心，后来齐贤登进士榜，却中在后边。真宗见了名字，要拔他上前，争奈榜已填定，特旨一榜尽赐及第，他日直做到宰相。

这个张相未遇时节，孤贫落魄，却偶傥有大度。一日偶到一个地方，投店中住止。其时适有一伙大盗劫掠归来，在此经过，下在店中造饭饮酒，枪刀森列，形状狰狞。居民恐怕拿住，东逃西匿，连店主多去躲藏。张相剩得一身在店内，偏不走避。看见群盗吃得正酣，张相整一整巾帻（zé），岸然走到群盗面前，拱一拱手道："列位大夫请了，小生贫困书生，欲就大夫求一醉饱，不识可否？"群盗见了容貌魁梧，语言爽朗，便大喜道："秀才乃肯自屈，何不可之有？但是吾辈粗疏，恐怕秀才见笑耳。"即立起身来请张相同坐。张相道："世人不识诸君，称呼为盗，不知这盗非是龌龊儿郎做得的。诸君多是世上英雄，小生也是慷慨之士，今日幸得相遇，便当一同欢饮一番，有何彼此？"说罢，便取大碗斟酒，一饮而尽。群盗见他吃得爽利，再斟一碗来，也就一口吸干，连吃个三碗。又在桌上取过一盘猪蹄来，略擘一擘开，狼飧虎咽，吃个罄尽。群盗看了，皆大惊异，共相希诧（稀奇惊异）道："秀才真宰相器量！能如此不拘小节，决非凡品。他日做了宰相，宰制天下，当念吾曹为盗多出于不得已之情。今日尘埃中，愿先结纳，幸秀才不弃！”各各身畔将出金帛来赠，你强我赛，堆了一大堆。张相毫不推辞，一一简取，将一条索子捆缚了，携在手中，叫声聒噪，大踏步走出店去。此番所得倒有百金，张相尽付之酒家，供了好些时酣畅。只此一段气魄，在贫贱时就与人不同了。这个是胆能玩盗的，有诗为证：

等闲卿相在尘埃，大嚼无惭亦异哉！
自是胸中多磊落，直教剧盗也怜才。

山东莱州府掖县有一个勇力之士邵文原，义气胜人，专要路见不平，拔刀相助。有人在知县面前谤他恃力为盗，知县初到不问的实，寻事打了他一顿。及至知县朝觐入京，才出境外，只见一人骑着马，跨着刀，跑到面前，下马相见。知县认得是邵文原，只道他来报仇，吃了一惊，问道：“你自何来？”文原道：“小人特来防卫相公入京，前途剧贼颇多，然闻了小人之名，无不退避的。”知县道：“我无恩于你，你怎到有此好心？”文原道：“相公前日戒训小人，也只是要小人学好。况且相公清廉，小人敢不尽心报效？”知县心里方才放了一个大疙瘩。文原随至中途，别了自去，果然绝无盗警（发生盗贼劫掠事件）。

一日出行，过一富翁之门，正撞着强盗四十余人在那里打劫他家，将富翁捆缚住，着一个强盗将刀加颈，吓他道：“如有官兵救应，即先下手！”其余强盗尽劫金帛。富翁家里有一个钱堆，高与屋齐，强盗算计拿他不去，尽笑道：“不如替他散了罢。”号召居民，多来分钱。居民也有怕事的不敢去，也有好事的去看光景，也有贪财大胆的拿了家伙，称心的兜取，弄得钱满阶墀（台阶。墀，chí）。邵文原闻得这话，要去玩弄这些强盗，在人丛中侧着肩膊，挨将进去，高声叫道：“你们做甚的？做甚的？”

众人道："强盗多着哩！不要惹事！"文原走到邻家，取一条铁叉，立在门内，大叫道："邵文原在此！你们还了这家银子，快散了罢！"富翁听得，恐怕强盗见有救应，即要动刀，大叫道："壮士快不要来！若来，先杀我了。"文原听得，权且走了出来。群盗齐把金银装在囊中，驮在马背上，有二十驮。仍绑押了富翁，送出境外二十里，方才解缚。富翁披发狼狈而归。谁知文原自出门外，骑着马，即远远随来，看见富翁已回，急鞭马追赶。强盗见是一个人，不以为意。文原喝道："快快把金银放在路旁！汝等认得邵文原否？"强盗闻其名，正慌张未答。文原道："汝等迟迟，且着你看一个样！"飕的一箭，已把内中一个射下马来，死了。群盗大惊，一齐下马跪在路旁，告求饶命。文原喝道："留下东西，饶你命去罢！"强盗尽把囊物丢下，空身上马逃遁而去。文原就在人家借几匹马，负了这些东西，竟到富翁家里，一一交还。富翁迎着，叩头道："此乃壮士出力夺来之物，已不是我物了。愿送至君家，吾不敢吝。"文原怒叱道："我哀怜你家横祸，故出力相助，吾岂贪私邪！"尽还了富翁，不顾而去，这个是力能制盗的，有诗为证：

白昼探丸势已凶，不堪壮士笑谈中。

挥鞭能返相如璧，尽却酬金更自雄。

再说一个见识能作弄强盗的汪秀才，做回正话。看官要知这个出处，先须听我《潇湘八景》：

云暗龙堆古渡，湖连鹿角平田。薄暮长杨垂首，平明秀麦齐肩。人羡春游此日，客愁夜泊如年。——《潇湘夜雨》

湘妃初理云鬟，龙女忽开晓镜。银盘水面无尘，玉魄天心相映。一声

铁笛风清，两岸画阑人静。——《洞庭秋月》

八桂城南路杳，苍梧江月音稀。昨夜一天风色，今朝百道帆飞。对镜且看妾面，倚楼好待郎归。——《远浦归帆》

湖平波浪连天，水落汀沙千里。芦花冷澹秋容，鸿雁差池南徙。有时小棹经过，又遣几群惊起。——《平沙落雁》

轩帝洞庭声歇，湘灵宝瑟香销。湖上长烟漠漠，山中古寺迢迢。钟击东林新月，僧归野渡寒潮。——《烟屿晚钟》

湖头俄顷阴晴，楼上徘徊晚眺。霏霏雨障轻过，闪闪夕阳回照。渔翁东岸移舟，又向西弯垂钓。——《渔村夕阳》

石港湖心野店，板桥路口人家。少妇筐中麦芨，村翁筒里鱼虾。蜃市依稀海上，岚光咫尺天涯。——《山市晴岚》

陇头初放梅花，江面平铺柳絮。楼居万玉丛中，人在水晶深处。一天素幔低垂，万里孤舟归去。——《江天暮雪》

此八词多道着楚中景致，乃一浙中缙绅所作。楚中称道此词颇得真趣，人人传诵的。这洞庭湖八百里，万山环列，连着三江，乃是盗贼渊薮。国初时，伪汉陈友谅据楚称王，后为太祖所灭。今其子孙住居瑞昌、兴国之间，号为柯陈，颇称蕃衍。世世有勇力出众之人，推立一个为主，其族负险善斗，劫掠客商。地方有亡命无赖，多去投入伙中。官兵不敢正眼觑他，虽然设立有游击、把总等巡游武官，提防地方非常事变，却多是与他们豪长通同往来。地方官不奈他何的，宛然宋时梁山泊光景。

且说黄州府黄冈县有一个汪秀才，身在黉宫（学宫。黉，hóng），家事富厚，家僮数十，婢妾盈房。做人倜傥不羁，豪侠好游，又兼权略过人，凡事经他布置，必有可观，混名称他为汪太公，盖比他吕望一般智术。他房中有一爱妾，名曰回风，真个有沉鱼落雁之容，闭月羞花之貌，更兼吟诗作赋，驰马打弹，是少年场中之事，无所不能。汪秀才不唯宠冠后房，但是游行再没有不带他同走的。怎见得回风的标致？云鬟轻梳蝉翼，翠眉淡扫春山。朱唇缀一颗樱桃，皓齿排两行碎玉。花生丹脸，水剪双眸。意态自然，技能出众。直教杀人壮士回头觑，便是入定禅师转眼看。

一日，汪秀才领了回风来到岳州，登了岳阳楼，望着洞庭浩渺，巨浪拍天。其时冬月水落，自楼上望君山，隔不多些水面。遂出了岳州南门，拿舟而渡，不上数里，已到山脚。雇了肩舆（代步工具，由人抬着走），与回风同行十余里，下舆谒（拜见）湘君祠。右数十步榛莽中，有二妃冢，汪秀才取酒来与回风各酹（lèi，把酒洒在地上表示祭奠或起誓）一杯。步行半里，到崇胜寺之外，三个大字是"有缘山"。汪秀才不解，回风笑道："只该同我们女眷游的，不然何称有缘？"汪秀才去问僧人，僧人道："此处山灵，妒人来游，每将渡，便有恶风浊浪阻人。得到此地者，便是有缘，故此得名。"汪秀才笑对回风道："这等说来，我与你今日到此，可谓侥幸矣。"其僧遂指引汪秀才许多胜处，说有轩辕台，乃黄帝铸鼎于此；酒香亭，乃汉武帝得仙酒于此；朗吟亭，乃吕仙遗迹；柳毅井，乃柳毅为洞庭君女传书处。汪秀才别了僧人，同了回风，由方丈侧出去，登了轩辕台。凭栏四顾，水天一色，最为胜处。又左侧过去，是酒香亭。绕出山门之左，登朗吟亭。再下柳毅井，旁有传书亭。亭前又有刺橘泉许多古迹。

正游玩间，只见山脚下走起一个大汉来，仪容甚武，也来看玩。回风虽是遮遮掩掩，却没十分好躲避处。那大汉看见回风美色，不转眼的上下瞟觑，跟定了他两人，步步傍着不舍。汪秀才看见这人有些尴尬（鬼鬼祟祟），急忙下山。将到船边，只见大汉也下山来，口里一声胡哨，左近一只船中吹起号头答应，船里跳起一二十彪形大汉来，对岸上大汉声喏。大汉指定回风道："取了此人献大王去！"众人应一声，一齐动手，犹如鹰拿燕雀，竟将回风抢到那只船上，拽起满篷，望洞庭湖中而去，汪秀才只叫得苦。这湖中盗贼去处，窟穴甚多，竟不知是哪一处的强人弄的去了。凄凄惶惶（悲伤不安），双出单回，甚是苦楚。正是：不知精爽落何处，疑是行云秋水中。

汪秀才眼看爱姬失去，难道就是这样罢了？他是个有擘划（谋略。擘，bò）的人，即忙着人四路找听，是省府州县闹热市镇去处，即贴了榜文："但有知风来报的，赏银百两。"各处传遍道汪家失了一妾，出着重赏招票。从古道重赏之下，必有勇夫。汪秀才一日到省下来，有一个都司向承勋是他的相好朋友，摆酒在黄鹤楼请他。饮酒中间，汪秀才凭栏一望，见大江浩渺，云雾苍茫，想起爱妾回风不知在烟水中哪一个所在，投袂（挥动袖子）而起，亢声长歌苏子瞻《赤壁》之句云："渺渺兮予怀，望美人兮天一方。"歌之数回，不觉潸然泪下。向都司看见，正要请问，旁边一个护身的家丁慨然向前道："秀才饮酒不乐，得非为家姬失去否？"汪秀才道："汝何以知之？"家丁道："秀才遍榜街衢，

谁不知之！秀才但请与我主人尽饮，管还秀才一个下落。"汪秀才纳头便拜道："若得知一个下落，百觥也不敢辞。"向都司道："为一女子，值得如此着急？且满饮三大厄，教他说明白。"汪秀才即取大厄过手，一气吃了三巡。再斟一厄，奉与家丁道："愿求壮士明言，当以百金为寿。"家丁道："小人是兴国州人，住居阖闾山下，颇知山中柯陈家事体。为头的叫作柯陈大官人，有几个兄弟，多有勇力，专在江湖中做私商勾当。他这一族最大，江湖之间各有头目，唯他是个主。前日闻得在岳州洞庭湖劫得一美女回来，进与大官人，甚是快活，终日饮酒作乐。小人家里离他不上十里路，所以备细得知。这个必定是秀才家里小娘子了。"汪秀才道："我正在洞庭湖失去的，这消息是真了。"向都司便道："他这人慷慨好义，虽系草窃（盗窃或草寇）之徒，多曾与我们官府往来。上司处也私有进奉，盘结深固，四处响应，不比其他盗贼可以官兵缉拿得的。若是尊姬被此处弄了去，只怕休想再合了，天下多美妇人，仁兄只宜丢开为是。且自畅饮，介怀无益。"汪秀才道："大丈夫生于世上，岂有爱姬被人所据，既已知下落不能用计夺转来的？某虽不才，誓当返此姬，以博一笑。"向都司道："且看仁兄大才，谈何容易！"当下汪秀才放下肚肠，开怀畅饮而散。

次日，汪秀才即将五十金送与向家家丁，以谢报信之事。就与都司讨此人去做眼，事成之后，再奉五十金，以凑百两。向都司笑汪秀才痴心，立命家丁到汪秀才处听凭使用，看他怎么作为。家丁接了银子，千欢万喜，头颠尾颠，巴不得随着他使唤了。就向家丁问了柯陈家里弟兄名字，汪秀才胸中算计已定，写下一状，先到兵巡衙门去告。兵巡看状，见了柯陈大等名字，已自心里虚怯，对这汪秀才道："这不是好惹的。你无非只为一妇女小事，我若行个文书下去，差人拘拿对理，必要激起争端，致成大祸，决然不可。"汪秀才道："小生但求得一纸牒文，自会去与他讲论曲直，取讨人口，不须大人的公差，也不到得与他争竞，大人可以放心。"

兵巡见他说得容易，便道："牒文不难，即将汝状判准，排号用印，付汝持去就是了。"汪秀才道："小生之意，也只欲如此，不敢别求多端。有此一纸，便可了一桩公事来回复。"兵巡似信不信，吩咐该房（值班的人）如式端正，付与汪秀才。

汪秀才领了此纸，满心欢喜，就像爱姬已取到手了一般的，来见向都司道："小生状词已准，来求将军助一臂之力。"都司摇头道："若要我们出力，添拨兵卒，与他厮斗，这决然不能的。"汪秀才道："但请放心，多用不着，我自有人。只那平日所驾江上楼船，要借一只，巡江哨船，要借二只，与平日所用伞盖旌旗冠服之类，要借一用。此外不劳一个兵卒相助，只带前日报信的家丁去就够了。"向都司道："意欲何为？"汪秀才道："汉家自有制度，此时不好说得，做出便见。"向都司依言，尽数借与汪秀才。汪秀才大喜，罄备了一个多月粮食，唤集几十个家人；又各处借得些号衣，多打扮了军士，一齐到船上去撑驾开江。鼓吹喧阗（形容音乐演奏的声音嘈杂热闹。阗，tián），竟像武官出汛一般。有诗为证：舳舻（zhú lú，首尾衔接的船只）千里传赤壁，此日江中行画鹢（船。鹢，yì）。将军汉号是楼船，这回投却班生笔。

汪秀才驾了楼船，领了人从，打了游击牌额，一直行到阊阖山江口来。未到岸四五里，先差一只哨船载着两个人前去。一个是向家家丁，一个是心腹家人汪贵，拿了一张硬牌，去叫齐本处地方居民，迎接新任提督江洋游击。就带了几个红帖，把汪姓去了一画，帖上写名江万里，竟去柯陈大官人家投递，几个兄弟，每人一个帖子，说新到地方的官，慕大名就来相拜。两人领命去了。汪秀才吩咐船户，把船慢慢自行。且说向家家丁是个熟路，得了汪家重赏，有甚不依他处？领了家人汪贵一同下在哨船中了，顷刻到了岸边，掮（qián，用肩扛东西）了硬牌上岸，各处一说，多晓得新官船到，整备迎接。家丁引了汪贵同到一个所在，原来是一座庄子，但见：冷气侵人，寒风扑面。三冬无客过，四季少人行。团团苍桧（guì）若龙形，郁郁青松如虎迹。已升红日，庄门内鬼火荧荧；未到黄昏，古涧边悲风飒飒。盆盛人酢（cù）酱，板盖铸钱炉。蓦闻一阵血腥来，原是强人居止处。

　　家丁原是地头人，多曾认得柯陈家里的，一径将帖儿进去报了。柯陈大官人认得向家家丁是个官身，有甚么疑心？与同兄弟柯陈二、柯陈三等会集商议道："这个官府甚有吾们体面，他既以礼相待，我当以礼接他。而今吾们办了果盒，带着羊酒，结束（装束）鲜明，一路迎将上去。一来见我们有礼体，二来显我们弟兄有威风。看他举止如何，斟酌待他的厚薄就是了。"商议已定，外报游府船到江口，一面叫轿夫打轿拜客，想是就起来了。柯陈弟兄果然一齐戎装，点起二三十名喽罗，牵羊担酒，擎着旗幡，点着香烛，迎出山来。

　　江秀才船到泊里，把借来的纱帽红袍穿着在身，叫齐轿夫，四抬四插抬上岸来。先是地方人等声喏已过，柯陈兄弟站着两旁，打个躬，在前引

导，汪秀才吩咐一径抬到柯陈家庄上来。抬到厅前，下了轿，柯陈兄弟忙掇一张坐椅摆在中间。柯陈大开口道："大人请坐，容小兄弟拜见。"汪秀才道："快不要行礼，贤昆玉（称人兄弟的敬词）多是江湖上义士好汉，下官未任之时，闻名久矣。今幸得守此地方，正好与诸公义气相与，所以特来奉拜。岂可以官民之礼相拘？只是个宾主相待，倒好久长。"柯陈兄弟跪将下去，汪秀才一手扶起，口里连声道："快不要这等，吾辈豪杰不比寻常，决不要拘于常礼。"柯陈兄弟谦逊一回，请汪秀才坐了，三人侍立。汪秀才急命取坐来，分左右而坐。柯陈兄弟道游府如此相待，喜出非常，急忙治酒相款。汪秀才解带脱衣，尽情欢宴，猜拳行令，不存一毫形迹。行酒之间，说着许多豪杰勾当，掀拳裸袖，只恨相见之晚。柯陈兄弟不唯心服，又且感恩，多道："若得恩府如此相待，我辈赤心报效，死而无怨。江上有警，一呼即应，决不致自家作孽，有负恩府青目。"汪秀才听罢，越加高兴，接连百来巨觥，引满不辞，自日中起，直饮至半夜，方才告别下船。此一日算作柯陈大官人的酒，第二日就是柯陈二做主，第三日就是柯陈三做主，各各请过。柯陈大官人又道："前日是仓卒下马，算不得数。"又请吃了一日酒，俱有金帛折席（用金钱抵充酒席，多借此名义向人赠送金钱。折，shé）。汪秀才多不推辞，欣然受了。

酒席已完，回到船上，柯陈兄弟多来谢拜，汪秀才留住在船上，随命治酒相待。柯陈兄弟推辞道："我等草泽小人，承蒙恩府不弃，得献酒食，便为大幸，岂敢上叨赐宴？"汪秀才道："礼无不答，难道只是学生叨扰，不容做个主人还席的？况我辈相与，不必拘报施常规。前日学生到宅上，就是诸君作主；今日诸君见顾，就是学生做主。逢场作戏，有何不可！"柯陈兄弟不好推辞。早已排上酒席，摆设已完。汪秀才定席已毕，就有带来一班梨园子弟，上场做戏。做的是《桃园结义》《千里独行》许多豪杰襟怀的戏文，柯陈兄弟多是山野之人，见此花哄（热闹），怎不贪看？岂知汪秀才先已密密吩咐行船的，但听戏文锣鼓为号，即便魆地开船。趁着月明，沿流放去，缓缓而行，要使舱中不觉。行来数十余里，戏文方完。兴未肯阑，仍旧移席团坐，飞觞行令，乐人清唱，劝酬大乐。汪秀才晓得船已行远，方发言道："学生承诸君见爱，如此倾倒，可谓极欢。但胸中有一件小事，甚不便于诸君，要与诸君商量一个长策。"柯陈兄弟愕然道："不知何事？但请恩府明言，愚兄弟无不听令。"汪秀才叫从人掇一个手匣过来，取出那张榜文来捏在手中，问道："有一个汪秀才告着诸君，说道劫了他爱妾，有此事否？"柯陈兄弟两两相顾，不好隐得。柯陈大回言道："有一女子在岳州所得，名曰回风，说是汪家的。而今见在小人处，不敢相瞒。"汪秀才道："一女子是小事，那汪秀才是当今豪杰，非凡人也。今他要去上本奏请征剿，先将此状告到上司，上司密行此牒，托与学生勾当此事。学生是江湖上义气在行的人，岂可兴兵动卒前来搅扰？所以邀请诸君到此，明日见一见上司，与汪秀才质证那一件公事。"柯陈兄弟见说，惊得面如土色，道："我等岂可轻易见得上司？一到公庭必然监禁，好歹是死了！"人人思要脱身，立将起来，推窗一看，大江之中，烟水茫茫，既无舟楫，又无崖岸，巢穴已远，救应不到，再无个计策了。正是：有翅膀飞腾天上，有鳞甲钻入深渊。既无窜地升天术，目下灾殃怎得延？

柯陈兄弟明知着了道儿，一齐跪下道："恩府救命则个。"汪秀才道："到此地位，若不见官，学生难以回复；若要见官，又难为公等。是必从长计较，使学生可以销得此纸，就不见官罢了。"柯陈兄弟道："小人愚昧，愿求恩府良策。"汪秀才道："汪生只为一妾着急，今莫若差一只哨船飞棹（zhào，划）到宅上，取了此妾来船中。学生领去，当官交付还了他，这张牒文可以立销，公等可以不到官了。"柯陈兄弟道："这个何难！待写个手书与当家的，做个执照，就取了来了。"汪秀才道："事不宜迟，快写起来。"柯陈大写下执照，汪秀才立唤向家家丁与汪贵两个到来。他一个是认得路的，一个是认得人的，悄地吩咐，付与执照，打发两只哨船一齐棹去，立等回报。船中且自金鼓迭奏，开怀吃酒。柯陈兄弟见汪秀才意思坦然，虽觉放下了些惊恐，也还心绪不安，牵筋缩脉。汪秀才只是一味豪兴，谈笑洒落，饮酒不歇。

候至天明，两只哨船已此载得回风小娘子，飞也似的来报，汪秀才立教请过船来。回风过船，汪秀才大喜，叫一壁厢房舱中去，一壁厢将出四锭银子来，两个去的人各赏一锭，两船上各赏一锭。众人齐声称谢。分派已毕，汪秀才再命斟酒三大觥，与柯陈兄弟作别道："此事已完，学生竟自回复上司，不须公等在此了。就此请回。"柯陈兄弟感激，称谢救命之恩。汪秀才把柯陈大官人须髯一捋道："公等果认得汪秀才否？我学生便是。哪里是甚么新升游击，只为不舍得爱妾，做出这一场把戏。今爱妾仍归于我，落得与诸君游宴数日，备极欢畅，莫非结缘。多谢诸君，从此别矣！"柯陈兄弟如梦初觉，如醉方醒，才放下心中疙瘩，不觉大笑道："原来秀才诙谐至此，如此豪放不羁，真豪杰也！吾辈粗人，幸得陪侍这几日，也是有缘。小娘子之事，失于不知，有愧！有愧！"各解腰间所带银两出来，约有三十余两，赠与汪秀才道："聊以赠小娘子添妆。"汪秀才再三推却不得，笑而受之。柯陈兄弟求差哨船一送。汪秀才吩咐送至通岸大路，即放上岸。柯陈兄弟殷勤相别，登舟而去。

汪秀才房舱中唤出回风来，说前日惊恐的事，回风呜咽告诉。汪秀才道："而今仍归吾手，旧事不必再提，且吃一杯酒压惊。"两人如渴得浆，吃得尽欢，遂同宿于舟中。

次日起身，已到武昌码头上。来见向都司道："承借船只家伙等物，今已完事，一一奉还。"向都司道："尊姬已如何了？"汪秀才道："叨仗尊庇，已在舟中了。"向都司道："如何取得来？"汪秀才把假妆新任、拜他赚他的话，备细说了一遍，道："多在尊使肚里，小生也仗尊使之力不浅。"向都司道："有此奇事，真正有十二分胆智，才弄得这个伎俩出来。仁兄手段，可以行兵。"当下汪秀才再将五十金送与向家家丁，完前日招票上许出之数。另雇下一船，装了回风小娘子，再与向都司讨了一只哨船护送，并载家僮人等。安顿已定，进去回复兵巡道，缴还原牒。兵巡道问道："此事已如何了，却来缴牒？"汪秀才再把始终之事。备细一禀。兵巡道笑道："不动干戈，能入虎穴，取出人口，真奇才奇想！秀才他日为朝廷所用，处分封疆大事，料不难矣。"大加赏叹。汪秀才谦谢而出，遂载了回风，还至黄冈。黄冈人闻得此事，尽多惊叹道："不枉了汪太公之名，真不虚传也！"有诗为证：

自是英雄作用殊，虎狼可狎与同居。

不须窃伺骊龙睡，已得探还颔下珠。

瘗遗骸王玉英配夫
偿聘金韩秀才赎子

　　志怪小说中多有那多情的狐，有那重情的鬼，虽为异类，却有人心。凡人若心存善念、常为善举，受恩鬼狐自来相报。

　　韩秀才一时善念，将路旁枯骨埋葬，那白骨是二百年前死去的女子，其灵魂晚上前去报恩，二人生下一子，无法抚养，便寄养在别处，十八年后，终于一家相认，这便是女鬼报恩的故事。

　　鬼虽外表可怕却有情义，人若是存了恶念便比那鬼怪更可怕，故志怪故事多劝人为善，通过赞美善良的鬼怪，反讽社会和人心的黑暗面，其中的深刻道理还需读者细细品味。

诗曰：

晋世曾闻有鬼子，今知鬼子乃其常。

既能成得雌雄配，也会生儿在冥壤。

话说国朝隆庆年间，陕西西安府有一个易万户，以卫兵入屯京师，同乡有个朱工部相与得最好。两家妇人各有妊孕。万户与工部偶在朋友家里同席，一时说起，就两下指腹为婚。依俗礼各割衫襟，彼此互藏，写下合同文字为定。后来工部建言，触忤了圣旨，钦降为四川泸州州判。万户升了边上参将，各奔前程去了。万户这边生了一男，传闻朱家生了一女，相隔既远，不能够图完前盟。过了几时，工部在谪所水土不服，全家不保，剩得一两个家人，投托着在川中做官的亲眷，经纪得丧事回乡，殡葬在郊外。其时万户也为事革任回卫，身故在家了。

万户之子易大郎，年已长大，精熟武艺，日夜与同伴驰马较射。一日正在角逐之际，忽见草间一兔儿腾起，大郎舍了同伴，挽弓赶去。赶到一个人家门口，不见了兔儿。望内一看，原来是一所大宅院。宅内一个长者走出来，衣冠伟然，是个士大夫模样，将大郎相了一相道："此非易郎么？"大郎见是认得他的，即下马相揖。长者拽了大郎之手，步进堂内来，重见过礼，即吩咐里面治酒相款。酒过数巡，易大郎请问长者姓名。长者道："老夫与易郎葭莩（jiā fú，亲戚关系）不薄，老夫教易郎看一件信物。"随叫书童在里头取出一个匣子来，送与大郎开看。大郎看时，内有罗衫一角，文书一纸，合缝押字半边，上写道："朱、易两姓，情既断金，家皆种玉。得雄者为婿，必谐百年。背盟者天厌之，天厌之！隆庆某年月日朱某、易某书，坐客某某为证。"大郎仔细一看，认得是父亲万户亲笔，不觉泪下交颐（满腮）。只听得后堂传说："孺人同小姐出堂。"大郎抬眼看时，见一个年老妇人，珠冠绯袍，拥一女子，袅袅婷婷，走出厅来。那女子真色澹容，蕴秀包丽，世上所未曾见。长者指了女子对大郎道："此即弱息（女儿），尊翁所订以配君子者也。"大郎拜见孺人已过，对长者道："极知此段良缘，出于先人成命，但媒约未通，礼仪未备，奈何？"长者道："亲口交盟，何须执伐（做媒）！至于仪文末节，更不必计较。郎君倘若不弃，今日即可就甥馆，万勿推辞！"大郎此时意乱心迷，身不自主。女子已进去妆梳，须臾出来行礼，花烛合卺（jǐn），悉依家礼仪节。是夜送归洞房，两情欢悦，自不必说。

正是欢娱夜短，大郎匆匆一住数月，竟不记得家里了。一日忽然念着道："前日骤马到此，路去家不远，何不回去看看就来？"把此意对女子说了。女子禀知父母，那长者与孺人坚意不许。大郎问女子道："岳父母为何不肯？"女子垂泪道："只怕你去了不来。"大郎道："哪有此话！我家里不知我在这里，我回家说声就来。一日内的事，有何不可？"女子只不应允。大郎见她作难，就不开口。又过了一日，大郎道："我马闲着，久不骑坐，只怕失调了。我须骑出去盘旋一回。"其家听信。大郎走出门，一上了马，加上数鞭，那马四脚腾空，一跑数里。马上回头看那旧处，何曾有甚么庄院？急盘马转来一认，连人家影迹也没有。

但见群冢累累，荒藤野蔓而已。归家昏昏了几日，才与朋友们说着这话。有老成人晓得的道："这两家割襟之盟，果是有之，但工部举家已绝，郎君所遇，乃其幽宫（坟墓），想是夙缘未了，故有此异。幽明各路，不宜相侵，郎君勿可再往！"大郎听了这话，又眼见奇怪，果然不敢再去。

自到京师袭了父职回来，奉上司檄文，管署卫印事务。夜出巡堡，偶至一处，忽见前日女子怀抱一小儿迎上前来，道："易郎认得妾否？郎虽忘妾，褓中之儿，谁人所生？此子有贵征，必能大君门户，今以还郎，抚养他成人，妾亦籍手不负于郎矣。"大郎念着前情，不复顾忌，抱那儿子一看，只见眉清目秀，甚是可喜。大郎未曾娶妻有子的，见了好个孩儿，岂不快活？走近前去，要与那女子重叙离情，再说端的。那女子忽然不见，竟把怀中之子掉下去了。大郎带了回来。后来大郎另娶了妻，又断弦，再续了两番，立意要求美色。娶来的皆不能如此女之貌，又绝无生息，唯有得此子长成，勇力过人，兼有雄略。大郎因前日女子有"大君门户"之说，见他不凡，深有大望。一十八岁了，大郎倦于戎务，就让他袭了职。以累建奇功，累官至都督，果如女子之言。

这件事全似晋时范阳卢充与崔少府女金椀（wǎn）幽婚之事，然有地有人，不是将旧说附会出来的。可见姻缘未完，幽明配合，鬼能生子之事往往有之。这还是目前的鬼魂气未散，更有几百年鬼也会与人生子，做出许多话柄来，更为奇绝。要知此段话文，先听几首七言绝句为证：

洞里仙人路不遥，洞庭烟雨昼潇潇。

莫教吹笛城头阁，尚有销魂乌鹊桥。（其一）

莫讶鸳鸯会有缘，桃花结子已千年。

尘心不识蓝桥路，信是蓬莱有谪仙。（其二）

朝暮云骖闽楚关，青鸾信不断尘寰。

乍逢仙侣抛桃打，笑我清波照雾鬟。（其三）

这三首乃女鬼王玉英忆夫韩庆云之诗。那韩庆云是福建福州府福清县的秀才，他在本府长乐县蓝田石尤岭地方开馆授徒。一日散步岭下，见路旁有枯骨在草丛中，心里恻然道："不知是谁人遗骸，暴露在此！吾闻收掩骴骼（骸骨。骴，zì），仁人之事。今此骸无主，吾在此间开馆，即为吾所见，即是吾责了。"就归向邻家借了锄耰（yōu，弄碎土块、平整土地的农具）畚（běn，用蒲草或竹篾编织的盛物器具）锸之类，又没个人帮助，亲自动手，瘗埋（埋葬。瘗，yì）停当。撮土为香，滴水为酒，以安他魂灵，致敬而去。

是夜独宿书馆，忽见篱外毕毕剥剥，敲得篱门响。韩生起来，开门出看，乃是一个端丽女子。韩生慌忙迎揖。女子道："且到尊馆，有话奉告。"韩生在前引导，同至馆中。女子道："妾姓王，名玉英，本是楚中湘潭人氏。宋德祐年间，父为闽州守，将兵御原人，力战而死。妾不肯受胡虏之辱，死此岭下。当时人怜其贞义，培土掩覆。经今二百余年，骸骨偶出。蒙君埋藏，恩最深重，深夜来此，欲图相报。"韩生道："掩骸小事，不足挂齿；人鬼道殊，何劳见顾？"玉英道："妾虽非人，然不可谓无人道。君是读书之人，幽婚冥合之

事，世所常有。妾蒙君葬埋，便有夫妻之情。况夙缘甚重，愿奉君枕席，幸勿为疑。"韩生孤馆寂寥，见此美妇，虽然明说是鬼，然行步有影，衣衫有缝，济济楚楚，绝无鬼意。又且说话明白可听，能不动心？遂欣然留与同宿，交感之际，一如人道，毫无所异。

韩生与之相处一年有余，情同伉俪（夫妇）。忽一日，对韩生道："妾于去年七月七日与君交接，腹已受妊，今当产了。"是夜即在馆中产下一儿。初时韩生与玉英往来，俱在夜中，生徒俱散，无人知觉。今已有子，虽是玉英自己乳抱，却是婴儿啼声，瞒不得人许多，渐渐有人知觉，但亦不知女子是谁，婴儿是谁，没个人家主名，也没人来查他细账。只好胡猜乱讲，总无实据。传将开去，韩生的母亲也知道了，对韩生道："你山间处馆，恐防妖魅。外边传说你有私遇的事，果是怎么样的？可实对我说。"韩生把掩骸相报及玉英姓名说话，备细述一遍。韩母惊道："依你说来，是个多年之鬼了，一发可虑（令人忧虑）！"韩生道："说也奇怪，虽是鬼类，实不异人，已与儿生下一子了。"韩母道："不信有这话！"韩生道："儿岂敢造言欺母亲？"韩母道："果有此事，我未有孙，正巴不得要个孙儿。你可抱归来与我看一看，方信你言是真。"韩生道："待儿与她说着。"果将母亲之言与玉英说知。玉英道："孙子该去见婆婆，只是儿受阳气尚浅，未可便与生人看见，待过几时再处。"韩生回复母亲，韩母不信，定要捉破他踪迹，不与儿子说知。

忽一日，自己魆地到馆中来。玉英正在馆中楼上，将了果子喂着儿子。韩母一直闯将上楼去。玉英望见有人，即抱着儿子，从窗外逃走。喂儿的果子，多遗弃在地。看来像是莲肉，拾起仔细一看，原来是蜂房中白子。韩母大惊道："此必是怪物！"教儿子切不可再近她。韩生口中唯唯，心下实舍不得。等得韩母去了，玉英就来对韩生道："我因有此儿在身，去来不便。今婆婆以怪物疑我，我在此地也无颜。我今抱了他回故乡湘潭

去，寄养在人间，他日相会罢。"韩生道："相与许久，如何舍得离别？相
念时节，教小怎生过得？"玉英道："我把此儿寄养了，自身去来由我。今
有二竹箓留在君所，倘若相念，及有甚么急事要相见，只把两箓相击，我
当自至。"说罢，即飘然而去。

　　玉英抱此儿到了湘潭，写七
字在儿衣带上道："十八年后当来
归。"又写他生年月日在后边了，
弃在河旁。湘潭有个黄公，富而无
子，到河边遇见，拾了回去养在家
里。玉英已知，来对韩生道："儿
已在湘潭黄家，吾有书在衣带上，
以十八年为约，彼时当得相会，一
同归家。今我身无累，可以任从去
来了。"此后韩生要与玉英相会，
便击竹箓。玉英既来，凡有疾病祸
患，与玉英言之，无不立解。甚
至他人祸福，玉英每先对韩生说
过，韩生与人说，立有应验。外边
传出去，尽道韩秀才遇了妖邪，以
妖言惑众。恰好其时主人有女淫奔
于外，又有疑韩生所遇之女，即
是主人家的。弄得人言肆起，韩生
声名颇不好听。玉英知道，说与
韩生道："本欲相报，今反相累。"
渐渐来得稀疏，相期一年只来一

番，来必以七夕为度。韩生感其厚意，竟不再娶。如此一十八年，玉英来对韩生道："衣带之期已至，岂可不去一访之？"韩生依言，告知韩母，遂往湘潭。正是：阮修倡论无鬼，岂知鬼又生人？昔有寻亲之子，今为寻子之亲。

且说湘潭黄翁一向无子，偶至水滨，见有弃儿在地，抱取回家。看见眉清目秀，聪慧可爱，养以为子。看那衣带上面有"十八年后当来归"七字，心里疑道："还是人家嫡妾相忌，没奈何抛下的？还是人家生得儿女多了，怕受累弃着的？既已抛弃，如何又有十八年之约？此必是他父母既不欲留，又不忍舍，明白记着，寄养人家，他日必来相访。我今现在无子，且收来养着，到十八年后再看如何。"黄翁自拾得此儿之后，忽然自己连生二子。因将所拾之儿取名鹤龄，自己二子分开他二字，一名鹤算，一名延龄，一同送入学堂读书。鹤龄敏慧异常，过目成诵。二子虽然也好，总不及他。总丱（童年。丱，guàn）之时，三人一同游庠。黄翁欢喜无尽，也与二子一样相待，毫无差别。二子是老来之子，黄翁急欲他早成家室，目前生孙，十六七岁多与他毕过了姻。只有鹤龄因有衣带之语，怕父母如期来访，未必不要归宗，是以独他迟迟未娶。却是黄翁心里过意不去道："为我长子，怎生反未有室家？"先将四十金与他定了里中易氏之女。那鹤龄也晓得衣带之事，对黄翁道："儿自幼蒙抚养深恩，已为翁子；但本生父母既约得有期，岂可娶而不告？虽蒙聘下妻室，且待此期已过，父母不来，然后成婚，未为迟也。"黄翁见他讲得有理，只得凭他。既到了十八年，多悬悬望着，看有甚么动静。

一日，有个福建人在街上与人谈星命，访至黄翁之家，求见黄翁。黄翁心里指望三子立刻科名，见是星相家，无不延接。闻得远方来的，疑有异术，遂一面请坐，将着三子年甲央请推算。谈星的假意推算了一回，指着鹤龄的八字对黄翁道："此不是翁家之子，他生来不该在父母身边的，必得寄养出外，方可长成。及至长成之后，即要归宗，目下已是其期了。"黄公见他说出真底实话，面色通红道："先生好胡说！此三子皆我亲子，怎生有寄养的话说！况说的更是我长子，承我宗祧（宗嗣。祧，tiāo），哪里还有宗可归处？"谈星的大笑道："老翁岂忘衣带之语乎？"黄翁不觉失色道："先生何以知之？"谈星的道："小生非他人，即是十八年前弃儿之韩秀才也。恐翁家不承认，故此假扮作谈星之人，来探踪迹。今既在翁家，老翁必不使此子昧了本姓。"黄翁道："衣带之约，果然是真，老汉岂可昧得！况我自有子，便一日身亡，料已不填沟壑，何必赖取人家之子？但此子为何见弃？乞道其详。"韩生道："说来事涉怪异，不好告诉。"黄翁道："既有令郎这段缘契，便是自家骨肉，说与老夫知道，也好得知此子本末。"韩生道："此子之母，非今世人，乃二百年前贞女之魂也。此女在宋时，父为闽官，御敌失守，全家死节。其魂不泯，与小生配合生儿。因被外人所疑，她说家世湘潭，将来贵处寄养。衣带之字，皆其亲书。今日小生到此，也是此女所命，不想果然遇着，敢请一见。"黄翁道："有如此作怪异事！想令郎出身如此，必当不凡。今令郎与小儿共是三兄弟，同到长沙应试去了。"韩生道："小生既远寻到此，就在长沙，也要到彼一面。只求老翁念我天性父子，恩使归宗，便为万幸。"黄翁道："父子至亲，谊当使君还珠。况是足下冥缘，岂可间隔？但老夫十八年抚养，已不必说，只近日下聘之资，也有四十金。子既已归足下，此聘金须得相还。"韩生道："老翁恩德难报，至于聘金，自宜奉还。容小生见过小儿之后，归与其母计之，必不敢负义也。"

　　韩生就别了黄翁，径到长沙，访问黄翁三子应试的下处。已问着了，就写一帖传与黄翁大儿子鹤龄。帖上写道："十八年前与闻衣带事人韩某。"鹤龄一见衣带说话，感动于心，惊出请见道："足下何处人氏？何以知得衣带事体？"韩生看那鹤龄时：年方弱冠，体不胜衣。清标固禀父形，

245

嫣质犹同母貌。恂恂儒雅，尽道是十八岁书生；邈邈源流，岂知乃二百年鬼子！韩生看那鹤龄模样，俨然与王玉英相似，情知是他儿子，遂答道："小郎君可要见写衣带的人否？"鹤龄道："写衣带之人，非吾父即吾母。原约在今年，今足下知其人，必是有的信，望乞见教。"韩生："写衣带之人，即吾妻王玉英也。若要相见，先须认得我。"鹤龄见说，知是其父，大哭抱住道："果是吾父，如何舍得弃了儿子一十八年？"韩生道："汝母非凡女，乃二百年鬼仙，与我配合生儿，因乳养不便，要寄托人间。汝母原籍湘潭，故将至此地。我实福建秀才，与汝母姻缘也在福建。今汝若不忘本生父母，须别了此间义父，还归福建为是。"鹤龄道："吾母如今在哪里？儿也要相会。"韩生道："汝母倏去倏来，本无定所，若要相会，也须到我闽中。"鹤龄至性所在，不胜感动。两弟鹤算、延龄在旁边听见说着要他归福建说话，少年心性，不觉大怒起来，道："哪里来这野汉，造此不根之谈，来诱哄人家子弟，说着不达道理的说话！好端端一个哥哥，却教他到福建去，有这样胡说的？"那家人们见说，也多嗔怪起来，对鹤龄道："大官人不要听这个游方人，他们专打听着人家事体，来撰造是非哄诱人的。"不管三七二十一，扯的扯，推的推，

要搡（sǎng，用力推）他出去。韩生道："不必罗唣！我已在湘潭见过了你老主翁，他只要完得聘金四十两，便可赎回，还只是我的儿子。你们如何胡说！"众人哪里听他？只是推他出去为净。鹤龄心下不安，再三恋恋，众人也不顾他。两弟狠狠道："我兄无主意，如何与这些闲棍讲话！饶他一顿打，便是人情了。"鹤龄道："衣带之语，必非虚语，此实吾父来寻盟。他说道曾在湘潭见过爹爹来，回去到家里必知端的。"鹤算、延龄两人与家人只是不信，管住了下处门首，再不放他进去与鹤龄相见了。

韩生自思儿子虽得见过，黄家婚聘之物，理所当还。今没个处法还得他，空手在此，一年也无益，莫要想得儿子归去，不如且回家去再做计较。心里主意未定，到了晚间，把竹筴击将起来。王玉英即至，韩生因说着已见儿子，黄家要偿取聘金方得赎回的话。玉英道："聘金该还，此间未有处法，不如且回闽中，别图机会。易家亲事，亦是前缘，待取了聘金，再到此地完成其事，未为晚也。"韩生因此决意回闽，一路浮湘涉湖，但是波浪险阻，玉英便到舟中护卫，至于盘缠缺乏，也是玉英暗地资助，得以到家。到家之日，里邻惊骇，道是韩生向来遇妖，许久不见，是被妖魅拐到那里去，必然丧身在外，不得归来了。今见好好还家，以为大奇，平日往来的多来探望。韩生因为众人疑心坏了他，见来问的，索性一一把实话从头至尾备述与人，一些不瞒。众人见他不死，又果有儿子在湘潭，方信他说话是实。反共说他遇了仙缘，多来慕羡他。不认得的，尽想一识其面。有问韩生为何不领了儿子归来，他把聘金未曾还得、湘潭养父之家不肯的话说了。有好事的多愿相助，不多几时，凑上了二十余金，尚少一半。夜间击筴，与王玉英商量。玉英道："既有了一半，你只管起身前去，途中有凑那一半之处。"

韩生随即动身，到了半路，在江边一所古庙边经过，玉英忽来对韩生道："此庙中神厨里坐着，可得二十金，足还聘金了。"韩生依言，泊船登岸。走入庙里看时，只见：庙门颓败，神路荒凉。执檛（zhuā，马鞭）的小鬼无头，拿簿的判官没帽。庭中多兽迹，狐狸在此宵藏；地上少人踪，魍魉投来夜宿。存有千年香火样，何曾一陌纸钱飘！韩生到神厨边揭开帐幔来看，灰尘堆来有寸多厚，心里道："此处哪里来的银子？"然想着玉英之言未曾有差，且依他说话，爬上去蹲在厨里。喘息未定，只见一个人慌慌忙忙走将进来，将手在案前香炉里乱塞。塞罢，对着神道声喏道："望菩萨遮盖遮盖，所罚之咒，不要作准。"又见一个人在外边嚷进来道："你欺心偷过了二十两银子，打点混赖，我与你此间神道面前罚个咒。罚得咒出，便不是你。"先来那个人，便对着神道口里念诵道，我若偷了银子，如何如何。后来这个人见他赌得咒出，遂放下脸子道："果是与你无干，不知在哪里错去了。"先来那个人，把身子抖一抖，两袖洒一洒道："你看我身边须没藏处。"两个唧唧哝哝，一路说着，外边去了。

韩生不见人来了，在神厨里走将出来，摸一摸香炉，看适间藏的是甚么东西，摸出一个大纸包来，打开看时，是一包成锭的银子，约有二十余两。韩生道："惭愧，眼见得这先入来的，瞒起同伴的银子藏在这里，等赌过咒搜不出时，慢慢来取用。岂知已先为鬼神所知，归我手也！欲待不取，总来是不义之财；欲待还那失主，又明显出这个人的偷窃来了。不如依着玉英之言，且将去做赎子之本，有何不可？"当下取了，出庙下船，船里从容一秤，果有二十两重，分毫不少，韩生大喜。

到了湘潭，径将四十金来送还黄翁聘礼，求赎鹤龄。黄翁道："婚盟已定，男女俱已及时，老夫欲将此项与令郎完了姻亲，此后再议归闽。唯足下乔梓（父子）自做主张，则老夫事体也完了。"韩生道："此皆老翁玉成美意，敢不听命？"黄翁着媒人与易家说知此事。易家不肯起来道："我家初时只许嫁黄公之子，门当户对，又同里为婚，彼此俱便；今闻此子原籍福建，一时配合了，他日要离了归乡，相隔着四五千里，这怎使得？必须讲过，只在黄家不去的，其事方谐。"媒人来对黄翁说了。黄翁巴不得他不去的，将此语一一告诉韩生道："非关老夫要留此子，乃亲家之意如此。况令郎名在楚籍，婚在楚地，还闽之说，必是不妥，为之奈何？"韩生也自想有些行不通，再击竹筴与玉英商量。玉英道："一向说易家亲事是前缘，既已根绊在此，怎肯放去？兄妾本籍湘中，就等儿子做了此间女婿，成立在此也好。郎君只要父子相认，何必归闽？"韩生道："闽是吾乡，我母还在，若不归闽，要此儿子何用？"玉英道："事数到此，不由君算。若执意归闽，儿子婚姻便不可成。郎君将此儿归闽中，又在何处另结良缘？不如且从黄、易两家之言，成了亲事，他日儿子自有分晓也。"韩生只得把此意回复了黄翁，一凭黄翁主张。黄翁先叫鹤龄认了父亲，就收拾书房与韩生歇下了。然后将此四十两银子，支分作花烛之费。到易家道了日子。易家见说不回福建了，无不依从。

成亲之后，鹤龄对父韩生说，要见母亲一面。韩生说与玉英，玉英道："是我自家的儿子，正要见他。但此间人多，非我所宜。可对儿子说，人静后房中悄悄击筴，我当见他夫妇两人一面。"韩生对鹤龄说知，就把竹筴密付与他，鹤龄领着去了。等到黄昏，鹤龄击筴，只见一个淡妆女子在空中下来，鹤龄夫妻知是尊嬿（对丈夫父母或对

人公婆的敬称。嫜，zhāng），双双跪下。玉英抚摩一番，道："好一对儿子媳妇，我为你一点骨血，精缘所牵，二百年贞静之性，不得安闲。今幸已成房立户，我愿已完矣。"鹤龄道："儿子颇读诗书，曾见古今事迹。如我母数百年精魂，犹然游戏人间，生子成立，诚为希有之事。不知母亲何术致此，望乞见教。"玉英道："我以贞烈而死，后土（大地之母）录为鬼仙，许我得生一子，延其血脉。汝父有掩骸之仁，阴德可纪，故我就与配合生汝，以报其恩。此皆生前之注定也。"鹤龄道："母亲既然灵通如此，何不即留迹人间，使儿媳辈得以朝夕奉养？"玉英道："我与汝父有缘，故得数见于世，然非阴道所宜。今日特为要见吾儿与媳妇一面，故此暂来，此后也不再来了。直待归闽之时，石尤岭下再当一见。吾儿前程远大，勉之！勉之！"说罢，腾空而去。

鹤龄夫妻恍恍自失了半日，才得定性。事虽怪异，想着母亲之言，句句有头有尾。鹤龄自叹道："读尽稗官野史，今日若非身为之子，随你传闻，岂肯即信也！"次日与黄翁及两弟说了，俱各惊骇。鹤龄随将竹箧交还韩生，备说母亲夜来之言。韩生道："今汝托义父恩庇，成家立业，俱在于此，归闽之期，知在何时？只好再过几时，我自回去看婆婆罢了。"鹤龄道："父亲不必心焦，秋试在即，且待儿子应试过了，再商量就是。"从此韩生且只在黄家住下。

鹤龄与两弟俱应过秋试。鹤龄与鹤算一同报捷，黄翁、韩生尽皆欢喜。鹤龄要与鹤算同去会试，韩生住湘潭无益，思量暂回闽中。黄翁赠与盘费，鹤龄与易氏各出所有送行。韩生仍到家来，把上项事一一对母亲说知。韩母见说孙儿娶妇成立，巴不得要看一看，只恨不得到眼前，此时连媳妇是个鬼也不说了。次年，鹤龄鹤算春榜连捷，鹤龄给假省亲，鹤算选授福州府闽县知县，一同回到湘潭。鹤算接了黄翁，全家赴任，鹤龄也乘此便带了妻易氏附舟到闽访亲，登堂拜见祖母，喜庆非常。韩生对儿子道：

"我馆在长乐石尤岭，乃与汝母相遇之所，连汝母骨骸也在那边。今可一同到彼，汝母必来相见。前日所约，原自如此。"遂合家同到岭下。

方得驻足馆中，不须击筴，玉英已来。拜韩母，道："今孙儿媳妇多在婆婆面前，况孙儿已得成名，妾所以报郎君者已尽。妾幽阴之质，不宜久在阳世周旋，只因夙缘，故得如此。今合门完聚，妾事已了，从此当静修玄理，不复再入尘寰（人世间）矣。"韩生道："往还多年，情非朝夕，即为儿子一事，费过多少精神！今甫（刚）得到家，正可安享子媳之奉，如何又说要别的话来？"鹤龄夫妇涕泣请留。玉英道："冥数如此，非人力所强。若非数定，几曾见有二百年之精魂还能同人道生子，又在世间往还二十多年的事？你们亦当以数自遣，不必作人间离别之态也。"言毕，翩然而逝。鹤龄痛哭失声，韩母与易氏各各垂泪，唯有韩生不十分在心上，他是惯了的，道夜静击筴，原自可会。岂知此后随你击筴，也不来了。守到七夕常期，竟自杳然，韩生方忽忽如有所失，一如断弦丧偶之情。思他平时相与时节，长篇短咏，落笔数千言，清新有致，皆如前三首绝句之类，传出与人，颇为众口所诵。韩生取其所作成集，计有十卷，因曾赋"万鸟鸣春"四律，韩生即名其集为《万鸟鸣春》，流布于世。

韩生后来去世，鹤龄即合葬之石尤岭下。鹤龄改复韩姓，别号黄石，

以示不忘黄家及石尤岭之意。三年丧毕，仍与易氏同归湘潭，至今闽中盛传其事。

二百年前一鬼魂，犹能生子在乾坤。

遗骸掩处阴功重，始信骷髅解报恩。

卷十五

杨抽马甘请杖
富家郎浪受惊

　　本篇讲的是奇术异人杨抽马，能卜算，会术法，其所预见的事情、使用的招数，无不令人称奇。或算出自己屋外树木几时塌倒，或骑着纸剪的骡子出门访客，或卜出自己有杖刑祸事，提前打点；或做戏耍弄好友，变相借钱来使……如此奇趣事件，不胜枚举。此小说中人物，难免有被夸大的成分在里面，读者不可全信，权当茶余饭后的趣闻便可。

诗云：

敕使南来坐画船，袈裟犹带御炉烟。

无端撞着曹公相，二十皮鞭了宿缘。

这四句诗乃是国朝永乐年间少师姚广孝所作。这个少师乃是僧家出身，法名道衍，本贯苏州人氏。他虽是个出家人，广有法术，兼习兵机，乃元朝刘秉忠之流。太祖分封诸王，各选一高僧伴送之国。道衍私下对燕王说道："殿下讨得臣去作伴，臣当送一顶白帽子与大王戴。""白"字加在"王"字上，乃是个"皇"字，他藏着哑谜，说道辅佐他做皇帝的意思。燕王也有些晓得他不凡，果然面奏太祖，讨了他去。后来赞成靖难之功，出师胜败，无不未卜先知。燕兵初起时，燕王问道："利钝如何？"他说："事毕竟成，不过废得两日工夫。"后来败于东昌，方晓得"两日"是个"昌"字。他说道："此后再无阻了。"果然屡战屡胜，燕王直正大位，改元永乐。道衍赐名广孝，封至少师之职。虽然受了职衔，却不肯留发还俗，仍旧光着个头，穿着蟒龙玉带，长安中出入。文武班中晓得是他佐命功臣，谁不钦敬？

一日，成祖皇帝御笔亲差他到南海普陀落伽山进香，少师随坐了几号大样官船，从长江中起行。不则数日，来到苏州码头上，湾船在姑苏馆驿河下。苏州是他父母之邦，他有心要上岸观看风俗，比旧同异如何。屏去从人，不要跟随，独自一个穿着直裰（duō）在身，只作野僧打扮，从胥门走进街市上来行走。正在看玩之际，忽见喝道之声远远而来。市上人虽不见十分惊惶，却也各自走开在两边了让他。有的说是管粮曹官人来了。少师虽则步行，自然不放他在眼里的，只在街上摇摆不避。须臾之间，那个官人看看抬近，轿前皂快人等高声喝骂道："秃驴怎不回避！"少师只是微微冷笑。就有两个应捕把他推来抢去。少师口里只说得一句道："不得无礼，我怎么该避你们的？"应捕见他不肯走开，道是冲了节，一把拿住。只等轿到面前，应捕口禀道："一个野僧冲道，拿了听候发落。"轿上那个官人问道："你是哪里野和尚，这等倔强？"少师只不作声。那个官人大怒，喝教："拿下打着！"众人喏了一声，如鹰拿燕雀，把少师按倒在地，打了二十板。少师再不分辨，竟自忍受了。才打得完，只见府里一个承差同一个船上人，飞也似跑来道："哪里不寻得少师爷到，却在这里！"众人惊道："谁是少师爷？"承差道："适才司道府县各爷，多到钦差少师姚老爷船上迎接，说着了小服从胥门进来了，故此同他船上水手急急赶来，各位爷多在后面来了，你们何得在此无理！"众人见说，大惊失色，一哄而散，连抬那官人的轿夫，把个官来撇在地上了，丢下轿子，恨不爷娘多生两只脚，尽数跑了。刚刚剩下得一个官人在那里。

　　原来这官人姓曹，是吴县县丞。当下承差将出绳来，把县丞拴下，听候少师发落。须臾，守巡两道府县各官多来迎接，把少师簇拥到察院衙门里坐了，各官挨次参见已毕。承差早已各官面前禀过少师被辱之事，各官多跪下待罪，就请当面治曹县丞之罪。少师笑道："权且寄府狱中，明日早堂发落。"当下把县丞带出，监在府里。各官别了出来，少师是晚即宿于察院之中。次早开门，各官又进见。少师开口问道："昨日那位孟浪（鲁莽）的官人在哪里？"各官禀道："见监府狱，未得钧旨（上司命令的尊称），不敢造次。"少师道："带他进来。"各官道是此番曹县丞不得活了。曹县丞也道性命只在霎时，战战兢兢，随着解人膝行到庭下，叩头请死。少师笑对各官道："少年官人不晓事。即如一个野僧在街上行走，与你何涉，定要打他？"各官多道："这是有眼不识泰山，罪应万死，只求老大人自行诛戮，赐免奏闻，以宽某等失于简察之罪，便是大恩了。"少师笑嘻嘻的，袖中取出一个柬贴来与各官看，即是前诗四句。各官看罢，少师哈哈大笑道："此乃我前生欠下他的。昨日微服闲步，正要完这凤债。今事已毕，这官人原没甚么罪过，各请安心做官罢了，学生也再不提起了。"众官尽叹服少师有此等度量，却是少师是晓得过去未来事的，这句话必非混账之语。看官若不信，小子再说宋时一个奇人，也要求人杖责了前欠的，已有个榜样过了。这人却有好些奇处，听小子慢慢说来，做回正话。

从来有奇人，其术堪玩世。
一切真实相，仅足供游戏。

话说宋朝蜀州江源一个奇人，姓杨名望才，字希吕。自小时节，不知在哪里遇了异人，得了异书，传了异术。七八岁时，在学堂中便自跷蹊（qiāo qī，奇怪）作怪。专一聚集一班学生，要他舞仙童，跳神鬼，或扮个刘关张三战吕布，或扮个尉迟恭单鞭夺槊（shuò，长矛）。口里不知念些甚么，任凭随心搬演。那些村童无不一一按节跳舞，就像教师教成了一般的，旁观着实好看。及至舞毕，问那些童子，毫厘不知。

一日，同学的有钱数百文在书笥（书箱。笥，sì）中，并没人知道。杨生忽地向他借起钱来。同学的推说没有，杨生便把手指掐道："你的钱有几百几十几文见在笥中，如何赖道没有？"众学生不信，群然启那同学的书笥看，果然一文不差。于是传将开去，尽道杨家学生有稀奇术数。年纪渐大，长成得容状丑怪，双目如鬼，出口灵验。远近之人多来请问吉凶休咎（善恶），百发百中。因为能与人抽简禄马，川中起他一个混名，叫作杨抽马。但是经过抽马说的，近则近应，远则远应，正则正应，奇则奇应。且略述他几桩怪异去处：

杨家住居南边，有大木一株，荫蔽数丈。忽一日写个帖子出去，贴在门首道："明日午未间，行人不可过此，恐有奇祸。"有人看见，传说将去道："抽马门首有此帖子。"多来争看。看见了的，晓得抽马有些古怪，不敢不信，相戒明日午未时候，切勿从他门首来走。果然到了其期，那株大木忽然催仆下来，盈塞街市，两旁房屋略不少损。这多是杨抽马魇样（用符咒或其他迷信手法消解灾殃或致灾祸于人）过了，所以如此。又恐怕人不知道，失误伤犯，故此又先通示，得免于祸。若使当时不知，在街上摇摆时节，不好似受了孙行者金箍棒一压，一齐做了肉饼了。

又常持缣帛入市货卖。那买的接过手量着，定是三丈四丈长的，价钱且是相应。买的还要讨他便宜，短少些价值，他并不争论。及至买成，叫他再量量看，出得多少价钱，原只长得多少。随你是量过几丈的，价钱只有尺数，那缣也就只几尺长了。

出去拜客，跨着一匹骡子，且是雄健。到了这家门内，将骡在庭柱之下，宾主相见茶毕，推说别故暂出，不牵骡去。骡初时叫跳不住，去久不来，骡亦不作声，看看缩小。主人怪异，仔细一看，乃是纸剪成的。

四川制置司有三十年前一宗案牍，急要对勘，年深尘积，不知下落。司中吏胥徬徨终日，竟无寻处。有人教他请问杨抽马，必知端的。吏胥来问，抽马应声答道：在

某屋某柜第几沓下。依言去寻，果然即在那里翻出来。

一日，眉山琛禅师造门相访，适有乡客在座。那乡客新得一马，黑身白鼻，状颇骏异。杨抽马见了道："君此马不中骑，只该送与我罢了。君若骑他，必有不利之处。"乡客大怒道："先生造此等言语，意欲吓骗吾马。吾用钱一百千买来的，乘坐未久，岂肯轻为你赚去么？"抽马笑道："我好意替你解此大厄，你不信我，也是你的命了。今有禅师在此为证，你明年五月二十日，宿冤当有报应，切宜记取，勿可到马房看他刍秣（chú mò，草料）；又须善护左肋，直待过了此日，还可望再与你相见耳。"乡客见他说得荒唐，又且利害，越加忿怒，不听而去。到了明年此日，乡客哪里还把言语放在心上，果然亲去喂马。那匹马忽然跳跃起来，将双蹄乱踢，乡客倒地。那马见他在地上了，急向左肋用力一踹，肋骨齐断。乡客叫得一声："阿也！"连吼是吼，早已后气不接，呜呼哀哉。琛禅师问知其事，大加惊异。每向人说杨抽马灵验，这是他亲经目见的说话。

虞丞相自荆襄召还，子公亮遣书来叩所向。抽马答书道："得苏不得苏，半月去作同金书。"其时金书未有带"同"字的，虞公不信。以后守苏台，到官十五日，果然召为同金书枢密院事。时钱处和先为金书，故加"同"字。其前知不差如此。

果州教授关寿卿，名著孙，有同僚闻知杨抽马之术，央他遣一仆致书问休咎。关仆未至，抽马先知，已在家吩咐其妻道："快些造饭，有一关姓的家仆来了，须要待他。"其妻依言造饭。饭已熟了，关仆方来。未及进门，抽马迎着笑道："足下不问自家事，却为别人来奔波么？"关仆惊拜道："先生真神仙也！"其妻即将所造之饭款待此仆，抽马答书，备言祸福而去。

原来他这妻子姓苏，也不是平常的人。原是一个娼家女子，模样也只中中，却是拿班做势，不肯轻易见客。及至见过的客，她就评论道某人是好，某人是歹，某人该兴头，某人该落魄，某人有结果，某人没散场。恰像请了一个设帐的相士一般。看了气色，是件断将出来。却面前不十分明说，背后说一两句，无不应验的。因此也名重一时，来求见的颇多，王孙公子，车马盈门。中意的晚上也留几个，及至有的往来熟了，欲要娶他，只说道："目前之人皆非吾夫也！"后来一见杨抽马这样丑头怪脸，偏生喜欢道："吾夫在此了。"抽马一见苏氏，便像一向认得的一般道："原来吾妻混迹于此。"两个说得投机，就把苏氏娶了过来。好一似桃花女嫁了周公，家里一发的阴阳有准，祸福无差。杨抽马之名越加著闻。就是身不在家，只消到他门里问着，也是不差的。所以门前热闹，家里喧阗（热闹），王侯贵客，无一日没有在座上的。

　　忽地一日，抽马在郡中，郡中走出两个皂隶来，少不得是叫作张千、李万，多是认得抽马的，齐来声喏。抽马一把拉他两人出郡门来，道："请两位到寒舍，有句要紧话相央则个。"那两个是公门中人，见说请他到家，料不是白差使，自然愿随鞭镫，跟着就行。抽马道："两位平日所用官杖，望乞就便带了去。"张千、李万道："到宅上去，要官杖子何用？难道要我们去打哪个不成？"抽马道："有用得着处，到彼自知端的。"张千、李万晓得抽马是个古怪的人，莫不真有甚么事得做，依着言语，各掮（qián，用肩扛东西）了一条杖子，随到家来。抽马将出三万钱来，送与他两个。张千、李万道："不知先生要小人哪厢使唤，未曾效劳，怎敢受赐？"抽马道："两位受了薄意，然后敢相烦。"张千、李万道："先生且说将来，可以效得犬马的，自然奉命。"抽马走进去唤妻苏氏出来，与两位公人相见。张千、李万不晓其意，为何出妻见子？各怀着疑心，不好作声。只见抽马与妻每人取了一条官杖，奉与张千、李万道："在下别无相烦，止求两位牌头将此杖子，责我夫妻二人每人二十杖，便是盛情不浅。"张千、李万大惊道："哪有此话！"抽马道："两位不要管，但依我行事，足见相爱。"张千、李万道："且说明是甚么缘故？"抽马道："吾夫妇目下当受此杖，不如私下请牌头来完了这业债，省得当场出丑。两位是必见许则个。"张千、李万道："不当人子！不当人子！小人至死也不敢胡做。"抽马与妻叹息道："两位毕竟不肯，便是数已做定，解禳（祷神除殃。禳，ráng）不去了。有劳两位到此，虽然不肯行杖，请收了钱去。"张千、李万道："尊赐一发出于无名。"抽马道："但请两位收去，他日略略用些盛情就是。"张千、李万虽然推托，公人见钱，犹如苍蝇见血，一边接在手里了，道："既蒙厚赏，又道是长者赐，少者不敢辞。他日有用着两小人处，水火不避便了。"两人真是无功受赏，头轻脚重，欢喜不胜而去。

且说杨抽马平日祠神，必设六位：东边二位空着虚座，道是神位；西边二位却是他夫妻二人坐着作主；底下二位，每请一僧一道同坐。又不知奉的是甚么神，又不从僧，又不从道，人不能测。地方人见他行事古怪，就把他祠神诡异，说是"左道惑众，论法当死"，首在郡中。郡中准词，差人捕他到官，未及讯问，且送在监里。狱吏一向晓得他是有手段的跷蹊作怪人，惧怕他的术法利害，不敢加上械杻（chǒu，古代手铐一类的刑具），曲意奉承他。却又怕他用术逃去，没寻他处，心中甚是忧惶。抽马晓得狱吏的意思了，对狱

吏道："但请足下宽心，不必虑我。我当与妻各受刑责，其数已定，万不可逃，自当含笑受之。"狱吏道："先生有神术，总使数该受刑，岂不能趋避，为何自来就他？"抽马道："此魔业使然，避不过的。度过了厄，始可成道耳。"狱吏方才放下了心。果然杨抽马从容在监，并不作怪。

郡中把他送在司理杨忱处议罪。司理晓得他是法术人，有心护庇他，免不得外观体面，当堂鞫讯（审问。鞫，jū）一番。杨抽马不辨自己身上事，仰面对司理道："令叔某人，这几时有信到否？可惜，可惜！"司理不知他所说之意，默然不答。只见外边一人走将进来，道是成都来的人，正报其叔讣音（报丧的信息。讣，fù）。司理大惊退堂，心服抽马之灵。其时司理有一女久病，用一医者陈生之药，屡服无效。司理私召抽马到衙，意欲问他。抽马不等开口便道："公女久病，陈医所用某药，一毫无益的，不必服他。此乃后庭朴树中小蛇为祟，我如今不好治得，因身在牢狱，不能役使鬼神。待我受杖后以符治之，可即平安，不必忧虑！"司理把所言对夫人说。夫人道："说来有因。小姐未病之前，曾在后园见一条小蛇缘在朴树上，从此心中恍惚得病起的。他既知其根由，又说能治，必有手段。快些周全他出狱，要他救治则个。"司理有心出脱他，把罪名改轻，说"原非左道惑众死罪，不过术人妄言祸福"，只问得个不应（非有意犯罪），决杖（处以杖刑）。申上郡堂去，郡守依律科断，将抽马与妻苏氏各决臀杖二十。原来那行杖的皂隶，正是前日送钱与他的张千、李万。两人各怀旧恩，又心服他前知，加意用情，手腕偷力，蒲鞭（以蒲草为鞭，常用以表示刑罚宽仁）示辱而已。抽马与苏氏尽道业数该当，又且轻杖，恬然不以为意。受杖归来，立书一符，又写几字，作一封送去司理衙中，权当酬谢周全之意。司理拆开，见是一符，乃教他挂在树上的，又一红纸有六字，写道："明年君家有喜。"司理先把符来试挂，果然女病洒然（病痛顿时消失）。留下六字，看明年何喜。果然司理兄弟四人，明年俱得中选。

抽马奇术如此类者，不一而足。独有受杖一节，说是度厄，且预先要求皂隶自行杖责解禳。及后皂隶不敢依从，毕竟受杖之时，用刑的仍是这两人，真堪奇绝。有诗为证：祸福从来有宿根，要知受杖亦前因。请君试看杨抽马，有术何能强避人？

杨抽马术数高奇，语言如响，无不畏服。独有一个富家子与抽马相交最久，极称厚善，却带一味狎玩（戏弄），不肯十分敬信。抽马一日偶有些事干，要钱使用，须得二万。囊中偶乏，心里想道："我且蒿恼（麻烦）一个人着。"来向富家借贷一用。富家子听言，便有些不然之色。看官听说，大凡富人没有一个不悭吝的。唯其看得钱财如同性命一般，宝惜倍至，所以钱神有灵，甘心跟着他走；若是把来不看在心上，东手接来西手去的，触了钱神嗔怒，岂肯到他手里来？故此非悭不成富家，才是富家一定悭了。真个"说了钱便无缘"。这富家子虽与杨抽马相好，只是见他兴头有术，门面撮哄（哄骗）而已。忽然要与他借贷起来，他就心中起了好些歹肚肠。一则说是江湖行术之家，贪他家事，起发他的，借了出门，只当舍去了；一则说是朋友面上，就还得本钱，不好算利；一则说是借惯了手脚，常要歆动（惊动。歆，xīn），是开不得例子的。只回道是："家间正在缺乏，不得奉命。"抽马见他推辞，哈哈大笑道："好替你借，你却不肯。这只教你吃些惊恐，看你借我不迭。那时才见手段哩！"自此见富家子再不提起借钱之事。富家子自道回绝了他，甚是得意。

偶然那一日独自在书房中歇宿，时已黄昏人定，忽闻得叩门之声。起来开看，只见一个女子闪将入来，含颦万福道："妾东家之女也。丈夫酒醉逞凶，横相逼逐，势不可当。今夜已深，不可远去，幸相邻近，愿借此一宿。天未明，即当潜回家里，以待丈夫酒醒。"富家子看其模样，尽自飘逸有致，私自想道："暮夜无知，落得留她伴寝。她说天未明就去，岂非神鬼不觉的？"遂欣然应允道："既蒙娘子不弃，此时没人知觉，安心共寝一宵，明早即还尊府便了。"那妇人并无推拒，含笑解衣，共枕同衾，忙行云雨。一个孤馆寂寥，不道佳人猝至；一个夜行凄楚，谁知书舍同欢？两出无心，略觉情形忸怩；各因乍会，翻惊意态新奇。未知你弱我强，从容试看；且自抽离添坎，热闹为先。行事已毕，俱各困倦。

　　睡到五更，富家子恐天色乍明，有人知道，忙呼那妇人起来。叫了两声，推了两番，既不见声响答应，又不见身子展动。心中正疑，鼻子中只闻得一阵阵血腥之气，甚是来得狠。富家子疑怪，只得起来挑明灯盏，将到床前一看，叫声"阿也！"正是：分开八片顶阳骨，浇下一桶雪水来。你道却是怎么？原来昨夜那妇人，身首已斫做三段，鲜血横流，热腥扑鼻，恰像是才被人杀了的。富家子慌得只是打颤，心里道："敢是丈夫知道，赶来杀了她，却怎不伤着我？我虽是弄了两番，有些疲倦，可也忒睡得死。同睡的人被杀了，怎一些也不知道？而今事已如此，这尸首在床，血痕狼籍，倏忽天明，她丈夫定然来这里讨人，岂不决撒？若要并叠（收拾料理）过，一时怎能干净得？这祸事非同小可！除非杨抽马他广有法术，或者可以用甚么障眼法儿，遮掩得过。须是连夜去寻他！"

　　也不管是四更五更，日里夜里，正是慌不择路，急走出门，望着杨抽马家里乱乱撺撺跑将来，擂鼓也似敲门，险些把一双拳头敲肿了，杨抽马方才在里面答应，出来道："是谁？"富家子忙道："是我，是我。快开了门有话讲！"此时富家子正是急惊风撞着了慢郎中。抽马听得是他声音，且不开门，一路数落他道："所贵朋友交厚，缓急须当相济。前日借贷些少，尚自不肯，今如此黑夜，来叫我甚么干？"富家子道："有不是处且慢讲，快与我开开门着。"抽马从从容容把门开了。富家子一见抽马，且哭且拜道："先生救我奇祸（出人意料的灾祸）则个！"抽马道："何事恁等慌张？"富家子道："不瞒先生说，昨夜黄昏时分，有个邻妇投我，不合留她过夜。夜里不知何人所杀，今横尸在家，乃飞来大祸。望乞先生妙法救解。"抽马道："事体特易。只是你不肯顾我缓急，我顾你缓急则甚？"富家子道："好朋友！念我和你往来多时，前日偶因缺乏，多有得罪；今若救得我命，此后再不敢吝惜在先生面上了。"抽马笑道："休得惊慌，我写一符与你拿去，贴在所卧室中，亟亟关了房门，切勿与人知道。天明开看，便知端的。"富家子道："先生勿要我！倘若天明开看仍复如旧，可不误了大事？"抽马道："岂有是理！若是如此，是我符不灵，后来如何行术？况我与你相交有日，怎误得你？只依我行去，包你一些没事便了。"富家子道："若果蒙先生神法救得，当奉钱百万相报。"抽马笑道："何用许多！但只原借我二万足矣。"富家子道："这个敢不相奉！"

抽马遂提笔画一符与他，富家子袖了急去，幸得天尚未明，慌慌忙忙依言贴在房中。自身走了出来，紧把房门闭了。站在外边，牙齿还是捉对儿厮打的，气也不敢多喘。守至天大明了，才敢走至房前。未及开门，先向门缝窥看，已此不见甚么狼藉意思。急急开进看时，但见干干净净一床被卧，不曾有一点渍污，哪里还见什么尸首？富家子方才心安意定，喜欢不胜。随即备钱二万，并吩咐仆人携酒持肴，特造抽马家来叩谢。抽马道："本意只求贷二万钱，得此已够，何必又费酒肴之惠？"富家子道："多感先生神通广大，救我难解之祸，欲加厚酬，先生又吩咐只须二万。自念莫大之恩，无可报谢，聊奉卮酒，图与先生遣兴笑谈而已。"抽马道："这等，须与足下痛饮一回。但是家间窄隘无趣，又且不时有人来寻，搅扰杂沓，不得快畅。明日携此酒肴，一往郊外尽兴何如？"富家子道："这个绝妙！先生且留此酒肴自用。明日再携杖头来，邀先生郊外一乐可也。"抽马道："多谢，多谢。"遂把二万钱与酒肴，多收了进去。

富家子别了回家，到了明日，果来邀请出游，抽马随了他到郊外来。行不数里，只见一个僻净幽雅去处，一条酒帘子，飘飘扬扬在那里。抽马道："此处店家洁静，吾们在此小饮则个。"富家子即命仆人将盒儿向店中座头上安放已定，相拉抽马进店，相对坐下，唤店家取上等好酒来。只见里面一个当垆的妇人，应将出来，手拿一壶酒走到面前。富家子抬头看时，吃了一惊。原来正是前夜投宿被杀的妇人，面貌一些不差，但只是像个初病起来的模样。那妇人见了富家子，也注目相视，暗暗痴想，像个心里有甚么疑惑的一般。富家子有些鹘突（糊涂。鹘，hú），问道："我们与你素不相识，你见了我们，只管看了又看，是甚么缘故？"那妇人道："好教官人得知，前夜梦见有人邀到个所在，乃是一所精致书房，内中有少年留住。那个少年模样颇与官人有些厮像，故此疑心。"富家子道："既然留住，后来却怎么散场了？"妇人道："后来直至半夜方才醒来，只觉身子异常不快，陡然下了几斗鲜血，至今还是有气无力的。平生从来无此病，不知是怎么样起的。"杨抽马在旁只不开口，暗地微笑。富家子晓得是他的作怪，不敢明言。私下念着一晌欢情，重赏了店家妇人，教她服药调理。杨抽马也笑嘻嘻的袖中取出一张符来付与妇人，道："你只将此符贴在睡的床上，那怪梦也不做，身体也自平复了。"妇人喜欢称谢。

两人出了店门，富家子埋怨杨抽马道："前日之事，正不知祸从何起，原来是先生作戏。既累了我受惊，又害了此妇受病，先生这样要法不是好事。"抽马道："我只召

她魂来诱你，你若主意老成，哪有惊恐？谁教你一见就动心营勾（勾引）她，不惊你惊谁？"富家子笑道："深夜美人来至，遮莫是柳下惠、鲁男子也忍耐不住，怎教我不动心？虽然后来吃惊，那半夜也是我受用过了。而今再求先生致她来与我叙一叙旧，更感高情，再容酬谢。"抽马道："此妇与你原有些小前缘，故此致得她魂来，不是轻易可以弄术的，岂不怕鬼神责罚么？你夙债原少我二万钱，只为前日若不如此，你不肯借。偶尔作此顽耍勾当。我原说二万之外，要也无用。我也不要再谢，你也不得再妄想了。"富家子方才死心塌地敬服抽马神术。抽马后在成都卖卜，不知所终。要知虽是绝奇术法，也脱不得天数的。

异术在身，可以惊世。若非夙缘，不堪轻试。

杖既难逃，钱岂妄觊？不过前知，游戏三昧。

卷十六

王渔翁舍镜崇三宝
白水僧盗物丧双生

　　贪欲是一种难以克制的欲望，穷人贪因穷怕了，富人贪因不知足，可贪来贪去，到头来还看你有没有福气去消受那些钱财。若是多行善事，稍稍节制还可平安，若是贪得无度无尽，只会把自己的性命也搭进去。

　　一对打鱼夫妇在江中拾得一宝镜，可招财，二人因此富足，他们素日行善，是知足的人，便将那镜子送去佛寺供奉。可寺里主持却是极贪，造假镜替了真镜，将真镜据为己有。岂知贪必惹祸，另一大贪之官去寺里讨镜不得，将主持拘了。藏镜的寺僧也是个贪人，卷着财物镜子跑了。结果主持死在狱中，寺僧死在荒郊。一面招财宝镜将贪人聚在一处，引出了这些个互相算计的事，实在叫人啼笑皆非。

　　小小贪念、不义之财终惹来杀身之祸，这是作者想告诫世人的道理。此外，作者笔下的僧人、尼姑、道人等多是贪财好色之辈，也反映出当时的时代风气，僧人好利好色至此，那世间俗人可想而知。

诗云：

资财自有分定，贪谋枉费踌躇。

假使取非其物，定为神鬼揶揄（戏弄）。

话说宋时淳熙年间，临安府市民沈一，以卖酒营生，家居官巷口，开着一个大酒坊。又见西湖上生意好，在钱塘门外丰楼买了一所库房，开着一个大酒店。楼上临湖玩景，游客往来不绝。沈一日里在店里监着酒工卖酒，傍晚方回家去。日逐营营，算计利息，好不兴头（兴旺）。

一日，正值春尽夏初，店里吃酒的甚多，到晚未歇，收拾不及，不回家去，就在店里宿了。将及二鼓时分，忽地湖中有一大船，泊将拢岸。鼓吹喧阗，丝管交沸。有五个贵公子各戴花帽，锦袍玉带，挟同姬妾十数辈，径到楼下。唤酒工过来问道："店主人何在？"酒工道："主人沈一今日不回家去，正在此间。"五客多喜道："主人在此更好，快请相见。"沈一出来见过了，五客道："有好酒，只管拿出来，我们不亏你。"沈一道："小店酒颇有，但凭开量洪饮，请到楼上去坐。"五客拥了歌童舞女，一齐登楼，畅饮更余，店中百来坛酒吃个罄尽。算还酒钱，多是雪花白银。沈一是个乖觉（机警灵敏）的人，见了光景想道："世间哪有一样打扮的五个贵人？况他容止飘然，多有仙气，只这用了无数的酒，决不是凡人了，必是五通神道无疑。既到我店，不可错过了。"一点贪心忍不住，向前跪拜道："小人一生辛苦经纪，赶趁些微末利钱，只够度日。不道十二分天幸，得遇尊神，真是夙世前缘，有此遭际，愿求赐一场小富贵。"五客多笑道："要与你些富贵也不难，只是你所求何等事？"沈一叩头道："小人市井小辈，别不指望，只求多赐些金银便了。"五客多笑着点头道："使得，使得。"即叫一个黄巾力士听使用，力士向前声喏。五客内中一个为首的唤到近身，附耳低言，不知吩咐了些甚么，领命去了。须臾回复，背上负一大布囊来掷于地。五客教沈一来，与他道："此一囊金银器皿，尽以赏汝。然须到家始看，此处不可泄露！"沈一伸手去隔囊捏一捏，捏得囊里块块累累，其声铿锵，大喜过望，叩头称谢不止。俄顷鸡鸣，五客率领姬妾上马，笼烛夹道，其去如飞。

沈一心里快活，不去再睡，要驮回到家开看。虑恐入城之际，囊里狼犺（笨重。犺，kàng），被城门上盘诘（盘问），拿一个大锤，隔囊锤击，再加蹴踏匾了，使不闻声，然后背在肩上，急到家里。妻子还在床上睡着未起，沈一连声喊道："快起来！快起来！我得一主横财在这里了，寻秤来与我秤秤看。"妻子道："甚么横财！昨夜家中柜里头异常响声，疑心有贼，只得起来照看，不见甚么。为此一夜睡不着，至今未起。你且先去看看柜里着，再来寻秤不迟。"沈一走去取了钥匙，开柜一看，那里头空空的了。原来沈一城内城外两处酒坊所用铜锡器皿家伙与妻子金银首饰，但是值钱的多收拾在柜内，而今一件也不见了，惊异道："奇怪！若是贼偷了去，为何锁都不开的！"妻子见说柜里空了，大哭起来道："罢了！罢了！一生辛苦，多

没有了！"沈一道："不妨，且将神道昨夜所赐来看看，尽够受用哩！"慌忙打开布袋来看时，沈一惊得呆了。说也好笑，一件件拿出来看，多是自家柜里东西，只可惜被夜来那一顿锤踏，多弄得歪的歪，匾的匾，不成一件家伙了。沈一大叫道："不好了！不好了！被这伙泼毛神（畜生）作弄了。"妻子问其缘故，乃说："昨夜遇着五通神道，求他赏赐金银，他与我这一布囊。谁知多是自家屋里东西，叫个小鬼来搬去的。"妻子道："为何多打坏了？"沈一道："这却是我怕东西狼犺，撞着城门上盘诘，故此多敲打实落了。哪知有这样，自家害着自家了？"沈一夫妻多气得不耐烦，重新唤了匠人，逐件置造过，反费了好些工食。不指望横财，倒折了本。传闻开去，做了笑话。沈一好些时不敢出来见人。只因一念贪痴，妄想非分之得，故受神道侮弄如此。可见世上不是自家东西，不要欺心贪他的。小子说一个欺心贪别人东西，不得受用，反受显报的一段话，与看官听一听，冷一冷这些欺心要人的肚肠。有诗为证：

> 异宝归人定夙缘，岂容旁睨得重涎！
> 试看欺隐皆成祸，始信冥冥自有权。

话说宋朝隆兴年间，蜀中嘉州地方有一个渔翁，姓王名甲，家住岷江之旁，世代以捕鱼为业。每日与同妻子棹着小舟，往来江上，撒网施罟（gǔ，鱼网）。一日所得，恰好供给一家。这个渔翁虽然行业落在这里头了，却一心好善敬佛。每将鱼虾市上去卖，若够了一日食用，便肯将来布施与乞丐，或是寺院里打斋化饭，禅堂中募化（佛、道徒求人施舍财物）腐菜，他不拘一文二文，常自喜舍不吝。他妻子见惯了的，况是女流，愈加信佛，也自与他一心一意，虽是生意浅薄，不多大事，没有一日不舍两文的。

一日正在江中棹舟，忽然看见水底一物，荡漾不定，恰像是个日头的影一般，火采（红光）闪烁，射人眼目。王甲对妻子道："你看见么？此下必有奇异，我和你设法取它起来，看是何物。"遂教妻子理网，搜的一声撒将下去。不多时，掉转船头牵将起来，看那网中光亮异常。笑道："是甚么好物事呀？"取上手看，却原来是面古镜，周围有八寸大小，雕镂着龙凤之文，又有篆书许多字，字形像符篆（lù）一般样，识不出的。王甲与妻子看了道："闻得古镜值钱，这个镜虽不知值多少，必然也是件好东西。我和你且拿到家里藏好，看有识者，才取出来与他看看，不要等闲亵渎了。"看官听说，原来这镜果是有来历之物，乃是轩辕黄帝所造，采着日精月华，按着奇门遁甲，拣取年月日时，下炉开铸，上有金章宝篆，多是秘笈灵符。但此镜所在之处，金银财宝多来聚会，名为"聚宝之镜"。只为王甲夫妻好善，也是夙世前缘，合该兴旺，故此物出现却得取了回家。自得此镜之后，财物不求而至。在家里扫地也扫出金屑来，垦田也垦出银窖来，船上去撒网也牵起珍宝来，剖蚌也剖出明珠来。

一日在江边捕鱼，只见滩上有两件小白东西，赶来赶去，盘旋数番。急跳上岸，将衣襟兜住，却似莲子两大块小石子，生得明净莹洁，光彩射人，甚是可爱。藏在袖里，带回家来放在匣中。是夜即梦见两个白衣美女，自言是姊妹二人，特来随侍。醒来想道："必是二石子的精灵，可见是宝贝了。"把来包好，结在衣带上。隔得几日，有一个波斯胡人特来寻问，见了王甲道："君身上有宝物，愿求一看。"王甲推道："没甚宝物。"胡人道："我远望宝气在江边，跟寻到此，知在君家。及见君走出，宝气却在身上，千万求看一看，不必瞒我！"王甲晓得是个识宝的，身上取出与他看。胡人看了，啧啧道："有缘得遇此宝，况是一双，尤为难得。不知可肯卖否？"王甲道："我要它无用，得价也就卖了。"胡人见说肯卖，不胜之喜道："此宝本没有定价，今我行囊止有三万缗，尽数与君买了去罢。"王甲道："吾无心得来，不识何物。价钱既不轻了，不敢论量，只求指明要此物何用。"胡人道："此名澄水石，放在水中，随你浊水皆清。带此泛海，即海水皆同湖水，淡而可食。"王甲："只如此，怎就值得许多？"胡人道："吾本国有宝池，内多奇宝，只是淤泥浊水，水中有毒，人下去的，起来无不即死。所以要取宝的，必用重价募着舍性命的下水。那人死了，还要养赡他一家。如今有了此石，只须带在身边，水多澄清，如同凡水，任从取宝总无妨了。岂不值钱？"王甲道："这等，只买一颗去够了，何必两颗多要？便等我留下一颗也好。"胡人道："有个缘故，此宝形虽两颗，气实相联。彼此相逐，才是活物，可以长久。若拆开两处，用不多时就枯槁无用，所以分不得的。"王甲想胡人识货，就取出前日的古镜出来求他赏识。胡人见了，合掌顶礼道："此非凡间之宝，其妙无量，连咱也不能尽知其用，必是世间大有福的人方得有此。咱就有钱，也不敢买，只买此二宝去也够了。此镜好好藏着，不可轻觑了它！"王甲依言，把镜来藏好，遂与胡人成了交易，果将三万缗买了二白石去。

王甲一时富足起来，然还未舍渔船生活。一日天晚，遇着风雨，棹船归家。望见江南火把明亮，有人唤船求渡，其声甚急。王甲料此时没有别舟，若不得渡，这些人须吃了苦。急急冒着风，棹过去载他。原来是两个道士，一个穿黄衣，一个穿白衣，下在船里了，摇过对岸。道士对王甲道："如今夜黑雨大，没处投宿，得到宅上权歇一宵，实为万幸。"王甲是个行善的人，便道："家里虽蜗窄，尚有草榻可以安寝，师父们不妨下顾的。"遂把船拴好，同了两道士到家里来，吩咐妻子安排斋饭。两道士苦辞道："不必赐餐，只求一宿。"果然茶水多不吃，径到一张竹床上，一铺睡了。王甲夫妻夜里睡觉，只听得竹床栗喇（象声词）有声，扑的一响，像似甚重物跌下地来的光景。王甲夫妻猜道："莫不是客人跌下床来？然是人跌没有得这样响声。"王甲疑心，暗里走出来。听两道士宿处寂然没一些声息，愈加奇怪。走转房里，寻出火种点起个灯来，出外一照，叫声"阿也！"原来竹床压破，两道士俱落在床底下，直挺挺的眠着。伸手去一摸，吓得舌头伸了出去，半个时辰缩不进来。你道怎么？但见这两个道士：冰一般冷，石一样坚。俨焉两个皮囊，块然一双宝体。黄黄白白，世间无此不成人；重重痴痴，路上非斯难算客。

王甲叫妻子起来道："说也稀罕，两个客人不是生人，多变得硬硬的了。"妻子道："变了何物？"王甲道："火光之下，看不明白，不知是铜是锡，是金是银，直待天明才知分晓。"妻子道："这等会作怪通灵的，料不是铜锡东西。"王甲道："也是。"渐渐天明，仔细一看，果然那穿黄的是个金人，那穿白的是一个银人，约重有千百来斤。王甲夫妻惊喜非常，道此是天赐，只恐这等会变化的，必要走了哪里去。急急去买了一二十篓山炭，归家炽煽（烧旺）起来，把来销熔了。但见黄的是精金，白的是纹银。王甲前此日逐有意外之得，已是渐饶。又卖了二石子，得了一大主钱。今又有了这许多金银，一发瓶满瓮满，几间破屋没放处了。

王甲夫妻是本分的人，虽然有了许多东西，也不想去起造房屋，也不想去置买田产，但把渔家之事搁起不去弄了，只是安守过日。尚且无时无刻没有横财到手，又不消去做得生意，两年之间，富得当不得。却只是夫妻两口，要这些家私竟没用处，自己反觉多得不耐烦起来，心里有些惶惧不安。与妻子商量道："我家自从祖上到今，只是以渔钓为生计。一日所得，极多有了百钱，再没去处了。今我们自得了这宝镜，动不动上千上万，不消经求，凭空飞到，梦里也是不打点的。我们且自思量着，我与你本是何等之人，骤然有这等非常富贵？只恐怕天理不容。况我们粗衣淡饭便自过日，要这许多来何用？今若留着这宝镜在家，只有得增添起来。我想天地之宝，不该久留在身边，自取罪业。不如拿到峨眉山白水禅院，舍在圣像上，做了圆光，永做了佛家供养，也尽了我们一片心，也结了我们一个缘，岂不为美？"妻子道："这是佛天面上好看的事，况我们知时识务，正该如此。"

于是两个志志诚诚，吃了十来日斋，同到寺里献此宝镜。寺里住持僧法轮问知来意，不胜赞叹道："此乃檀越大福田事！"王甲央他写成意旨，就使邀集合寺僧众，做一个三日夜的道场。办斋粮，施衬钱，费过了数十两银钱。道场已毕，王甲即将宝镜交付住持法轮，作别而归。法轮久已知得王甲家里此镜聚宝，乃谦词推托道："这件物事，天下至宝，神明所惜。檀越肯将来施作佛供，自是檀越结缘，吾僧家何敢与其事？檀越自奉着置在三宝之前，顶礼而去就是了。贫僧不去沾手。"王甲夫妻依言，亲自把宝镜安放佛顶后面停当，拜了四拜，别了法轮自回去了。

谁知这个法轮，是个奸狡有余的僧人。明知这镜是至宝，王甲巨富皆因于此，见说肯舍在佛寺，已有心贪他的了。又恐怕日后翻悔，原来取去，所以故意说个"不敢沾手"，他日好赖。王甲去后，就取将下来，密唤一个绝巧的铸镜匠人，照着形模，另铸起一面来。铸成，与这面宝镜分毫无异，随你识货的人也分别不出的。法轮重谢了匠人，教他谨言。随将新铸之镜装在佛座，将真的换去藏好了。那法轮自得此镜之后，金银财物，不求自至，悉如王甲这两年的光景，以致衣钵充实，买祠部度牒度的僮奴，多至三百余人。寺刹兴旺，富不可言。王甲回去，却便一日衰败一日起来。原来人家要穷，是不打紧的。不消得盗劫火烧，只消有出无进，七颠八倒，做事不着，算计不就，不知不觉地渐渐消耗了。况且王甲起初财物原是来得容易的，慷慨用费，不在心上。好似没底的吊桶一般，只管漏了出去。不想宝镜不在手里，更没得来路，一用一空，只够有两年光景，把一个大财主仍旧弄做个渔翁身份，一些也没有了。

俗语说得好："宁可无了有，不可有了无。"王甲泼天家事弄得精光，思量道："我当初本是穷人，只为得了宝镜，以致日遇横财，如此富厚。

若是好端端放在家中，自然日长夜大，哪里得个穷来？无福消受，却没要紧的舍在白水寺中了。而今这寺里好生兴旺，却教我仍受贫穷，这是哪里说起的事？"夫妻两个，互相埋怨道："当初是甚主意，怎不阻挡一声？"王甲道："而今也好处，我们又不是卖绝与他，是白白舍去供养的。今把实情去告诉住持长老，原取了来家。这须是我家的旧物，他也不肯不得。若怕佛天面上不好看，等我每照旧丰富之后，多出些布施，庄严三宝起来，也不为失信行了。"妻子道："说得极是，为甚么睁着眼看别人富贵，自己受穷？作急去取了来，不可迟了。"商议已定，明日王甲径到峨眉山白水禅院中来。昔日轻施重宝，是个慷慨有量之人；今朝重想旧踪，无非穷蹙（窘迫）无聊之计。一般檀越，贫富不同；总是登临，苦乐顿别。

且说王甲见了住持法轮，说起为舍镜倾家，目前无奈，只得来求还原物。王甲口里虽说，还怕法轮有些甚么推故。不匡（想不到）法轮见说，毫无难色，欣然道："此原是君家之物，今日来取，理之当然。小僧前日所以毫

不与事，正为后来必有重取之日，小僧何苦又在里头经手？小僧出家人，只这个色身，尚非我有，何况外物乎？但恐早晚之间，有些不测，或被小人偷盗去了，难为檀越好情，见不得檀越金面。今得物归其主，小僧睡梦也安，何敢吝惜！"遂吩咐香积厨（寺庙厨房）中办斋。管待了王甲已毕，却令王甲自上佛座，取了宝镜下来。王甲捧在手中，反复仔细转看，认是旧物宛然，一些也无疑心。拿回家里来，与妻子看过，十分珍重，收藏起了。指望一似前日，财物水一般涌来。岂知一些也不灵验，依然贫困。时常拿出镜子来看看，光彩如旧，毫不济事。叹道："敢是我福气已过，连宝镜也不灵了？"梦里也不道是假的，有改字陈朝驸马诗为证：镜与财俱去，镜归财不归。无复珍奇影，空留明月辉。

王甲虽然宝藏镜子，仍旧贫穷。那白水禅院只管一日兴似一日。外人闻得的，尽疑心道："必然原镜还在僧处，所以如此。"起先那铸镜匠人打造时节，只说寺中住待无非看样造镜，不知其中就里。今见人议论，说出王家有镜聚宝，舍在寺中被寺僧偷过，致得王家贫穷、寺中丰富一段缘由，匠人才省得前日的事，未免对人告诉出来。闻知的越恨那和尚欺心。却是王甲有了一镜，虽知其假，哪从证辨？不好再向寺中争论得，只得吞声忍气，自恨命薄。妻子叫神叫佛，冤屈无申，没计奈何。法轮自谓得计，道是没有尽藏的，安然享用了。

看官，你道若是如此，做人落得欺心，倒反便宜，没个公道了。怎知量大福亦大，机深祸亦深。法轮用了心机，藏了别人的宝镜自发了家，天理不容，自然生出事端来。汉嘉来了一个提点刑狱使者，姓浑名耀，是个大贪之人。闻得白水寺僧十分富厚，已自动了顽涎（强烈的贪欲）。后来察听闻知有镜聚宝之说，想道："一个僧家要他上万上千，不为难事。只是万千也有尽时，况且动人眼目。何如要了他这镜，这些财富尽跟了我走，岂不是无穷之利？亦且只是一件物事，甚为稳便。"当下差了一个心腹吏典，叫得宋喜，特来白水禅院，问住持要借宝镜一看。只一句话，正中了法轮的心病，如何应承得？回吏典道："好教提控得知，几年前有个施主，曾将古镜一面舍在佛顶上，久已讨回去了。小寺中哪得有甚么宝镜？万望提控回言一声。"宋喜道："提点相公坐名要问这宝镜，必是知道些甚么来历的，今如何回得他？"法轮道："委实没有，叫小僧如何生得出来？"宋喜道："就是恁地时，在下也不敢回话，须讨嗔怪！"法轮晓得他作难，寺里有的是银子，将出十两来送与吏典道："是必有烦提控回一回，些小薄意，勿嫌轻鲜！"宋喜见了银子，千欢万喜道："既承盛情，好歹替你回一回去。"

法轮送吏典出了门，出身转来，与亲信的一个行者真空商量道："此镜乃我寺发迹之本，岂可轻易露白，放得在别人家去？不见王家的样么？况是官府来借，他不还了，没处叫得撞天屈，又是瞒着别人家的东西，明白告诉人不得的事。如今只是紧紧藏着，推个没有，随他要得急时，做些银子不着，买求罢了。"真空道："这个自然。怎么好轻与得他？随他要了多少物事去，只要留得这宝贝在，不愁他的。"师徒两个愈加谨密不题。

且说吏典宋喜去回浑提点相公的话，提点大怒道："僧家直恁无状！吾上司官取一物，辄敢抗拒不肯？"宋喜道："他不是不肯，说道原不曾有。"提点道："胡说！吾访得真实在这里，是一个姓王的富人舍与寺中，他却将来换过，把假的还了本人，真的还在他处。怎说没有？必定你受了他贿赂，替他解说。如取不来，连你也是一顿好打！"宋喜慌了道："待吏典再去与他说，必要取来就是。"提点道："快去！快去！没有镜子，不要思量来见我！"宋喜唯唯而出，又到白水禅院来见住持，说："提点相公必要镜子，连在下也被他焦燥得不耐烦。而今没有镜子，莫想去见得他！"法轮道："前日已奉告过，委实还了施主家了。而今还哪里再有？"宋喜道："相公说得丁一卯二的，道有姓王的施主舍在寺中，以后来取，你把假的还了他，真的自藏了。不知哪里访问在肚里的，怎好把此话回得他？"法轮道："此皆左近（附近）之人见小寺有两贯浮财，气苦眼热，造出些无端说话。"宋喜道："而今说不得了，他起了风，少不得要下些雨。既没有镜子，须得送些什么与他，才熄得这火。"法轮道："除了镜子，随分要多少，敝寺也还出得起。小僧不敢吝，凭提控怎么吩咐。"宋喜道："若要周全这事，依在下见识，须得与他千金，才打得他倒。"法轮道："千金也好处，只是如何送去？"宋喜道："这多在我，我自有送进的门路方法。"法轮道："只求停妥得，不来再要便好。"即命行者真空，在箱内取出千金，交与宋喜明白；又与三十两另谢了宋喜。

宋喜将的去，又藏起了二百，止将八百送进提点衙内，禀道："僧家实无此镜，备些镜价在此。"宋喜心里道："量便是宝镜，也未必值得许多，可以罢了。"提点见了银子，虽然也动火的，却想道："有了聚宝的东西，这七八百两只当毫毛，有甚稀罕！叵耐（可恨）这贼秃，你总是欺心赖别人的，怎在你手里了，就不舍得拿出来？而今只是推说没有，又不好奈何得！"心生一计道："我须是刑狱重情衙门，我只把这几百两银做了赃物，坐他一个私通贿赂、夤缘（向上巴结。夤，yín）刑狱、污蔑官府的罪名，拿他来敲打，不怕不敲打得出来。"当下将银八百两封贮库内，即差下两个公人，竟到白水禅院拿犯法住持僧人法轮。

法轮见了公人来到，晓得别无他事，不过宝镜一桩前件未妥。吩咐行者真空道："提点衙门来拿我，我别无词讼干连，料没甚事。他无非生端，诈取宝镜，我只索去见一见，看他怎么说话，我也讲个明白。他住了手，也不见得。前日宋提控送了这些去，想是嫌少，挤得再添上两倍，量也有数。你须把那话藏好些，一发露形不得了！"真空道："师父放心！师父到衙门要甚使用，只管来取。至于那话，我一面将来藏在人寻不到的去处，随你甚么人来，只不认账罢了。"法轮道："就是指了我名来要，你也决不可说是有的。"两下约定，好管待两个公人，又重谢了差使钱了，两个公人各各欢喜。法轮自恃有钱，不怕官府，挺身同了公人竟到提点衙门来。

浑提点升堂。见了法轮，变起脸来，拍案大怒道："我是生死衙门，你这秃贼，怎么将着重贿，营谋甚事？见获赃银在库，中间必有隐情，快快招来！"法轮道："是相公差吏典要取镜子，小寺没有镜子，吏典教小僧把银子来准的。"提点道："多是一划（一律。划，chàn）胡说！哪有这个道理？必是买嘱私情，不打不招！"喝叫皂隶拖番，将法轮打得一佛出世，二佛涅槃，收在监中了。提点私下又教宋喜去把言词哄他，要说镜子的下落。法轮咬定牙关，只说："没有镜子，宁可要银子，去与我徒弟说，再凑些送他，赎我去罢！"宋喜道："他只是要镜子，不知可是增些银子完得事体的，待我先讨个消息再商量。"宋喜把和尚的口语回了提点，提点道："与他熟商量，料不肯拿出来，就是敲打他也无益。我想他这镜子，无非只在寺中。我如今密地差人把寺围了，只说查取犯法赃物，把他家资尽数抄将出来，简验一过，哪怕镜子不在里头！"就吩咐吏典宋喜，监押着四个公差，速行此事。宋喜受过和尚好处的，便暗把此意通知法轮，法轮心里思量道："来时曾嘱付行者，行者说把镜子藏在密处，料必搜寻不着，家资也不好尽抄没了我的。"遂对宋喜道："镜子原是没有，任凭箱匣中搜索也不妨，只求提控照管一二，有小徒在彼，不要把家计东西乘机散失了，便是提控周全处。小僧出去另有厚报。"宋喜道："这个当得效力。"别了法轮，一同公差到白水禅院中来，不在话下。

且说白水禅院行者真空，原是个少年风流淫浪的僧人，又且本房饶富，尽可凭他撒漫（任意挥霍钱财）。只是一向碍着住持师父，自家像不得意。目前见师父官提了去，正中下怀，好不自由自在。俗语云："偷得爷钱没使处。"平日结识的私情、相交的婊子，没一处不把东西来乱塞乱用，费掉了好些过了。又偷将来各处寄顿下，自做私房，不计其数。猛地思量道："师父一时出来，须要查算，却不决撒（败露）？况且根究镜子起来，我未免也不缠在里头。目下趁师父不在，何不卷携了这偌多家财，连镜子多带在身边了，星夜逃去他州外府，养起头发来做了俗人，快活他下半世，岂不是好？"算计已定，连夜把箱笼中细软值钱的，并叠起来，做了两担。次日，自己挑了一担，雇人挑了一担，众人面前只说到州里救师父去，竟出山门去了。

去后一日，宋喜才押同四个公差来到，声说要搜简住持僧房之意。寺僧回说："本房师父在官，行者也出去了，只有空房在此。"公差道："说不得！我们奉上司明文，搜简违法赃物，哪管人在不在？打进去便了！"当即毁门而入，在房内一看，里面只是些粗重家火，椅桌狼藉，空箱空笼，并不见有甚么细软贵重的东西了。就将房里地皮翻了转来，并不见有甚么镜子在那里。宋喜道："住持师父叮嘱我，教不要散失了他的东西。今房里空空，却是怎么呢？"合寺僧众多道："本房行者不过出去看师父消息，为甚把房中搬得恁空？敢怕是乘机走了！"四个公差见不是头，晓得没甚大生意，且把遗下的破衣旧服乱卷掳在身边了，问众僧要了本房僧人在逃的结状（向官府出具的表示证明的文书），一同宋喜来回复提点。提点大怒道："这些秃驴，这等奸猾！分明抗拒我，私下教徒弟逃去了，有甚难见处？"立时提出法轮，又加一顿臭打。那法轮本在深山中做住持，富足受用的僧人，何曾吃过这样苦？今监禁得不耐烦，指望折些银子，早晚得脱。见说徒弟逃家，家私已空，心里已此苦楚，更是一番毒打，真个雪上加霜，怎经得起？到得监中，不胜狼狈，当晚气绝。提点得知死了，方才歇手。眼见得法轮欺心，盗了别人的宝物，受此果报。有诗为证：赝镜偷将宝镜充，翻令施主受贫穷。今朝财散人离处，四大原来本是空。

且说行者真空偷窃了住持东西，逃出山门，且不顾师父目前死活，一径打点他方去享用。把目前寄顿在别人家的物事，多讨了拢来，同寺中带出去的放做一处，驾起一辆大车，装载行李，雇个脚夫推了前走。看官，

你道住持偌大家私，况且金银体重，岂是一车载得尽的？不知宋时尽行官钞，又叫得纸币，又叫得官会子，一贯只是一张纸，就有十万贯，只是十万张纸，甚是轻便。那住持固然有金银财宝，这个纸钞兀自有了几十万，所以携带不难。行者身边藏了宝镜，押了车辆，穿山越岭，待往黎州而去。到得竹公溪头，忽见大雾漫天，寻路不出。一个金甲神人闪将出来，躯长丈许，面有威容。身披锁子黄金，手执方天画戟。大声喝道："哪里走？还我宝镜来！"惊得那推车的人，丢了车子，跑回旧路，只恨爷娘不生得四只脚，不顾行者死活，一道烟走了。那行者也不及来照管车子，慌了手脚，带着宝镜只是望前乱窜，走入林子深处。忽地起阵狂风，一个斑斓猛虎跳将出来，照头一扑，把行者拖的去了。眼见得真空欺心，盗了师父的物件，害了师父的性命，受此果报。有诗为证：盗窃原为非分财，况兼宝镜鬼神猜。

早知虎口应难免，何不安心守旧来？

再说渔翁王甲讨还寺中宝镜，藏在家里，仍旧贫穷；又见寺中日加兴旺，外人纷纷议论，已晓得和尚欺心调换，没处告诉。他是个善人，只自家怨怅命薄。夫妻两个说着宝镜在家时节许多妙处，时时叹恨而已。一日，夫妻两个同得一梦，见一金甲神人吩咐道："你家宝镜今在竹公溪头，可去收拾了回家。"两人醒来，各述其梦。王甲道："此乃我们心里想着，所以做梦。"妻子道："想着做梦，也或有之，不该两个相同。敢是我们还有些造化，故神明有此警报？既有地方的，便到那里去寻一寻看也好。"

王甲次日问着竹公溪路径，穿山度岭，走到溪头。只见一辆车子倒在地上，内有无数物件，金银钞币，约莫有数十万光景。左右一看，并无人影，想道："此一套无主之物，莫非是天赐我的么？梦中说宝镜在此，敢怕也在里头？"把车内逐一简过，不见有镜子。又在前后地下草中四处寻遍，也多不见。笑道："镜子虽不得见，这一套富贵，也够我下半世了。不如趁早取了它去，省得有人来。"整起车来推到路口，雇一脚夫推了，一直到家里来。对妻子道："多蒙神明指点，去到溪口寻宝镜。宝镜虽不得见，却见这一车物事在那里。等了一会，并没个人来，多管是天赐我的，故取了家来。"妻子当下简看，尽多是金银宝钞，一一收拾，安顿停当，夫妻两人不胜之喜。只是疑心道："梦里原说宝镜，今虽得此横财，不见宝镜影踪，却是何故？还该到哪里仔细一寻。"王甲道："不然，我便明日再去走一遭。"到了晚间，复得一梦，仍旧是个金甲神人来说道："王甲，你不必痴心。此镜乃神天之宝，因你夫妻好善，故使暂出人间，作成你一段富贵，也是你的前缘，不想两入奸僧之手。今奸僧多已受报，此镜仍归天上去矣，你不要再妄想。昨日一车之物，原即是宝镜所聚的东西，所以仍归于你。你只坚心好善，就这些也享用不尽了。"飒然惊觉，乃是南柯一梦。王甲逐句记得明白，一一对妻子说，明知天意，也不去寻镜子了。夫妻享有寺中之物，尽够丰足，仍旧做了嘉陵富翁。此乃好善之报，亦是他命中应有之财，不可强也。

休慕他人富贵，命中所有方真。

若要贪图非分，试看两个僧人。

卷十七

神偷寄兴一枝梅
侠盗惯行三昧戏

　　古代民间故事里多讲侠盗，他们锄强扶弱，劫富济贫，虽然干的是偷盗一行，却因盗亦有道而被民间称颂。懒龙便是这样一位侠盗，他每次偷窃得手便在墙上画一枝梅花，故被称为"一枝梅"，其偷盗技术神乎其神，更为其披上一层神秘面纱。

　　本篇先以名盗"我来也"的故事作引，我来也被捕入狱，只微施小小伎俩便替自己洗刷了罪名，瞒天过海，可见名盗神偷的智谋手段非常人能够招架，可谓之神技！接着，文章以大段篇幅依次讲了神偷"一枝梅"的诸多传奇事迹，读来直叫人惊叹。世人都说盗贼可恶，但此类大盗却是作为传说奇闻中的侠客形象被人茶余饭后称道，可见世人对于世间曲直善恶，自有一番评判标准。

诗曰：

剧贼从来有贼智，其间妙巧亦无穷。

若能收作公家用，何必疆场不立功？

自古说孟尝君养食客三千，鸡鸣狗盗的多收拾在门下。后来被秦王拘留，无计得脱。秦王有个爱姬传语道："闻得孟尝君有领狐白裘，价值千金。若将来送了我，我替他讨个人情，放他归去。"孟尝君当时只有一领狐白裘，已送上秦王收藏内库，哪得再有？其时狗盗的便献计道："臣善狗偷，往内库去偷将出来便是。"你道何为狗偷？乃是此人善做狗嗥（háo，野兽吼叫）。就假做了狗，爬墙越壁，快捷如飞，果然把狐白裘偷了出来，送与秦宫爱姬，才得善言放脱。连夜行到函谷关，孟尝君恐怕秦王有悔，后面追来，急要出关，当得关上直等鸡鸣才开。孟尝君着了急，那时食客道："臣善鸡鸣，此时正用得着。"就曳（拉）起声音，学作鸡啼起来，果然与真无二。啼得两三声，四下群鸡皆啼，关吏听得，把关开了，孟尝君才得脱去。孟尝君平时养了许多客，今脱秦难，却得此两小人之力，可见天下寸长尺技，俱有用处。而今世上只重着科目，非此出身，纵有奢遮的，一概不用。所以有奇巧智谋之人，没处设施，多赶去做了为非作歹的勾当。若是善用人材的，收拾将来，随宜酌用，未必不得他气力，且省得他流在盗贼里头去了。

且如宋朝临安有个剧盗，叫作"我来也"，不知他姓甚名谁。但是他到人家偷盗了物事，一些踪影不露出来，只是临行时壁上写着"我来也"三个大字。第二日人家看见了字，方才简点家中，晓得失了贼。若无此字，竟是神不知鬼不觉的，煞好手段！临安中受他蒿恼（打扰。蒿，hāo）不过，纷纷告状。府尹责着缉捕使臣，严行挨查，要获着真正写"我来也"三字的贼人，却是没个姓名，知是张三李四？拿着哪个才肯认账？使臣人等受那比较不过，只得用心体访。原来随你巧贼，须瞒不过公人。占风望气，定然知道的。只因拿得甚紧，毕竟不知怎的缉着了他的真身，解到临安府里来。府尹升堂，使臣（宋朝专管缉捕的武官）禀说缉着了真正"我来也"，虽不晓得姓名，却正是写这三字的。府尹道："何以见得？"使臣道："小人们体访甚真，一些不差。"那个人道："小人是良民，并不是甚么'我来也'，公人们比较不过，拿小人来冒充的。"使臣道："的是真正的，贼口听他不得！"府尹只是疑心。使臣们禀道："小人们费了多少心机，才访得着。若被他花言巧语脱了出去，后来小人们再没处拿了。"府尹欲待要放，见使臣们如此说，又怕是真的，万一放去了，难以寻他，再不好比较缉捕的了只得权发下监中收监。

那人一到监中，便好言对狱卒道："进监的旧例，该有使费，我身边之物，尽被做公的搜去。我有一主银两，在岳庙里神座破砖之下，送与哥哥做拜见钱。哥哥只做去烧香，取了来。"狱卒似信不信，免不得跑去一看，果然得了一包东西，约有二十余两。狱卒大喜，遂把那人好好看待，渐加亲密。一日，那人又对狱卒道："小人承蒙哥哥盛情，十分看待得好。小人无可报效，还有一主东西在某处桥垛之下，哥哥去取了，也见小人一点敬意。"狱卒道："这个所在，是往来之所，人眼极多，如何取得？"那人道："哥哥将个筐篮，盛着衣服，到那河里去洗，摸来放在篮中，就把衣服盖好，却不拿将来了？"狱卒依言，如法取了来，没人知觉。简简物事，约有百金之外，狱卒一发喜谢不尽，爱厚那人，如同骨肉。晚间买酒请他。酒中那人对狱卒道："今夜三更，我要到家里去看一看，五更即来，哥哥可放我出去一遭。"狱卒思量道："我受了他许多东西，他要出去，做难不得。万一不来了怎么处？"那人见狱卒迟疑，便道："哥哥不必疑心，小人被做公的冒认作'我来也'，送在此间。既无真名，又无实迹，须问不得小人的罪。小人少不得辩出去，一世也不私逃的。但请哥哥放心，只消两个更次，小人仍旧在此了。"狱卒见他说得有理，想道："一个不曾问罪的犯人，就是失了，没甚大事。他现与了我许多银两，拚得与他使用些，好歹糊涂得过，况他未必不来的。"就依允放了他。

那人不由狱门，竟在屋檐上跳了去。屋瓦无声，早已不见。到得天未大明，狱卒宿酒未醒，尚在朦胧，那人已从屋檐跳下，摇起狱卒道："来了，来了。"狱卒惊醒，看了一看道："有这等信人！"那人道："小人怎敢不来，有累哥哥？多谢哥哥放了我去，已有小小谢意，留在哥哥家里，哥哥快去收拾了来，小人就要别了哥哥，当官出监去了。"狱卒不解其意，急回到家中。家中妻子说："有件事，正要你回来得知。昨夜更鼓尽时，不知梁上甚么响，忽地掉下一个包来，解开看时，尽是金银器物，敢是天赐我们的？"狱卒情知是那人的缘故，急摇手道："不要露声！快收拾好了，慢慢受用。"狱卒急转到监中，又谢了那人。须臾府尹升堂，放告牌出，只见纷纷来告盗情事，共有六七纸，多是昨夜失了盗，墙壁上俱写得有"我来也"三字，恳求着落缉捕。府尹道："我原疑心前日监的，未必是真'我来也'，果然另有这个人在那里，那监的岂不冤枉？"即叫狱卒来吩咐："快把前日监的那人放了。"另行责着缉捕使臣，定要访个真正"我来也"解官，立限比较。岂知真的却在眼前放去了？只有狱卒心里明白，服他神机妙用。受过重贿，再也不敢说破。

看官，你道如此贼人智巧，可不是有用得着他的去处么？这是旧话不必说。只是我朝嘉靖年间，苏州有个神偷懒龙，事迹颇多。虽是个贼，煞是有义气，兼带着戏耍，说来有许多好笑好听处。有诗为证：

谁道偷无道？神偷事每奇。

更看多慷慨，不是俗偷儿。

话说苏州亚字城东玄妙观前第一巷有一个人，不晓得他的姓名，后来他自号懒龙，人只称呼他是懒龙。其母村居，偶然走路遇着天雨，走到一所枯庙中避着，却是草鞋三郎庙。其母坐久，雨尚不住，昏昏睡去。梦见神道与她交感，归来有妊。满了十月，生下这个懒龙来。懒龙生得身材小巧，胆气壮猛，心机灵变，度量慷慨。且说他的身体行径：柔若无骨，轻若御风。大则登屋跳梁，小则扪（mén，摸）墙摸壁。随机应变，看景生情。撮口（聚口使成圆形）则为鸡犬狸鼠之声；拍手则作箫鼓弦索之弄。饮啄有方，律吕相应；无弗（不）酷肖，可使乱真。出没如鬼神，去来如风雨。果然天下无双手，真是人间第一偷。懒龙不但伎俩巧妙，又有几件稀奇本事，诧异性格：自小就会着了靴在壁上走，又会说十三省乡谈，夜间可以连宵不睡，日间可以连睡几日，不茶不饭，像陈抟（tuán）一般。有时放量一吃，酒数斗、饭数升，不彀（gòu，够）一饱；有时不吃起来，便动几日不饿。鞋底中用稻草灰做衬，走步绝无声响；与人相扑，掉臂往来，倏忽如风。想来《剑侠传》中白猿公，《水浒传》中鼓上蚤，其矫捷不过如此。

自古道性之所近。懒龙既有这一番嗻嗻（chē zhē，厉害），便自藏埋不住，好与少年无赖的人往来，习成偷儿行径。一时偷儿中高手，

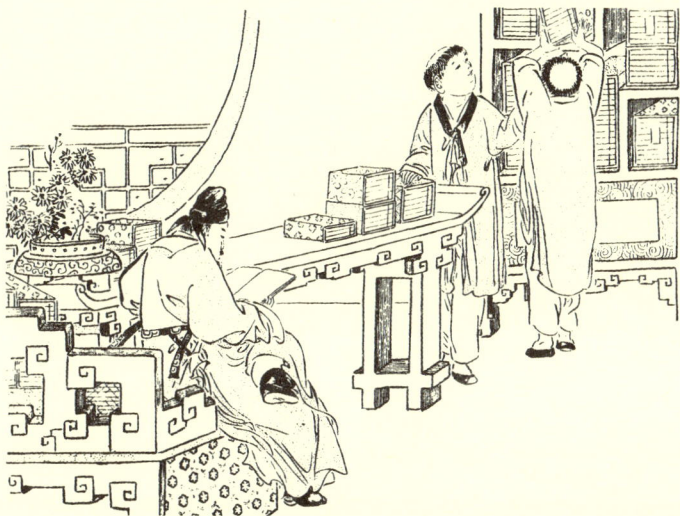

有芦茄茄：骨瘦如青芦枝，探丸白打最胜；刺毛鹰：见人辄隐伏，形如虿（chài，蝎子一类的毒虫）𧒂（蜂），能宿梁壁上；白搭膊：以素练为腰缠，角上挂大铁钩，以钩向上抛掷，遇罥挂（缠绕悬挂。罥，juàn）便攀缘腰缠上升，欲下亦借钩力，梯其腰缠，翩然而落。这数个，多是吴中高手，见了懒龙手段，尽皆心伏，自以为不及。懒龙原没甚家缘家计，今一发弃了，到处为家，人都不晓得他歇在哪一个所在。白日行都市中，或闪入人家，但见其影，不见其形。暗夜便窃入大户朱门寻宿处，玳瑁梁间，鸳鸯楼下，绣屏之内，画阁之中，缩做刺猬一团，没一处不是他睡场，得便就做他一手。因是终日会睡，变幻不测如龙，所以人叫他懒龙。所到之处，但得了手，就画一枝梅花在壁上，在黑处将粉写白字，在粉墙将煤写黑字，再不空过。所以人又叫他作一枝梅。

嘉靖初年，洞庭两山出蛟，太湖边山崖崩塌，露出一古冢朱漆棺。宝物无数，尽被人盗去无遗。有人传说到城，懒龙偶同亲友泛湖，因到其处，看见藤蔓缠棺，已被斩断。开发棺中，唯枯骸一具，冢旁有断碑模糊。懒龙道是古来王公之墓，不觉恻然，就与他掩蔽了。即时出些银两，雇本处土人聚土埋藏好了，把酒浇奠。奠毕将行，懒龙见草中一物碍脚，俯首取起，乃是古铜镜一面。急藏袜中，不与人见。及到城中，将往僻处，刷净泥滓细看，那镜小小只有四五寸，面上精光闪烁，背上鼻钮（器物上可以穿东西的小孔）四傍，隐起穷奇饕餮、鱼龙波浪之形，满身青绿，尽蚀朱砂水银之色。试敲一下，其声泠然。晓得是件宝贝，将来佩带身边。到得晚间将来一照，暗处皆明，雪白如昼。懒龙得了此镜，出入不离，夜行更不用火，一发添了一助。别人怕黑时节，他竟同日里行走，偷法愈便。却是懒龙虽是偷儿行径，却有几件好处：不肯淫人家妇女，不入良善与患难之家，与人说了话，再不失信。亦且仗义疏财，偷来东西随手撒与贫穷负极之人。最要薅恼（骚扰。薅，hāo）那悭吝财主、无义富人，逢场作戏，做出笑话。因此到所在，人多倚草附木，成行逐队来皈依他，义声赫然。懒龙笑道："吾无父母妻子可养，借这些世间余财聊救贫人。正所谓损有余补不足，天道当然，非关吾的好义也。"

一日，有人传说一个大商下千金在织人周甲家，懒龙要去取他的。酒后错认了所在，误入了一个人家，其家乃是个贫人，房内只有一张大几，四下一看，别无长物。既已进了房中，一时不好出去，只得伏在几下，看见贫家夫妻对食，盘餐萧瑟。夫满面愁容，对妻道："欠了客债要紧，别无头脑可还，我不如死了罢！"妻子道："怎便寻死？不如把我卖了，还好将钱营生。"说罢，夫妻泪如雨下。懒龙忽然跳将出来，夫妻慌怕。懒龙道："你两个不必怕我，我乃懒龙也。偶听人言，来寻一个商客，错走至此。今见你们生计可怜，我当送二百金与你，助你经营。快不可别寻道路，如此苦楚！"夫妻素闻其名，拜道："若得义士如此厚恩，吾夫妻死里得生了！"懒龙出了门去。一个更次，门内铿然（敲击金石所发出的响亮的声音。铿，kēng）一响，夫妻走起看时，果然一个布囊，有银二百两在内，乃是懒龙是夜取得商人之物。夫妻喜跃非常，写个懒龙牌位，奉事终身。

有一贫儿，少时与懒龙游狎（交往亲密），后来消乏（贫乏）。与懒龙途中相遇，身上褴褛，自觉羞惭，引扇掩面而过。懒龙掣（chè，拽）住其衣，问道："你不是某舍么？"贫儿踽踖（jú jí，畏缩恐惧的样子）道："惶恐，惶恐。"懒龙道："你一贫至此，明日当同你入一大家，取些来付你，勿得妄言！"贫儿晓得懒龙手段，又是不哄人的。明日傍晚来寻懒龙，懒龙与他共至一所，乃是士夫家池馆。但见暮鸦缭乱，碧树蒙笼。万籁凄清，四隅寂静。懒龙吩咐贫儿止住在外，自己辣身（纵身向上跳）攀树，逾垣而入，许久不出。贫儿屏气吞声，蹲踞墙外。又被群犬嘹吠，赶来咋啮（zé niè，啃咬），贫儿绕墙走避。微听得墙内水响，倏（shū，忽然）

有一物如没水鸬鹚（lú cí，鱼鹰），从林影中堕地。仔细看看，却是懒龙，浑身沾湿，状甚狼狈。对贫儿道："吾为你几乎送了性命。里面黄金无数，可以斗量。我已取到了手，因为外边犬吠得紧，惊醒里面的人，追将出来，只得丢弃道旁，轻身走脱，此乃子之命也。"贫儿道："老龙平日手到拿来，今日如此，是我命薄！"叹息不胜。懒龙道："不必烦恼！改日别作道理。"贫儿怏怏而去。

过了一个多月，懒龙路上又遇着他，哀告道："我穷得不耐烦了，今日去卜问一卦，遇着上上大吉，财爻（yáo）发动。先生说：'当有一场飞来富贵，是别人作成的。'我想不是老龙，还哪里指望？"懒龙笑道："吾几乎忘了。前日那家金银一箱，已到手了。若竟把来与你，恐那家发觉，你藏不过，做出事来，所以权放在那家水池内，再看动静。今已个月期程，不见声息，想那家不思量追访了，可以取之无碍，晚间当再去走遭。"贫儿等到薄暮，来约懒龙同往。懒龙一到彼处，但见：度柳穿花，捷若飞鸟。驰波溅沫，矫似游龙。须臾之间，背负一箱而出。急到僻处开看，将着身带宝镜一照，里头尽是金银。懒龙分文不取，也不问多少，尽数与了贫儿，

吩咐道：”这些财物，可够你一世了，好好将去用度。不要学我懒龙混账，半生不做人家。”贫儿感激谢教，将着做本钱，后来竟成富家。懒龙所行之事，每多如此。

说话的，懒龙固然手段高强，难道只这等游行无碍，再没有失手时节？看官听说，他也有遇着不巧，受了窘迫，却会得逢急智生，脱身溜撒（行动迅速、敏捷）。曾有一日走到人家，见衣橱开着，急向里头藏身，要取橱中衣服。不匡这家子临上床时，将衣橱关好，上了大锁，竟把懒龙锁在橱内了。懒龙出来不得，心生一计，把橱内衣饰紧缠在身，又另包下一大包，俱挨着橱门，口里就做鼠咬衣裳之声。主人听得，叫起老妪来道："为何把老鼠关在橱内了？可不咬坏了衣服？快开了橱，赶了出来！”老妪取火开橱，才开得门，那挨着门口包儿，先滚了下地，说时迟，那时快，懒龙就这包滚下来头里（当口），一同滚将出来，就势扑灭了老妪手中之火。老妪吃惊大叫一声。懒龙恐怕人起难脱，急取了那个包，随将老妪要处一拨，扑的跌倒在地，望外便走。房中有人走起，地上踏着老妪，只说是贼，拳脚乱下。老妪喊叫连天，房外人听房里嚷乱，尽奔将来。点起火一照，见是自家人厮打，方喊得住，懒龙不知已去过几时了。

有一织纺人家，客人将银子定下绸罗若干。其家夫妻收银箱内，放在床里边，夫妻同寝在床，夜夜小心谨守。懒龙知道，要取他的，闪进房去，一脚踏了床沿，挽手进床内掇那箱子。妇人惊醒，觉得床沿上有物，暗中一摸，晓得是只人脚，急用手抱住不放，忙叫丈夫道："快起来，吾捉住贼脚在这里了！”懒龙即将其夫之脚，用手抱住一招，其夫负痛忙喊道："是我的脚！是我的脚！”妇人认是错拿了夫脚，即时把手放开。懒龙便掇了箱子如飞出房，夫妻两人还争个不清，妻道："分明拿的是贼脚，你却教放了。”夫道："现今我脚掐得生疼，哪里是贼脚？”妻道："你脚在里床，我拿的在外床，况且吾不曾掐着。”夫道："这等，是贼掐我的脚，你只不要放那只脚便是。"妻道："我听你喊将起来，慌忙之中认是错了，不觉把手放松，你便抽得去了。着了他贼见识，定是不好了。"摸摸里床箱子，果是不见。夫妻两个，我道你错，你道我差，互相埋怨不了。

懒龙又走在一个买衣服的铺里，寻着他衣库，正要拣好的卷他。黑暗难认，却把身边宝镜来照。又道是隔墙须有耳，门外岂无人？谁想隔邻人家，有人在楼上做房。楼窗看见间壁衣库亮光一闪，如闪电一般，情知有些尴尬，忙敲楼窗向铺里叫道："隔壁仔细（当心），家中敢有小人了？"铺中人惊起，口喊"捉贼"。懒龙听得在先，看见庭中有一只大酱缸，上盖蓬簟（gān），懒龙慌忙揭起，蹲在缸中，仍复反手盖好。那家人提着灯各处一照，不见影响，寻到后边去了。懒龙在缸里想道："方才只有缸内不曾开看，今后头寻不见，此番必来，我不如往看过的所在躲去。"又思身上衣已染酱，淋漓开来，掩不得踪迹。"便把衣服卸在缸内，赤身脱出来，把脚踪印些酱迹在地下，一路到门，把门开了，自己翻身进来，仍入衣库中藏着。那家人后头寻了一转，又将火到前边来，果然把酱缸盖揭开，看时，却有一套衣服在内，认得不是家里的，多道这分明是贼的衣裳了。又见地下脚迹，自缸边直到门边，门已洞开。尽皆道："贼见我们寻，慌躲在酱缸里面，我们后边去寻时，他却脱下衣服逃走了。可惜看得迟了些个，不然，此时已被我们拿住。"店主人家道："赶得他去也罢了，关好了门歇息罢。"一家尽道贼去无事，又历碌了一会，放倒了头，大家酣睡。讵（怎）知贼还在家里？懒龙安然住在锦绣丛中，把上好衣服绕身系束得紧峭，把一领青旧衣外面盖着；又把细软好物，装在一条布被里面，打做个包儿。弄了大半夜，寂寂负了从屋檐上跳出，这家子没一人知觉。

跳到街上，正走时，天尚黎明，有三四一起早行的人，前来撞着。见懒龙独自一个负着重囊，侵早（天刚亮）行走，疑他来路不正气，遮住道："你是甚么人？在哪里来？说个明白，方放你走。"懒龙口不答应，伸手在肘后摸出一包，团栾（圆）如球，抛在地下就走。那几个人多来抢看，见上面牢卷密扎，道它必是好物，争行来解。解了一层又有一层，就像剥笋壳一般。且是层层捆得紧，剥了一尺多，里头还不尽，剩有拳头大一块，疑道不知裹着甚么。众人不肯住手，还要夺来解看。那先前解下的，多是敝衣破絮，零零落落，堆得满地。正在闹嚷之际，只见一伙人赶来道："你们偷了我家铺里衣服，在此分赃么！"不由分说，拿起器械蛮打将来。众人呼喝不住，见不是头，各跑散了。中间拿住一个老头儿，天色黯黑之中，也不来认面庞，一步一棍，直打到铺里。老头儿口里乱叫乱喊道："不要打，不要打，你们错了。"众人多是兴头上，人住马不住，哪里听他？

　　看看天色大明，店主人仔细一看，乃是自家亲家翁，在乡里住的。连忙喝住众人，已此打得头虚面肿，店主人忙陪不是，置酒请罪。因说失贼之事，老头儿方诉出来道："适才同两三个乡里人作伴到此。天未明亮，因见一人背驮一大囊行走，正拦住盘问，不匡（不料）他丢下一件包裹，多来夺看，他乘闹走了。谁想一层一层多是破衣败絮，我们被他哄了，不拿得他，却被这里人不分皂白，混打这番，把同伴人惊散。便宜那贼骨头，又不知走了多少路了。"众人听见这话，大家惊悔。邻里闻知某家捉贼，错打了亲家公，传为笑话。原来那个球，就是懒龙在衣橱里把闲工结成，带在身边，防人尾追，把此抛下做缓兵之计的。这多是他临危急智、脱身巧妙之处。有诗为证：巧技承蜩（以竿取蝉。蜩，tiáo）与弄丸（两手上下抛接好多个弹丸，不使落地），当前卖弄许多般。虽然贼态何堪述，也要临时猝智难。

　　懒龙神偷之名，四处布闻。卫中巡捕张指挥访知，叫巡军拿去。指挥见了问道："你是个贼的头儿么？"懒龙道："小人不曾做贼？怎说是贼的头儿？小人不曾有一毫赃私犯在公庭，亦不曾见有窃盗贼伙扳及小人。小人只为有些小智巧，与亲戚朋友作耍之事，间或有之。爷爷不要见罪小人，或者有时用得小人着，水里火里，小人不辞。"指挥见他身材小巧，语言爽快，想道无赃无证，难以罪他；又见说肯出力，思量这样人有用处，便没有难为的意思。正说话间，有个阊门陆小闲将一只红嘴绿鹦哥来献与指挥。指挥教把锁镫挂在檐下，笑对懒龙道："闻你手段通神，你虽说戏耍无赃，偷人的必也不少。今且权恕你罪，我只要看你手段：你今晚若能偷得我这鹦哥去，明日送来还我，凡事不计较你了。"懒龙道："这个不难，容小人出去，明早送来。"懒龙叩头而出。指挥当下吩咐两个守夜军人："小心看守架上鹦哥，倘有疏失，重加责治。"两个军人听命，守宿在檐下，一步不敢走离。虽是眼皮压将下来，只得勉强支持。一阵盹睡（打盹儿），闻声惊醒，甚是苦楚。

夜已五鼓，懒龙走在指挥书房屋脊上，挖开椽子，溜将下来。只见衣架上有一件沉香色潞绸披风，几上有一顶华阳巾，壁上挂一盏小行灯，上写着"苏州卫堂"四字。懒龙心思有计，登时把衣巾来穿戴了，袖中拿出火种，吹起烛煤，点了行灯，提在手里，装着老张指挥声音步履，仪容气度，无一不像。走到中堂壁门边，把门騞然（突然。騞，huō）开了，远远放住行灯，踱出廊檐下来。此时月色朦胧，天光昏惨，两个军人大盹小盹，方在困倦之际。懒龙轻轻剔他一下道："天色渐明，不必守了，出去罢。"一头说，一头伸手去提了鹦哥锁镫，望中门里面摇摆了进去。两个军人闭眉刷眼，正不耐烦，听得发放，犹如九重天上的赦书来了，哪里还管甚么好歹？一道烟去了。

须臾天明，张指挥走将出来，鹦哥不见在檐下，急唤军人问他。两个多不在了，忙叫拿来，军人还是残梦未醒。指挥喝道："叫你们看守鹦哥，鹦哥在哪里？你们倒在外边来！"军人道："五更时，恩主亲自出来取了鹦哥进去，发放小人们归去的，怎么反问小人要鹦哥？"指挥道："胡说！

我何曾出来？你们见鬼了。"军人道："分明是恩主亲自出来，我们两个人同在那里，难道一齐眼花了不成？"指挥情知尴尬，走到书房，仰见屋椽有孔道，想必在这里着手去了。正持疑间，外报懒龙将鹦哥送到。指挥含笑出来，问他何由偷得出去，懒龙把昨夜着衣戴巾、假装主人取进鹦哥之事，说了一遍。指挥惊喜，大加亲幸。懒龙也时常有些小孝顺，指挥一发心腹相托，懒龙一发安然无事了。普天下巡捕官偏会养贼，从来如此。有诗为证：猫鼠何当一处眠？总因有味要垂涎。由来捕盗皆为盗，贼党安能不炽然（气焰很盛）？

虽如此说，懒龙果然与人作戏的事体多，曾有一个博徒在赌场得了彩，背负千钱回家，路上撞见懒龙。博徒指着钱戏懒龙道："我今夜把此钱放在枕头底下，你若取得去，明日我输东道；若取不去，你请我吃东道。"懒龙笑道："使得，使得。"博徒归到家中，对妻子说："今日得了彩，把钱藏在枕下了。"妻子心里欢喜，杀了一只鸡，烫酒共吃。鸡吃不完，还剩下一半，收拾在厨中，上床同睡，又说了与懒龙打赌赛之事。夫妻相戒，大家醒觉些个。岂知懒龙此时已在窗下，一一听得。见他夫妇惺憁（警觉。憁，còng），难以下手。心生一计，便走去灶下，拾根麻骨放在口中，嚼得腷膊（bì bó，象声词）有声，竟似猫儿吃鸡之状。妇人惊起道："还有老大半只鸡，明日好吃一餐，不要被这亡人拖了去。"连忙走下床来，去开厨来看。懒龙闪入天井中，将一块石头抛下井

里，"洞"的一声响。博徒听得惊道："不要为这点小小口腹，失脚落在井中了，不是要处。"急出门来看时，懒龙已隐身入房，在枕下挖钱去了。夫妇两人黑暗里叫唤相应，方知无事，挽手归房。到得床里，只见枕头移开，摸那钱时，早已不见。夫妻互相怨怅道："清清白白，两个人又不曾睡着，却被他当面作弄了去，也倒好笑。"到得天明，懒龙将钱来还了，来索东道。博徒大笑，就勒下几百放在袖里，与懒龙前到酒店中买酒请他。两个饮酒中间，细说昨日光景，拍掌大笑。

酒家翁听见来问其故，与他说了。酒家翁道："一向闻知手段高强，果然如此。"指着桌上锡酒壶道："今夜若能取得此壶去，我明日也输一个东道。"懒龙笑道："这也不难。"酒家翁道："我不许你毁门坏户，只在此桌上，凭你如何取去。"懒龙道："使得，使得。"起身相别而去。酒家翁到晚吩咐牢关门户，自家把灯四处照了，料道进来不得。想道："我停灯在桌上了，拚得坐着守定这壶，看他哪里下手！"酒家翁果然坐至夜分，绝无影响。意思有些不耐烦了，倦怠起来，瞌睡到了。起初还着实勉强，支撑不过，就斜靠在桌上睡去，不觉大鼾。懒龙早已在门外听得，就悄悄地扒上屋脊，揭开屋瓦，将一猪脬（猪的膀胱。脬，pāo）紧扎在细竹管上。竹管是打通中节的，徐徐放下，插入酒壶口中。酒店里的壶，多是肚宽颈窄的，懒龙在上边把一口气从竹管里吹出去，那猪脬在壶内涨将开来，已满壶中。懒龙就掐住竹管上眼，便把酒壶提将起来，仍旧盖好屋瓦，不动分毫。酒家翁一觉醒来，桌上灯还未灭，酒壶已失。急起四下看时，窗户安然，毫无漏处，竟不知甚么神通摄得去了。

又一日，与二三少年同立在北潼子门酒家。河下船中有个福建公子，令从人将衣被在船头上晒曝，锦绣璨烂，观者无不啧啧。内中有一条被，乃是西洋异锦，更为奇特。众人见他如此炫耀，戏道："我们用甚法取了他的，以博一笑才好？"尽推懒龙道："此时懒龙不逞伎俩，更待何时？"

懒龙笑道："今夜让我弄了它来，明日大家送还他，要他赏钱，同诸公取醉。"懒龙说罢，先到混堂把身子洗得洁净，再来到船边看相动静。守到更点二声，公子与众客尽带酣意，潦倒模糊，打一个混同铺，吹灭了灯，一齐藉地而寝。懒龙倏忽闪烁，已杂入众客铺内，挨入被中，说着闽中乡谈，故意在被中挨来挤去。众客睡不像意，口里和罗埋怨。懒龙也作闽音说睡话，趁着挨挤杂闹中，扯了那条异锦被，卷作一束，就作睡起要泻溺的声音，公然拽开舱门，走出泻溺，径跳上岸去了，船中诸人一些不觉。及到天明，船中不见锦被，满舱闹嚷，公子甚是叹惜。与众客商量，要告官又不值得，要住了又不舍得，只得许下赏钱一千，招人追寻踪迹。懒龙同了昨日一干人下船中，对公子道："船上所失锦被，我们已见在一个所在。公子发出赏钱，与我们弟兄买酒吃，包管寻来奉还。"公子立教取出千钱来放着，待被到手即发。懒龙道："可叫管家随我们去取。"公子吩咐亲随家人，同了一伙人，走到徽州当内，认着锦被，正是原物。亲随便问道："这是我船上东西，为何在此？"当内道："早间一人拿此被来当。我们看见此锦不是这里出的，有些疑心，不肯当钱与他。那个人道：'你们若放不下时，我去寻个熟人来保着，秤银子去就是。'我们说这个使得。那人一去竟不来了。我原道必是来历不明的，既是尊舟之物，拿去便了。等哪个来取时，小当还要捉住了他，送到船上来。"众人将了锦被去还了公子，就说当中说话。公子道："我们客边的人，但得原物不失罢了，还要寻那贼人怎的？"就将出千钱，送与懒龙等一伙报事的人。众人收受，俱到酒店里破除（花费）了。原来当里去的人，也是懒龙央出来，把锦被卸脱在那里，好来请赏的。如此作戏之事，不一而足。正是：胠传能发冢，穿窬（打洞穿墙行窃。窬，yú）何足薄？若托大儒言，是名善戏谑。

懒龙固然好戏，若是他心中不快意的，就连真带耍，必要扰他。有一伙小偷，置酒邀懒龙游虎丘。船经山塘，暂停米店门口河下，穿出店中买柴沽酒。米店中人嫌他停泊在此，出入搅扰，厉声推逐，不许系缆。众偷不平争嚷。懒龙丢个眼色道："此间不容借走，我们移船下去些，别寻好上岸处罢了，何必动气？"遂教把船放开，众人还忿忿。懒龙道："不须角口，今夜我自有处置他所在。"众人请问，懒龙道："你们去寻一只站船（在航程有驿站递次接待的官船）来，今夜留一樽酒、一个榼及暖酒家火、薪炭之类，多安放船中。我要归途一路赏月色到天明，你们明日便知，眼下不要说破。"是夜虎丘席罢，众人散去。懒龙约他明日早会，只留得一个善饮的为伴，一个会行船的持篙，下在站船中回来。经过米店河头，店中已扃闭（关闭。扃，jiōng）得严密。其时河中赏月、归舟吹唱过往的甚多，米店里头人安心熟睡。懒龙把船贴米店板门住下。日间看在眼里，有米一囤在店角落中，正临水次近板之处。懒龙袖出小刀，看板上有节处一挖，那块木节囫囵地落了出来，板上老大一孔。懒龙腰间摸出竹管一个，两头削如藕披，将一头在板孔中插入米囤，略摆一摆，只见囤内米簌簌地从管里泻将下来，就如注水一般。懒龙一边对月举杯，酣呼跳笑，与泻米之声相杂，来往船上多不知觉。那家子在里面睡的，一发梦想不到了。看看斗转参横，管中没得泻下，想米囤中已空，看那船舱也满了，便叫解开船缆，慢慢地放了船去，到一僻处，众偷皆来。懒龙说与缘故，尽皆抚掌大笑。懒龙拱手道："聊奉列位众分，以答昨夜盛情。"竟自一无所取。那米店直到开囤，才知其中已空，再不晓得是几时失去、怎么样失了的。

苏州新兴百柱帽，少年浮浪的，无不戴着装幌（招摇）。南园侧东道堂白云房一起（一伙）道士，多私下置一顶，以备出去游耍，好装俗家。一日夏月天气，商量游虎丘，已叫下酒船。有个纱王三，乃是王织纱第三个儿子，平日与众道士相好，常合伴打平火（平均出钱聚餐）。众道士嫌他惯讨便宜，且又使酒难堪，这番务要瞒着了他。不想纱王三已知道此事，恨那道士不来约他，却寻懒龙商量，要怎生败他游兴。懒龙应允，即闪到白云房，将众道常戴板巾尽取了来。纱王三道："何不取了他新帽，要他板巾何用？"懒龙道："若他失去了新帽，明日不来游山了，有何趣味？你不要管，看我明日消遣他。"纱王三终是不解其意，只得由他。明日，一伙道士轻衫短帽，装束做少年子弟，登舟放浪。懒龙青衣相随下船，蹲坐舵楼。众道只道是船上人，船家又道是跟的侍者，各不相疑。开得船时，众道解衣脱帽，纵酒欢呼。懒龙看个空处，将几顶新帽卷在袖里，腰头摸出昨日所取几顶板巾，放在其处。行到斟酌桥边，拢船近岸，懒龙已望岸上跳将去了。一伙道士正要着衣帽登岸潇洒，寻帽不见，但有常戴的纱罗板巾，压摺（zhé，叠）整齐，安放做一堆在那里。众道大嚷道："怪哉！怪哉！我们的帽子多在哪里去了？"船家道："你们自收拾，怎么问我？船不漏针，料没失处。"众道又各处寻了一遍，不见踪影。问船家道："方才你船上有个穿青的瘦小汉子，走上岸去，叫来问他一声，敢是他见在哪里？"船家道："我船上哪有这人？是跟随你们下来的。"众道嚷道："我们几曾有人跟来？这是你串同了白日撞偷了我帽子去了。我们帽子几两一顶结的，决不与你干休！"扭住船家不放。船家不伏，大声嚷乱。岸上聚起无数人来，蜂拥争看。人丛中走出一个少年子弟，扑的跳下船来道："为甚么喧闹？"众道与船家各各告诉一番。众道认得那人，道是决帮他的。不匡那人正色起来，反责众道道："列位多是羽流（道士），自然只戴板巾上船；今板巾多在哪里，再有甚么百柱帽？分明是诬诈船家了。"看的人听见，才晓得是一伙道士，板巾见在，反要诈船上赔帽子。发起喊来，就有那地方游手好闲几个揽事的光棍来出尖（带头），伸拳捄手道："果是贼道无理，我们打他一顿，拿来送官。"那人在船里摇手止住道："不要动手！不要动手！等他们去了罢。"那人忙跳上岸。众道怕惹出是非来，叫快开了船。一来没了帽子，二来被人看破，装幌不得了，不好登山，快快而回，枉费了一番东道，落得扫兴。你道跳下船来这人是谁？

正是纱王三。懒龙把板巾换了帽子，知会了他，趁扰攘之际，特来证实道士本相，扫他这一场。道士回去，还缠住船家不歇。纱王三叫人将几顶帽子送将来还他，上复道："已后做东道，要洒浪那帽子时，千万通知一声。"众道才晓得是纱王三耍他。又曾闻懒龙之名，晓得纱王三平日与他来往，多是懒龙的做作了。

其时邻境无锡有个知县，贪婪异常，秽声狼藉。有人来对懒龙道："无锡县官衙中金宝山积，无非是不义之财，何不去取它些来，分惠贫人也好？"懒龙听在肚里，既往无锡地方，晚间潜入官舍中，观看动静。那衙里果然富贵，但见连箱锦绮，累架珍奇。元宝不用纸包，叠成行列；器皿半非陶就，摆满金银。大象口中牙，蠢婢将来揭火；犀牛头上角，小儿拿去盛汤。不知夏楚追呼，拆了人家几多骨肉；更嫌苞苴（贿赂。苴，jū）混滥，卷了地方到处皮毛。费尽心要传家里子孙，腆着面且认民之父母。懒龙看不尽许多奢华，想道："重

门深锁，外边梆铃之声不绝，难以多取。"看见一个小匣，十分沉重，料必是精金白银，溜在身边。心里想道："官府衙中之物，省得明日胡猜乱猜，屈了无干的人。"摸出笔来，在他箱架边墙上，画着一枝梅花，然后轻轻的从屋檐下望衙后出去了。

过了两三日，知县简点宦囊，不见一个专放金子的小匣儿，约有二百余两金子在内，价值一千多两银子。各处寻看，只见旁边画着一枝梅，墨迹尚新。知县吃惊道："这分明不是我衙里人了，卧房中谁人来得，却又从容画梅为记？此不是个寻常之盗，必要查他出来。"遂唤取一班眼明手快的应捕，进衙来看贼迹。众应捕见了壁上之画，吃惊道："复官人，这贼小的们晓得了，却是拿不得的。此乃苏州城中神偷，名曰懒龙，身到之处，必写一枝梅在失主家为认号。其人非比等闲手段，出有人无，更兼义气过人，死党极多，寻他要紧，怕生出别事来。失去金银还是小事，不如放舍罢了，不可轻易惹他。"知县大怒道："你看这班奴才，既晓得了这人名字，岂有拿不得的！你们专惯与贼通同，故意把这等话党庇他，多打一顿大板才好！今要你们拿贼，且寄下在那里。十日之内，不拿来见我，多是一个死！"应捕不敢回答。知县即唤书房写下捕盗批文，差下捕头两人，又写下关子，关会长、吴二县，必要拿那懒龙到官。

应捕无奈，只得到苏州来走一遭。正进阊门，看见懒龙立在门口，应捕把他肩胛拍一拍道："老龙，你取了我家官人的东西罢了，卖弄甚么手段画着梅花？今立限与我们，必要拿你到官，却是如何？"懒龙不慌不忙道："不劳二位费心，且到店中坐坐细讲。"懒龙拉了两个应捕一同到店里来，占副座头吃酒。懒龙道："我与两位商量，你家县主果然要得我紧，怎么好累得两位？只要从容一日，待我送个信与他，等他自然收了牌票，不敢问两位要我，何如？"应捕道："这个虽好，只是你取得他的忒多了。他说多是金子，怎么肯住手？我们不同得你去，必要为你受亏了。"懒龙道:"就是要我去,我的金子也没有了。"应捕道:"在哪里了?"懒龙道:"当下就与两位分了。"应捕道:"老龙不要取笑!这样话当官不是耍处。"懒龙道:"我平时不曾说诳语,原不取笑。两位到宅上去一看便见。"扯着两个人耳朵说道:"只在家里瓦沟中去寻就有。"应捕晓得他手段,忖道:"万一当官这样说起来,真个有赃在我家里,岂不反受他累?"遂商量道:"我们不敢要老龙去了,而今老龙待怎么吩咐?"懒龙道:"两位请先到家,我当随至。包管知县官人不敢提起,决不相累就罢了。"腰间摸出一包金子,约有二两重,送与两人道:"权当盘费。"从来说公人见钱,如苍蝇见血。两个应捕看见赤艳艳的黄金,怎不动火?笑欣欣接受了,就想"此金子未必不就是本县之物",一发不敢要他同去了。两下别过。

懒龙连夜起身,早到无锡,晚来已闪入县令衙中。县官有大、小孺人,这晚在大孺人房中宿歇,小孺人独自在帐中。懒龙揭起帐来,伸手进去一摸,摸着顶上青丝髻,真如盘龙一般。懒龙将剪子轻轻剪下,再去寻着印箱,将来撬开,把一盘发髻塞在箱内,仍与他关好了。又在壁上画下一枝梅,别样不动分毫,轻身脱走。次日,小孺人起来,忽然头发纷披,觉得异样,将手一摸,顶髻俱无,大叫起来。合衙惊怪,多跑将来问缘故。小孺人哭道:"谁人使促掐(捉弄人),把我的头发剪去了?"忙报知县来看。知县见帐里坐着一个头陀,不知哪里作怪起?想着平日绿云委地,好不可爱!今却如此模样,心里又痛又惊道:"前番金子失去,尚在严捉未到;今番又有歹人进衙了。别件犹可,县印要紧。"亟取印箱来看,看见封皮完好,锁钥俱在。随即开来看时,印章在上格不动,心里略放宽些。又见有头发缠绕,掇起上格,底下一堆髻发,散在箱里。再简点别件,不动分毫。又见壁上画着一枝梅,连前凑做一对了。知县吓得目睁口呆,道:"原来又是前番这人,见我追得急了,他弄这神通出来报信与我。剪去头发,分明说可以割得头去;放在印箱里,分明说可以盗得印去。这贼直如此利害！前日应捕们劝我不要惹他，原来果是这等。若不住手，必遭大害。金子是小事，拚得再做几个富户不着，便好补填了，不要追究的是。"连忙掣签，去唤前日差往苏州下关文的应捕来销牌。

两个应捕自那日与懒龙别后，来到家中。依他说话，各自家里屋瓦中寻，果然各有一包金子，上写着日月封记，正是前日县间失贼的日子。不知懒龙几时送来藏下的。应捕老大心惊，嚍着指头道："早是不拿他来见官。他一口招出，搜了赃去，浑身口洗不清。只是而今怎生回得官人的话？"叫了伙计，正自商量踌躇，忽见县里差签来到。只道是拿违限（超过期限）的，心里慌张，谁知却是来叫销牌的！应捕问其缘故，来差把衙中之事一一说了，道："官人此时好不惊怕，还敢拿人？"应捕方知懒龙果不失信，已到这里弄了神通去了，委实好手段！

嘉靖末年，吴江一个知县治行贪秽，心术狡狠。忽差心腹公人，赍了聘礼，到苏城求访懒龙，要他到县相见。懒龙应聘而来，见了知县禀道："不知相公呼唤小人哪厢

使用？"知县道："一向闻得你名，有一机密事要你做去。"懒龙道："小人是市井无赖，既蒙相公青目，要干何事，小人水火不避。"知县屏退左右，密与懒龙商量道："叵耐巡按御史到我县中，只管来寻我的不是。我要你去察院衙里偷了他印信出来，处置他不得做官了，方快我心！你成了事，我与你百金之赏。"懒龙道："管取手到拿来，不负台旨。"果然去了半夜，把一颗察院印信弄将出来，双手递与知县。知县大喜道："果然妙手！虽红线盗金盒，不过如此神通罢了。"急取百金赏了懒龙，吩咐快些出境，不要留在地方。懒龙道："多谢相公厚赐，只是相公要此印怎么？"知县笑道："此印已在我手，料他奈何我不得了。"懒龙道："小人蒙相公厚德，有句忠言要说。"知县道："怎么？"懒龙道："小人躲在察院梁上半夜，偷看巡按爷烛下批详文书，运笔如飞，处置极当。这人敏捷聪察，瞒他不过的。相公明日不如竟将印信送还，只说是夜巡所获，贼已逃去。御史爷纵然不能无疑，却是又感又怕，自然不敢与相公异同了。"县令道："还了他的，却不依旧让他行事去？岂有此理！你自走你的路，不要管我！"懒龙不敢再言，潜踪去了。

却说明日察院在私衙中开印来用，只剩得空匣。叫内班人等遍处寻觅，不见踪迹。察院心里道："再没处去。那个知县晓得我有些不像意他，此间是他地方，奸细必多，叫人来设法过了。我自有处。"吩咐众人不得把这事泄漏出去，仍把印匣封锁如常，推说有病，不开门坐堂。一应文移，权发巡捕官收贮。一连几日。知县晓得这是他心病发了，暗暗笑着，却不得不去问安。察院见传报知县来到，即开小门请进。直请到内衙床前，欢然谈笑。说着民风土俗、钱粮政务，无一不剖胆倾心，津津不已。一茶未了，又是一茶。知县见察院如此肝鬲（肺腑）相待，反觉踧踖，不晓是甚么缘故。正絮话间，忽报厨房发火，内班门皂、厨役纷纷赶进，只叫："烧将来了！爷爷快走！"察院变色，急走起来，手取封好的印匣亲付与知县道："烦贤令与我护持了出去，收在县库，就拨人夫快来救火！"知县慌忙失措，又不好推得，只得抱了空匣出来。此时地方水夫俱集，把火救灭，只烧得厨房两间，公廨（官员办公的场所。廨，xiè）无事。察院吩咐把门关了。这个计较（计策），乃是失印之后察院预先吩咐下的。知县回去思量道："他把这空匣交在我手，若仍旧如此送还，他开来不见印信，我这干系须推不去。"展转无计，只得润开封皮，把前日所偷之印仍放匣中，封锁如旧。明日升堂，抱匣送还。察院就留住知县，当堂开验印信，印了许多前日未发放的公文，就于是日发牌起马，离却吴江，却把此话告诉了巡抚都堂。两个会同把这知县不法之事参奏一本，论了他去。知县临去时，对衙门人道："懒龙这人是有见识的，我悔不用其言，以至于此。"正是：枉使心机，自作之孽，无梁不成，反输一帖。

懒龙名既流传太广，未免别处贼情也有疑猜着他的，时时有些株连着身上。适遇苏州府库失去元宝十来锭，做公的私自议论道："这失去得没影响（踪迹），莫非是懒龙？"懒龙却其实不曾偷，见人错疑了他，反要打听明白此事。他心疑是库吏知情，夜藏府中公廨黑处，走到库吏房中静听。忽听库吏对其妻道："吾取了库银，外人多疑心懒龙，我落得造化了。却是懒龙怎肯应承？我明日把他一生做贼的事迹，纂成一本送与府主，不怕不拿他来做顶缸（代人受过或承担责任者）。"懒龙听见，心里思量道："不好，不好。本是与我无干，今库吏自盗，他要卸罪，官面前暗栽着我。官吏一心，我又不是没一点黑迹的，怎辨得明白？不如逃去了为上着，免受无端的拷打。"连夜起身，竟走南京。诈装了双盲的，在街上卖卦。苏州府太仓夷亭有个张小舍，是个有名极会识贼的魁首。偶到南京街上撞见了，道："这盲子来得蹊跷！"仔细一相，认得是懒龙诈装的，一把扯住，引他到僻静处道："你偷了库中元宝，官府正在追捕你，你却遁（逃避）来这里装此模样躲闪么？你怎生瞒得我这双眼过？"懒龙挽了小舍的手道：

"你是晓得我的，该替我分剖这件事，怎么也如此说？那库里银子是库吏自盗了。我曾听得他夫妻二人床中私语，甚是的确。他商量要推在我身上，暗在官府处下手。我恐怕官府信他说话，故逃亡至此。你若到官府处把此事首明，不但得了府中赏钱，亦且辨明了我事，我自当有薄意孝敬你。今不要在此处破我的道路！"

小舍原受府委要访这事的，今得此的信，遂放了懒龙，走回苏州出首。果然在库吏处，一追便见，与懒龙并无干涉。张小舍首盗得实，受了官赏。过了几时，又到南京撞见懒龙，仍装着盲子在街上行走。小舍故意撞他一肩道："你苏州事已明，前日说的话怎么忘了？"懒龙道："我不曾忘，你到家里灰堆中去看，便晓得我的薄意了。"小舍欣然道："老龙自来不掉谎的。"别了回去，到得家里，便到灰中一寻，果然一包金银同着白晃晃一把快刀，埋在灰里。小舍伸舌道："这个狠贼！他怕我只

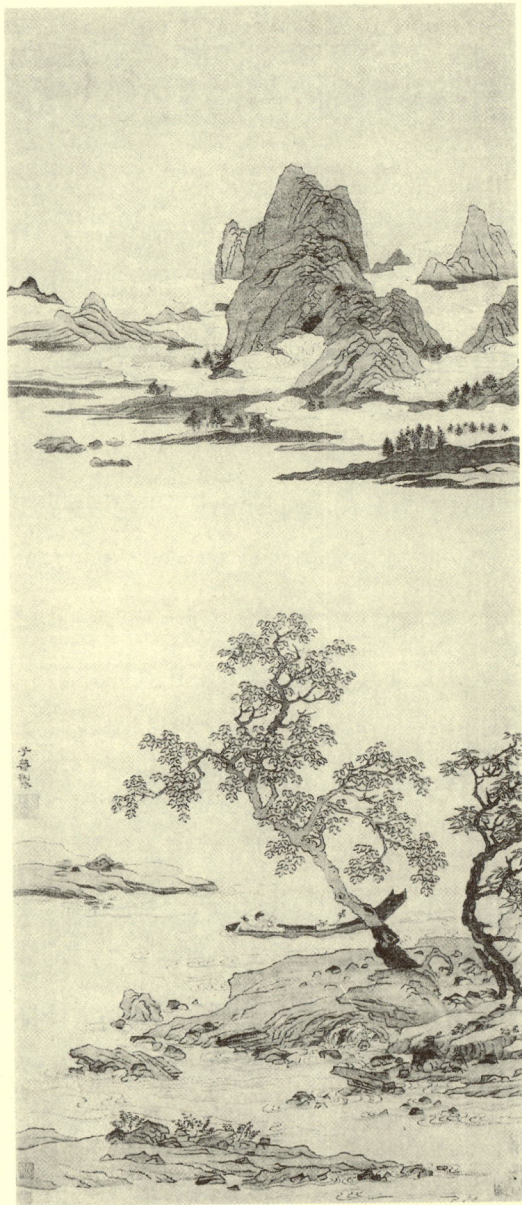

管缠他，故虽把东西谢我，却又把刀来吓我。不知几时放下的，真是神手段！我而今也不敢再惹他了。"

懒龙自小舍第二番遇见，回他苏州事明，晓得无碍了。恐怕终久有人算他，此后收拾起手段，再不试用。实实卖卜度日，栖迟（隐遁）长干寺中数年，竟得善终。虽然做了一世剧贼，并不曾犯官刑、刺臂字。至今苏州人还说他狡狯耍笑事体不尽。似这等人，也算作穿窬小人中大侠了。反比那面是背非、临财苟得、见利忘义一班峨冠博带的不同。况兼这番神技，若用去偷营劫寨，为间作谍，哪里不干些事业？可惜太平之世，守文之时，只好小用伎俩，供人话柄而已。正是：

世上于今半是君，犹然说得未均匀。

懒龙事迹从头看，岂必穿窬是小人！